MIDHEAVEN

Sky Anderson

MIDHEAVEN

MONDADORI

Redazione di Helga Rainer

www.ragazzimondadori.it

Prima edizione aprile 2025
Stampato presso Grafica Veneta S.p.A.
Via Malcanton 2, Trebaseleghe (PD)
Printed in Italy
ISBN 978-88-04-79820-0

Le cose sono unite da legami invisibili.
Non puoi cogliere un fiore senza turbare
una stella.

GALILEO GALILEI

PROLOGO

Le onde dell'oceano si infrangono sull'ampia spiaggia, avvolta nell'oro intenso del tramonto. La superficie dell'acqua sembra velluto, un manto luccicante su cui volano i gabbiani in cerca di cibo. Una ragazza, a piedi nudi, si avvicina al bagnasciuga lasciando impronte sulla sabbia. L'abito a fiori dalle tinte pastello le ondeggia attorno al corpo sottile. Getta le scarpe che ha in mano e respira a fondo l'aria umida del mare. Un'onda le bagna i piedi, lei guarda in alto e nota la falce di luna nel cielo ancora chiaro. Un bambino con la maglietta rossa raccoglie una conchiglia a riva e chiama sua madre.

"Ho già vissuto questo momento."

Un brivido le corre lungo la schiena. Alcune barche di pescatori sono ferme in mezzo al mare, proprio davanti a lei.

"Adesso sentirò la musica..."

Resta in attesa. Il bambino con la conchiglia corre via, lei lo segue con lo sguardo e lo vede avvicinarsi a un gruppo di ragazzi seduti sulla sabbia. Uno di loro ha in mano una chitarra. Ed ecco che le note di una canzone si diffondono nell'aria: un brano che riconosce.

"No, no. Non voglio."

Il battito accelera; il senso di *déjà-vu* diventa paura.

All'improvviso una voce alle sue spalle la fa sussultare: «Sapevo che ti avrei trovata qui».

L'Ariete segna l'inizio di ogni cosa. Marte, pianeta rosso, lo governa portando la sua energia violenta. Con l'Ariete nel nostro cielo non possiamo sottrarci alle sfide, né aspettarci mare calmo e piatto, bensì onde impetuose e fiamme. Come ogni pricipio, unisce fascino e pericolo, desiderio e paura, le forze che dominano la nostra vita.

ARIETE

1

È quasi ora. L'orologio sul cassettone in legno scandisce i minuti, inesorabile. Prendo un respiro profondo e getto lo sguardo oltre la finestra. In una nuvola di spuma l'oceano si infrange contro la scogliera spazzata dal vento. Agitato, come il mio cuore.

Le dune bianche brillano sotto il cielo terso, di un azzurro così intenso da accecarmi, ma so già che tra un paio d'ore tutto questo sarà per qualche attimo inghiottito dall'ombra.

Temo ogni volta questo momento.

Nel tentativo di attenuare l'angoscia che mi si sta rigirando dentro come un leone in gabbia vado verso il letto a piedi nudi. Il vecchio pavimento di legno scricchiola sotto ogni mio passo, raccontando, a uno a uno, i decenni di questa casa. La trapunta mi accoglie come un nido confortevole e tento di rilassarmi un poco. Chiudo gli occhi, ascolto il mio respiro, ma nemmeno così riesco a sedare il tumulto che mi ribalta lo stomaco.

«Ehi, sedicenne!»

La porta della camera si spalanca e lascia entrare Kat. Alta, spigolosa, chioma castana striata di rosa e viso tempestato di lentiggini, la mia migliore amica è un treno in corsa e in un attimo è sul letto accanto a me.

«Ehi!»

«Cos'è questo mortorio? È il tuo compleanno, Lily! Fingiti una persona gioiosa e festante, almeno per oggi.»

«Yu-uh» esclamo in tono monocorde, sollevando lentamente un braccio in aria.

Kat si ritrae portandosi una mano al petto e fingendo di contenere il suo grande stupore. «Complimenti, non vedevo una tale esternazione di giubilo dal funerale della regina Elisabetta. Mi domando come abbia potuto il professor Brown darti il ruolo di Euridice.»

«Per mancanza di scelta, suppongo. Geniale l'idea di farne un musical, ma la metà delle persone che si è presentata all'audizione non cantava, ululava.»

«In effetti...» borbotta in una smorfia buffa che mi strappa un sorriso. Poi riprende, con tono solenne: «Comunque, in quanto tua migliore e pressoché *unica* amica, sono qui per ricordarti l'importanza di questo genetliaco. Guarda che i sedici anni sono una tappa importante, è l'età in cui la Bella Addormentata si è punta con il fuso e si è assopita per cent'anni, per dire».

«Tranquilla, non ci sono arcolai in questa casa.»

Kat alza gli occhi al cielo e poi insiste: «Ma al piano di sotto ci sono tre fatine che ti stanno aspettando con i loro splendidi doni».

«Ansia, fame perenne e odio generalizzato?» Accenno un sorriso. «Ce li ho già, grazie.»

«No, no, scherzi? Ho scorto uno scintillante miniabito di paillettes con cui possono vederti anche da Google Earth, uno smartphone di ultimissima generazione che, se glielo chiedi per favore, ti prepara anche un favoloso *cream tea*. Ah, e poi un tomo di storia dell'astrologia con le stelline fluorescenti in copertina» e scoppia a ridere.

Aggrotto la fronte, fingendo disapprovazione. «Che scema che sei!»

Kat ironizza sulle persone della nostra scuola che hanno

organizzato feste di compleanno in grande stile, con affitto di locali esclusivi, DJ famosi, contorsionisti, acrobati e spettacoli di fuochi d'artificio degni di un Capodanno a Dubai. Jennifer Hill, del nostro anno, il mese scorso ha affittato addirittura uno yacht e l'ha fatto addobbare con così tante luci che le navi intorno lo usavano come faro per rientrare in porto. Io non c'ero, non partecipo mai alle feste, tanto meno di questo tipo. Preferirei attraversare a piedi nudi il deserto del Gobi, piuttosto.

E Kat è come me.

Sarcastica fino al midollo, capisce al volo le mie battute e i miei silenzi. Ha perso la mamma in un incidente quando era ancora piccola ed è cresciuta senza avere ricordi di lei. Suo padre Richard, medico chirurgo, è meraviglioso, le è sempre stato vicino e ora ha chiesto il suo permesso prima di uscire con un'altra donna. Permesso che Kat gli ha accordato dopo un esame minuzioso della signora in questione, nel quale sono stata coinvolta anch'io. E Stephanie Park, farmacista, appassionata di *Downton Abbey* e del pilates, ha superato il test ed è stata giudicata okay.

Insieme, a volte, io e Kat siamo davvero temibili.

Siamo diventate amiche nel cortile della scuola elementare, all'ombra di un grosso platano. Gli altri bambini la prendevano in giro perché, a causa di una specie di allergia al sole che l'avrebbe fatta riempire di eritemi, indossava una maglia a maniche lunghe e dei pantaloni che le arrivavano alle caviglie nonostante il caldo. Lei era andata a rannicchiarsi all'ombra dell'albero più defilato del giardino, con il mento sulle ginocchia e le lacrime agli occhi. La conoscevo a malapena ma, per qualche ragione, non potevo sopportare di vederla così, perciò ero corsa dentro, avevo preso tutto quello che avevo trovato abbandonato sugli appendiabiti nei corridoi e lo avevo indossato. Poi ero tornata fuori come una specie di bizzarro spaventapasseri ed ero andata a sedermi vicino a lei.

«Che stai facendo?» mi aveva chiesto, cercando a fatica di trattenere i singhiozzi.

A dire il vero non lo sapevo bene nemmeno io, perciò avevo risposto con tutta la sincerità dei miei sette anni: «Non ti lascio sola».

Il suo viso si era illuminato, come se qualcuno avesse finalmente trovato l'interruttore e acceso la luce. Quello fu il momento esatto in cui diventammo amiche.

Forse perché ero sempre ai margini, non facevo parte di nessun gruppo e nessuno mi invitava mai a casa sua. Ma quel giorno, all'ombra del platano, ebbi la netta sensazione che non sarei più stata sola. Quella bambina dai capelli castani e la pelle bianca come il latte era strana almeno quanto me, che odiavo le patatine all'aceto, le bambole e i giochi di squadra.

Gli anni successivi li abbiamo passati sempre insieme a casa mia o a casa sua. Abbiamo persino dato il primo bacio allo stesso ragazzo, un turista svedese in vacanza con la famiglia, timido quanto noi. Diciamo che l'esperienza è stata così esaltante che abbiamo deciso di non ripeterla mai più.

In pratica siamo due aliene che, per un tacito accordo, hanno deciso di trascorrere insieme la loro permanenza sulla Terra fino a che la navicella madre non tornerà a prenderci per riportarci a casa.

«Dai, vieni di sotto, ti stanno aspettando.» Kat mi afferra per un braccio e mi trascina fuori dal letto. Arrivate in cima alla scala, si blocca di colpo. «Ah, e...»

La osservo, dubbiosa. «E?»

Il suo sguardo vaga per un attimo sul pavimento prima di tornare su di me. «Be', il professor Brown ti ha scelta perché hai una voce stupenda.»

Le sorrido. «Grazie, Kat.»

Per il complimento.

Per non lasciarmi mai sola.

Per farmi dimenticare che oggi, oltre al mio compleanno, ci sarà anche un'eclissi di Sole.

E le eclissi, per me, non sono soltanto fenomeni celesti di rilevanza astronomica.

Sono i momenti in cui, da due anni, vedo qualcosa che non dovrei vedere.

Ma che non posso evitare.

2

Mi aspettano tutte e tre ai piedi della scala, impazienti. Anche se la casa non è grande e l'unica bellezza del soggiorno è la vetrata sul giardino, mi sento una principessa presentata a corte. Appena scendo gli ultimi gradini, la mamma e la nonna mi salutano in coro con un «Buon compleanno, Lily!», mentre Victoria mi punta addosso il suo telefono per fare una storia su Instagram o comunque qualcosa di social che io non comprendo.

A volte penso che mia sorella sia stata adottata, tanto siamo diverse.

Riconosco il suo tocco inconfondibile persino negli addobbi: una specie di pallina stroboscopica ricoperta di paillettes sbrilluccica penzolando solitaria da un travicello. Questa è senza dubbio opera sua.

Il resto della sala, invece, è adornato in modo più sobrio: qualche palloncino e nastri verde acqua decorano la tovaglia bianca di lino, quella che la nonna tira fuori solo per le grandi occasioni. Al centro della tavola campeggia una sontuosa *cream tart* ricoperta di frutti di bosco e fiori, con accanto brocche colme di fiori di campo, i miei preferiti.

Dalla cucina arriva inconfondibile il profumo dei *cornish pasty*, l'unico regalo che avevo espressamente richiesto.

«Tesoro, tutto bene? Sei così pallida!» mi chiede la mamma con aria preoccupata.

«Tutto benissimo» la rassicuro con finta allegria.

«Il cielo odierno porta a sentirsi spaesate» soggiunge la nonna, abbracciandomi.

«Non serve scomodare il cielo, Lily è *sempre* spaesata» replica Victoria, rivolgendomi un sorrisetto beffardo.

Le rispondo con una linguaccia. «E tu sei *sempre* l'emblema della gentilezza.»

Con un colpo di tosse la nonna ci riporta all'ordine. So cosa mi aspetta.

Mi fa sedere a tavola e prende il suo quaderno di appunti. Accade a ogni compleanno: dopo aver inforcato gli occhiali dalla sobria montatura verde pisello, lo apre di fronte a sé con un gesto solenne e offre la sua lettura del cielo del momento.

«È interessante quando, come oggi, si festeggia il giorno di nascita in concomitanza con un'eclissi di Sole» esordisce lanciando un'occhiata alla finestra. «L'energia si moltiplica e si espande, e l'Ariete ci spinge verso nuovi inizi con la forza del fuoco, pronto a condurci verso territori inesplorati.»

«Io spingo per mangiare la torta» la interrompe Victoria, guadagnandosi una gomitata da Kat, seduta accanto a lei.

«Sappi che ti toglierò la possibilità di ereditare anche un solo spillo da me, nipote insolente!» la riprende la nonna.

«Non mi perdo niente» ribatte Victoria incrociando le braccia.

«Lo vedremo, quando scoprirai l'eredità che tengo segreta.»

«Carte del cielo e polverosi libri sui segni zodiacali?»

«Dimentichi che le mie antenate ricevevano gioielli in cambio di letture» la provoca la nonna, che fin da quando eravamo bambine millanta un misterioso tesoro nascosto non si sa bene dove per difenderlo dagli attacchi pirateschi.

«Collane con artigli d'aquila e orecchini d'osso?»

La mamma, Kat e io ci scambiamo occhiate eloquenti di fronte all'ennesimo battibecco. Vivere con loro è come assistere a un'interminabile partita di tennis: una dice una cosa e l'altra le serve un rovescio preciso e vincente.

«Pensa quello che vuoi, nipote. Faremo i conti al momento opportuno. Stavo dicendo?» La nonna si ricompone e torna a rivolgersi a me. Mostra il disegno di un cerchio con i simboli dei pianeti e i numeri delle case sul suo quaderno e spiega: «Mia cara, quest'anno l'eclissi si aggiunge a un affollamento di pianeti nella nona casa, quella dei viaggi lontani». Mi scruta da sotto gli occhiali. «Non è che mediti in segreto di fuggire in Patagonia?»

«Tranquilla, nonna, fa troppo freddo per me» la rassicuro mentre Vic commenta che, se provo a partire senza di lei, si nasconde nella mia valigia. In realtà ho i brividi, perché l'allusione ai "viaggi lontani" mi risuona dentro. Molto. Solo, non nel senso che credono tutti.

«Venere e Marte invece sono nella settima casa che, come sai, corrisponde alle relazioni. Temo che dovrai affrontare qualche battaglia nei prossimi mesi, perché Venere rende affettuosi e aperti agli altri mentre Marte istiga ai litigi.»

«Allora, Lily, vedi di non inimicarti Kat, o resti sola soletta» è il consiglio non richiesto della solita rompiscatole, che si prende un'altra gomitata dalla mia fedele amica.

«Vic, staccati dal cellulare e vieni ad aiutarmi» la richiama mia madre.

Lei rotea gli occhi, sbuffando in modo esagerato.

In una ipotetica *to do list* della teenager perfetta, che comprenda roteare gli occhi, sbuffare, dire continuamente "non è giusto", rabbrividire a ogni frase degli adulti, mia sorella fa l'*en plein*.

E, a differenza di me, quando Victoria punta i suoi occhi grigi su qualcosa, non c'è niente in grado di fermarla. Con un perfetto mix di determinazione e faccia d'angelo, riesce a far cadere chiunque nella sua rete. Potrebbe prendere il massimo dei voti senza aver studiato, rubare in un negozio e passarla liscia, farsi mandare al concerto dei Fontaines D.C., la rock band irlandese per cui va pazza, soltanto con un battito delle sue lunghe ciglia fulve.

La vedo sparire in cucina dietro la mamma e tornare poco dopo con piatti e vassoi colmi delle prelibatezze delle grandi occasioni. Ci sono focaccine dolci e salate con crema al formaggio, una *Cottage pie*, patate dolci fritte e, naturalmente, i miei adorati *cornish pasty* sui quali mi fiondo con la grazia di un avvoltoio che si avventa sulla preda.

«Deliziosi» commento con la bocca piena.

Constatando che il cibo mi interessa più dell'oroscopo, la nonna, rassegnata, mette via il quaderno, mentre il volto stanco della mamma si illumina di gioia. Non c'è niente che le dia più soddisfazione della cucina: quando non ci sono clienti in libreria, la puoi trovare davanti al computer a cercare una ricetta e ad appuntarsi – rigorosamente a mano – gli ingredienti e il procedimento per realizzarla. *MasterChef* è l'unica trasmissione che guarda in TV e, se non avesse una famiglia da mantenere, probabilmente si sarebbe presentata alle selezioni.

Dasha Mills, vincitrice di *MasterChef UK*: suona bene, no? Il suo nome mi è sempre piaciuto. Lo trovo originale, diverso dai soliti Mary, Jane, Claire e Margaret, che spopolano in paese. D'altra parte, i nomi nella mia famiglia non sono stati scelti a caso. La nonna si chiama Astra, che in latino significa "stelle", e dall'arte divinatoria a lei tanto cara ha preso spunto per il nome di mia madre, Dasha, che nell'astrologia vedica indica un periodo planetario. Rispettando la tradizione, la mamma mi ha chiamata Lilith, come la Luna nera. Molto appropriato al mio umore di oggi.

Victoria invece deve il suo nome a nostro padre, che, stufo di sentir parlare di stelle, energie e pianeti, ha preteso di avere voce in capitolo e, per la sua secondogenita, ha scelto Victoria, che significa... be', si intuisce, no? Vittoria e successo. "*Nomen omen*" dicevano gli antichi. E più cresce, così determinata e grintosa, più mi rendo conto che mia sorella è davvero destinata a vincere nella vita, al contrario di me.

Il pranzo corre via veloce e l'atmosfera è leggera e scherzosa, il regalo migliore che oggi potessi ricevere. Circondata dalle donne della mia vita, a dispetto del malumore iniziale, mi sento bene. La nonna si è superata lucidando le posate d'argento delle grandi occasioni, mentre la mamma ha disdetto i suoi impegni con il comitato che si occupa degli eventi cittadini per festeggiarmi. So quanto le costi lasciare da sole le sue amiche a scegliere date, spedire inviti e selezionare servizi di catering, perciò le sono doppiamente grata. Ma la sensazione di benessere dura poco, perché il momento della torta risveglia con prepotenza i miei fantasmi.

L'orologio a cucù dell'ingresso ticchetta con un ritmo ipnotico che riaccende la mia ansia. Le ore stanno scorrendo e non c'è modo di rovesciare la clessidra.

Quando la nonna si alza dalla sedia, ho un sussulto. «Allora andiamo?»

«In bagno?» mormora Victoria, alzandosi da tavola e allontanandosi spudoratamente.

Kat fa una smorfia per non ridere, mentre la nonna finge di non aver sentito. «L'eclissi è sempre uno spettacolo affascinante. E mentre guardate il Sole oscurarsi, sfruttate l'energia che verrà liberata per cercare la vostra strada.»

«Va bene, però prima la torta» si inserisce la mamma, che, pur essendo stata istruita sullo zodiaco, continua a preferire i ciuffi di panna montata con una spolverata di cannella.

Serve a tutte una fetta generosa e, non appena Victoria

ritorna, ci fiondiamo sugli strati di frolla, crema e frutti di bosco, come se fossimo a digiuno da giorni. Peccato che il mio stomaco stia cominciando a contorcersi all'idea dell'eclissi. Provo a distrarmi con i miei due regali: una catenina con un ciondolo di lapislazzuli dalla mia famiglia e una borsa realizzata a mano da Kat, che ha un gusto fantastico in fatto di accessori originali. Ringrazio tutte di cuore, che, tra parentesi, galoppa come se dovesse vincere una medaglia olimpica. Ormai manca poco: la nonna posa la forchetta e va a controllare il cielo, poi ci indica di seguirla fuori.

Il giardino è spazzato da un vento gelido che viene dall'oceano e mi stringo nella giacca. La mamma distribuisce le apposite lenti per osservare il fenomeno celeste senza accecarci e, pian piano, dietro i vetri oscurati, il Sole scompare.

Gli uccelli smettono di cantare e si rifugiano in silenzio tra gli alberi, il cane dei vicini inizia ad abbaiare con veemenza correndo senza meta per il cortile. Vedendo il buio calare come un drappo nero sopra le nostre teste, colgo il senso di quello che diceva la nonna poco fa. Eccola, l'eclissi che mette di fronte alle paure più profonde.

E io le sento, a una a una, risalire dalle mie viscere e scorrermi sulla pelle con un lungo brivido. Impotente, fingo di avere freddo e, con la scusa di prendere un maglione, mi rifugio in camera mia. Appena in tempo.

A un tratto, infatti, ecco quel suono.

Dapprima è impercettibile, quasi un fruscio lontano. Poi diventa più nitido, vicino, finché non si trasforma in una melodia, sempre la stessa, dolce e lenta, fatta di note tintinnanti come campane di cristallo. Le mani iniziano a sudare.

La musica cosmica mi chiama e mi avvolge. Mi lascio andare, non ho altra scelta quando mi sento svanire come polvere di stelle.

E in un attimo non ci sono più.

3

Impiego qualche istante a riprendermi. All'inizio l'immagine è sfocata, i suoni ovattati, come se fossi intrappolata nella boccia di vetro di un pesce rosso.

Dove diavolo sono finita stavolta?

No, non credo che riuscirò mai ad abituarmi.

A ogni eclissi, che avvenga davanti ai miei occhi o sia visibile a qualsiasi altra latitudine sulla Terra, un'energia sconosciuta mi catapulta in avanti nel tempo e non c'è verso di impedirlo. Quando Sole, Terra e Luna sono allineati lungo la linea dei nodi, mi ritrovo nel futuro.

Non conosco la destinazione, sono una viaggiatrice senza meta, perciò ogni volta fatico a capire dove sono finita, come adesso.

Lentamente la nebbia si dirada e le figure tremolanti intorno a me assumono i contorni di un gruppo di persone. Il brusio diventa un chiacchiericcio confuso, accompagnato dalle note di canzoni ritmate. Una festa.

Le pareti sono addobbate con elaborate decorazioni natalizie – ghirlande, rami di pino, nastri d'argento – mentre al centro della stanza piovono lustrini e sorrisi. Sembra un posto elegante, con il pavimento di marmo bianco e arazzi dall'aria preziosa alle pareti.

Mi muovo piano, attenta a restare ai margini della

scena, anche se in realtà so di non dovermi preoccupare della gente: fin dal primo viaggio nel tempo, due anni fa, ho scoperto di essere invisibile, un fantasma, con la capacità tuttavia di spostare gli oggetti. Finora non si è rivelata molto utile e sto ancora aspettando di scoprire se abbia un vantaggio.

Stavolta, in mezzo alla folla, è più difficile, perché essere invisibile non significa passare attraverso i corpi delle persone a mo' di spettro. È piuttosto come indossare un mantello che ti nasconde agli altri, sotto il quale il tuo corpo rimane.

La luce è soffusa, se non per la palla stroboscopica e i faretti nell'angolo in cui suona una band, quella del mio liceo, anche se con una nuova solista. Quindi non dev'essere un futuro lontano. Nella penombra riconosco molte facce. Qualcuno è collassato sui divanetti, due ragazze stonano il pezzo melodico abbracciandosi strette e ci sono coppie che si baciano selvaggiamente seminascoste nella penombra.

Scandaglio a uno a uno i volti, ma non riesco a trovarmi. Devo pur essere da qualche parte, nelle mie visioni ci sono sempre.

A volte mi riconosco più adulta, altre volte sembro la stessa del presente, ma credo di essere nel futuro perché niente di quello a cui assisto è già successo. Se non sono ricordi, possono soltanto essere sprazzi di una vita che non ho ancora vissuto. Ed è questo a terrorizzarmi.

Striscio lungo le pareti finché non raggiungo un angolo accanto a un camino imponente, dove il fuoco acceso è protetto da un vetro. Lì noto Kat.

È seduta su un divano di pelle, indossa un abito nero scollato e ha una coroncina in testa. Una coroncina! Kat! Peggio ancora, è in compagnia di Jennifer Hill. E sta ridendo.

Ma in che razza di avvenire distopico sono finita? Ci manca solo di scoprire che il Sole sta collassando sulla

Terra e all'umanità restano pochi giorni da vivere. Se la Lily del futuro non è con la sua migliore amica, dev'essere successo qualcosa di molto, molto grave. Tipo, appunto, la fine del mondo.

Riprendo a cercarla ma dentro di me sale l'angoscia, perché mi aspetto di individuare anche qualcun altro – qualcuno sempre presente nelle mie visioni, anche se non ho idea di chi sia. Infatti eccolo. Quasi gli sbatto contro e devo contorcermi per scansarlo, finendo incollata a una finestra semiaperta. Non sento freddo, non ho sensazioni quando sono invisibile.

È lui, il ragazzo biondo. Lo riconoscerei tra un milione ormai. Il viso dolce, i lineamenti delicati. Più alto di tutti i miei compagni e molto più carino. Sta ballando con una ragazza aggraziata come una farfalla, con indosso un abito rosso di quelli che non potrei permettermi nemmeno se lavorassi a tempo pieno, tacchi alti, capelli chiari intrecciati in modo perfetto, con piccole forcine scintillanti. Ha un'aria beata, come se non esistesse altro che questo momento. Lui, al contrario, si muove distratto, cupo in volto.

L'intuito mi suggerisce di voltarmi e seguire il suo sguardo, fuori dalla finestra che affaccia su una terrazza grande quanto la sala. Appoggiata alla balaustra, la testa tra le mani, ci sono io. Cioè, la mia versione futura, con i capelli castani raccolti e un vestito lungo.

E sto soffrendo.

È questo il punto: a ogni maledetta eclissi, parziale o totale non fa differenza, finisco in una scena così. Cambia lo sfondo, cambiano gli interpreti, ma io no, io sono sempre triste e lui, il ragazzo biondo, è la causa della mia infelicità. Sembra che sia destinata a incontrarlo e a farmi rovinare la vita.

Lancio un'occhiata a Kat, che a sua volta sta fissando in direzione della terrazza senza accennare a muoversi, come se fosse incollata a quel divano con il cemento.

Allora ci vado io. Mi avvicino all'altra me, vorrei abbracciarla, consolarla, ma lei non può sentirmi.

Dietro di me la porta a vetri si spalanca e lascia uscire uno sconosciuto, giovane, con i capelli biondo scuro, gli occhiali e... un'inquietante somiglianza con il ragazzo del destino.

Il mio alter ego si asciuga in fretta le lacrime con il dorso della mano, ma è troppo tardi, lui ha capito e il suo volto dapprima incerto si fa subito preoccupato. «Ehi, che ci fai qui fuori?» le chiede, toccandole il braccio per invitarla a voltarsi.

«Prendo un po' d'aria, fa caldo dentro» improvvisa lei, abbozzando un sorriso che non convince nessuno.

«È il 31 dicembre, Lily» constata lui, aggrottando la fronte. «Quello che prenderai è una polmonite!» La scruta a fondo, come se sul suo volto arrossato tentasse di leggere il motivo della sua fuga all'aperto. Alza la mano e con l'indice le volta il mento nella sua direzione. «Mi dici che succede?» La sua voce si ammorbidisce, lieve come una carezza.

«Niente.»

Il volto del ragazzo si incupisce all'improvviso. «Ho fatto qualcosa di sbagliato o...»

«No!» lo interrompe. «Tu non hai fatto niente.» Il tono adesso è deciso.

«Quindi è stato lui.»

«È solo che...» Mi accorgo che la me del futuro litiga con le parole. «Mi sento persa. Io...» Scoppia a piangere e il suo dolore mi travolge come un'onda.

«Vieni qui» le sussurra lo sconosciuto, stringendola a sé. Lei però lo respinge con gentilezza e rientra in sala.

La seguo, anche se non so cosa potrei fare, e di nuovo incrocio il ragazzo biondo che sta andando nella direzione in cui è fuggita Lily. Sento d'istinto che è lui la causa della sua tristezza, che deve starle lontano.

C'è un cameriere in livrea con in mano un vassoio di calici pieni di champagne. Gli do un colpo deciso sul braccio e una decina di bicchieri di cristallo rovina addosso al biondo e poi a terra, in un boato che sembra un'esplosione.

Lui impiega qualche istante a capire cos'è successo, ha la camicia fradicia e tutta la sala si è voltata a osservarlo. Almeno ho dato all'altra me stessa la possibilità di scappare.

Infatti, un istante dopo, imbocca la scalinata e scompare nella notte.

4

Riemergo dall'acqua per riprendere fiato.

«Quanto?» chiedo a Kat, ansimando. Mi appoggio al muretto sul quale è seduta e attendo il verdetto della giuria, mentre il mio cuore ritorna pian piano al suo battito normale. «Uno e quarantotto» dichiara entusiasta fermando il cronometro sul suo cellulare. «Meglio evacuare la piscina, sei ufficialmente uno squalo!»

Sorrido compiaciuta; mi sono allenata per mesi ad aumentare la velocità e il mio impegno è stato premiato. In quel momento Victoria mi raggiunge in poche bracciate. Capisco che è nervosa prima ancora che tiri fuori la testa dall'acqua.

Eccolo, il vero squalo.

«Ehi, che droga usi per nuotare così?» mi sbraita contro, togliendosi gli occhialini.

«Oh, ne ho diverse. La principale si chiama allenamento, poi ci sono disciplina, costanza e impegno. Tutte cose a te ignote, sorellina» la provoco.

Victoria contrae il volto fino a formare un solco in mezzo alla fronte. «Voglio la rivincita!»

«È la quinta volta che vuoi la rivincita, sono stanca» taglio corto, salendo sulla scaletta.

«Dammi retta, Vic, arrenditi una buona volta» soggiunge

Kat, divertita. «Crescere significa imparare ad accettare le sconfitte, sai?»

«Siete una barba voi due!» Mia sorella esce dalla vasca a sua volta e mi spintona. «Basta, me ne vado.»

«Vedi, sta già imparando» dice Kat, porgendomi l'asciugamano. La guardiamo allontanarsi con la grazia del mostro di Loch Ness verso gli spogliatoi.

Il nuoto è l'unica cosa che ci univa da bambine, quando la mamma ci portava alla piscina comunale per farci prendere confidenza con l'acqua. Abbiamo passato momenti grandiosi tuffandoci e giocando a fare le sirenette, cantavamo pure le canzoni del film Disney, ma da qualche anno lo spirito competitivo di Victoria ha preso il sopravvento e, se accetta di gareggiare contro di me per gioco, passare da Ariel a Nessie per lei è un attimo.

Per fortuna non capita spesso che mi raggiunga qui.

«Certo che sei proprio brava. Peccato che tu abbia rinunciato alle gare» commenta Kat, una volta negli spogliatoi.

«Mi sono risparmiata un bel po' di mal di pancia.»

«Lilith Heron, ti ho sempre detto che non hai abbastanza fiducia nelle tue capacità.»

«Sai che sono fatta così» sospiro, e mi fiondo sotto la doccia.

Il mio ultimo momento di gloria risale a quando ho trionfato ai Mid-Games, un evento sportivo a squadre che si tiene a fine luglio e prevede una staffetta in cui si alternano diversi sport: vela, beach volley e nuoto. A organizzarli è il Midheaven Sailing Club, la congrega dei Paperon de' Paperoni cittadini che possiede la maggior parte delle barche ancorate al porto e coglie ogni occasione per sfoggiare il potere che detiene. Poiché hanno cadenza biennale e l'estate scorsa non ci sono stati, quest'anno ci toccano, e le due scuole superiori della città sono già in fermento per formare le varie squadre, che possono includere anche amici e parenti purché non abbiano più di diciott'anni. Da noi ancora non se ne sta parlando e sono decisa a ignorare la cosa fino a quando sarà possibile: non voglio rovinare il bel ricordo della mia vittoria con un penoso tentativo di ripetere l'impresa, schiacciata dal macigno delle aspettative altrui. Nossignori, ho già abbastanza pesi da portare per la mia giovane età.

Poco dopo, mentre usciamo dall'edificio e io già pregusto il momento della merenda, Kat lancia un'occhiata all'orologio e rovina tutto.

«Oh, com'è tardi!» esclama. «Io devo ancora fare la valigia, tu?»

Perché deve ricordarmi cose spiacevoli proprio ora? Sospiro e metto in atto il mio piano.

«No, ma... ho un gran mal di gola» butto lì, abbassando il tono di dieci tacche. Per rendere il tutto più convincente, mi tocco le tonsille con una smorfia di dolore. «Mi sa che nuotando è peggiorato, non so se riuscirò a venire alla gita domani.»

Kat scuote la testa, non l'ho convinta. «Mi spiace per la tua autostima, ma devo dirtelo: come attrice fai proprio pena.»

Salto su, punta nel vivo. «Guarda che non sto recitando!»

«Ma dai, un attimo fa andavi più veloce di un oro olimpico!»

«Prima stavo bene, adesso no. Avrò preso quel virus che c'è in giro...»

«Quale, quello che ti fa dire le bugie alla tua migliore amica?» mi incalza, scandagliando ogni millimetro del mio viso in cerca di segnali rivelatori.

«Piantala, mi fa male la testa.» Per enfatizzare la drammaticità delle mie parole, mi porto le mani alle tempie.

«Ma non era la gola?» si accanisce lei.

«Tutte e due.» E marcio con decisione lungo la strada.

Per convincerla del tutto sono costretta a rinunciare

alla merenda – come potrei deglutire? – e, a quel punto, Kat si azzittisce.

A casa, tuttavia, lo spettacolo deve continuare. Vado in camera mia, prendo il termometro e lo metto a scaldare sulla lampada da comodino. Nel frattempo accendo il portatile, mi siedo sul letto a gambe incrociate e porto avanti le mie ricerche sui viaggi nel tempo, che è diventato il mio topic trend da due anni a questa parte. Controllo se ci sono aggiornamenti, *case studies*, qualsiasi cosa. A volte mi imbatto in storie assurde che dividono il pubblico e non mi convincono, come un tale che sostiene di essere stato nel 2050 o un altro che ha vissuto un'esperienza di premorte e ha visitato i prossimi secoli. Il mio caso è diverso da tutti.

Era fine aprile di due anni fa e stavo tornando da scuola quando è iniziata un'eclissi di Sole. È stato allora che è successo per la prima volta. Mi sono spaventata a morte. O meglio, mi sono convinta di essermi addormentata e di avere fatto un sogno assurdo, quelli da cui ti risvegli di colpo, sudata e tremante.

Qualche mese dopo è successo di nuovo. Quando ho scoperto che la Luna si era oscurata, ho cominciato a intuire la verità.

Nonostante l'istinto mi avesse spedita di corsa dalla nonna, davanti a lei sono rimasta impalata a fissarla, incapace di trovare le parole. Alla fine l'ho presa alla larga e le ho chiesto se, nella lunga storia delle sue antenate, ci fosse qualcuna dotata di poteri particolari.

Lei stava potando un cespuglio di rose e mi ha risposto: «Quali poteri, Lily?».

«Non so, leggere nella mente? O vedere il futuro» ho spiegato con finta nonchalance.

«Be', ci sono state diverse donne con la fama di chiaroveggenti.»

Mi si è accesa una luce. «Davvero?»

«Sì, ma è difficile distinguere la realtà dalle storie che sono state raccontate.»

"Chissà, forse la mia capacità è ereditaria" ho pensato. Mi sono messa a cercare informazioni sulla chiaroveggenza, la definiscono così: "Una visione paranormale di oggetti, fatti o persone lontani nello spazio e nel tempo". Solo che non ho trovato nessun accenno alle eclissi o alla possibilità di spostare cose pur restando invisibili, lì si passa alla fantascienza. Così è subentrata la paranoia, del tipo: "Se vengo scoperta, il governo mi chiuderà in un laboratorio per fare esperimenti".

Perciò no, non l'ho raccontato a nessuno. Intanto cerco di cambiare il presente.

«Lily, la nonna mi ha detto che stai male» grida la mamma dal corridoio, una manciata di secondi prima di entrare nella mia stanza – giusto il tempo per chiudere il portatile e posarlo sul comodino, riprendere il termometro dalla lampada e infilarmelo sotto l'ascella.

«Sì» mormoro, accasciata sui cuscini come una moribonda, «e domani avrei la gita...»

«Oh, che peccato.» Mi sfila il termometro per controllarlo. «Be', con una febbre a quarantadue e mezzo probabilmente non ci arriverai proprio a domani, tesoro...» mi dice, increspando le labbra in un sorriso disarmante.

Merda.

«Credo tu sia l'unica ragazza al mondo che non vuole andare in gita» prosegue, riponendo il termometro nella custodia. Poi si avvia verso il corridoio. «Prepara la valigia» ordina con piglio militare, chiudendosi la porta alle spalle. Non si è neanche premurata di aggiungere qualcosa di carino come: "Sarà una bellissima esperienza formativa, vedrai che ti divertirai" e altre bugie simili.

Mi sento mancare il terreno sotto i piedi, sopraffatta da una sensazione di impotenza.

Non è vero che non mi piace andare in gita, anche se

magari non faccio i salti di gioia. La verità è che io non posso andare a Stonehenge domani, perché ho paura.

Di incontrare *lui*. E non voglio.

A questo punto devo farmi venire un'idea migliore, escogitare un piano B infallibile per restare a casa. D'altronde, la gente crede a un sacco di stupidaggini – se mangi broccoli non invecchi, lui non ti richiama perché ha il telefono scarico, non sei tu sono io –, quindi basta che mi inventi un'altra storiella per convincere mia madre e riuscirò a evitare il problema.

Insomma, che ci vuole? Posso farcela.

So che posso.

5

Le pianure verdeggianti del Wiltshire scorrono al di là del finestrino. L'autobus sfreccia lungo le stradine di campagna in direzione di Salisbury. Dopo più di tre ore di viaggio, durante il quale Kat ha russato per tutto il tempo sulla mia spalla e io sono diventata una cosa sola con il sedile, è mattina inoltrata quando raggiungiamo Stonehenge.

Scendo dall'autobus per ultima dopo aver convinto Kat – a fatica – ad abbandonare il mondo dei sogni e mi riempio i polmoni dell'aria fresca.

Niente, alla fine il mio piano B non ha funzionato. Per qualche motivo mia madre ha deciso che, a dispetto delle suppliche e di una molto convincente crisi di panico mattutina, per una volta dovevo comportarmi come una ragazza normale e partecipare alla gita come tutti i miei compagni.

«Vedrai posti magnifici» mi ha assicurato all'alba, prima di salutarmi davanti all'autobus, come faceva quando avevo tre anni e non volevo andare all'asilo.

«Sì, magnifici sassi ancora in piedi per miracolo» le ho risposto prima di salire a bordo.

Mi sono subito pentita della crudele descrizione di quello che la nonna considera uno dei luoghi più importanti della Terra, carico di un'energia unica. Ricordo di aver letto che, secondo una leggenda, un certo re cercava un luogo dove seppellire i suoi principi caduti. Merlino gli suggerì di far trasportare delle pietre dall'Irlanda, tuttavia l'esercito inviato sull'isola non riuscì a sollevarle per cui fu necessario l'intervento del mago.

Normalmente sarei incuriosita e affascinata da posti come questo, ma non oggi. Il motivo è che, nel mio quinto viaggio nel tempo, sono finita proprio a Stonehenge. Ero tra le rovine, davanti alla mia copia in jeans e maglietta che lanciava occhiate verso un gruppo di ragazzi, chiaramente studenti in gita. La Kat del futuro ha scherzato su cosa potesse attirare tanto la sua attenzione.

«Non sarà per caso il tipo biondo che ti sta fissando da mezz'ora?» ha insistito, e allora mi sono accorta del ragazzo sempre presente nelle mie visioni.

«Figurati» ha replicato la Lily futura, ma Kat ha continuato a osservarlo curiosa.

«Per caso vi conoscete?»

«Mai visto prima d'ora» ho mentito.

Si trattava di un'eclissi di Luna parziale, e nel tempo ho sperimentato che le eclissi parziali portano a visioni fugaci, spesso piene di domande senza risposta.

Quando il professor Brown ha annunciato che saremmo andati in gita nel sito archeologico più famoso del Regno Unito, mi è venuto un colpo. La notizia mi ha subito riportata a quel momento, perché funziona come con i sogni, tendi a non pensarci più finché qualcosa non te li ricorda. E mi sono agitata perché, per la prima volta, quello che ho visto potrebbe realizzarsi. Andare a Stonehenge significa scoprire se la mia ipotesi è vera, se le mie visioni sono viaggi nel futuro e non allucinazioni o scorci di un universo parallelo.

Non potendo evitare la partenza, ho cercato di correre ai ripari. Mi sono premurata di mettere in valigia solo vestiti che nella visione non c'erano e ora indosso un cappellino e degli occhiali da sole, una giacca e una sciarpa avvolta attorno al collo. Sto andando a fuoco per il caldo, ma so che i miei sforzi saranno ricompensati, anche se attirano i commenti dei compagni: «Hai paura di rovinarti il pallore? Ti stai nascondendo dagli alieni?».

Il primo premio per la simpatia va però ad Alex Wright, alto, riccio, palestrato: «Ehi, Heron, se hai freddo posso scaldarti io» mi sussurra, da gentiluomo qual è.

Non spreco energie per rispondere. Aggrappata al braccio di Kat, mi arrendo a seguire il resto della classe verso il sito archeologico.

«Allora dimmi: dove hai seppellito il cadavere?» scherza a mezza voce la mia amica, con aria cospiratrice. Soffoco una risata e punto verso l'orizzonte. «Laggiù, ma non posso rivelarti il luogo esatto o dovrei uccidere anche te.»

«Non preoccuparti, nemmeno l'Inquisizione può strapparmi il segreto.»

So che mi crederebbe, se le raccontassi dei viaggi nel tempo; il problema è che non mi guarderebbe più come prima, neanch'io prenderei bene una confessione simile. Un conto è ascoltare gli oroscopi, un altro è spostarsi tra le dimensioni. Magari, in totale buona fede, ne parlerebbe con suo padre che è medico e lo spettro della cavia da laboratorio tornerebbe vivo.

«Ma dobbiamo farcela a piedi?» si lamenta Jennifer Hill.

«Credevi che il pullman avrebbe parcheggiato al centro del cerchio per evitarti la passeggiata su quei trampoli che hai ai piedi?» replica Kat.

Tra gli sbuffi di Jennifer e delle sue amiche, che non sono note per il senso dell'umorismo, raggiungiamo infine il sito archeologico. «Era una specie di calendario astronomico che scandiva l'anno solare, risalente a cinquemila anni fa» ci spiega il professor Brown. «I sacerdoti che custodivano i misteri del luogo erano in grado di prevedere le eclissi, considerate un presagio di sventura. La gente credeva che un mostro mangiasse il sole; molti scappavano terrorizzati oppure, se erano abbastanza coraggiosi, cercavano di spaventarlo facendo chiasso nelle piazze.»

Per qualcuno il rapporto con le eclissi non è cambiato molto nella sostanza.

La scorsa notte deve aver piovuto perché l'erba è ancora bagnata, ma le nuvole che corrono nel cielo lasciano filtrare un sole caldo e avvolgente che rende il posto ancora più magico. Riesco a percepirne l'energia, è come un brivido che mi percorre il corpo. Dimentico il resto e mi abbandono alla bellezza attorno a me: una distesa verde non interrotta da alberi, le pietre grigie stagliate contro l'azzurro e l'orizzonte infinito. Sembra un portale che conduce in un mondo parallelo e quasi mi commuovo all'idea che, in passato, ci siano state persone – di questo o addirittura di un altro pianeta – in grado di attraversarlo.

Mi riporta alla prosaica realtà la visione, ben poco mistica, di Jennifer intenta a sperimentare pose su pose di fronte all'obiettivo di Marshall, la vittima di turno che deve aver assunto come schiavo personale per questi tre giorni. La scruto mentre, indecisa, si toglie e si rimette la felpa, si lega o si scioglie i capelli, facendosi scattare foto da postare sul suo profilo Instagram per raccogliere una pioggia di like da perfetti sconosciuti.

«Ciao... Kat.»

Mi volto e vedo Charlie Cooper che si avvicina goffo alla mia amica. Mi sta simpatico perché, a differenza della maggior parte dei miei coetanei, non dice parolacce, non sputa nei bicchieri dei professori – sì, lo fanno – e con lui si possono fare conversazioni interessanti.

«Ciao» risponde Kat con il tono monocorde con cui gli risponde sempre.

«Carino qui, eh?» ritenta Charlie, spaziando con lo sguardo verso i monoliti.

«Sì, non è male, per avere qualche annetto si conserva piuttosto bene.»

«Pensavo di ambientarci un fumetto, sai? Mi è venuta l'ispirazione per una storia: uno scienziato scompare all'improvviso e due ragazzini sono gli ultimi ad averlo visto proprio qui, durante un'eclissi di Luna. E si scopre che lo scienziato è un esperto di *wormhole*, i tunnel che collegano zone infinitamente lontane dell'universo...»

«Bello, lavoraci» taglia corto Kat, cercando di mettere un paio di pietre tra loro.

«Davvero ti piace?» farfuglia il povero Charlie, gli occhi scuri pieni di speranza.

«Certo, è molto... originale. Scommetto che lo scienziato finisce in un futuro dove la tecnologia ha preso il sopravvento sull'umanità.»

La mia amica sa essere spietata, a volte. La parola "futuro" mi fa sobbalzare e quasi inciampo in un sasso, ma tendo le orecchie per sentire cosa risponde Charlie.

«Pensavo piuttosto a un mondo simile a Lemuria.»

Kat alza gli occhi al cielo e lo faccio anch'io, non siamo patite di fantascienza.

«Comunque» insiste lui, cambiando di colpo argomento, «Alex e gli altri stanno organizzando un pigiama party per stanotte. Be', più party che pigiama. Io non ho nessuna intenzione di rischiare la punizione a vita ma... tu ci andrai?»

La mia amica risponde con la massima disinvoltura: «Preferirei essere inchiodata a un palo».

«Perfetto, come immaginavo. Potremmo vederci tra noi e parlare di fumetti.»

Kat lo liquida con un sorrisetto tirato e poi si volta di nuovo, ma lui, ostinato, non si arrende. «C-Che ne dici di prenderci un tè al centro visitatori quando finiamo qui?»

"Ancora?" si legge a lettere cubitali sul viso di Kat, che è un libro aperto. Charlie ha una cotta per lei dal giorno in cui si è seduto dietro di noi al corso di storia ed è rimasto folgorato. Mi fa tenerezza vedere come, anno dopo anno, cerchi di catturare la sua attenzione con ogni mezzo possibile, nonostante lei si impegni a mostrare indifferenza.

L'avvicinarsi di un'altra scolaresca dal posteggio fa scattare il mio allarme antiaereo. Non voglio scoprire che tra loro c'è il mio nemico, perciò afferro Kat per un braccio e dichiaro che l'idea del tè è fantastica, ci andremo tutti e tre insieme.

«Sul serio, Lily? Adesso?» chiede Charlie, incredulo.

«Abbiamo visto tutto quel che c'è da vedere.»

Charlie e Kat mi seguono incerti mentre mi incammino verso il centro visitatori.

«Ragazzi, dove andate?» ci richiama la Smith, la nostra professoressa più severa e anziana. A giudicare dalla sua faccia e dal passo lento, preferirebbe farsi lapidare con uno di quei monoliti piuttosto che essere in gita con noi.

«Non mi sento molto bene, professoressa. Ho bisogno di un tè caldo, per lei va bene se loro» e indico i miei amici «mi accompagnano al centro visitatori? Non vorrei svenire sul posto.»

La Smith si irrigidisce, pronta a dire di no, ma il professor Brown decide di salvarmi. «Andate pure. Si vede che sei pallida, Lily.» Scruta per un istante il mio abbigliamento da spedizione polare. «E che hai freddo. Forse è il caso di provarti la febbre quando torniamo in albergo.»

Mio eroe!

Una volta lasciatomi alle spalle il sito archeologico con la sua energia mistica e i nuovi arrivati, riprendo a respirare. Finalmente mi rilasso, come quando, prima di un compito in classe, ti dicono che la prof è malata.

La caffetteria del centro visitatori è tranquilla, ci sono soltanto alcuni turisti stranieri che consultano la guida davanti a tazze fumanti e muffin giganteschi.

«Cosa volete?» domando a Kat e Charlie, che ancora mi fissano perplessi.

«Quello che prende Kat» risponde lui, ma la mia amica non pare interessata al cibo.

«Hai gli stessi sintomi di ieri?» si informa, tastandomi la fronte.

«Sì, gola in fiamme e mal di testa.» Cerco di assumere un'aria sofferente. «Prenderò un tè allo zenzero e una tortina all'arancia, per la vitamina C.»

Ordino senza ulteriori indugi e, quando mi ritrovo seduta in un angoletto con il vassoio, mi sento meglio. Per il momento sono salva.

6

«Maschi al piano di sotto, femmine al piano di sopra e io dormo... in corridoio!»

Sono state queste le parole del professor Brown quando siamo arrivati in hotel per il check-in.

Peccato che, una volta salite in camera dopo la – terribile – cena, un rumore sordo mi costringe a voltarmi e rischio un colpo apoplettico trovando il viso di Alex spiaccicato contro il vetro del terrazzino.

«Ma che fai?»

Lui giunge le mani in segno di preghiera e, spinta da un insolito slancio di generosità, vado ad aprire.

«Lily, non vorrai farlo entrare» esclama Kat, scioccata.

Troppo tardi, ho già spalancato la finestra. Dietro ad Alex compaiono anche i suoi migliori amici.

«È qui Jennifer?» mi chiede, sbirciando dentro la stanza.

«Se ci fosse lei, non ci saremmo noi, te lo posso garantire» risponde Kat sdraiata sul letto a mangiare patatine.

«E allora dov'è?»

«Nel regno delle bambole senza cervello a fotografarsi allo specchio mezza nuda.»

«Evans, tu sei fuori di testa!»

«Be', non sono io a saltare da un terrazzo all'altro con le lattine di birra nascoste nello zaino» replica lei, serafica.

Alex sbuffa, poi, seguito dalla sua cricca, riprende il cammino sul cornicione tra i balconcini alla ricerca del paradiso perduto. Chissà se questa sarà la volta buona, visto che ci prova da due anni con la bella della scuola.

Non faccio in tempo a chiudere la finestra che un grido squarcia il silenzio. Guardo di sotto e vedo i fantastici quattro a gambe all'aria su un enorme cassone per l'immondizia.

Un secondo dopo non vedo più niente perché la camera resta al buio.

Spoiler alert: scopriremo in seguito che, nella caduta, hanno danneggiato i cavi elettrici dell'hotel e dovranno pagare una cifra così salata che i loro genitori decideranno con ogni probabilità di darli in adozione.

Per Alex & Co. la gita finisce qui. Vengono ricoverati all'ospedale più vicino con fratture ed escoriazioni, rimediando una sospensione da scuola e un'ulteriore multa per essere stati scoperti in possesso di alcolici.

Quando il direttore dell'hotel comunica alla Smith che non potranno più ospitarci per la seconda notte come da accordi, temiamo che finisca anche lei in ospedale, ma il suo pallore mortale non porta a uno svenimento; con il carattere di acciaio che la contraddistingue, si ricompone e ci assicura che troveremo una soluzione.

Non si può dire che sia una notte serena. In ogni caso, con quattro studenti in meno, la mattina seguente riprendiamo gli stessi posti di ieri sul pullman e ci dirigiamo verso la prossima meta, la cittadina di Amesbury.

Il professor Brown trascorre il viaggio a chiamare tutti gli hotel della zona per trovare un nuovo alloggio. La Smith dorme con la bocca aperta, avvolta nella sua sciarpa a scacchi.

«Ho una buona notizia e una brutta» annuncia il professore al microfono, mentre compaiono le prime case. «Quella buona è che ho trovato un albergo con disponibilità, quella brutta è che costa molto più dell'altro. Sono riuscito a contrattare uno sconto, ma al rientro saremo comunque costretti a chiedere un extra ai vostri genitori. Vista l'emergenza non abbiamo altra scelta.»

Immagino la faccia di mia madre: non andiamo in vacanza da anni per far quadrare i conti e, grazie ai due neuroni in croce divisi per quattro dei miei compagni, dovrà sborsare quei soldi in più. C'è da dire che io ci avevo provato a saltare la gita.

Amesbury è carina e, soprattutto, per le strade non c'è traccia di altri gruppi di studenti. Mi rilasso e, visto che oggi il tempo è nuvoloso, abbandono gli occhiali da sole e il cappellino da baseball, legando i capelli in un nodo. Mi colpisce in particolar modo il convento dove, secondo la leggenda, si ritirò la regina Ginevra dopo che il suo adulterio con Lancillotto fu scoperto. Quella storia mi affascina, i personaggi sono tormentati e non c'è un lieto fine, anzi, l'amore mostra il suo lato oscuro. Anche Kat ama leggere di Artù e della tavola rotonda, solo che lei è più interessata alla parte avventurosa che riguarda i cavalieri alla ricerca del Sacro Graal. Evita con cura il romanticismo e non l'ho mai vista infatuarsi di un ragazzo, come se la sola idea di mostrarsi sentimentale la facesse sentire in pericolo. Le piace essere considerata la tipa intelligente che non perde la testa per nessuno e io la capisco, basta guardare i nostri compagni per farsi passare la poesia.

Senza Alex e gli altri, la gita è più tranquilla. Jennifer oggi sembra sottotono, forse le sue foto non hanno raccolto abbastanza like. Nel pomeriggio ci spostiamo in un'altra cittadina e ci viene concessa una pausa per curiosare nei negozi di souvenir, dove Kat compra un quaderno di carta pergamena e io dei biscotti artigianali per la mamma, per attutire il colpo della spesa imprevista.

La giornata è piacevole, il tempo è buono fino a che, alle 18.03, accade la tragedia.

Armato di microfono, il professor Brown, la annuncia sul pullman con la calma di un crisis manager. «Allora, ragazzi, abbiamo un problema.»

«Come se non ne avessimo già avuti abbastanza» borbotta al suo fianco la Smith. «Questa non è una gita, è un viaggio della speranza.»

«La nostra Jennifer ha perso un orecchino» prosegue lui, cercando di restare serio.

«Una vera tragedia» bofonchia Kat al mio fianco e io non riesco a trattenere una risata, mentre cerco con gli occhi Jenn, seduta in prima fila. Non è al suo posto usuale, e ha la faccia di un cucciolo di Labrador salvato dalla pioggia.

«Si tratta di un prezioso cimelio di famiglia, perciò controlleremo se è caduto qui.»

Alla prima area di sosta scendiamo e i professori scandagliano ogni centimetro dell'autobus; Jennifer assiste con espressione angosciata, ma del gioiello non c'è traccia.

«Sicura di non averlo dimenticato in camera?» le chiedo dubbiosa.

«Sicurissima.»

«Se l'hai perso oggi per strada, non lo ritroverai più» sospira la sua amica Pam, sfoderando la sua notevole capacità di consolare gli afflitti.

Mi accorgo che Jenn è sull'orlo di una crisi di nervi. Ci manca solo di dover tornare indietro a setacciare la città e siamo a posto.

Così, con questa bella atmosfera torniamo in albergo, o meglio, nel nuovo albergo, che è un palazzo vittoriano con una hall che ricorda il salone di *Downton Abbey*. Sedute sulle poltroncine di velluto ci sono coppie dall'aria facoltosa e, in un angolo appartato, vedo un gruppo di studenti con indosso le eleganti uniformi di una scuola privata. Mi colpisce una ragazza che si avvicina ai divanetti per raggiungere il resto della comitiva. I lunghi capelli chiari fluttuano a ogni movimento, è talmente disinvolta e leggera che sembra una farfalla.

Oddio. Studenti.

Ma no, non può essere. Anche perché nel mio viaggio nel tempo non mi trovavo in questo hotel per fortuna.

«Domani alle sette e mezzo in punto ci incontriamo qui» annuncia la Smith, talmente provata da questa gita che penso che al ritorno chiederà il pensionamento anticipato.

«A fare colazione?» chiede Charlie.

«No, a ballare il sirtaki» gli risponde Kat, che poi mi guarda sgranando gli occhi. Quando ha fame diventa particolarmente irritabile, quindi, per evitare morti e feriti, mi offro di andare a recuperare qualcosa al volo al bar mentre lei può avviarsi in camera con la chiave consegnata dalla prof. Di cenare al ristorante non se ne parla, troppo caro, e così ci hanno dato "il pasto libero", che tradotto significa: arrangiatevi.

Prendo dei cracker, noccioline, patatine alla paprika e due bottigliette di acqua e spendo l'equivalente dell'incasso di un giorno alla libreria di mia madre. Con le braccia occupate mi dirigo verso l'ascensore e premo il pulsante di chiamata con il gomito.

Appoggio il peso da un piede all'altro, impaziente di fare una doccia e mettermi comoda sul letto che, ne sono certa, sarà spettacolare. Che ci sia anche un camino in camera?

I miei sogni a occhi aperti si interrompono all'arrivo dell'ascensore, annunciato da un *ding*. La porta si apre, muovo un passo in avanti, poi mi blocco di colpo, scioccata.

Non è vero.

In piedi di fronte a me, bello come il sole, c'è il mio peggior incubo.

Quando incrocia il mio sguardo, il ragazzo biondo sembra paralizzarsi a sua volta.

Il panico mi afferra i polmoni e mi spezza il respiro.

In un lampo di lucidità faccio l'unica cosa che il mio cervello sotto shock riesce a pensare, mi volto e inizio a correre.

«Ehi, aspetta!» Lui mi insegue, ma io corro più veloce che posso e mi infilo in un altro ascensore che si sta chiudendo, dall'altra parte del salone.

Appena raggiungo il mio piano, con il fiato corto e il cuore che batte all'impazzata, controllo di essere sola. Il corridoio sembra vuoto e silenzioso, perciò esco con un balzo e mi fiondo in camera.

Non credo che uscirò mai più di qui.

7

Getto le provviste sul letto e nascondo la testa sotto i cuscini – sì, sono soffici e profumano di gelsomino – come se fosse appena esplosa una bomba, che più o meno è ciò che è accaduto.

Anche se la scena era diversa da quella a cui ho assistito nel mio "viaggio", non posso più avere dubbi: quello che ho visto si è realizzato, ho incontrato il ragazzo biondo a Stonehenge.

«Ehi, tutto bene?» mi domanda Kat, preoccupata.

Prima che possa recuperare l'uso della parola, il mio telefono inizia a squillare nella borsa e Kat va a prenderlo. «È Vic» mi annuncia.

Ah. Mia sorella e il suo tempismo perfetto. Se non le rispondo, lo dirà alla nonna, che tirerà in ballo qualche influsso planetario negativo spaventando a morte la mamma, quindi mi costringo a uscire dal mio rifugio antiatomico e prendo il cellulare. «Ehi.»

«Ciao, come sta la mia sorella preferita?» mi domanda con voce squillante.

«Sono la tua unica sorella, che io sappia.»

«Mai dire mai. Ti diverti? Come va con i ragazzi? Anzi, no, aspetta, non dirmelo: malissimo, lo so già!»

Mentre snocciola consigli non richiesti sulle tattiche

di conquista che ha imparato chissà dove, si sente bussare. Kat va ad aprire e ho un pessimo presentimento, che si realizza non appena vedo il ragazzo biondo di fronte a lei.

«Ti richiamo.» Getto il cellulare sul materasso, mi lancio verso la porta e la richiudo di scatto in faccia all'ospite, sorprendendo Kat che mi fissa incredula.

«Lily, sei impazzita?»

«Come ha fatto a indovinare la camera?» Appoggio la schiena contro la porta mentre lui, dall'altra parte, non si arrende.

«Dai, solo un secondo. Per favore.»

«Lily, chi è?»

«Nessuno.»

Con gentilezza Kat mi sposta prendendomi per le braccia e abbassa la maniglia. Io resto incollata al muro, gli occhi chiusi e il cuore che ormai ha preso il volo.

«Va bene, hai tre secondi per giustificare la tua presenza qui, chiunque tu sia» la sento dire. «Uno, due...»

«Voglio solo parlare con la tua amica. Lily, giusto?»

«No!» grido, voltandomi mio malgrado verso di lui. «Vattene, non ti conosco.»

Un sorriso si apre sulle labbra del ragazzo. «Sono sicuro di averti già vista da qualche parte.»

«Sì, dicono tutti così.» A differenza delle scene nel futuro, ha i capelli un po' lunghi che gli ricadono sulla fronte. E il suo sorriso è solare, tanto innocente che sembra impossibile pensare male di lui. Ma si sa, i visi d'angelo sono i più pericolosi.

Kat prende le redini della situazione e gli tende la mano. «Piacere, io sono Katherine e gradirei sapere perché stai inseguendo la mia amica.»

«Oliver» le risponde lui con una stretta. «Non la sto inseguendo, ci siamo incontrati qui sotto e ha perso questo.» E mostra un sacchetto di patatine che deve essermi caduto nel rush folle verso l'altro ascensore. Lo afferro e mi sforzo di sorridere.

«Perfetto, grazie Oliver, addio» lo saluto, chiudendo di nuovo la porta, questa volta a chiave.

Dal silenzio deduco che si è arreso. Mi concedo un sospiro.

«Si può sapere che ti ha fatto quel poveretto?» mi chiede Kat, sempre più perplessa. Non sono la numero uno nelle relazioni sociali ma, in effetti, oggi mi sono superata quanto ad acidità e maleducazione.

«Mi è passato davanti nella fila al bar» improvviso, tornando verso il letto con il battito fuori controllo. Se continuo così, morirò d'infarto a sedici anni, altro che pungermi con il fuso.

«Che affronto!» ironizza lei.

«Che vuoi farci, non sopporto i ricchi spocchiosi che non rispettano le precedenze» borbotto e poi mi ributto tra i cuscini, stavolta spero per sempre.

Dopo una notte insonne trascorsa a pensare a Oliver – ora il mio peggior nemico ha un nome – comunico a Kat che ho mal di testa e non scenderò a fare colazione. Non sia mai che lo incontri in sala. Con la mia fortuna me lo troverei davanti mentre mi verso il latte sui cereali. No, ma che dico, mentre spalmo il burro chiarificato sul pane alla farina di kamut: in questo posto non servono certo dei banali corn flakes.

«Ti porto qualcosa in camera» si offre lei, premurosa.

Torna mezz'ora dopo con un muffin gigante all'avena, toast alla quinoa – c'ero quasi – e un succo di frutta fresca. Divoro tutto mentre lei si lava i denti e sistema lo zaino. Io sono già pronta dalle sei.

«Hai visto per caso...?» m'informo, non osando pronunciare il suo nome.

«Il ragazzo saltafila?» conclude lei. «Sì, mi ha salutato

cortesemente e si è detto dispiaciuto per il tuo malessere. Io ho precisato che quando hai mal di testa non vuoi vedere nessuno, nel caso gli fosse saltato in mente di tornare qui.»

Finisco il succo e corro ad abbracciarla. «Sei l'amica migliore del mondo!»

«Lo so. Non mi è chiara una cosa, però.»

«Cioè?»

«È carino e pure gentile. Com'è che ti suscita una tale antipatia?»

«Istinto» mormoro. «Mia nonna sostiene che bisogna seguire la pancia, non la mente. E la pancia mi dice di stargli alla larga.»

Kat non osa contraddire la perla di saggezza della nonna e mi segue fuori dalla stanza, verso la scala di emergenza. Niente ascensori per oggi.

Mentre lei consegna la chiave alla reception, io salgo direttamente sul pullman, silenziosa come un ninja.

«Ragazzi, ho una bella notizia e una brutta» esordisce di nuovo il professor Brown quando siamo tutti pronti a partire. A giudicare dalle occhiaie e dalla barba lunga di due giorni, anche lui è provato da questo viaggio. La Smith oggi è fuori uso: indossa dei grandi occhiali da sole e sta seduta in silenzio sul sedile vicino al conducente. O dorme o è morta.

«Dunque, la bella notizia è che Jennifer si è ricordata dove ha perso l'orecchino. La brutta è che dobbiamo fare una piccola deviazione a Stonehenge per recuperarlo.»

Sento precipitarmi il mondo addosso: riusciremo mai ad andarcene da questo posto?

Quando ritorniamo nel parcheggio del sito archeologico, mi sale l'ansia. Me ne starò zitta e buona al mio posto finché Jennifer non sarà tornata con il bottino; nessun estraneo può salire a bordo. O almeno questo è il mio piano fino a che il professor Brown non mi intercetta.

«Lily, ti dispiace accompagnarla?»

«Io?» salto su, inorridita. «Perché non Pam?»

Il professor Brown lancia un'occhiata scettica alla ragazza mora che si sta smaltando le unghie e soffia per farle asciugare. «Ti prego, Lily. Sei il mio pilastro.»

Il suo volto sfinito mi commuove. È il mio insegnante preferito, come faccio a rifiutare? Sbircio fuori dal finestrino, non ci sono altri pullman per il momento.

Sospiro. «Okay.»

Scendo e inizio a camminare a passo svelto. Cavoli, ho dimenticato la giacca e il resto del travestimento. «Muoviamoci» sibilo a Jennifer, che invece procede piano per via dei soliti tacchi alti.

«Non capisco perché questi neolitici abbiano dovuto costruire questi cosi in mezzo a un campo, guarda là che fango» si lagna.

«Ma infatti, non lo capisco neanch'io, un osservatorio astronomico all'aperto, roba da matti. Voglio dire, non ha alcun senso, come un cantiere navale in riva al mare o un impianto sciistico in montagna. Follia!»

Lei ci pensa un po' su. «Be', l'impianto sciistico al mare non sarebbe molto utilizzato se non nevica spesso.»

La guardo come si guarda un elefante che beve il tè.

«Ah, forse stavi scherzando» deduce a un certo punto.

No, non ce la posso fare. «Concentrati sulle scarpe, Jenn, attenta che non si sporchino.»

Finalmente raggiungiamo il punto in cui eravamo l'altro ieri, quello in cui lei si faceva le foto: è convinta che, mentre si spogliava e rivestiva, le si sia sfilato l'orecchino. Frugo tra l'erba bagnata ma, ogni tanto, alzo lo sguardo per vedere che non ci sia *lui* in mezzo ai visitatori che arrivano dal parcheggio.

Quando individuo qualcosa di luccicante accanto a un sasso, esclamo: «Eccolo!».

Jennifer spalanca gli occhi ricoperti di trucco davanti

al gioiello che stringo tra le dita, poi mi salta al collo. «Ahhh, grazie!» La sua voce stridula risuona come una fucilata in mezzo alla pianura e fa voltare tutti. «Sarebbe stata una tragedia non ritrovarlo!»

«Prego, non c'è di che, adesso filiamo via» taglio corto. La prendo per mano e la trascino a passo di carica verso l'uscita, prima di fare brutti incontri.

«Lily!»

Troppo tardi.

Oliver è qui, mi sta fissando e temo che proverà a raggiungermi. Il panico mi stringe lo stomaco e un senso di pericolo imminente mi costringe a scappare. Abbandono la mano di Jenn e ignoro i suoi richiami, non so nemmeno io dove sono diretta. Purtroppo lui mi insegue e riesce ad afferrarmi il braccio.

«Mi spieghi cosa ti ho fatto di male? Voglio solo conoscerti.»

«Perché?» ringhio, liberandomi dalla sua stretta.

«Sei carina.» Mi sorride e, per un attimo, rischio di dimenticare il motivo per cui sto fuggendo. Scuoto la testa per riprendermi e per negare le sue parole.

«Senti, devo tornare al pullman, stiamo partendo» gli dico in tono più posato, sperando di apparire pacata e convincente. «Scusami.»

Nel frattempo Jennifer ci ha raggiunto – l'appeal di Oliver ha vinto sulle scarpe di lusso – e gli sta già facendo gli occhi dolci.

«Ciao, e tu chi sei?» gli domanda melliflua, lisciandosi la chioma.

Oliver la guarda distratto, ma capisco che sta facendo due più due perché subito le chiede: «Sei con lei?» riferendosi a me.

«Sì. Jennifer Hill, Jenn per gli amici» squittisce lei. «Frequento il liceo di Midheaven, e tu?»

«Io studio a Londra.»

Provo a spingerla verso il parcheggio, dove il professor Brown fa segnali di fumo per indicarci di tornare. «Dobbiamo andare» insisto. «Addio, Oliver.»

Gli volto le spalle e lui non ci segue più.

«Ho trovato il mio orecchino!» annuncia Jenn non appena risaliamo sul pullman. «E Lily ha trovato il fidanzato!»

Risate e fischi da parte di tutti, prima che la Smith lanci un flebile: «Silenzio...».

«Quanti anni di carcere danno se uccidi qualcuno per legittima difesa?» borbotto a Kat, mentre torno a sedermi al mio posto vicino al finestrino.

«Che fidanzato hai trovato in dieci minuti?» Ma si risponde da sola, intuendo quello che è successo. «No, dai, hai rivisto il saltafila!»

«E adesso sì che mi scoppia la testa» sentenzio mentre il pullman inizia a muoversi.

Fingo di dormire, ma non posso fare a meno di pensare a lui. Il suo sguardo, il suo volto. "Sei carina." Provo a convincermi che non ha importanza, che non verrà certo a cercarmi a Midheaven solo perché mi trova carina, ammesso che sia vero. Il mio cuore, però, è inquieto e la "pancia" di cui parla la nonna non mi conforta per niente.

Mi sfioro il punto in cui Oliver mi ha stretto il braccio e ho l'impressione che bruci, come se mi fossi fatta un tatuaggio con il fuoco.

Con il Sole in Toro, segno di terra,
ci sentiamo legati a ciò
che è noto e familiare.
Venere, il pianeta dell'amore, lo governa
ma Mercurio retrogrado rende difficile
esprimere le emozioni e liberare i
sentimenti che abbiamo nel cuore.
Con Plutone che ci mette alla prova,
dobbiamo trovare il coraggio di accettare
l'incertezza e il cambiamento.

TORO

8

«È stata risucchiata dal cellulare.»

«È tornata a Barbieland.»

«No, a forza di cancellarsi difetti con Photoshop si è cancellata anche dalla realtà.»

Kat e io non riusciamo a capire dove sia sparita Jennifer. Doveva essere qui più di mezz'ora fa per le prove dello spettacolo, ma di lei non c'è alcuna traccia. Magari è la volta buona che ce la siamo tolta dai piedi?

Le nostre speranze precipitano sotto le parole di Pam. «Sta arrivando con il suo nuovo ragazzo.» La notizia alle nostre orecchie suona più come una minaccia. «Sai che non vede l'ora di presentartelo, Heron?»

«Mio Dio, sul serio? Ma quale onore!» Mi porto una mano al petto, fingendo di contenere lo stupore. «E come si chiama? No, aspetta, lo so: Ken» la provoco. «Oh, non sto più nella pelle adesso, l'attesa mi ucciderà» continuo, ridacchiando insieme a Kat. Poi fingo di morire malamente con la lingua fuori e gli occhi sgranati.

«Ragazze, vi prego, ricominciamo.» Il professor Brown interrompe la mia performance estemporanea e mi invita a salire di nuovo sul palco. Mi alzo controvoglia dalla poltroncina della prima fila in platea e mi guardo intorno.

Sembra di essere a un casting nel West End. Ovunque

c'è gente che canta, balla o recita per il musical che andrà in scena dopodomani sera e che dovrebbe rappresentare l'apice dei nostri sforzi artistici dell'anno scolastico, il risultato delle mille riunioni, discussioni e votazioni che hanno scaldato l'inverno. Quando ho ottenuto uno dei ruoli principali, credevo che l'aula andasse a fuoco, tanto Jenn ribolliva di rabbia.

Il professore ci incita battendo le mani. «Forza, su, che siamo un po' indietro...»

L'ho sempre ammirato per il suo incrollabile ottimismo. Dire che siamo *un po' indietro* è come affermare che Hannibal Lecter ha solo un piccolo problema di gestione della rabbia.

«Be', sarebbe più appropriato parlare di ritardo cosmico» mi sussurra Kat all'orecchio.

Annuisco infelice. «In pratica non ce la faremo mai.»

«Sarà il *The Marvels* del teatro scolastico, un flop totale» soggiunge Charlie, arrivato alle nostre spalle senza che ce ne accorgessimo. Nonostante la faccia buffa di Kat che rotea gli occhi con la stessa platealità di mia sorella, mi sforzo di non ridere. Mi spiace per Charlie, che ha dedicato le serate e i fine settimana allo storyboard e alle scenografie.

Si tratta di una rivisitazione del mito di Orfeo ed Euridice, con una sceneggiatura moderna e canzoni melodiche e rock che sono – seriamente – un capolavoro.

Inizia con Orfeo che si innamora di Euridice, con un pezzo pop che canticchiamo di continuo nell'intervallo. Poi però subentrano note cupe e minacciose, perché la povera fanciulla viene inseguita da un altro tizio che si è preso una cotta per lei e, correndo, viene morsa da un serpente. E muore. Qui parte una melodia triste, tanto che ho i lacrimoni solo a pensarci. Ma Orfeo, che con la sua musica incanta animali, dèi ed esseri umani, scende negli Inferi e cerca di convincere Ade e Persefone a restituirgli la sua amata. Questo è il pezzo migliore, composto da Keith

Kamara, aspirante popstar e idolo delle studentesse. Insomma, Orfeo ottiene di riportare Euridice sulla Terra, ma a una condizione: non deve voltarsi finché non saranno usciti entrambi alla luce del sole. Impaziente, il nostro eroe infrange la regola e perde Euridice per sempre. L'ultima canzone diventerà un successo mondiale, lo so.

Kat adora la storia, conosce a memoria tutti gli adattamenti fatti nel corso dei secoli ed è felice di avere la parte di Persefone, mentre io sono preoccupata di non essere all'altezza. Anche se, vedendo i possibili interpreti di Orfeo, improvvisamente mi sento Celine Dion.

Per uno strano scherzo del destino, il mio coprotagonista avrebbe dovuto essere Alex, che ha la testa vuota ma compensa con la voce. Peccato che sia ancora fuori gioco dopo la caduta dal balcone per cercare la sua Giulietta durante la gita. Credo si sia rotto ossa che non pensava nemmeno di avere e il recupero adesso è piuttosto lungo e complicato.

Il problema è che Keith è impegnato altrove e non c'è un altro studente disponibile che sappia, non dico cantare, ma almeno intonare qualche strofa senza mettere in fuga tutti i cani del quartiere. Il professor Brown, che non meritava questo ulteriore grattacapo e credo prenda dosi elevate di ansiolitici per restare calmo, ha provato a sostituirlo con Will Wright, che come attore non è malaccio ma ha l'orecchio musicale di un calamaro. E i calamari sono privi di organi dell'udito.

Poi è stato il turno di James Carter, anche lui del terzo anno. Non sa recitare ma sostiene di aver cantato nel coro della chiesa da bambino. Mentre stava provando è entrata la Smith e il professore l'ha salutata dal palco, con il suo immancabile buonumore: «Ehi, Jessica, che te ne pare?».

La Smith non ha nemmeno risposto. Non serviva, aveva la faccia di chi ha appena assistito alla morte della Musa del canto. È uscita un istante dopo, richiudendo la porta.

D'altra parte Orfeo era un genio della musica, un incantatore nato, perciò chi lo interpreterà dovrebbe quantomeno conoscere le sette note e cercare di emettere suoni più gradevoli del rumore delle unghie sulla lavagna. Non avrei mai creduto possibile rimpiangere Alex.

Adesso è stato convocato Mark Whitter, un ragazzo timido e impacciato che mi fissa con occhi da cerbiatto. Ha il viso bordeaux e temo che gli esploda la faccia da un momento all'altro: la sua ansia fomenta la mia e dopo due battute mi impappino anch'io. Di questo passo ci verrà un attacco di panico sincronizzato entro mezzogiorno. No, non ce la faremo mai.

I minuti passano, la mattina si avvia alla conclusione, è venerdì e noi non abbiamo l'interprete principale. Domenica scenderemo noi agli Inferi, non Orfeo.

Mi torna in mente la previsione astrologica della nonna, che il ventuno di ogni mese, al passaggio da un segno zodiacale all'altro, ci convoca per illustrare le complicate interazioni dei pianeti e delle stelle. Si versa il caffè e, a volte con le carte sottomano, a volte a memoria, ci racconta come si prospettano le settimane successive.

Stavolta sembra che Mercurio, il pianeta della comunicazione, ci leghi la lingua, cioè ci renda complicato esprimere ciò che proviamo. Ma è Plutone il vero problema, perché ha il vizio di stravolgere le certezze e metterci in crisi. Amo Plutone come amo il sale in una torta, una conchiglia appuntita sotto il piede nudo in spiaggia e l'acqua ghiacciata nella doccia il primo di gennaio. La nonna ha concluso che dobbiamo avere pazienza e fiducia, tutto passerà.

«Bisogna avere pazienza e fiducia» mi ripeto dunque a mo' di mantra, così tesa che, quando la porta principale si spalanca dal fondo del teatro, ho un sussulto.

«Ehilà!» Dal trillo inconfondibile riconosco la voce di Jennifer che avanza nella penombra della platea. «Eccomi!» si annuncia da sola, sperando forse che parta l'applauso.

Mi ritrovo a scuotere la testa insieme a Kat, mentre Jenn avanza fino a metà sala. Indossa qualcosa di talmente sgargiante che si intravede anche al buio.

«Sono qui per salvare lo spettacolo. Ho trovato un Orfeo perfetto!»

Il professor Brown, che probabilmente stava pregando seduto su una sedia in terza fila, si volta verso di lei con l'espressione di chi ha appena avuto un'apparizione.

«Jennifer, se mi hai portato Orfeo giuro che ti do il massimo dei voti.»

Mi accorgo solamente adesso che non è da sola. Vicino a lei c'è un ragazzo alto e sottile che non distinguo nella penombra. La luce dei faretti puntata su di me mi acceca.

«Dove lo avrà raccattato questo?» bisbiglio a Kat, dandole di gomito e facendola ridere.

«Ehi, Heron.» Jenn mi chiama e mi volto verso la sua voce divertita. «Guarda un po' chi c'è qui con me.»

Senza un apparente motivo, una sensazione di allarme inizia a stringermi lo stomaco. I due avanzano verso il palco e, quando il ragazzo entra nel bagliore delle luci, l'allarme diventa panico. Ogni fibra del mio essere è in tensione, il sorriso mi muore sulle labbra non appena i miei occhi lo mettono a fuoco.

Oliver?

Oliver.

Sbatto le palpebre sperando che sia solo un'illusione ottica, invece è vero. E sfodera il sorriso di chi non ha un problema al mondo. Resto pietrificata, incollata alle assi di legno del palco.

Jenn lo guarda soddisfatta, come il dottor Frankenstein osserva la sua creatura prendere vita. Pam e le altre bisbigliano parole che non riesco a comprendere, Kat piomba al mio fianco.

«Il saltafila? Non ci credo!»

"Non dirlo a me."

«Perdonate l'intrusione» esordisce Oliver. «Jenn mi ha detto che avete un problema.»

«Oh, be', sì, in effetti si può dire che stiamo riscontrando qualche difficoltà a trovare il sostituto ideale per il ruolo del protagonista...» abbozza il professor Brown, poi si volta verso Mark. «Senza offesa.»

«*Mon Dieu*, quanti giri di parole!» La Smith irrompe da una delle quinte, cogliendo tutti alla sprovvista. Incredibile, oggi appare e scompare come il Fantasma dell'opera. Attraversa il palcoscenico e va dritta verso Oliver. «Ragazzo, siamo nel mezzo di una vera tragedia. Tu sai fare miracoli?»

Oliver aggrotta la fronte, un po' in imbarazzo. «Non proprio, però so cantare.»

«È già un inizio» annuisce la Smith. «E su un palco ci sai stare o te la fai sotto come lui?» continua alludendo al povero Mark. «Senza offesa.»

«Ci so stare» dice con tono sicuro. «Ma se volete posso fare una prova.»

«Accomodati. Siamo tutt'orecchi.» Con un plateale gesto della mano, la Smith indietreggia di un passo per fargli spazio.

Oliver sale la scaletta ed è al mio fianco. «Sei tu Euridice, Lily?»

Nel sentirlo pronunciare il mio nome, il mio cuore decolla. Questo è l'influsso di Venere, così scuoto la testa con convinzione. «No.» E sento il rumore delle mie dita che scivolano dallo specchio di scena.

A Kat sfugge una risatina.

«Sì, è lei!» gli conferma divertita Jenn. «Ma io sono Amore!»

Oliver sorride, si schiarisce la voce e, con gli occhi fissi sui professori, intona a cappella una strofa di *Perfect*, la canzone di Ed Sheeran che adoro.

Vedo il mio futuro nei tuoi occhi. Quando pronuncia questa frase, un brivido mi attraversa dalla testa ai piedi.

Mio malgrado, rimango incantata ad ascoltarlo, sventurata marinaia davanti al sirenetto ammaliatore. In verità lo siamo tutti, come se Oliver avesse lanciato un incantesimo e adesso fossimo in suo potere.

I ragazzi lo osservano con la riverenza che si riserva agli eroi.

Le ragazze hanno gli ormoni a mille.

«Sei assunto» proclama la Smith, interrompendolo dopo un paio di strofe. Soddisfatta, se ne va imbucando la porticina laterale, probabilmente diretta al suo covo segreto nelle profondità del teatro.

«Abbiamo Orfeo!» proclama il professor Brown, correndo ad abbracciare Oliver. «Ecco il cantore della Tracia, colui che per riavere la sua amata decide di sfidare gli dèi degli Inferi con la forza del suo canto!» Poi si volta verso le quinte. «Hai visto che roba, Charlie?»

Charlie annuisce commosso, anche lui al settimo cielo.

L'unica che non è felice qui, a quanto pare, sono io. E, come tutti gli infelici di questo mondo, cerco di guastare la festa agli altri. Mossa dalla forza della disperazione, mi avvicino al professor Brown cercando di scuoterlo da questa specie di estasi in cui sembra essere precipitato. «Mi perdoni, credevo che gli esterni non potessero partecipare. E non mi risulta che lui studi qui.»

Ho parlato con il piglio del pubblico ministero. *Mi oppongo, vostro onore!*

«In effetti...» La sua esitazione disperata dura un istante soltanto. «Ma, viste le circostanze, è meglio non guardare a queste sottigliezze.» Mi posa una mano sulla spalla per mettermi a tacere. *Obiezione respinta.*

«Allora prof, merito il massimo dei voti?» gli chiede Jenn, con una sventolata di ciglia.

Lui la prende per le spalle e la abbraccia, in delirio. «Jennifer, tu meriti il Nobel!»

9

Non posso resistere un minuto di più. Mi precipito verso l'uscita più vicina, mentre sul palco fervono festeggiamenti degni della finale di un mondiale di calcio.

Il futuro mi sta precipitando addosso e devo mettermi in salvo.

Il teatro della scuola è situato al secondo piano, sopra la palestra. Scendo le scale e sto per uscire all'esterno, quando sento risuonare la voce di Oliver.

«Lily, aspetta!»

Lo ignoro e spingo la maniglia antincendio. Prenderò le mie cose e me ne andrò, che si trovino un'altra Euridice!

In cortile una mano afferra la mia e mi costringe a voltarmi. «Vuoi fermarti?»

«No.»

Oliver però non si lascia intimorire. «Possiamo parlare un minuto?»

«Di nuovo: NO.» Il vento che soffia dal mare piega le cime degli alberi e mi scompiglia i capelli. Provo a girarmi, ma lui stringe la presa e non riesco a muovermi.

«Ti prego.»

Finisco per cedere e, non so come, i suoi occhi chiari mi incatenano sul posto. Quando è sicuro che non fuggirò più, lascia andare la mia mano, ma non il mio sguardo.

«Perché sei qui?» gli chiedo, cercando di controllare la voce.

«Per aiutarvi con lo spettacolo.»

Gli rido in faccia. «Certo, buon samaritano.»

Inarca le sopracciglia con espressione angelica. «Tecnicamente è così, non puoi negarlo.»

Non mi degno di rispondere. L'incantesimo si spezza e, libera, marcio via.

Lui però mi si para davanti alla porta dell'edificio principale, quello che ospita le aule. «Va bene, ascolta. Jenn era il mio unico contatto ed è stato facile trovarla su Instagram.» Adesso sembra in imbarazzo.

«Ah, non ne dubito.»

«Abbiamo scambiato due chiacchiere e mi ha raccontato che a scuola eravate nei guai con lo spettacolo. Allora mi sono offerto di aiutarvi, studio musica con mia mamma da quando avevo cinque anni.» Mi scruta un istante, per essere certo di avere la mia attenzione. «L'ha trovata una splendida idea e, visto che non avevo ancora fatto assenze, oggi ho saltato la scuola e sono venuto qui.»

«Addirittura saltare la scuola per salvare noi! Che animo nobile.»

Mi scosta una ciocca di capelli che il vento mi ha sbattuto in faccia. «Non per salvarvi, per trovare te.»

La sua risposta mi zittisce, tagliando il filo dei miei pensieri. All'improvviso la mia mente si svuota e il cuore, invece, si riempie di qualcosa che non saprei definire.

«Orfeo! Euridice!» La voce della Smith fa sobbalzare entrambi. Ha spalancato la porta e ci fissa severa. «Non dovreste essere impegnati a provare e riprovare fino a che non avrete più fiato in corpo?»

«Ci scusi» farfuglio, imbarazzata. Detesto essere ripresa dagli insegnanti.

«Arriviamo subito» la rassicura Oliver. Perfino la professoressa Smith sembra capitolare di fronte al suo sorriso smagliante, perché annuisce mansueta e se ne va scodinzolando.

Prendo un respiro profondo per cercare di riportare il cuore a un ritmo normale. No, non posso abbandonare lo spettacolo adesso, cosa direbbe il mio adorato professor Brown? E i miei compagni? Li lascerei in un guaio ancora più grande di quello in cui già ci troviamo.

La cosa più assurda è che, se non l'avessi visto nel futuro, sarei elettrizzata all'idea che un ragazzo così carino abbia preso il treno da Londra per rivedermi. Non ho niente di speciale, non mi è mai capitato che qualcuno si innamorasse di me a prima vista, eppure Oliver sembra quantomeno incuriosito. Solo che, in questo caso, per me è un disastro.

«Okay, senti» comincio, prendendo una decisione. «Non so perché tu ti sia fissato con me» dico, quasi pensando ad alta voce, «e non voglio saperlo. Ma questo spettacolo è importante, ci abbiamo lavorato tanto e non posso mollare.»

Lui annuisce, mentre un'espressione maliziosa gli si disegna sul volto. «Giusto.»

«È una questione di rispetto e di responsabilità, dopotutto» continuo con la grinta di Margaret Thatcher, iniziando a tornare verso la palestra.

«Esattamente» annuisce, mordendosi il labbro per non ridere.

«Che c'è?» chiedo, con la grazia di un vecchio boscaiolo del Wisconsin.

«No, niente» sogghigna. «È solo che... sei molto saggia, Lily Heron.» Quello che aggiunge dopo mi stende. «E sempre più carina.»

Il teatro è in fermento quando ricominciamo le prove.

Il copione ha subito alcuni cambiamenti e al cinquantesimo minuto dopo le tre del pomeriggio entra Oliver con la maglietta numero 10 nella parte di Orfeo.

Mark Whitter è stato retrocesso al ruolo di "roccia" della caverna di Ade e nel fare scena muta è finalmente a suo agio. James Carter è diventato Cerbero: il fatto che fosse un cane a cantare deve aver dato l'idea al professor Brown nel riassegnargli la parte. In panchina sono posizionati gli altri ex aspiranti al ruolo principale e le nostre orecchie stanno pregando tutti gli dèi dell'Olimpo perché ci restino.

Oliver è un grande elemento di distrazione per le ragazze presenti: le muse, le ninfe e le baccanti si stanno sciogliendo come neve al sole a ogni sua battuta. Jennifer è la capo cheerleader, lo incita e applaude per il solo fatto che respira. Persino Eve Bennet, la direttrice del giornale della scuola, dall'alto del suo QI di 145, se lo sta divorando con lo sguardo da dietro l'intellettuale montatura tartarugata degli occhiali.

Io cerco di mantenere un profilo basso, dico le mie battute e recito la mia parte con la professionalità e la compostezza di una regina dei ghiacci. Poi, senza preavviso, Oliver si toglie la felpa e resta con una T-shirt bianca, e allora tanti saluti alla professionalità e alla compostezza. Insomma, non sono un'oca giuliva, ma anch'io ho un sistema endocrino adibito alla produzione di ormoni!

«Oh, stai bene?» mi chiede Kat, mentre Oliver legge il monologo di Orfeo e il professore gli dà le indicazioni del caso. Come possa imparare tutto a memoria entro domenica, proprio non lo so. Prendo la borraccia e bevo un sorso.

«Benissimo, perché?»

«Perché sembra che tu stia per andare a fuoco da un momento all'altro.»

«Si muore qui dentro» borbotto, asciugandomi la fronte con il braccio.

«È colpa del caldo o è colpa di Orfeo?» insinua, sarcastica.

«Piantala, Evans» la liquido con uno spintone, prima che davvero mi esploda la faccia.

Poi, non appena Oliver inizia a cantare, entrambe ci zittiamo.

Ed eccolo, Orfeo, colui che con la sua lira e le sue parole riesce a conquistare ogni creatura vivente. Persino Brown ha gli occhi lucidi. La voce di Oliver ti entra dentro e arriva fin nelle viscere, toccando l'anima e ogni fibra del tuo essere.

A un certo punto, però, stecca e l'incantesimo si spezza. Le ragazze si portano le mani alla bocca, spaesate, come di fronte a un cataclisma inaspettato. Il professore si gratta la testa. Oliver invece scoppia a ridere, scuote la testa ed esclama: «Volevo vedere se eravate attenti».

E, per quanto mi sforzi di resistere, strappa un sorriso anche a me.

"Accidenti a lui."

Mentre lo guardo conversare con Charlie che gli spiega qualcosa del copione, continuo a non capire come mai si sia fissato con me dopo avermi vista mezzo secondo. Dopo la gita, commentando la visita di Oliver in camera nostra, Kat ha detto che si è comportato da stalker, e ha ipotizzato che stesse facendo una di quelle stupide sfide con i suoi amici, tipo conquistare una sconosciuta. Non sarebbe la prima volta che sento parlare di scommesse senza senso; l'anno scorso Alex ha perso cinquanta sterline perché non è riuscito ad ammaliare la professoressa di matematica con il suo fascino e a ottenere buoni voti senza studiare.

Comunque sia, io devo evitare di prendermi una cotta per lui. Cosa non facile, soprattutto se continua a lanciarmi occhiate come adesso, prima di rimettersi a cantare. Mi concentro con sincero interesse sullo spesso strato di polvere che ricopre le assi del pavimento e cerco di ignorare i commenti di Jenn alle mie spalle, che sembra essersi divorata un romanzo di quelli che vanno tanto di moda, pieni di sospiri, brividi, gambe molli e sorrisi sghembi.

Stavolta Orfeo arriva senza errori alla fine del brano e scatta l'applauso. Brown concede una pausa e manda Mark a prendere qualcosa nel takeaway accanto alla scuola. Oliver si offre di accompagnarlo e Charlie lo segue come un cagnolino, continuando a parlare dello spettacolo.

È incredibile: è qui solo da poche ore, ma sembra che sia con noi da sempre. Dev'essere una di quelle persone con una naturale capacità di adeguarsi alle situazioni, come l'acqua che si adatta al contenitore, assumendone la forma.

«Non sei arrabbiata perché Ollie mi ha contattato, vero?» sussurra una vocina che preferirei non sentire.

Con un sorriso smagliante e falsissimo, rispondo a Jenn: «Ma figurati!».

«Bene. Allora non devo preoccuparmi di te?»

Scuoto la testa con così tanta foga che temo mi si stacchi dal collo. «Assolutamente no.»

Si allontana soddisfatta, sostituita da Kat. «Sento aria di guerra, Heron. Fossi in te, batterei in ritirata.»

Mentre soppeso le sue parole, torna il magico terzetto con i rifornimenti: sandwich e tranci di pizza che distribuiscono ai presenti. Oliver si avvicina a me con una busta.

«Ti piacciono i *cornish pasty*?»

«Sì, perché?»

«Te ne ho preso uno» dice titubante rispetto alla sicurezza che aveva oggi in cortile.

Io resto impalata con il sacchetto in mano, mentre Jenn da dietro una delle quinte mi fa a fettine con il suo sguardo affilato come una lama. Credo che i venti di guerra annunciati da Kat stiano già per soffiare.

«Grazie» mormoro infine, afferrando il mio pranzo e fiondandomi su una sedia vicino al professore. Qui almeno dovrei essere al sicuro. Con un barlume divertito negli occhi azzurri, Oliver mi lancia uno sguardo e raggiunge i ragazzi nella fila dietro di noi.

Ora indovina anche i miei gusti? So che Kat ribadirà la teoria dello stalker, ma io sento che c'è qualcos'altro, un'ombra di mistero in lui che mi intriga e mi spaventa al tempo stesso. Ogni mio senso è in allerta.

«Mia mamma da ragazza cantava nel coro del King's College a Cambridge» spiega Oliver a un certo punto a chi gli chiede come fa a essere così bravo. «La passione per la musica devo averla presa da lei. E da mio padre quella per la pizza!» scoppia a ridere e ruba una fetta a Charlie. «Non la finisci questa, vero, Charles?»

«Te la cedo solo perché ti aspetta un sabato infernale, amico» ribatte agitando il copione che Oliver deve imparare a memoria in tempo record.

«Non preoccuparti per me» gli dice lui, addentando la pizza. «Mi farò aiutare.»

Quella frase mi blocca la digestione.

Spero di sbagliarmi, ma temo di avere intuito cosa ha in mente.

10

Non mi sbagliavo.

Sabato pomeriggio, nel teatro, Oliver mi si avvicina con il suo sorriso più dolce e mi dice: «Senti, non è che possiamo provare insieme la prima canzone?».

Io sono accasciata su una sedia in prima fila insieme a Kat e Charlie. Siamo esausti dopo ore di prove ininterrotte con il generale Brown e il tenente Smith che ci hanno fatto marciare come soldatini per cercare di mettere insieme uno spettacolo decente. Pare che abbiano invitato anche un loro conoscente che produce musical a Londra e che è sempre alla ricerca di giovani talenti, quindi zero pressione.

Non che a me interessi diventare un'attrice o una cantante, sia chiaro, però ci tengo a fare bella figura. Jenn invece è esaltata come non mai e ha passato la notte a escogitare un modo per mettersi in primo piano, sostenendo che Amore debba essere sempre in scena per fare capire a tutti che si tratta di una storia romantica. Ma dai.

Io, invece, la notte l'ho passata a dormire per fortuna.

«No. Sono distrutta» sospiro, accasciandomi ancora di più per risultare convincente.

«Va aggiustata ed è il brano di apertura, non possiamo sbagliare» insiste lui, mettendosi a sedere accanto a me. È stato fenomenale, devo ammetterlo, a imparare tutto a memoria in così poco tempo, però è vero che il pezzo iniziale zoppica un po'. Lo guardo incerta, cercando di non soffermarmi sull'azzurro dei suoi occhi e sulla fossetta che gli si forma sulla guancia destra quando sorride.

«Dai, Lily, fai uno sforzo, che ti costa?» insiste Charlie, che sta sognando di essere scritturato come sceneggiatore e vincere l'Oscar.

«Vuoi smettere di tormentarla?» incalza Kat con una nota di rimprovero nella voce.

Lui però non si arrende. «Sai quanto teniamo tutti a questo spettacolo.»

«Okay» cedo infine. «Ma solo finché resisto.» Cioè poco.

Oliver si alza trionfante e mi tende la mano, che non prendo. «Dove proviamo? Qui tra un po' chiudono.» Infatti gli altri stanno uscendo e i professori ci hanno già dato appuntamento per domattina. «Possiamo andare al parco qui dietro.»

Noi due soli al tramonto? Pessima idea.

«Ci portano i bambini a giocare, c'è sempre una gran confusione» tento, ma Oliver non cede.

«A quest'ora i bambini sono a cena» replica serafico.

Di nuovo l'istinto mi grida di non accettare, di tenermi lontana, ma c'è anche una piccola parte di me, curiosa, che mi spinge verso di lui e il suo mistero. Inoltre sono davvero stanca e non ho più la forza di ribattere.

Rassegnata, lo seguo fino all'uscita e poi verso il parco alle spalle della scuola, uno spazio verde curato pieno di fiori e panchine dove di solito la gente si mette a leggere o a prendere il sole. Oliver mi indica un angolo con un tavolo da picnic, sul quale si siede per poi fissarmi negli occhi.

«Pronta?»

Annuisco. Prima iniziamo, prima finiamo.

La canzone è bella, tanto che ormai la canto nella mia testa a ogni ora del giorno.

La tua luce rischiara il mondo come il riflesso della luna. Non vedevo il mondo, prima di averti vicina, canta Orfeo.

Ed Euridice risponde: *Ti conosco da sempre o forse da un giorno? Poco conta il tempo, tu mi leggi dentro.*

Più andiamo avanti, più mi sembra che le nostre voci si intreccino alla perfezione. Oliver sbaglia un paio di volte ma anch'io mi impappino, tesa come sono. Proviamo una seconda volta e non commettiamo errori. Anzi, viene proprio bene. Talmente bene che quasi mi metto a piangere dall'emozione.

Dopo l'ultima nota, quando cala il silenzio, temo si senta il mio cuore martellare.

«Era, cioè, buono, no?» farfuglio con la voce impastata.

«Sì... Sì, non male.» Anche lui sembra piuttosto stordito al momento.

«Direi che possiamo tornare a casa» mi affretto ad aggiungere, alzandomi dalla panca come se all'improvviso scottasse.

«Ne hai già abbastanza di me?» scherza.

«Insomma... Ma penso di poter resistere qualche altra ora per lo spettacolo.» Mi stringo nelle spalle. «Tanto poi tornerai a Londra e non ti vedrò mai più.» Lo guardo con un sorriso soddisfatto.

«Mai più?» esclama divertito. «Come sei drastica.»

«Be', dubito che ci incroceremo di nuovo, no?»

Lui aggrotta la fronte, pensieroso. «In effetti potrebbe anche essere, o...»

Lo scruto dubbiosa. «O?»

«Oppure potremmo casualmente rincontrarci in città, visto che ho in programma di tornare» mi sorride, sfacciato. «Non c'eri ieri sera mentre lo raccontavo agli altri?»

No, non ho sentito perché ero troppo impegnata a fissare il pavimento per cercare di ignorarti. Fingo indifferenza, anche se dentro sto urlando. «Intendevo "mai più" perché, be', ho ricevuto la chiamata del Signore e sto per farmi suora di clausura. Non lo hai sentito ieri sera mentre lo raccontavo agli altri?»

«No, perdonami, deve essermi sfuggito. Ero troppo impegnato a guardarti, mentre tu ti sforzavi di non guardare me.»

La sua abilità a mettermi fuori gioco sta diventando preoccupante.

«Comunque, visto che ti piace tanto la musica, vuoi diventare un cantante?» gli domando per cambiare argomento, avviandomi fuori dal parco.

«Preferisco suonare in realtà» risponde, seguendomi. «Il pianoforte.»

«Immagino che a Londra ci siano un sacco di scuole di musica.»

«Sì, peccato che mio padre abbia altri progetti per me.»

La sfumatura di tristezza nella sua voce mi costringe a lanciargli un'occhiata dubbiosa. «Non vuole che suoni?»

«È convinto che gli artisti siano degli squinternati, destinati a diventare matti o a morire di stenti. Soprattutto dopo che...» Si interrompe e sul suo viso passa un'ombra.

«Dopo che?» lo incoraggio.

Lui si limita a scuotere il capo, lasciando cadere il discorso. «Niente. Non gli va giù che io possa rinunciare a una solida carriera nel mondo delle costruzioni di residenze di lusso per milionari annoiati.»

«È questo che fa lui?»

Oliver si stringe nelle spalle. «Stevens Real Estate, l'avrai visto ovunque qui sulla costa. Con il simbolo del tucano...»

Eccome se l'ho visto. Mai avrei immaginato che appartenesse a *quella* famiglia, proprietaria dell'azienda che costruisce alcune tra le residenze più belle della Gran Bretagna, compresa la Cornovaglia. Sono pubblicizzate sui cartelloni che io e Kat fin da bambine guardiamo con la bava alla bocca, sognando di pranzare a bordo piscina. «Direi che non mi è sfuggito.»

«Non è il lavoro dei miei sogni, ma mio padre mi considera il suo erede, visto che mio fratello ha preferito darsi al tennis. La mia defezione gli farebbe venire un infarto.»

Sto per fargli una battuta su quanto sia triste avere un futuro assicurato da ricco imprenditore, ma il suo tono depresso mi frena la lingua. «Dovremmo essere liberi di decidere noi cosa fare» dico invece. Nemmeno io sarei felice se fossi costretta a seguire una strada che non ho scelto.

«Infatti non mi arrendo. I tuoi cosa fanno?»

«Mia madre ha una libreria.»

«Giusto.»

«Perché *giusto*?»

Si scompiglia i capelli e ho l'impressione che sia a disagio. Ma dura solo un attimo. «Me l'ha detto Jenn.»

Ovvio. Per evitare che il discorso familiare vada avanti e Oliver mi chieda di mio padre, gli faccio notare che io sto andando a casa e lui mi sta seguendo. «Mi aspettano per cena, ci vediamo domattina» lo saluto, sperando che colga l'invito a lasciarmi da sola. Stavolta lo fa.

«A domattina» e mi dà un bacio sulla guancia.

Credo che sarà in fiamme fino al prossimo millennio.

11

«Con la Luna crescente e l'influsso benefico di Mercurio, la giornata di oggi favorisce la comunicazione e le attività creative» decreta la nonna all'alba della domenica, nel tentativo di incoraggiarmi.

Sono così agitata che ho indossato la maglietta al contrario e non mi ricordo il PIN del cellulare. Per fortuna mia sorella me lo suggerisce, e solo la tensione mi impedisce di indagare sul motivo per cui lo conosce a memoria. Mi faccio un appunto mentale di litigarci dopo lo spettacolo.

«Ci vediamo a teatro, tesoro» mi saluta la mamma baciandomi sulla testa, prima di tornare di sopra a finire di prepararsi. «Andrà tutto bene.»

«Se lo dicono le stelle, poi» ridacchia Victoria, che si è messa un vestito verde smeraldo per mettere in risalto la sua capigliatura e fare colpo su chissà quale ragazzo dallo sguardo ammiccante abbia preso di mira in questo periodo.

Prima di uscire, la nonna mi suggerisce di indossare la catenina con il ciondolo di lapislazzuli che mi hanno regalato per il mio compleanno. «È conosciuta come la pietra del cielo, per il suo colore blu scuro e le venature che ricordano astri e costellazioni» mi spiega, allacciandomela dietro il collo. «È un cristallo che aumenta la fiducia in se stessi, aiuta a parlare con sincerità e a superare la paura di esibirsi in pubblico. Oggi è perfetta» mi sorride nello specchio, dove la sto ammirando risaltare sulla mia pelle diafana.

Con un pizzico in più di coraggio, vado a scuola a piedi, come sempre, felice di incontrare al solito incrocio il pilastro della mia vita, Kat, che a differenza mia sembra serena come se stesse andando in biblioteca invece che su un palcoscenico.

«*Bonjour, mon amie*» mi accoglie, sfoderando il suo ottimo francese. «Sento che sarà un successo.»

Mi limito a sorridere.

Sinceramente, anche se trovarmi al centro dell'attenzione occupa il terzo posto nella lista di cose che mi mettono a disagio, dopo ballare e spogliarmi davanti a chiunque, pensavo di essere piuttosto brava a gestire l'ansia. Riesco a restare calma nelle interrogazioni, perché mai dovrei farmela sotto per una recita scolastica? Invece ho la tremarella.

La situazione non migliora quando arrivo a scuola e mi trovo davanti Pam, il braccio destro di Jennifer, che mi squadra dall'alto in basso senza parlare per esprimere tutta la sua disapprovazione. So che Jenn voleva la mia parte e non è colpa mia se il canto non è tra i suoi talenti, ammesso che ne abbia qualcuno.

Mentre mi sistemo la tunica azzurra davanti allo specchio, mi accorgo che la stoffa è dello stesso colore degli occhi di Oliver.

Okay, questo non posso averlo pensato sul serio.

"Concentrati, Lily, concentrati."

Sicuramente non sono in me per colpa della stanchezza: appena si esaurirà la scorta di adrenalina, penso che cadrò addormentata ovunque mi trovi. E siamo tutti nella stessa condizione, tranne uno.

Oliver dev'essere arrivato all'alba, perché Charlie ha riferito di averlo trovato a dormire dentro la barchetta di Caronte. Appena ha sentito il profumo di dolci e caffè portati dal signor Brown si è ripreso alla grande e alla prova generale di poco fa non ha sbagliato una battuta.

«Nervosa?» Mi si avvicina silenzioso con la tunica bianca che gli lascia scoperta una spalla, impugnando la lira. Richiamo alla memoria tutte le tecniche di respirazione riequilibrante che conosco per restare salda e centrata di fronte a lui.

«Chi, io? Figuriamoci» rispondo spavalda. «Sono già ben oltre il panico!»

«Andrà benone» mi sorride. «E te lo dice uno che fino a due giorni fa non solo non sapeva una battuta, ma non sapeva nemmeno che ci fosse lo spettacolo.»

Mi sfugge una risatina di fronte alla sua espressione buffa, ma torno subito seria. Ieri ho già fraternizzato a sufficienza con il nemico, perciò riprendo a ispezionare le assi in legno del palco domandandomi che tipo di detergente si potrebbe utilizzare per la pulizia profonda di cui hanno bisogno.

«Orfeo, Euridice.» Il professor Brown spalanca le braccia e ci posa le mani sulle spalle. «Il teatro è al completo. Siamo nelle vostre mani, lo spettacolo siete voi due, perciò fingete di amarvi come Lancillotto e Ginevra, Tristano e Isotta o... Jack e Rose! Insomma, fateci sognare! So che fino a ieri non vi conoscevate nemmeno, ma...»

«Chissà, in futuro...» soggiunge Oliver, con un sorriso sornione.

Io rischio di strozzarmi con la mia stessa saliva. Gioco con la catenina che ho al collo, rigirandola tra il pollice e l'indice, e prego che la pietra faccia effetto.

La tua luce rischiara il mondo come il riflesso della luna. Non vedevo il mondo, prima di averti vicina.

Ti conosco da sempre o forse da un giorno? Poco conta il tempo, tu mi leggi dentro.

Sbocciano i fiori al calore delle stelle. Canto la primavera, le storie più belle.

Ti ascoltano i cigni nel lago, ti invidiano gli uccelli sui rami.

Canterò ogni momento, se tu mi dirai che mi ami.

La fine della prima canzone viene accolta da uno scroscio di applausi. Sono contenta, abbiamo ricordato ogni parola e le nostre voci si alternavano a meraviglia.

Il secondo atto inizia con la scena in cui io – cioè Euridice – muoio per il morso di un serpente. Quando Orfeo mi trova, si inginocchia al mio fianco e mi stringe tra le sue braccia, nella disperazione più cupa. Ma non è mai disperato quanto me che, stretta al suo petto, resto senza fiato.

Durante le prove di ieri Oliver non si era calato tanto nella parte, forse perché era ancora intento a imparare a memoria le battute. Adesso che le ha fatte sue, pronuncia ogni singola parola con un tale trasporto che potrei finire con il credergli.

È così vicino che sento il suo cuore battere forte contro la mia guancia. Il suo profumo fresco mi invade, la sua mano mi sfiora i capelli, leggera come una nuvola.

"No, Lily, no."

Il sipario si chiude sulla prima scena e incrocio gli sguardi orgogliosi della nonna e della mamma in platea. Jenn, vestita di rosso nella parte di Amore, punta il suo arco contro di me e ho la netta sensazione che voglia scoccare una freccia avvelenata.

«È andata bene, no?» sussurra Oliver.

«Sì, sono brava a morire» sdrammatizzo, alzandomi in piedi di scatto come se mi avesse dato la scossa. Per fortuna, non rientrerò prima del terzo atto, quindi avrò tempo per riportare nella norma tutti i miei parametri vitali. O almeno spero.

Lo spettacolo prosegue con Orfeo che scende fino allo Stige e conquista la benevolenza di Persefone, una Kat in formato extralusso che si atteggia a regina e convince il marito a restituire Euridice al suo innamorato. Tutti sono commossi, perfino le implacabili Furie. Solo Jenn-Amore insiste con il suo sguardo assassino.

Quando torno in scena insieme a Oliver, lui dovrebbe dire qualche battuta prima di prendermi per mano e portarmi via. Euridice è persa, crede che anche Orfeo sia morto e che per questo si trovi negli Inferi. «Orfeo, no... non puoi essere qui...» sussurro angosciata.

Lui però dimentica le parole e improvvisa: «Non credevi che ti avrei cercata ovunque?».

Sulle prime, vado nel panico e non so come rispondere. Per fortuna – sarà l'influsso benevolo di Mercurio – ho un'intuizione. «Devi andartene!» improvviso a mia volta.

Oliver mi scocca un'occhiata d'intesa. «Non senza di te.» Poi mi prende per mano e volta le spalle ad Ade e Persefone.

«Aspetta, Orfeo! Dove mi porti?»

Già, dove mi porti?

Abbiamo provato la scena diverse volte, ma soltanto adesso colgo il vero senso delle parole di Euridice: Orfeo la sta trascinando via senza guardarla, non le spiega perché, a malapena le parla. Ed Euridice è sconvolta, proprio non capisce perché la tratti in quel modo. Così lei soffre, le manca il respiro nel vedere l'amore della sua vita che la conduce chissà dove: è lui che decide, lui che ha il comando, e lei non può fare altro che incespicare alle sue spalle.

Aspetta, amore mio, sii paziente. Non c'è alba a questo mondo che non sorga lentamente.

Corri, non fermarti, l'oscurità è veloce. Già sento quel profumo di terra e cose nuove!

Rallenta, te ne prego, non posso più rischiare. Finché non vedo il sole, il buio può far male...

Con angoscia mi accorgo che nelle parole disperate di Euridice riconosco la me del futuro, quella ragazza sempre in lacrime per colpa di un amore sbagliato. Oliver si volta e le luci si spengono, mentre io scivolo dietro le quinte. Quando si riaccendono, Orfeo si dispera e io con lui.

«Sei stata fenomenale!» Kat corre ad abbracciarmi, entusiasta, alla fine dello spettacolo.

«Anche tu» le dico, oltre la sua spalla.

«Devi farmi un autografo prima che diventi così famosa da dimenticarti di me.»

Mi ritraggo per guardarla in viso. «Non mi dimenticherò mai di te, scema.»

Intorno a noi è scoppiata la fine del mondo, i compagni sono in delirio, i professori applaudono soddisfatti. Brown è commosso fino alle lacrime. «Che sintonia, che voci» urla dalla gioia.

La Smith accenna un sorriso che penso sia la sua massima espressione di gaudio.

«Oliver, non è che ti vuoi trasferire qui da noi per caso?» replica Charlie, esaltato.

Riceviamo mille altri complimenti, ma io sto tremando. Ho paura perché hanno ragione. Io e Oliver siamo legati da un filo invisibile, ma non posso assecondarlo. Se lo facessi, finirei come Euridice. Non è un caso che ci siamo ritrovati a recitare questo mito: l'universo mi lancia un segno, mi sta gridando: "Scappa!".

Come Orfeo, Oliver sarà la mia rovina: lentamente ucciderà la mia felicità, i miei sogni, la parte più viva di me. Lascerà la mia mano, è il nostro destino.

Visto che lo conosco in anticipo, sarei una pazza ad afferrare la sua.

La Luna nuova segna un inizio buio, ma è nell'oscurità che il seme dei nostri pensieri mette radici e germogli. Spinge a rompere gli schemi del passato e a lasciar andare ciò che non serve più per fare spazio al nuovo. Giove che si sposta in Gemelli rende curiosi, mentre Venere invita all'amore e, al tempo stesso, ricorda di proteggere il cuore dal potere delle emozioni.

GEMELLI

12

Le giornate più lunghe, il sole alto nel cielo, e gli ormoni in subbuglio. Anche quest'anno a Midheaven è arrivata l'estate e, con la bella stagione, è iniziata anche la tradizionale transumanza dei ragazzi che, dopo la scuola e soprattutto nel fine settimana, si riversano sulle spiagge come greggi rumorose e festanti.

Kat e io, nel nostro piccolo, ci adeguiamo ai costumi locali. Negli ultimi tempi, infatti, la mia vita sociale ha subito un notevole cambio di marcia e adesso, invece di andare a nuotare da sola in piscina, vado a nuotare da sola al mare. La mia migliore amica, che considera l'acqua troppo fredda e l'esposizione ai raggi solari eccessiva per la sua allergia, se ne sta a leggere sulla spiaggia, rigorosamente all'ombra. Nonostante il letargo invernale sia concluso, a conti fatti il nostro animale guida resta comunque l'orso bruno.

Il motivo per cui sfruttiamo ogni attimo di tempo libero per divertirci – a modo nostro, s'intende – è che il prossimo anno ci saranno gli esami, lo spettro del GCSE incomberà su di noi e dovremo studiare come matte per ottenere buoni risultati e accedere ai corsi superiori. Perciò quest'estate abbiamo deciso di godercela.

Potrei essere quasi rilassata e contenta, se solo non avessi quel pensiero fisso che se la ride in un angolo della mia mente anche quando sono concentrata su altro: Oliver.

Ogni sabato e ogni domenica scandaglio la spiaggia, la gelateria, i ristorantini sul porto. Lo cerco di continuo, non ho capito se per paura di incontrarlo o per la voglia di vederlo. Ha minacciato di tornare e, mio malgrado, spero che lo faccia. In quella manciata di ore in cui siamo stati insieme, Oliver deve avere ricondizionato la mia mente, quasi fosse un telefono a cui sono stati cancellati tutti i dati per installare un nuovo software che non conosco e non riesco a utilizzare. Ci sarà un bug o qualcosa del genere, perché non passa giorno in cui non pensi a lui.

Mangio una pizza e mi viene in mente; scendo le scale ed eccolo di nuovo dietro di me. A volte ho persino le allucinazioni, come un assetato nel deserto che vede pozze d'acqua inesistenti. Quando incrocio un ragazzo biondo, il mio cuore decolla. Ormai rischio l'infarto almeno tre volte al giorno.

A complicare le cose, ho la netta impressione che mia sorella si sia presa una cotta per Orfeo. Dopo lo spettacolo ha iniziato a stalkerarlo su Instagram ed è arrabbiata perché lui non ha ancora ricambiato il follow.

Detesto ammetterlo ma, in una notte di delirio, ripensando alla sensazione provata mentre mi stringeva tra le braccia, l'ho fatto anch'io: ho sbirciato il profilo Instagram di Oliver e ho passato in rassegna tutte le foto. Non sono molte, ma bastano e avanzano per ricostruire la sua vita londinese. E ogni tanto – come adesso – mi lascio trascinare dalla follia e le ripasso.

C'è quella con Oliver che mangia un panino con i suoi amici in un locale di Notting Hill e fa una faccia buffa; quella in cui è vestito da stregone in Carnaby Street la sera di Halloween, con una strega bionda paurosamente carina; quella con un ragazzo dal viso seminascosto dalla falda di un cappellino e che, grazie al tag, scopro essere suo fratello Matt. Sono quasi arrivata alla mia preferita, scattata da qualcuno che l'ha colto di sorpresa nella biblioteca della scuola mentre fissa pensieroso fuori dalla finestra, quando Kat spalanca la porta della mia camera. Sussulto e chiudo il laptop con un tonfo, nemmeno stessi guardando un porno.

«Vieni di sotto, Astra dice che ti deve parlare» mi intima, trascinandomi via dal letto.

«Che vuole?» mi lamento, paventando un momento astrologico non richiesto destinato a rovinarmi la giornata. Ogni tanto succede che la nonna veda cose strane nel mio cielo e mi convochi per spiegarmi come gestire i transiti e i moti retrogradi.

«Non so, sono entrata in casa e, prima ancora di salutarmi, mi ha detto di portarti giù. Sapeva già che sarei salita da te!»

«Per quello non servono le stelle, succede tutti i giorni.»

La nonna è seduta in cucina con un caffè freddo con la panna, la sua nuova abitudine preferita del week-end, e ha in mano il "Quaderno delle Stelle". Sono stata io a battezzare così l'agenda cicciona su cui appunta l'energia del mese, quale pianeta entra in quale costellazione, le fasi lunari, le congiunzioni e le quadrature.

«Nonna, che c'è?»

Lei mi scruta da dietro gli occhiali e apre il diario in corrispondenza di un segnalibro con il mio segno zodiacale. Ne ha uno per ciascun membro della famiglia, anche per Kat ovviamente. «Vorrei condividere con te un paio di cose che ho letto nel tuo cielo.»

Rassegnata, la raggiungo. «Sentiamo» sospiro con l'aria di una condannata.

«Abbiamo la Luna nuova in Gemelli, come già sai» – per via dell'abituale sessione astrologica mattutina tenutasi al passaggio da un segno zodiacale al successivo – «e questo porta con sé novità di un certo peso.»

«Belle, mi auguro» mormoro, già tesa.

«Dipende dalla prospettiva. La posizione di Mercurio indica inoltre che qualcuno ti sta osservando, ti guarda, ti cerca.»

Di bene in meglio.

«Dev'essere una persona che nasconde un segreto, perciò serve molta attenzione.»

Un segreto? Questo mi coglie alla sprovvista.

«Non farti coinvolgere, resta focalizzata sulle tue attività e introducine di nuove, è il momento di dedicarti a te stessa.» Alza gli occhi e ho la sensazione che mi legga come un libro aperto. «Altrimenti potresti perdere l'equilibrio e pentirtene.»

Un brivido mi corre lungo tutta la schiena. Che nervoso mi viene quando mi accorgo che avrei preferito un responso diverso, tipo: "Il cielo ti invita a non ascoltare le tue paure e a buttarti a capofitto nel pericolo".

Mi sa che non accadrà mai.

«Va bene, se mi sento osservata giro alla larga» mugugno, trascinandomi verso il freezer. Ho bisogno di un cookie gelato, che estraggo in una nuvola di vapore ghiacciato. Kat mi segue e, senza bisogno di parlare, gliene porgo uno.

Mentre scartiamo il biscotto e lo mangiamo sedute al tavolo della cucina, mia sorella arriva con la borsa da spiaggia e mi guarda dall'alto in basso con totale disapprovazione.

«Sai quanti grassi idrogenati contiene quel coso?» sentenzia con il piglio dell'influencer autoproclamatasi nutrizionista che detta regole ai ragazzini privandoli della gioia di vivere.

«Abbastanza da rendermi una persona felice» rispondo masticando con goduria. «Dalla faccia ingrugnita che hai, ne avresti bisogno di una dose generosa anche tu.»

Lei sbuffa, sprezzante. «Ho già i miei snack proteici, grazie tante.»

La nonna chiude il quaderno e la scruta perplessa. «Da quando sei esperta di alimentazione, tu?»

«Da quando seguo Jenn» risponde Vic. «I suoi video sono strepitosi.»

«Oh, poveri noi» geme Kat. «Adesso si è messa a dare consigli non richiesti su cosa ingerire per uccidere i neuroni?»

Victoria la ignora e mi fissa severa. «Vieni al mare?»

«Tra un attimo.»

«Va be', mi avvio, tanto sarai così appesantita che in spiaggia ci arriverai domani.»

La nonna soffoca una risata e si allontana, mentre a me viene una gran voglia di fare il bis. Dico a Kat di aspettarmi, vado a mettermi in costume e a prendere l'asciugamano e le ciabatte.

Lungo la strada ci fermiamo in libreria perché la mia migliore amica deve fare un acquisto. "Un libro al giorno toglie le persone di torno" è il suo motto.

Ogni volta che entro nel regno di mia madre, mi riscopro fiera di lei. Sembra un luogo magico, con gli scaffali gonfi di romanzi dalle copertine colorate e un'infinità di ninnoli sparsi per il negozio: acchiappasogni dei nativi americani, sculture in legno dei Maori, piccoli e serafici Buddha di giada, lanterne rosse cinesi. Si è creata un ambiente su misura, lei che non ha mai potuto viaggiare e si è dovuta accontentare di leggere e guardare i documentari in TV. Ci aspetta con una copia dell'ultimo saggio di una giornalista afgana sulla libertà delle donne in Medio Oriente e lo consegna a Kat, la sua migliore cliente. Potrebbe intitolarle un'ala del negozio o assumerla, perché Kat riuscirebbe a rifilare un volume anche a un analfabeta.

Mentre nell'attesa sto curiosando tra gli scaffali, il campanello sopra la porta annuncia l'arrivo di un nuovo cliente. Distrattamente mi volto e vedo un ragazzo alto e biondo che entra insieme a un paio di ragazze. Il mio stomaco si rovescia all'istante.

Oliver.

Con il cuore in corsa come un treno, arraffo un grosso volume e me lo spalanco davanti alla faccia, ma sentendo l'accento irlandese capisco che non è lui e riemergo dal nascondiglio.

«Da quando in qua ti interessano gli origami?» mi pungola Kat, a cui il mio scatto improvviso e la mia scelta libresca non devono essere sfuggiti.

«Devo introdurre nuove attività, ricordi l'oroscopo?» rispondo con un'insolita sicumera, assumendo le sembianze della nonna quando spiega un'ovvietà.

«Ci mancano solo gli origami e la tua disfatta sociale sarà compiuta» interviene Victoria, sbucata dal nulla. «Sapevo che vi sareste fermate qui e vi ho aspettato.»

«Che sorella premurosa» commenta Kat.

«Cos'hai comprato stavolta?» le chiede, forse per assicurarsi di non dover andare in giro con due asociali di prima categoria.

«Un libro senza le figure, Vic, non so se ti piace. Prova su quello scaffale» e Kat le indica la zona degli albi per bambini.

Mia sorella mostra tutta la sua indignazione con una smorfia. «Molto divertente.» Poi si volta verso la mamma. «Perché non hai i romanzi di Queen B? O la biografia di Francy Food?»

La mamma aggrotta la fronte. «E chi sarebbero?»

Victoria sgrana gli occhi inorridita. «Mah, solo le tiktoker più famose del momento!»

«Ah, perché qui abbiamo soltanto libri di scrittori veri e non di fenomeni da baraccone, tesoro» ribatte lei, serafica, mentre dà il resto a Kat.

«Ed è proprio per questo che non sai mai se riusciamo ad arrivare alla fine del mese» incalza Victoria. Le tiro una gomitata nelle costole, odio quando fa così. La mamma lavora talmente tanto che le andrebbe fatto un monumento, e questa libreria è un tempio intoccabile.

«Che c'è, è la verità» ribatte risentita.

A volte mi verrebbe voglia di tapparle la bocca con un fazzoletto imbevuto di cloroformio e metterla fuori combattimento per il resto della giornata. Non avendo il cloroformio, la prendo per un braccio e la trascino verso l'uscita. «Piantala e andiamo.»

«Guarda che se la mamma vendesse i libri che piacciono alle mie amiche, saremmo ricche e non dovremmo mettere i costumi di due anni fa o centellinare la crema solare» incalza, non ancora soddisfatta. Non è un segreto che a mia sorella piacerebbe essere ricca e andarsene in giro con una carta di credito illimitata, comprare intere nuove collezioni e fare la spesa in quei negozi biologici in cui un pacchetto di biscotti costa quanto una torta di pasticceria.

È nel momento in cui usciamo dal negozio che mi sento osservata. Mi giro di scatto, convinta di aver intravisto un'ombra alle mie spalle, ma la via è deserta.

"Calmati, Lily" mi dico, seguendo le altre due.

"Goditi il pomeriggio. Resta concentrata sulle tue attività."

Invece mi concentro su un ricordo.

Lo scorso ottobre c'è stata un'eclissi solare visibile nel Nord America. Noi non abbiamo potuto goderci lo spettacolo, ma io ho viaggiato nel tempo. Mi sono ritrovata qui, sulla strada della libreria, e ho visto la mia versione futura guardarsi attorno spaventata, come se temesse di incontrare qualcuno. L'ho seguita fino alla spiaggia e lì ha visto il ragazzo biondo, cioè Oliver. Il punto è che non ero vestita come adesso, o almeno mi sembra... Le immagini sono confuse, non riesco a metterle a fuoco. Mi blocco sul marciapiede, tentata di tornare a casa e rinunciare alla spiaggia.

«Lily, ti sei incantata?» esclama Kat, quando si accorge che sono rimasta indietro.

«No, è solo...» La voce della paura mi invita a darmela a gambe, quella della curiosità – e dell'incoscienza, temo – mi sussurra di proseguire. «Arrivo.»

Riprendo a camminare con forzata baldanza. Magari non è questo il momento che ho visto, dunque perché rinunciare al divertimento?

13

Dopo il falso allarme in libreria e il ricordo dell'eclissi, il mio Ollie-radar rimane attivo per il resto del pomeriggio, che trascorro rilassata e spensierata come una che sta per sottoporsi a un trapianto cuore-polmoni. In fondo alla spiaggia c'è una grande scogliera, un muro bianco che delimita il bagnasciuga. Dal punto più alto, dal profetico nome Devil's Horn, c'è qualche pazzo che si tuffa sfidando la morte o una paralisi totale.

«Sapete che un paio di settimane fa si è tuffato anche Tommy?» ci informa Victoria, senza staccare gli occhi da un kamikaze che prende la rincorsa e si butta a volo d'angelo. Tommy è il suo amico d'infanzia, un genietto che guarda documentari sul Big Bang e i buchi neri e che, per qualche incomprensibile motivo, adora mia sorella e con la sua generosità si assicura che abbia buoni voti.

«In quanto capitano dei matleti, lo credevo più saggio o quantomeno sano di mente» commenta Kat.

«Con quella prodezza ha acquistato punti sulla scala sociale e adesso quelli dell'ultimo anno non lo infilano più nei cassonetti dell'immondizia. Lo insultano e basta.»

Il povero Tommy, come tutti i cervelloni, non ha vita facile a scuola.

Kat inarca un sopracciglio. «Ah be', allora...»

«E quel costume da dove spunta fuori?» salto su inorridita, guardando mia sorella che, toltasi canottiera e shorts, sfodera un minuscolo bikini che luccica al sole.

Si stringe nelle spalle. «Non si sa mai chi potrei incontrare» replica lei con tono fatale.

Le scocco un'occhiata scettica. «Qualche maniaco?»

«Grazie per il tuo interessamento, suor Mary Lilith. A che ora devi rientrare in convento?» mi canzona, ammiccando al mio costume intero, lo stesso che uso in piscina. Quanto a castità, però, Kat mi batte, con il prendisole blu che la copre fin quasi al ginocchio.

Forse noi due siamo davvero dei casi disperati e non basterebbe buttarsi con un triplo salto mortale e quattro avvitamenti e mezzo da quella scogliera per entrare a far parte della scala sociale di questa città. Soddisfatta del mio silenzio, Victoria si stende sull'asciugamano e i glitter scintillano al sole con un effetto sirena.

«Oh, c'è Oliver» esclama Kat, all'improvviso.

Di nuovo il mio stomaco piomba alle ginocchia e il cuore ricomincia a correre. I muscoli si tendono per scappare, ma dove?

«Dove? Dove?» fa eco mia sorella come una bambina a cui hanno appena mostrato una farfalla colorata.

«No, scusa, mi sono sbagliata» si corregge Kat, e non mi sfugge la smorfia divertita sulle sue labbra. Accidenti a lei.

Fingendo indifferenza, mi alzo e abbozzo qualche movimento di stretching prima di entrare in acqua. «Io vado» annuncio, legandomi i capelli in un nodo. «Vic?»

Victoria non sembra intenzionata a seguirmi, soprattutto perché verso di lei sta avanzando l'esercito delle sue amiche, anche loro con indosso costumi così striminziti che, con ogni probabilità, li hanno rubati alle bambole con cui giocavano fino a mezz'ora fa.

«Ehilà» saluta Claire, la generalessa del suddetto squadrone. Bassa, occhi scuri e scintillanti, si porta dietro le cicatrici di una malattia avuta da piccola che ha terrorizzato i suoi genitori, ma a cui lei ha reagito diventando spavalda e agguerrita come una giovane amazzone. Grazie alle origini messicane della sua famiglia, ha la pelle ambrata e non ha bisogno di prendere il sole per abbronzarsi. Mia sorella balza in piedi e sfodera il suo migliore sorriso. «Ehilà!»

Il loro grido di battaglia.

«Più tardi vieni alla scogliera?» le domanda Claire.

«No» rispondo io per Vic. La mamma è tassativa su questo, niente salti dalle rocce.

Lei mi fulmina. «Guarda che sta parlando con me.»

«Appunto, e sai che non ti lascerò rischiare la vita con quei deficienti.»

Dopo uno sbuffo così lungo che deve aver provocato un maremoto in Francia, Victoria va a circondare le spalle della sua amica con un braccio. «Ma noi non ci tuffiamo, testolina, facciamo il tifo per i coraggiosi.»

Due parole non mi piacciono nella risposta di mia sorella: "testolina", un nomignolo che usa solo quando vuole esprimere il suo disprezzo per me, e "coraggiosi", che denota una sfumatura di ammirazione per i pazzi scatenati che sfidano la morte fisica nel tentativo di allontanare quella sociale. Mi chiedo dove sia finita quella bambina con le guance paffute e i boccoli rossi che mi svegliava a colpi di solletico ogni mattina. "Ah, signora mia, come crescono: un attimo e guarda là, diventano delle specie di pop star fluorescenti."

E d'un tratto io assomiglio a mia nonna.

Una piccola parte di me si sta chiedendo perché non posso essere come loro, spensierata, senza una preoccupazione al mondo, invece di sentirmi sempre sopraffatta dai pensieri e da un'ansia che mi scivola dentro come un serpente. Anche mentre nuoto o mi sdraio vicino a Kat a chiacchierare e mangiare patatine, ho sempre la fronte aggrottata.

Di questo passo mi verranno le rughe a vent'anni.

Per evitare altre discussioni, entro in acqua accogliendo con gioia il formicolio sulla pelle. Nuoto a lungo, con calma, godendomi ogni istante, ogni movimento delle onde, ogni raggio di sole sul viso. Che pace. Voglio vivere al mare per sempre, ne sono certa.

Quando esco, gocciolante e soddisfatta, scorgo una testa bionda accanto a una tavola da surf e mi pietrifico sul posto. È lui? Non è lui? Deve avvicinarsi ancora perché io possa distinguerne i tratti, invece si china sulla tavola e inizia a ripulirla dalla sabbia. Che faccio?

Mi sforzo di ricordare il viaggio nel tempo, ma no, non stava facendo surf.

Kat si alza dal telo e mi raggiunge preoccupata. «Ti ha punto una medusa?»

Allora distolgo lo sguardo perché ho capito due cose fondamentali: la prima, che non è un biondo, ma una bionda in topless; la seconda, che ho bisogno di una visita oculistica al più presto. Scuoto la testa con forza, rivolta a me stessa e anche a Kat.

«Sei strana» mormora lei.

Smetto di fissare l'infinito e oltre e sospiro. «Te ne accorgi solo adesso?»

«No, voglio dire, proprio strana, strana» insiste. Mi irrigidisco di fronte al suo sguardo inquisitorio, Kat mi conosce così bene che sente subito quando c'è una vibrazione nella Forza. «Più che altro sembri preoccupata. E non per tua sorella.»

Allora, in uno straordinario impeto di totale fiducia, sto per dirglielo.

Sto per confessare che da due anni a questa parte a ogni eclissi mi ritrovo catapultata in un futuro in cui il ragazzo più carino che abbia mai conosciuto mi rovina la vita.

E che ho appena scoperto che è tutto vero, le visioni sono reali. Vorrei farle sentire il mio cuore che batte all'impazzata ogni volta che penso a lui e la paura paralizzante che provo adesso, sapendo che potrei rivederlo e stare male, sempre più male, perché cuore e ragione sono impegnati nella peggiore riedizione delle guerre puniche.

Sto per dirglielo, ma alla fine rinuncio. Per quanto voglia bene a Kat, per me parlarne sarebbe come lanciarmi a occhi chiusi dal Devil's Horn.

«Mi preoccupo dei cambiamenti climatici, del veleno dei social e della migrazione dei pesci tropicali, poco fa mi è sembrato di vedere Nemo» rispondo serissima.

Lei sbatte le ciglia, ma evita di darmi corda, anzi, torna al suo posto e riprende il libro. La seguo in silenzio, strizzandomi i capelli. Mi sembra diventato tutto così difficile. Da piccole il nostro unico problema era scegliere a cosa giocare, crescendo invece la situazione si è complicata, come se qualcuno avesse scelto il gioco al posto nostro, ma non ci avesse spiegato le regole. L'adolescenza fa schifo. Ti piomba addosso all'improvviso e non sai cosa fartene di tutta quella dotazione extra di curve. Un giorno stai saltando allegra nelle pozzanghere di fango come una Peppa Pig qualunque e il giorno dopo cominci a pensare che quel fango dovresti usarlo come maschera astringente per i dannati pori che ti tempestano la pelle.

È un disastro.

Decido di affogare i miei problemi nell'acqua fresca, anche perché oggi fa davvero troppo caldo per i miei standard da signorina Bridgerton.

«Oh, c'è Oliver» esclama Kat mentre prendo la borraccia.

«Ah-ah, divertente» e bevo un lungo sorso. Non ci casco più, grazie.

«Ciao!»

Oddio.

Quella voce. La *sua* voce.

Ho la bocca piena d'acqua e, girando la testa di scatto, mi va di traverso.

E così ho la conferma che il mio viaggio nel futuro si riferiva proprio a oggi, perché il ricordo si fa nitido: ho visto me stessa tossire davanti a lui e dirgli quello che sto per dire io, senza potermi fermare: «Tu mi distruggi».

Sembrava tutto così serio. Subito dopo ero tornata indietro.

Nel presente Oliver mi osserva sornione e commenta: «Va bene che sei brava a morire, ma così è un po' troppo realistico, non credi?».

Parla con flemma, le braccia incrociate, l'espressione canzonatoria unita a un pericoloso mix di pelle liscia e capelli dorati che credo sia illegale in almeno venticinque Paesi. Paonazza in volto e con le lacrime agli occhi, tossisco una quantità d'acqua pari al Mar Egeo.

«Ti faccio quest'effetto?» mi chiede, divertito.

«No, no. Ho la tubercolosi, non ti conviene starmi vicino» farfuglio, tossendo ancora.

«L'ho già avuta da piccolo. Due volte» mi rassicura ridendo. Il suo sistema immunitario dev'essere baldanzoso come lui. Poi viene a sedersi vicino a me, portando la mia temperatura corporea a quella di un altoforno.

Una volta scongiurata la morte per soffocamento e quella per autocombustione, cerco di ricompormi, sfoderando un'abilità straordinaria nel cambiare tono e registro, tipica di chi ha un disturbo dissociativo dell'identità. Esce Molière ed entra Lady Violet. «Non pensavo che frequentassi la spiaggia come noi poveracci.»

«In effetti, ca*v*a, sono un assiduo f*v*equentato*v*e dello Yacht Club, ma a volte vengo qui t*v*a voi comuni mo*v*tali a vede*v*e come vi piace passa*v*e il week-end» dice con la erre moscia d'ordinanza per ogni ricco che si rispetti.

«Ah, capisco» annuisco e mi alzo. «Be', noi stavamo giusto andando via...»

«Infatti» mi appoggia Kat, poi mette via il saggio e sorride a Oliver. «Ciao ciao.»

«Ollie!» L'improvviso squillo della voce di Vic, che fino a due minuti fa sguazzava a riva con Claire e il resto della truppa, mi tiene inchiodata sul posto. Non capisco perché la nonna si affanni tanto con i suoi oroscopi: l'equazione Victoria più Oliver è già di per sé foriera di sventura e non serve essere astrologhe di millenaria tradizione per capire che questa sarà una giornata di merda.

«Io sono Victoria, sua sorella.» Glielo dice con voce sommessa, come se condividere parte del mio DNA fosse la maledizione di Tutankhamon. «Ma tu puoi chiamarmi Vic.»

«Che è proprio come ti chiama tutto il resto del mondo» bofonchia Kat.

Victoria la ignora e si va a sedere accanto a Oliver, spostandomi senza tanti complimenti sul bordo dell'asciugamano. «Ti seguo su Instagram, che bel profilo.»

Lui si stringe nelle spalle e la liquida con un blando: «Grazie, ma non posto granché» che lei bypassa con eleganza.

«Posso taggarti in una foto?» propone con il suo miglior sorriso.

«Preferisco di no, scusa, non sono molto fotogenico.»

Uh, che bugia cosmica.

«Non è vero, ma non c'è problema.»

Da quando mia sorella è così mansueta?

«Uso i social solo per seguire i miei artisti preferiti» prosegue Oliver in tono di scusa. «La pianista Hiromi Uehara e i gruppi indie rock.»

«Allora ti va un gelato o...?» Victoria è costretta a interrompersi perché quella che le si para davanti è una scena che ha del surreale anche per me.

Un ignaro gabbiano atterra vicino al nostro asciugamano attratto dai resti di patatine e Oliver salta su come se fosse l'Idra di Lerna. In uno scatto si nasconde dietro di me, aggrappandosi alle mie spalle. «Mandalo via! Mandalo via!» grida nel panico.

«Ma che...?»

«Soffro di iacofobia» urla.

Mi volto, confusa. «Iaco che?»

«La paura dei gabbiani» interviene Kat, agitando il cappello per allontanare il nemico.

Appena la bestia terribile se ne va impaurita, Oliver riprende a respirare. «Da bambino un gabbiano mi ha attaccato per prendersi i miei biscotti e da allora sono terrorizzato» spiega di fronte alle nostre facce stranite.

«Tranquillo, Lily ha paura dei bottoni» ride Kat, mettendomi una mano sulla spalla.

«Lo so» replica lui con un sorriso.

Gli scocco un'occhiata interrogativa.«Lo sai?»

«Lo immagino» si corregge in fretta. «Sarà per *Coraline.*»

In un flash mi tornano in mente le parole della nonna: "Qualcuno ti sta osservando, ti guarda, ti cerca. Una persona che nasconde un segreto".

Continuo a sentire che c'è qualcosa di strano in lui, un tassello mancante o un dettaglio che mi sfugge e che non riesco a mettere a fuoco. Che sia il segreto di cui parla l'oroscopo?

Poiché mi sta fissando in attesa, confermo: «Ho visto il film a cinque anni». E non posso fare a meno di aggiungere: «Una delle brillanti idee di mio padre».

«Mio fratello mi ha traumatizzato con *It* a sei» mi consola Oliver. «Non ho dormito per mesi. E questo dopo avermi dato i biscotti per attirare il gabbiano.»

Inarco le sopracciglia, divertita. «Che familiari simpatici abbiamo.»

Lui sorride e mi scosta una ciocca umida dalla fronte. Lo fa con nonchalance e, quando mi irrigidisco, si affretta a precisare: «Avevi una piuma in testa».

Se almeno fosse arrogante o privo di senso dell'umorismo, lo rimetterei al suo posto con qualche battuta acida. Invece riesce sempre a disarmarmi e non so come difendermi.

«Va bene, io vado.» Kat si alza e raccoglie le sue cose. «Mi è venuto mal di testa, troppo sole per me.»

Ero così concentrata su Oliver che mi ero dimenticata di lei. All'improvviso mi sento più cattiva della strega dell'Ovest. «Andiamo allora» farfuglio, arraffando anche il mio telo. Poi ho un flash. «Dov'è Vic?»

Ci guardiamo attorno, ma di mia sorella non c'è traccia.

14

«Credo sia andata laggiù.» Oliver indica un punto e, seguendolo, vedo Victoria in riva al mare con un ragazzo. Osservo meglio e sì, è Tommy che parla animatamente con lei.

Mi concedo un sospiro di sollievo: finché sta con lui, è al sicuro. Forse alla fine ha capito che le conviene rivolgere le sue attenzioni ai coetanei, preferibilmente non interessati al suo costume ma alla sua testa, come Tommy, appunto.

«Ehi, ragazzi.»

L'arrivo di Charlie insieme a Mark e Alex – tornato in gran forma giusto in tempo per la spiaggia – ci congela sul posto. «Vi cercavamo.»

Devo dire che vedere quei tre insieme è piuttosto curioso, non sono mai stati grandi amici. Charlie di solito se ne sta in disparte con i suoi manga, immerso nelle sue storie fantastiche; Mark era sempre con il fidanzato ed era impossibile vederlo da solo, finché qualche mese fa non si sono lasciati. In quanto ad Alex… È Alex, quello che si arrampica sui cornicioni durante le gite, che gioca a beach volley per esibire la tartaruga, che ci prova con Jenn con la tenacia di un martello pneumatico, quindi cosa può avere in comune con il nerd e il timidino?

«Io me ne sto andando» comunica Kat, riprendendo la sua fuga da dove l'aveva lasciata.

Charlie però le si para davanti con insolita convinzione. «Non provarci, dobbiamo dirvi una cosa e riguarda anche te.»

«Se non si tratta della ristrutturazione della biblioteca scolastica, non credo mi riguardi» ribatte acida.

Io invece sono curiosa di sapere quale sia la comunicazione urgente di Charlie & Co., ma niente, oggi le interruzioni a sorpresa piovono come grandine estiva.

«Ollie! Sei proprio tu» sento squittire alle mie spalle. Ci mancava solo Jennifer, che oggi è un apostrofo rosa shocking tra le parole Barbie e Malibù.

«In carne e ossa» replica lui, con tono di colpo grave.

«Sei sparito» esclama con un mix di orrore e stupore nella voce.

Oliver fa spallucce. «Direi di no...»

«Dovevi chiamarmi e dirmi che eri a Midheaven! Ti avrei mostrato il top della vita da spiaggia» insiste lei imperturbabile.

Al che lui, ormai sulla via della santità, risponde serafico: «Non amo la vita da spiaggia».

«Ah... Oh...» balbetta Jenn, di colpo in difficoltà. Il suo cervello non dev'essere programmato per incassare rifiuti e la scritta FILE NOT FOUND campeggia a chiare lettere sulla sua fronte aggrottata.

«Insomma, veniamo a noi.» Charlie riprende la parola, vista l'espressione scocciata di Kat, che sembra un'auto da corsa ai blocchi di partenza: fa rombare i motori, pronta a sgommare via. «Stiamo cercando reclute per i Mid-Games» annuncia con entusiasmo. «Dopo il successo del musical, dovete essere dei nostri: squadra che vince non si cambia.»

Lo sapevo che prima o poi qualcuno avrebbe sollevato l'argomento. Solo, non mi aspettavo che lo facesse Charlie.

«E da quando sei diventato sportivo?» Kat lo fissa tra il dubbioso e lo schifato. Più schifato che dubbioso, a dire il vero.

«Da quando conosco lui» e indica Oliver che annuisce, inaspettatamente informato sui fatti. E sui giochi. Di fronte alla mia faccia perplessa si affretta a precisare: «Gli ho raccontato del torneo e del premio di duemila sterline e mi ha convinto che è un'occasione da non perdere».

Inclino la testa. «Cioè?»

«Se vinciamo, potremmo investire i soldi nel teatro, non so se avete notato che ha qualche problemino.»

Altro che problemino, l'impianto stereo è stato installato nella preistoria.

«Charlie mi ha rivelato che tu sei un asso nel nuoto» aggiunge Oliver. «Io me la cavo con la vela, perciò abbiamo già mezza squadra.»

Charlie appare esaltato. «Io gareggerò con lui...»

«Così gli terrai lontani i gabbiani» borbotto con un filo di sarcasmo.

«Noi giochiamo a beach volley, ci servono due ragazze e siamo a posto» dice Mark, indicando se stesso e Alex. «Kat, tu sarai dei nostri?» le domanda, speranzoso.

«Preferirei darmi fuoco» è la sua risposta, mite e diplomatica come al solito.

«Che esagerata» commenta Jenn, poi si aggrappa al braccio di Oliver e gli sorride. «Sai, mio papà ha una barca...»

«Ma dai...»

«Possiamo usarla per allenarci.»

«Non mi sembra il caso.»

«Perché? Lui è sempre impegnato, neanche se ne accorgerà.»

«Perché sono io il suo compagno di vela» le ricorda Charlie, esasperato.

Alex, che negli ultimi dieci minuti non ha distolto gli occhi da Jenn, coglie l'occasione e le mette un braccio attorno alle spalle: «Puoi giocare con noi a pallavolo».

Charlie rivolge a Kat uno sguardo così supplichevole che commuove persino me, pregandola di salvarli dal pericolo Jenn, ma la mia amica è adamantina. Scuote la testa e Charlie sospira, sconfitto.

Jenn ha l'aria incerta. Scommetto che sta valutando se partecipare alla gara sia d'aiuto nella conquista di Oliver. La risposta sembra essere un "sì". «Va bene, se posso contribuire al successo.» Falsa.

Mark e Alex si danno il cinque, mentre Oliver le stacca la mano dal braccio. «Scusa, ma devo andare, ho un gelato in sospeso» le dice.

«Fantastico, andrebbe anche a me, magari senza zucchero...»

«Con Lily» specifica lui, lanciandomi un'occhiata d'intesa.

Vedo Jenn congelarsi e so cosa sta pensando: "Ma che ci trova in quell'asociale che non usa il balsamo, mangia carboidrati e compra al negozio dell'usato?". Non sono state rare le occasioni in cui mi sono sentita osservata da lei e dalle sue amiche con un misto di disprezzo e compassione, perciò me la godo quando Oliver annuncia, serafico: «Bene, noi vi salutiamo», e mi sospinge verso la gelateria. «Dammi corda, così ce ne liberiamo» mi sussurra poi.

Lo seguo in silenzio e, quando mi volto a sbirciare, Jenn sta marciando via. Me la immagino correre ad aprire il suo profilo Instagram e postare una di quelle foto supersexy corredate da una didascalia tipo: *Ricomincio da me.*

Mi accorgo anche di Kat che si allontana con Charlie, mentre Mark e Alex si avviano verso la scogliera. Ed è proprio lì che vedo Victoria con Tommy, in cima alle rocce. Ho un brutto presentimento: l'amico di mia sorella si è già buttato una volta ed è sopravvissuto. Non è che gli sono partiti del tutto i neuroni e sta per farlo di nuovo? Prendo Oliver per un braccio e gli indico la scena.

«Devo fermare quei due» spiego, nervosa.

«Non vorranno buttarsi, spero» replica lui, aggrottando la fronte.

Corriamo fino alla base dello sperone e, in quel momento, Victoria si accorge di noi. «Ehi, Ollie, sali su!» grida.

«Scendi tu, piuttosto» le ordino, valutando quanto possano essere scivolosi quei sassi nel caso mi toccasse andare a recuperarla.

«Dai, Vic, non è divertente» mi viene in soccorso Oliver.

Non mi sfugge l'espressione cupa di Tommy. «È quello che sto cercando di spiegarle da un quarto d'ora, ma non mi ascolta» esclama rivolto a noi. Alle nostre spalle arrivano Claire e le altre. «Che sta facendo?» mi chiede lei con aria preoccupata.

«La cretina» rispondo, furiosa.

«Piantala, Vic, ci stai spaventando» le dice Claire, e d'un tratto guadagna punti. «Tu non hai bisogno di dimostrare niente.»

"Brava, ben detto" approvo mentalmente.

«Certo che siete proprio un branco di fifoni» replica mia sorella, alzando gli occhi al cielo. «Cosa sarà mai un tuffo da qui? Tu non ti sei fatto neppure un graffio» conclude puntando il dito contro il suo amico. Che scuote il capo.

«Sono stato fortunato, per poco non mi sfracellavo. Adesso vieni via» e la afferra per la mano nel tentativo di farla scendere.

Resto con il fiato sospeso, ripetendomi che sono amici, anch'io darei retta a Kat se mi dicesse una cosa del genere. Ma sottovaluto Victoria.

Per qualche istante si lascia guidare, poi, di colpo, si libera dalla stretta e torna sull'orlo del precipizio, urlando in direzione di Oliver: «Ehi, Ollie! Guardamiii!».

Vado nel panico totale. «Non provarci» strepito, alzando le braccia come se potessi bloccarla. «Vic, mi hai sentito? Scendi subito.» La mia voce si fa di colpo stridula.

«Certo, sorellina. Come vuoi tu!» dice lei, ridendo in modo strano.

E poi, con un grido, salta giù.

15

Una volta ho letto che sul bordo di un buco nero il tempo rallenta all'infinito. E adesso mi sembra di stare su quello che i fisici chiamano "orizzonte degli eventi", una soglia oltre la quale niente può far ritorno.

Succede tutto in pochi istanti, che a me pare durino un'eternità.

Alcuni dei presenti accompagnano il tuffo con applausi, ma un attimo dopo – o un secolo dopo, non saprei – il chiasso rallenta fino a diventare un cupo silenzio.

I miei occhi si spostano frenetici da una parte all'altra di quella distesa azzurra. Cercano Victoria, ma di lei non c'è traccia.

"Adesso conto fino a cinque e la vedrò riemergere esultante di gioia" mi dico.

Uno...

Lo stomaco mi si aggroviglia in una morsa, le mani iniziano a sudare. Il cuore, che per primo ha intuito quello che sta succedendo, batte come un tamburo.

Due...

Sento Tommy e Claire chiamarla più volte. Il suo nome urlato a squarciagola mi fa tremare dalla testa ai piedi.

Tre...

Se non la vedo è solo perché ho problemi di vista. Deve

essere da qualche parte là in fondo. Con il respiro affannoso guardo con la massima attenzione. Tra le onde, tra gli scogli, là dove l'acqua è una lunga lingua scura o dove è blu come il cielo. Deve per forza essere da qualche parte.

Mentre la paura mi afferra la gola, mi viene in mente: ci sta facendo uno scherzo. Ma sì, è proprio da lei! Me la vedo riemergere dall'acqua da un momento all'altro e deriderci per essere caduti in trappola. Giuro che appena torna qui gliene dico di tutti i colori.

Quattro...

Vic però non riemerge. Non si vede da nessuna parte. Allora la paura diventa terrore e il terrore si trasforma in panico, finché non mi paralizza.

Cinque...

Quasi come se avesse sentito il mio countdown silenzioso, Oliver comincia a correre verso l'acqua. Lo osservo tuffarsi tra le onde e nuotare a grandi bracciate attorno agli scogli. Nuota contro la corrente e contro il tempo.

Io riesco a malapena a respirare. Vorrei buttarmi, correre a salvare mia sorella, ma è come se la sabbia sotto i miei piedi mi trattenesse e tante lunghe braccia scheletriche mi trascinassero giù, e io non potessi oppormi. Lo squalo adesso non riesce nemmeno a mettere un piede in acqua.

Oliver sparisce dietro uno scoglio e non vediamo più nemmeno lui, così Tommy, che nel frattempo è sceso dalla scogliera, lo segue muovendosi goffamente, con disperazione, nel tentativo di fare qualcosa di utile.

Soltanto nel momento in cui vedo riapparire Oliver, riprendo il fiato che non mi ero accorta di trattenere. Nuota piano, con fatica, ogni onda sembra un muro invalicabile: sta usando un braccio solo perché con l'altro tiene qualcuno.

«Victoria!» urlo con tutto il fiato che ho in corpo. Finalmente le mie gambe si decidono a muoversi, mi precipito verso di loro e corro in acqua fino alla vita. «Victoria!»

Oliver ha trovato una secca e adesso cammina trasportandola tra le braccia, ciondolante come una bambola di pezza. Corro verso di lui con il cuore in gola. «Oddio, è...»

«Svenuta, credo.»

«Vic, mi senti?» Vedo un rivolo di sangue che le cola dalla testa e le copre tutta la guancia sinistra.

Oddio.

Oddio.

Oliver è stravolto e insieme a Tommy adagia Victoria sulla riva, dove si è radunata una piccola folla. Un signore che dice di essere un infermiere si china su di lei per controllarle il battito. Qualcuno intanto deve avere chiamato l'ambulanza perché la sento arrivare dalla strada a sirene spiegate.

Vedendo mia sorella riprendere i sensi, scoppio a piangere a dirotto. Così, dal niente. Come se la tensione accumulata negli ultimi minuti si fosse sciolta tutta insieme in un fiume di lacrime. Mi lancio su di lei e inizio a ripetere il suo nome, ringraziando il cielo con ogni fibra del mio essere.

«Vic, sono qui! Sono qui con te!» biascico tra i singhiozzi. «Va tutto bene, va tutto bene» ripeto, forse più per me che per lei.

Quando arrivano i paramedici e ci chiedono spazio per far passare la barella, mi alzo e trovo Oliver davanti a me che mi sorride, ansimando per riprendere fiato con le mani sulle ginocchia. Non so nemmeno dire che miscela di emozioni io stia provando nei suoi confronti: una gratitudine infinita, un'ammirazione smisurata. Un istinto incontrollabile di stringerlo mi spinge verso di lui, ma appena muovo un passo nella sua direzione, mi si para davanti Kat che mi avvolge in un abbraccio.

«Tranquilla, Victoria è forte, è una roccia» mi sussurra all'orecchio mentre inizia a piangere anche lei. Allora, stordita e stremata, mi lascio andare tra le sue braccia, che per me sono casa.

Oltre la sua spalla, però, continuo a guardare Oliver. «Grazie» gli mimo con le labbra.

Lui si stringe nelle spalle e mi sorride ancora, esausto e felice.

«Dobbiamo portarla in ospedale per mettere dei punti alla ferita e fare alcuni accertamenti ma, a un primo controllo, sembra non ci siano criticità» mi rassicura il paramedico dopo aver visitato mia sorella, che per prima cosa si è voltata verso Oliver e ha ansimato un delirante: «Oh, mio eroe, sposami» – che temo non sia dovuto al colpo in testa.

Fino a pochi minuti fa pregavo che non morisse e adesso invece vorrei ucciderla con le mie mani per lo spavento che mi ha fatto prendere. Visto che non mi è permesso salire in ambulanza, cerco di fare mente locale per capire come raggiungere l'ospedale il più in fretta possibile.

È Oliver a togliermi dall'impiccio: «Ti do un passaggio».

«No» rispondo, come un riflesso condizionato.

La sua espressione dice: "Non mi sembra il caso di fare i capricci proprio ora", così sono costretta ad accettare. Mentre ci avviamo verso il parcheggio, chiamo la mamma e stupisco me stessa per come riesco a non spaventarla: «Ma non è niente di grave, ha colpito uno scoglio di striscio e per sicurezza le mettono dei punti».

«L'ha presa bene?» mi domanda Oliver, vedendomi calma.

«Per ora» rispondo, pensando al momento in cui troverà Victoria ammaccata in ospedale.

Una volta raggiunta la sua bici elettrica, studio in fretta il modo in cui posizionarmi senza sfiorarlo nemmeno per sbaglio. Oliver però mi fa sedere sulla canna e, appena si china sul manubrio, mi ritrovo circondata dalle sue braccia.

Ottimo: sono finita in trappola, in tutti i sensi.

Il suo viso è pericolosamente vicino al mio, mentre con il respiro mi accarezza la guancia. Mi sento avvolta dal calore del suo corpo e non posso fare a meno di assaporare il suo profumo di sale, di mare e...

"Lily, no! Non farti coinvolgere, non farti coinvolgere." Per tornare lucida, mi ripeto la frase della nonna e prego che funzioni.

Per sicurezza, davanti all'ospedale, salto giù dalla bici prima ancora che si fermi e lo liquido svelta. «Ora puoi andare, grazie.»

«Preferisco restare fino a che non arriva tua madre» ribatte. Poi il suo sguardo si addolcisce. «Ti prego.»

Impossibile dirgli di no.

«Okay.» Mi stringo nelle spalle, come se non me ne importasse.

"Non. Farti. Coinvolgere."

Con un sospiro degno di Giulietta sul balcone, entro attraverso le porte automatiche e chiedo di Victoria Heron. Vengo indirizzata in una sala d'aspetto deserta, dove mi accascio su una sedia di plastica grigia e fisso un quadro appeso alla parete, la stampa sbiadita dell'*Onda* di Hokusai. Oliver si siede davanti a me in silenzio, aspettando che sia io a parlare.

Quando lo faccio, esprimo tutta la mia frustrazione.

«Nuoto da sempre e non sono riuscita a salvare mia sorella. Che mi è preso?»

«Eri un po' troppo coinvolta per agire» mi consola lui.

«Sì, ma... non so...» farfuglio, cercando di trovare le parole. «Ero paralizzata...»

Lui mi scruta, poi a sua volta rivolge lo sguardo al quadro. «Mio nonno diceva sempre che sono un pinguino.»

Corrugo la fronte, certa di non aver capito bene. «Eh?»

«Il pinguino imperatore protegge le uova per circa due mesi, mentre la femmina va a caccia in mare aperto. Le mantiene al caldo tenendole in equilibrio sui piedi, pensa un po'. In questi due mesi non mangia, solo quando torna la mamma va a procurarsi il cibo.»

«Interessante, monsieur Jacques Cousteau, ma che c'entra?» chiedo, confusa.

Lui ride. «C'entra perché farei qualunque cosa per proteggere le persone che amo, ma non sempre ci riesco. Mio nonno stava raccogliendo le prugne da un albero quando ha avuto un infarto. Così, dal nulla. Un momento stava bene e quello dopo...»

Si blocca e sul suo viso leggo il dolore del ricordo.

«Mi dispiace» mormoro.

«Io ero lì sotto con la bacinella per le prugne. Avevo dieci anni. L'ho visto cadere e non ho potuto fare nulla, solo chiamare aiuto e urlare, urlare a più non posso per lo spavento. Molto coraggioso, eh?»

«Eri solo un bambino.»

«Sì, ma sono rimasto immobile a guardarlo finché non è arrivato il vicino di casa. Quello che voglio dire» e si volta verso di me «è che non è facile essere sempre in controllo. Per fortuna non siamo soli e qualcuno può venire in nostro soccorso.»

«Non per forza» replico, scettica. «Di solito la gente se ne frega.»

«Cinica fino in fondo!»

«Ho le mie ragioni.» Uh, se ne ho!

«E quali sarebbero queste ragioni?»

Di fronte al mio silenzio Oliver alza un sopracciglio. Non ho intenzione di raccontargli la storia della mia vita, di tutto quello che ho passato: so troppo poco di lui per fidarmi. Sembra intuirlo, perché allarga le braccia in segno di resa. «Va bene, la tua cortina di ferro non viene giù nemmeno con le cannonate!»

Ride e fa ridere anche me. Controllo il cellulare per assicurarmi di non avere perso messaggi della mamma, che sta per arrivare, poi mi sovviene che non gli ho ancora chiesto cosa ci facesse in spiaggia oggi. «Come mai sei di nuovo a Midheaven?»

«Frequento una scuola privata e per noi le vacanze sono già iniziate» risponde placido. «Così ho deciso di fare uno stage nella filiale che mio padre ha qui in città.»

«Vuoi passare le vacanze a lavorare?» mi stupisco. «Non vai con i tuoi in qualche resort di lusso alle Maldive?»

«Non è stagione, ci sono i monsoni.»

Ah, ecco. «Perciò starai qui tutta l'estate?»

Suona moltissimo come: "Che palle, devo sopportarti fino a settembre?" e me ne vergogno, ma ormai è tardi per rimangiarmelo. Per fortuna Oliver ha uno spiccato senso dell'umorismo.

«Uh, che entusiasmo. E pensare che ho affrontato un plotone di gabbiani per avvicinarti.»

«No, cioè, la tua dedizione al lavoro ti fa onore» mi salvo in corner. «Quindi ti sei trasferito qui da solo?»

«I miei hanno diverse case sulla costa, una anche a Midheaven. C'è una governante che se ne occupa e si assicurerà che io abbia cibo e vestiti puliti.»

Ma certo, la governante. Questa è fin troppo facile, non la commento neppure.

«Inoltre non potrei mai lasciarvi perdere i Mid-Games, non credi?» conclude con un sorriso angelico.

E con questo mi stende di nuovo, per cui mi affretto a cambiare discorso.

«Preparati a difenderti da mia sorella. Ora che l'hai pure salvata, non ti darà tregua.»

«Dovrai aiutarmi allora.»

«E come?»

«Per esempio avvisandomi dei suoi spostamenti in anticipo.»

«Cioè?»

Tira fuori il telefono dalla tasca dei pantaloncini con un sorriso diabolico. «Temo sia arrivato il momento di scambiarci i numeri, Heron.»

«Scordatelo.»

Lui rimette a posto il telefono. «Che osso duro...»

«Sono un Ariete ascendente Bilancia, caro il mio Stevens: ce ne vuole per conquistare la mia fiducia.»

«Non dirmi che sei fissata con l'astrologia» ribatte stupito.

«Fissata? Le antenate di mia nonna hanno fatto oroscopi a principi e re di mezza Europa, e lei si porta dietro la loro eredità. Sa tutto di ascendenti, discendenti, case e pianeti. Io non sono come lei, ma qualcosa ne so.»

«Forte.» Si mette comodo sulla sedia senza mollare il mio sguardo. Sembra particolarmente interessato all'argomento. «Quindi è vero che gli oroscopi funzionano?»

Mi stringo nelle spalle. «Le stelle danno indicazioni, creano il campo di energia, come dice mia nonna. La vera astrologia secondo lei non c'entra nulla con le sciocchezze che scrivono sui giornali.»

«Sono d'accordo» commenta lui con un tono indecifrabile, e quello che aggiunge mi stupisce: «Mi piace credere che esistano cose più misteriose di quelle che vediamo».

Potrei confermargli che esistono eccome, ne sono la prova vivente, invece mi limito a replicare: «Be', di certo i pianeti hanno ragione su me e mia sorella. L'Ariete e lo Scorpione sono compatibili come l'acqua e il cioccolato».

«E l'Ariete e i Pesci?»

Faccio una smorfia inorridita. «Per niente. L'Ariete cerca l'indipendenza, si scava il proprio percorso, mentre i Pesci sono sfuggenti...»

«Non avevo dubbi» sospira. «È una fortuna allora che io sia Leone.»

«Guarda che il Leone ha il "ruggito del protagonismo", con l'Ariete si scontra di brutto.»

L'arrivo di mia madre mette fine alla nostra conversazione astrologica. Ha i capelli scompigliati e non si è accorta di avere messo il golf al rovescio. «Lily! Dov'è Vic?»

In quel momento esce il dottore, che ci rassicura: le ha messo i punti, tra poco potrà tornare a casa con l'obbligo di riposare almeno per una settimana e non bagnare la ferita. «Prima o poi mi farà venire un infarto quella ragazzina.» Poi si rivolge a Oliver e gli tende la mano. «Io sono Dasha. Sei tu che hai salvato Victoria?»

«Piacere, Oliver. Ma come fa a saperlo?»

«Me l'ha detto la mamma di Tommy, che mi ha chiamata mentre venivo qui.»

Che bello stare in una cittadina così piccola dove le notizie sono più veloci delle suture.

«Sei un eroe, Oliver!» Lo abbraccia forte, quasi lo stritola. «Grazie.»

«Di niente» risponde lui. Quando la mamma si decide a staccarsi, le sorride. «Potrei disturbarvi più tardi con un messaggio per sapere come sta? Se Lily mi dà il numero...»

Lo fulmino con gli occhi: è diabolico!

«Ma certo che te lo dà!» gli assicura mia madre. «Io vado da Vic.»

E così dicendo sparisce nel corridoio, mentre Oliver mi sorride trionfante.

Colpita e affondata.

16

La nonna non si dà pace per quello che è successo.

«Avevo detto a Victoria di essere prudente, che le dissonanze dei pianeti portano guai allo Scorpione. Dovevo insistere, inculcare un po' di astrologia in quella testolina.»

«Rassegnati, nonna, è energia sprecata» sospiro, ormai priva di speranze. Non appena ci ha viste in ospedale, Vic era talmente dispiaciuta di averci fatto prendere uno spavento che per prima cosa ha detto: "Dov'è il mio cellulare?".

Nemmeno la botta in testa è servita a farla rinsavire, figuriamoci se ci riescono gli astri.

Ha ricevuto una foto che qualcuno ha scattato sulla spiaggia nel momento in cui Oliver usciva dall'acqua con lei tra le braccia, che suppongo diventerà una gigantografia da appendere al London Bridge. E mentre Vic è in camera sua che se la ride al telefono con Claire, io sono sdraiata sul divano, esangue: credo di aver perso dieci anni di vita in un giorno.

«Ma abbiamo tra le mani uno strumento potente per veleggiare tra le tempeste della vita, non può respingerlo per sempre» insiste Astra-testa-dura, camminando avanti e indietro per la stanza con piglio deciso. Quando ricorre alle metafore è proprio arrabbiata.

«Datti pace» mi fa eco la mamma, sprofondando nella poltrona dopo aver lavato i piatti. «Noi cerchiamo di fare del nostro meglio, ma i figli non si possono plasmare.»

«No, ma si possono far ragionare. Se ti dicessi che questo mese hai Marte contro, tu andresti a buttarti dalla scogliera?» La nonna si ferma davanti al camino e mi fissa, perciò scuoto la testa con convinzione, anche se non ricordo bene cosa comporti avere Marte avverso. Essendo il pianeta violento, però, posso farmi un'idea.

«Ecco, appunto.»

Infatti io sto seguendo i suoi consigli, o almeno ci provo. Miss-testa-ancora-più-dura, invece, è fuori controllo, chissà cosa stavano combinando i pianeti alla sua nascita.

Vic è uno Scorpione ascendente Toro, una combinazione che, secondo la nonna, dà origine a una persona tenace e ostinata, che vuole sempre avere ragione e non disdegna il denaro, tutti tratti riconoscibili in mia sorella. In questo esatto momento mi sovviene che il suo profilo la descrive anche come gelosa e passionale, cosa preoccupante ora che da bambina con gli occhioni grigi e i codini rossi si è trasformata in una preadolescente dalla chioma fulva, le gambe lunghe e le ciglia allungate dal mascara.

Ci mancava solo che si prendesse una cotta per Oliver: se ha pensato di lanciarsi nel vuoto per fare colpo su di lui dopo averlo visto una mezza volta a teatro, non oso immaginare cosa possa fare dopo che le ha salvato la vita.

Nemmeno a dirlo, Oliver ha conquistato anche mia mamma, che in ospedale non la smetteva più di lodarlo per il suo coraggio e la prontezza di riflessi. Gli ha perfino detto che potrà venirci a trovare quando vuole, che sarà sempre il benvenuto, e che la nostra porta sarà sempre aperta per lui. Al che ho pensato, considerata una sua eventuale visita, che ho bisogno di apportare delle migliorie a questa vecchia casa, come scavare un fossato, costruire un ponte levatoio e preparare l'olio bollente.

Mentre rifletto sui lavori di ristrutturazione, sobbalzo per l'arrivo di un messaggio.

Ehi, sono Oliver. Registra il numero. Come sta Vic?

Ma pensa se deve venirmi la tachicardia solo perché mi ha scritto tre frasi. Lily, non ti riconosco più. Rispondigli come faresti con chiunque altro.

Oh, benissimo, direi. Si sta facendo servire e riverire come una regina che molto presto si trasformerà in despota.

Non fatico a crederci, visto il tipo 😀 Comunque sono contento che stia bene.

Potrei finirla qui, e invece no, le mie dita digitano:

Ormai sei diventato famoso, lo sai? Il Superman di Midheaven 😀

Meno male che non è stata attaccata da un gabbiano, altrimenti non avrei proprio saputo che fare 😨

Davvero... I gabbiani sono notoriamente tra le creature più feroci mai esistite, secondi solo ai gattini e alle lucciole.

Ah, mi hai ricordato il trauma subito con Gollum, il gattino che i miei genitori mi hanno preso quando ero piccolo.

Non sono sicura di voler conoscere questa storia.

E fai bene! Ne sto ancora parlando con lo psicologo, non so se ne verremo mai a capo.

Che infanzia terribile hai avuto.

Non immagini quanto. Lo psicologo sta comprando la seconda villa con piscina sulla baia grazie ai miei traumi infantili. Per fortuna gliela costruisce mio padre, almeno qualcosa recupero, anche se indirettamente 😉

"Ma io come faccio a resisterti, come? Me lo puoi spiegare?

Se mi fai ridere così.

Se mi parli così.

Se mi sembra di conoscerti da sempre e non da una manciata di giorni."

Devo fare appello a tutta la forza che ho per costringermi a chiudere la conversazione, perché sento che potrei chiacchierare con lui per tutta la notte o per il resto della vita.

Vado a letto, è stata una giornata "impegnativa".

Ti capisco. Vedermi rischiare la vita con l'uccellaccio dev'essere stato tremendo 🕊☠

Tu sei matto. Non riesco a credere che mia sorella sia di là a progettare il vostro imminente matrimonio. D'altra parte è matta anche lei.

😱😱😱 *Mi dispiace solo di una cosa...*

Cosa?

Che si sia innamorata di me la Heron sbagliata.

E con questo, Game, Set, Match vanno a Oliver Stevens, che vince tutto.

La Heron ha giocato con onore, amici del pubblico, ma l'avversario era davvero imbattibile.

«Vado a dormire» annuncio alla platea e corro in camera mia, dove lancio con un dritto il cellulare in fondo al letto, mi fiondo sul materasso e infilo la testa sotto il cuscino soffocando un grido.

Come faccio? Per quanto mi sforzi di stargli lontano, mi attira a sé ogni minuto di più.

Nemmeno Harry Potter conosce la formula per liberarsi dall'Incantesimo Oliver. Mi sembra di essere precipitata nel Tranello del Diavolo, la pianta viscida piena di tentacoli che usa per risucchiare e soffocare coloro che per sbaglio ci finiscono sopra.

Più cerco di dimenarmi per respingerlo, più rimango incastrata. L'unico modo per sconfiggere quella dannata pianta è restare calma e immobile e piegarla con la luce, davanti alla quale si ritrae. Oppure potrei provare a lanciare un *Lumen solis!*, così a caso, anche se dubito che funzioni.

Prima ha salvato lo spettacolo, poi Victoria. Sembra un angelo entrato nella mia vita per illuminarla, non per trasformarla in un incubo come so che accadrà.

Riemergo dal cuscino e, mentre mi spoglio e infilo il pigiama, lo sguardo mi cade sul calendario appeso sopra la scrivania, pieno di immagini di pianeti e costellazioni, opera di un artista locale. La nonna me ne regala uno ogni gennaio e ci segno tutte le eclissi che mi aspettano; la prossima sarà ad agosto. Apro il cassetto e tolgo gli ultimi due calendari, che ho conservato per ricordare i viaggi nel tempo. Ce n'è uno in particolare, del novembre di due anni fa, che è rimasto vivido nella mia memoria, non è mai sbiadito, forse perché mi sono vista a scuola e temevo che si avverasse a breve. In realtà non è ancora successo, ma non ci vuole molto per capire che accadrà prima della fine delle superiori. Potrei andare a letto e provare a non pensarci, stanca come sono, invece ormai mi ha invaso la mente e mi ritrovo a riviverlo da cima a fondo...

17

All'inizio non sapevo dove fossi finita.

Era quasi buio, i contorni erano sfocati e sentivo in sottofondo delle voci distorte. Già prima che la nebbia si diradasse, però, l'inconfondibile grosso orologio sulla parete mi aveva svelato l'arcano: mi trovavo nel corridoio principale della scuola. Le lancette segnavano le quattro e mezzo.

Dalle vetrate entrava la luce di un tramonto invernale che calava sulle cime degli alberi scheletrici, accarezzando le pareti. Avevo superato le scale, chiedendomi dove avrei incontrato la mia copia, quando, nell'angolo in fondo al corridoio, mi ero trovata davanti Claire e Tommy che parlottavano a bassa voce. Incuriosita, mi ero fermata ad ascoltare frammenti della loro conversazione.

«Non avrà mica capito qualcosa» aveva sussurrato Tommy.

«No, impossibile. Siamo stati attenti...» lo aveva rassicurato lei.

«Non possiamo farci scoprire.»

«E non lo faremo.» Claire gli aveva sorriso, facendogli l'occhiolino.

Era stato a quel punto che l'avevo vista. La me stessa del futuro si era fermata a poca distanza da loro, che dovevano aver avvertito la sua presenza perché avevano smesso di parlare e l'avevano salutata, prima di scappare in fretta verso l'uscita.

Io l'avevo seguita verso l'aula di scienze: aveva l'espressione triste e sembrava agitata, si torceva le mani come se stesse cercando la forza di entrare. Infine l'aveva fatto.

Solo che io non avevo avuto il coraggio di seguirla.

Ero rimasta immobile a fissare la porta aperta, ascoltando le loro voci.

«Lily! Perché sei qui?»

«Per parlarti.»

«Non c'è più niente da dire.»

«Oliver, ti prego...»

«No.»

Un "no" secco, che mi aveva scatenato un brivido. Un attimo dopo Oliver era uscito dall'aula, seguito dalla mia versione futura che l'aveva afferrato per un braccio.

«Non puoi fare così» gli aveva detto con voce rotta. «Se sapessi quanto sto male...»

Lui l'aveva guardata, in apparenza tormentato. Aveva indugiato per un istante, prima di scuotere la testa e sottrarsi alla sua stretta. «Mi spiace, ma è finita.»

L'avevo seguito con gli occhi mentre si allontanava nel corridoio, accompagnato dai singhiozzi del mio alter ego. La Lily del futuro aveva mosso un passo verso la fila degli armadietti, poi si era girata, lasciandosi scivolare con la schiena fino a sedersi sul pavimento, sconsolata.

Vederla – vedermi – lì, rannicchiata come una bimba sola e spaventata, era stata una pugnalata al petto. Avrei voluto chinarmi e accarezzare i capelli a quella bambina, consolarla in qualche modo, rassicurarla che sarebbe andato tutto bene, ma non ci credevo neppure io.

Nemmeno un po'.

Non poteva andare tutto bene se, un giorno neanche

troppo lontano, mi sarei ritrovata a elemosinare l'amore di un ragazzo, pregandolo di non andarsene.

Fosse anche solo perché, con tutti i libri femministi che legge, Kat mi avrebbe uccisa.

Mi aveva salvata la fine dell'eclissi, riportandomi al presente in una polvere sottile e luminosa.

Avevo lasciato Lily da sola a piangere e mi ero portata via tutto il suo dolore.

Che era anche il mio.

*In Cancro la magia della Luna nuova
è particolarmente emotiva.
Non serve ragionare su cosa vogliamo
raggiungere, ma sentirlo nel profondo.
Possiamo intravedere la luce in fondo
al tunnel, nuove possibilità inesplorate.
Saturno retrogrado invita però a stabilire
dei confini, a riflettere sulle scelte
che ci hanno portati fin qui: a volte
bisogna perdersi per poi ritrovarsi,
ci ricordano i pianeti.*

CANCRO

18

I pinguini sono orribili.

Avete presente quegli animaletti tanto carini che si vedono nei documentari, impegnati in lunghe marce in mezzo alla neve per tornare a casa? In realtà sono creature crudeli, violente, capaci di uccidere i pulcini e di tradire senza motivo.

In una delle mie innumerevoli notti in bianco ho letto questa notizia pensando a Oliver: come i pinguini, evidentemente, anche lui diventa un pericolo per chi lo ama. Suo nonno aveva visto giusto.

Pertanto, a metà luglio, le sospirate vacanze iniziano con me che lo evito e lui che non capisce perché. Non rispondo né alle chiamate né ai messaggi, non vado in spiaggia, in centro, in piscina o in gelateria, portando la mia già esigua vita sociale al livello "eremita".

Ma è una questione di sopravvivenza. Ho persino sorpreso la nonna chiedendole di dare uno sguardo al mio cielo attuale, visto che le previsioni del Cancro condivise con tutte noi a fine giugno mi sono risultate enigmatiche: "A volte bisogna perdersi per poi ritrovarsi" ha sentenziato.

«Da quando sei così devota all'astrologia?» mi ha domandato tra il compiaciuto e lo scettico.

«Da quando ho capito che mi aiuta molto, nonna cara» ho risposto con il mio tono più dolce.

Lei non si è fatta blandire. «Hai qualche problema di cui non ci stai parlando?»

«No, quale problema dovrei mai avere? È estate, sono in vacanza, mi sto godendo il giardino e leggo tanti libri.»

Considerata la lunga lista di luoghi proibiti, ho riscoperto il piacere di accomodarmi sul dondolo della veranda con tè e biscotti e mi sono dedicata alla lettura. Kat ha provato a rifilarmi i suoi saggi, ma ho gentilmente declinato l'offerta, spiegandole che la mamma mi ha riempito di romanzi fantasy. Al momento sono alle prese con il terzo volume del *Signore degli anelli* e sono in ansia per Frodo, distrutto dal peso dell'anello che odia e che ama. Come lo capisco.

«Appunto, la cosa è sospetta. Perché non vai più a nuotare?»

«Ho male all'anca.» È la scusa che ho usato con tutti.

«E non vuoi andare dal dottore.»

«Mi ha visitato il papà di Kat e mi ha prescritto il riposo.» Richard lavora in una clinica di Torquay e non c'è mai, quindi dubito che la mamma o la nonna possano incrociarlo.

L'unica persona ammessa nel mio rifugio segreto è la mia amica, che mi fa compagnia sferruzzando come una vecchina per creare borsette, borsellini e portacellulari che poi vende ai turisti. Sul serio, ha allestito una bancarella sul lungomare. La sua cliente principale è Stephanie: mostra un entusiasmo così eclatante per le sue creazioni che sospetto stia cercando di ingraziarsela in vista di diventare la sua matrigna.

Senza bisogno di spiegarle nulla, Kat mi appoggia e non fa domande.

Alla fine la nonna ha smesso di interrogarmi e mi ha rivelato che Marte e Venere alleati mi aiutano a sostenere le ombre plutoniane, perciò posso proseguire per la mia strada.

Cioè il sentiero solitario.

Mentre io mi preparo con successo alla vita monastica, mia sorella è risorta dalle ceneri come l'araba fenice. La ferita è guarita, non ci sono più segni di ecchimosi o escoriazioni ed è tornata come nuova, anzi di più. Sembra che dal modello base sia passata a quello avanzato, con una dotazione extra di impazienza, suscettibilità e sfuggevolezza.

Ha messo radici da Claire, da cui si ferma a dormire due notti sì e una no. La mamma, che dopo avere rischiato di perderla le concede tutto prima ancora che lei lo chieda, la lascia andare con la scusa che Claire è una tipa tranquilla e le due "bambine" sono in ottime mani.

I genitori di Claire sono brave persone, hanno entrambi un buon lavoro che due anni fa ha permesso loro di traslocare in una villetta sulla collina. È da allora che mia sorella ha iniziato a migrare verso casa loro e si è attaccata alla compagna, iniziando a lodarne lo stile originale – cioè pantaloncini inguinali con sopra felpe Nike e una quantità di catenine al collo da tirare giù una giraffa. Claire non è stupida, anzi, mi piace il suo spirito combattivo da sopravvissuta, ma non capisci mai che intenzioni abbia.

Io preferivo quando Vic stava sempre con Tommy.

Cancro e Scorpione sono amici per la pelle, come sostiene la nonna. Da bambini, quei due costruivano castelli di sabbia, anzi, veri e propri palazzi reali con tanto di giardini e scuderie, si rincorrevano al parco e mi facevano ridere con le loro idee strampalate, tipo allevare lombrichi in giardino.

Adesso non la vedi mai senza cellulare in mano, chissà cosa combina con quei profili privati. Mi aspetto da un momento all'altro l'arrivo della polizia postale con un mandato di arresto per violazione di privacy, stalking e terrorismo internazionale.

«Ho scoperto una cosa su Oliver» mi annuncia con la faccia sconvolta di prima mattina, uno dei giorni in cui non è da Claire.

«Mettiti in fila, sorellina...» taglio corto, mescolando pensierosa il mio tè caldo.

Victoria si avvicina al tavolo dove sto facendo colazione. «Che vuol dire?» domanda stupita, con la voce già sopra di un'ottava.

«Vuol dire che non me ne frega niente» ripeto con tono piatto e annoiato, per la millesima volta in queste settimane. «Non voglio sentirlo nominare» ribadisco, ignorando il vuoto allo stomaco che avverto ogni volta che il mio pensiero torna a lui. Quindi molto – troppo – spesso.

Mia sorella sbuffa e ritenta: «Okay, ma oggi andiamo al mare».

«No. Ho sempre male all'anca.» Apro il barattolo di biscotti e ne prendo uno.

«Ma che palle, sei proprio una lagna!»

Sto per replicare, quando la nonna scende le scale con una grossa scatola piena di nastri colorati.

«Chi è una lagna?» s'informa.

«Questa qui!» Victoria arraffa una manciata di biscotti e mi indica. «Con la sua misantropia patologica mi rovinerà la vita» grida isterica, poi corre in bagno sbattendo la porta.

«E buongiorno» dico, sarcastica, alla nonna.

«Buongiorno a te, tesoro» mi saluta, posando la scatola. «Che cos'ha questa mattina?»

«Il solito, voi non volete che la principessa si avvicini al mare senza la mia presenza e io non vado in spiaggia.»

La nonna sorride e si siede di fronte a me. Inizia a tirare fuori dallo scatolone fiori e nastri colorati e si mette a intrecciarli insieme. Sta preparando le coroncine per le dodici ragazze che danzeranno in occasione del festival celtico, una manifestazione che si terrà la domenica prima che il Cancro lasci il posto al Leone. La mamma fa parte del comitato eventi della città e, insieme alle sue amiche, organizza la serie di appuntamenti che ruotano attorno alla festa: presentazioni di libri dedicati alla cultura celtica, banchetti in spiaggia annaffiati con pinte di birra, musica tradizionale e balli.

Quest'ultimo è un tasto dolente, non perché non sia divertente la danza tradizionale attorno a un palo, ma per la pessima idea avuta da una signora del comitato, che ha ritenuto "carino" coinvolgere anche me e i miei amici. Se per qualcuno potrebbe essere un momento di giubilo, per la sottoscritta e Kat, acerrime nemiche di ogni attività che implichi muoversi con grazia e secondo un ritmo preciso, è come scendere nel girone degli scoordinati senza speranza.

Sì, sarò costretta a uscire dalla tana, ma solo per una sera, e poi potrò tornare a lamentarmi del dolore all'anca acutizzato dalle danze e rinchiudermi in ospizio. Amen.

«Va tutto bene, tesoro?» mi chiede la nonna mentre lavora.

«Certo. Perché?»

«C'è la Luna opposta a Nettuno, può creare confusione e smarrimento» sentenzia. «Rende difficile distinguere la realtà dalle illusioni.»

«Ma ho i pianeti alleati» ribatto, già preoccupata per questa possibile complicazione astrale.

«Sì, sì. Però ti sei chiusa, non esci più, stai sempre per conto tuo, leggi...» Sottolinea l'ultima parola come se fosse una stravaganza. Siccome non divoro saggi sul femminismo e romanzi storici come Kat, sembra a tutti che io abbia passato un decennio senza leggere.

«Mi va così» rispondo con un'alzata di spalle. «Tolkien è molto appassionante. Non ho visto i film, quindi niente spoiler» la avverto prima che apra bocca e mi riveli cosa ne sarà di Frodo e dell'anello del potere.

«L'importante è che tu sia serena.»

Sfodero un sorriso così falso da sembrare vero e le assicuro che è così.

Più tardi cerco al telefono la mamma per sapere della festa, ma in questi giorni è più introvabile della Stanza delle necessità di Harry Potter. Ogni tanto, a causa degli impegni con il comitato, è costretta a chiudere la libreria per qualche ora, ma insiste a non prendere un aiuto – sostiene di non poterselo permettere – e continua a fare tutto da sola. D'altronde ha rilevato il negozio e si è fatta conoscere in città proponendo incontri, attirando i bambini, introducendo nuove sezioni e persino organizzando tè letterari senza l'appoggio di nessuno. È in grado al tempo stesso di parlare al telefono, inviare e-mail e approntare manifesti e comunicati stampa con un talento multitasking pari a quello della dea Kali.

Visto che il cellulare risulta sempre occupato o suona a vuoto, alla fine capisco che per avere udienza con lei devo uscire di casa e raggiungerla: armata di occhiali da sole e felpa con cappuccio alla faccia dei trenta gradi, attraverso furtiva le strade e mi intrufolo in libreria.

«*Bonjour, maman*» la saluto, scovandola al suo tavolo dei conti con una pila di volumi da un lato e una tazza di caffè dall'altro.

Solleva la testa e strabuzza gli occhi come se fosse entrata J.K. Rowling in persona. «Lilith? Ti sei degnata di abbandonare la tana?»

«Solo per parlarti» sospiro.

«Di cosa?»

«Del ballo della disperazione.»

Prende un sorso di caffè. «Non accetto scuse per non partecipare, lo sai. Se hai male all'anca, andiamo a fare una radiografia.»

«Basta il riposo» preciso. «Comunque mi immolo alla causa. Volevo sapere quando saranno le prove.» Così posso studiare in anticipo una strategia per tenere lontano Oliver. Forse mia sorella potrebbe tornarmi utile, se le dico di portarlo da qualche parte accetterà al volo.

«Sabato. Ah!» sussulta all'improvviso. «Ho dimenticato di chiamare l'istruttrice di danza...» Si rituffa nel lavoro, spostando fogli e digitando sulla tastiera. «Oddio, dove ho messo il numero?» Controlla l'ora. «E tra poco mi aspettano per la questione degli autori...» Si mette le mani nei capelli scuri, ancora più arruffati del solito. «Perché le giornate non possono avere cinquantasei ore?»

«Dai, mamma, ti do una mano. Alla libreria ci penso io quando hai tanto da fare.»

Rialza la testa e scorgo nei suoi occhi un principio di esaurimento nervoso. «Davvero?»

Annuisco convinta. «Così tu sei libera di andare avanti e indietro come ti pare.»

«Tesoro, mi salvi la vita» esclama, correndo ad abbracciarmi.

Un secondo dopo trangugia il resto del caffè e fila via.

19

Kat è felicissima di farmi compagnia in negozio.

La vedo distesa e rilassata, ha voglia di scherzare e la battuta sempre pronta. «Qual è il colmo per un libraio? Essere un libro aperto!» E scoppia a ridere da sola.

Peccato non poter dire altrettanto di me e della mia mente, che in ogni momento, invece, vola.

La bella notizia è che ho saputo da Charlie della partenza di Oliver per le Canarie una settimana fa, evidentemente il suo lavoro estivo comprende anche una vacanza, visto che l'azienda è di suo padre. Buon per lui, almeno non devo preoccuparmi di vedermelo piombare davanti agli occhi.

Oggi è giorno di consegne e Kat mi sta aiutando a disfare gli scatoloni e mettere in ordine i nuovi volumi.

«Bentrovate, signore.»

Alzo lo sguardo dalla bolla di accompagnamento che stavo verificando e sulla porta vedo Charlie, che avanza verso di noi con un sorriso trionfante. Verso Kat, soprattutto. Dietro di lui ci sono Mark e Alex, ormai diventati le sue Charlie's Angels.

«Ciao ragazzi» li saluto di rimando.

Kat mi rivolge un'occhiata scocciata, come se fossero dei molesti venditori porta a porta. Sono tornati alla carica per convincerci a partecipare ai Mid-Games e penso vogliano prenderci per sfinimento.

«Allora come va?» ci chiede Charlie.

«Come ieri e come l'altro ieri» bofonchia Kat mentre alza una pila di copie dell'ultimo romanzo di un giovane giallista tedesco intitolato *Silenzio*, che sembra tradurre ciò che passa per la mente della mia amica in questo momento.

«Avete riflettuto su quello che vi ho detto?» esordisce Charlie. «Partecipare ai giochi sarebbe davvero importante per una serie di ragioni...»

E lui ce le ha spiegate benissimo quelle ragioni. Non più tardi di due giorni fa ci ha illustrato la sua brillante relazione "Sul perché dovreste partecipare ai Mid-Games: cause, sviluppi e conseguenze", uno studio sociale che, dopo un cappello introduttivo sull'importanza di una comunità unita in cui ognuno gioca la sua parte, si conclude con una supplica lacrimevole perché mancano solo due componenti per formare la squadra. Strano che non abbia ancora portato con sé proiettore, penna laser e presentazione in powerpoint per riassumere meglio i concetti.

All'improvviso la porta si spalanca e Jennifer entra con un completino fosforescente che mi acceca. «Ciao Heron, ho bisogno di parlarti.» Che alle mie orecchie suona confortante come: "Un asteroide sta per precipitare sulla Terra e moriremo tutti".

«Okay» azzardo, manifestando un chiaro istinto suicida.

«Non qui» bisbiglia, guardandosi intorno come una spia. «In privato.»

«Ma adesso ho da fare e...»

«Sabato pomeriggio» mi interrompe. «Ore cinque. Al Cat Cafè» puntualizza, talmente concisa che sembra parli in alfabeto morse. «È importante.»

Poi, com'è arrivata, se ne va via, ciabattando con i suoi zatteroni e con l'aria affaccendata di Wonder Woman in missione per salvare il mondo, anche se il massimo sforzo che farà oggi sarà spalmarsi l'olio solare. La guardiamo attoniti sparire in strada, incapaci di commentare quello che è appena successo negli ultimi due minuti.

Anche Charlie sembra aver esaurito le parole e, quando finalmente i tre escono dal negozio, Kat sbotta: «Se tornano anche domani li uccido con la prezzatrice».

«Sono solo presi bene con i giochi» li giustifico, poi mi interrompo perché ho una visione. Davanti a me è comparsa dal nulla una ragazza stupenda, bionda, occhi azzurri, una canotta a fiori sui jeans che indossata da me farebbe l'effetto hawaiano, mentre su di lei sembra alta moda.

«Buongiorno» mormoro, squadrandola meglio. Dove l'ho già vista?

«Ciao» mi sorride, avanzando con il passo leggero di una fatina dei boschi. «Per caso avete la biografia di Chopin di Franz Liszt?»

«Aspetta che controllo» dico, digitando il titolo nella tendina di ricerca.

«Grazie. È molto carino qui. A Londra ci sono per lo più grandi catene, è difficile trovare una libreria piccola e graziosa come questa.»

«Sei di Londra?» domanda Kat, interessata.

«Sì, sono qui in vacanza dal mio ragazzo.»

«Mi spiace, non l'abbiamo» le comunico dispiaciuta. «Però posso ordinarla.»

«Sì, per favore. È un regalo per lui, compie gli anni il 16 agosto.»

Quale adolescente desidera un libro su Chopin per il compleanno? Mentre provo a figurarmi il tipo, mi viene in mente Oliver e il mio cuore perde un colpo. Mi dedico all'ordine e ci metto più del dovuto: una volta riaffiorato il suo nome, non riesco a respingerlo e il tarlo inizia a rosicchiare ogni altro pensiero.

A creare un diversivo ci pensa Victoria, che entra in

libreria con la pacatezza di un bufalo e mi aggredisce senza mezzi termini: «Hai parlato male di Claire alla nonna?».

Resto di sasso. «No! Ma ti pare?»

«Qualcuno l'ha fatto e ti ho vista confabulare un sacco con lei in questi giorni!»

Non è vero, non abbiamo confabulato, solo parlato, comunque incasso. «Non sono stata io.»

«Allora perché mi ha detto di starle lontana?»

«Forse perché da quando hai piantato le tende in casa sua sei più insopportabile del solito?» azzardo. Kat e la cliente ci fissano come se fossimo due squilibrate e non hanno tutti i torti.

«Questa me la paghi» sibila mia sorella tra i denti, poi il suo sguardo cade sulla ragazza bionda e ammutolisce. Lei si riscuote e alza la mano in segno di saluto.

«Grazie allora, ripasso tra qualche giorno per vedere se il libro è arrivato. Buona giornata.»

«Anche a te» la salutiamo insieme io e Kat.

Victoria, invece, continua a fissarla e, a un certo punto, la insegue sulla porta e le dice: «Non avevi un altro posto dove andare in vacanza, tu?».

L'altra la guarda sempre più scioccata. «Scusa?!?»

Ma Vic la scansa e corre via. Io e Kat ci scambiamo un'occhiata incredula mentre la ragazza esce dal negozio prima che io possa scusarmi per mia sorella.

«Adesso se la prende anche con le sconosciute?» commenta la mia amica.

«Siamo passati a un nuovo livello di follia» sospiro, poi mi decido a confessare una cosa a cui cercavo di non pensare, chiudendola nel cassettino più remoto della mente insieme a Oliver. «Credo che la nonna le abbia proibito di andare da Claire perché, come me, l'ha sentita parlare al telefono con lei di nostro padre.»

Kat si siede sulla poltroncina accanto alla cassa e attende di sentire il resto.

«Eravamo in soggiorno e Vic era in giardino, ma non si è accorta che la porta a vetri era solo accostata e che si sentiva tutto. Da quel che ho capito, si stavano lamentando dei genitori, come al solito, e Claire deve averle detto che è fortunata a non avere entrambi contro, perché Vic ha risposto che tanto aveva me e la nonna che siamo peggio di un padre. Poi ha iniziato a blaterare qualcosa sul fatto che non si ricorda di papà, che non è giusto che non lo si nomini mai in famiglia e che di sicuro gli assomiglia, visto che con noi non ha niente a che fare. E che vorrebbe rivederlo.»

«Wow.» Kat, che di solito non resta mai senza parole, stavolta pare proprio in difficoltà. «E avete paura che Claire possa darle corda?»

«O aiutarla a cercarlo» concludo.

L'espressione preoccupata di Kat riflette la mia.

Non voglio vederlo mai più.

E di certo non voglio che mia sorella lo cerchi, ma dubito che tenerla lontana da Claire serva a qualcosa. Victoria ha mille risorse e, prima o poi, le userà.

Con questo, in un solo giorno, i miei due pensieri proibiti sono stati sguinzagliati, perciò addio serenità. Con buona pace dei pianeti che questo mese dovrebbero sostenermi.

20

Victoria non mi parla da settantadue ore e non sembra intenzionata a cambiare idea.

Tommy ha recuperato un ombrellone e così la mamma le ha concesso di andare in spiaggia, con la promessa di tenere la ferita all'ombra e di portare il cappello.

Stamattina, dopo avere fatto colazione in religioso silenzio, si è chiusa in bagno per un'ora nel tentativo di sistemare i capelli che è costretta a lavare sommariamente a causa dei punti. Quando ho bussato chiedendole di farmi entrare almeno a prendere lo spazzolino e il dentifricio, per tutta risposta mi ha passato un pezzo di carta igienica sotto la porta con scritto, con la matita per gli occhi: *Solo se ammetti di essere in combutta con la nonna.*

A quel punto, esasperata, sono andata nel ripostiglio a cercare uno spazzolino di scorta e ho trovato il suo cellulare appoggiato su un ripiano: si sarà rifugiata lì per parlare con Claire prima di dedicarsi ai capelli, ho dedotto. Il che mi ha insospettito e, convincendomi di agire per il suo bene, ho toccato il display. Non conosco il PIN per entrare, però sono comparse alcune notifiche dei messaggi in arrivo, così ho letto solamente qualche stralcio di frasi:

Hai fatto progressi?

Oggi faccio qualche ricerca anch'io 🙂

Vedrai che ci riusciamo ❤❤❤

Mittente: Claire.

Dire che mi è preso un colpo è usare un eufemismo. Perciò è vero, sta cercando papà. Valuto rapidamente gli strumenti a sua disposizione: internet, ma ho già controllato e non ci sono notizie. Social, ma per fortuna lui non li usa. Parenti, ma non sono utili. I nonni sono morti, nostro padre è figlio unico e i suoi zii e cugini, da quel che so, vivono in Francia, quindi probabilmente gli sforzi di mia sorella saranno vani.

Impedirle di dormire dalla sua amica, dunque, non è servito a niente, perciò sono andata dalla nonna che stava bagnando i fiori in giardino e le ho chiesto di restituire a Vic la sua libertà, almeno tornerà a parlarmi e potrò lavarmi i denti.

«Meglio che resti sotto osservazione finché ha quel taglio in testa» ha decretato. «Tua madre mi ha affidato il ruolo decisionale fino al festival, perciò si fa come dico io.»

«Ma Vic dà la colpa a me e non mi parla» ho insistito.

La nonna ha tolto un lombrico da una foglia di begonia con aria grave. «Siamo sotto l'influenza di una super Luna questo mese, meglio non cambiare idea o ce ne pentiremo.»

Così, con la super Luna sulle nostre teste, il sabato pomeriggio mi ritrovo seduta a un tavolino del Cat Café insieme a Jenn e un nutrito numero di gatti. In altre circostanze avrei ignorato l'invito, anzi l'imposizione, ma qualcosa nella sua voce ha stuzzicato la mia curiosità.

Ci sediamo e ordiniamo la stessa cosa.

«Quello che prendi tu» diciamo all'unisono, come due

innamorati. Dopo la pedalata sotto il sole sono tutta sudata, mentre Jenn ha la pelle fresca e il mascara che non cola. Sarà arrivata in taxi o sul tappeto volante.

«Un frullato» butto lì alla cameriera svogliata.

«Due, il mio senza zucchero e senza latte» specifica Jennifer.

«Magari anche senza frutta?»

Lei ignora la battuta e mi guarda con aria grave, come se davvero dovesse comunicarmi che il mondo è sull'orlo della disfatta. «Okay, cercherò di dirtelo in modo gentile: il tuo ragazzo ti tradisce.»

E quale sarebbe il modo non gentile?

Resto muta a fissarla con aria da pesce lesso, mentre uno dei gatti che gironzolano nel locale mi si struscia contro le gambe. Jenn prosegue: «Te lo dico perché in fondo – be', molto in fondo – tu mi piaci, Heron. Hai quell'aria cazzuta che ti rende quasi simpatica».

Continuo a restare in silenzio.

«Insomma, sei senz'altro meglio di quella slavatina! Io le so leggere le persone» afferma con la professionalità di Carl Gustav Jung.

«Ma di che parli?» le chiedo infine, confusa quasi stesse parlando in lituano.

«Ollie!» esclama con un gesto della mano, come se fosse ovvio.

«Non è il mio ragazzo» replico in tono brusco, eppure non posso ignorare il fastidio che hanno suscitato in me le sue parole.

«Ah no? Allora non ti importerà se sta con un'altra» mi provoca, prendendo il cellulare.

"Sta con un'altra?"

Non appena intuisco quali sono le sue intenzioni, la blocco. «No, non mi importa e non voglio saperne niente» rispondo in fretta, alzandomi dalla sedia. Sto sudando di nuovo, e stavolta non per il caldo.

Jenn mi fissa sbalordita. «Forse non hai capito. Ho le prove che...»

«Ho detto che non mi interessa.» In quel momento scatta in me l'istinto primordiale del "combatti o fuggi", e ovviamente scelgo la seconda opzione. «Scusa, ma devo proprio andare.»

Senza darle il tempo di replicare, sono fuori dal locale con il cuore che corre i cento metri. Il pensiero corre ancora più forte e non riesco a togliermi di dosso la gelosia che mi si è insinuata dentro.

"Oliver ha una ragazza" mi ripeto per il resto della serata.

Oliver ha una ragazza, e per tutto questo tempo ha fatto finta di interessarsi a me.

Non posso fare a meno di chiedermi cosa volesse mostrarmi Jenn: conoscendola, le sue fonti saranno come al solito i social; si sarà imbattuta in una foto o qualcosa del genere. Sento le dita che fremono dalla voglia di controllare gli aggiornamenti sul profilo di Oliver, ma resisto. Spazzolo la scorta di gelato davanti a una maratona di *Stranger Things*, non chiudo occhio fino alle quattro di mattina e, alla fine, sono molto fiera di me stessa per non aver ceduto.

La domenica decido di riordinare l'armadio disponendo i vestiti per tipologia, colore e lunghezza, taglio con cura tutte le etichette da maglie, gonne e pantaloni, spolvero a uno a uno i tasti del computer con un pennello e infine, non avendo più nulla da sistemare, me ne vado al mare per fare una nuotata: il mio rimedio preferito in ogni situazione. Sono quasi riuscita a disinnescare la bomba che le parole di Jennifer hanno impiantato dentro di me, quando succede.

Mentre sto tornando alla bici, noto una coppia seduta sul muretto del lungomare. Nonostante sia a una certa distanza, il profilo di lui è inconfondibile.

Oliver. Con una ragazza.

Mi blocco, incapace di distogliere lo sguardo o di muovere un altro passo.

Le frasi di Jenn tornano a urlare nella mia mente.

"Il tuo ragazzo ti tradisce. Sta con un'altra..."

Metto a fuoco il volto di lei e ho la sensazione di averla già vista.

Poi, un lampo... Non posso crederci, è la biondina che ha ordinato il libro su Chopin.

Il sangue mi pulsa nelle orecchie e lo stupore si trasforma in qualcosa che non è proprio rabbia, direi più istinto omicida.

Quasi avesse sentito le grida dentro la mia testa, Oliver alza lo sguardo e mi vede.

Scatto verso la bicicletta che ho legato a un palo della luce e, con le dita tremanti, provo ad aprire il lucchetto, ma le chiavi mi cadono.

Una. Due. Tre volte.

Così lascio il tempo a Oliver di raggiungermi e di piazzarsi accanto a me, mentre dice: «Ti vedo in forma. L'isolamento è finito?».

Raccolgo le chiavi per la quarta volta, disorientata dalla sua freddezza.

«Mentre tu eri alle Canarie con i tuoi, sì, sono decisamente migliorata.»

«Siamo tornati l'altro ieri perché mio padre ha avuto un imprevisto al lavoro» mi informa asciutto. «Te l'avrei detto, se ti fossi degnata di rispondere ai miei messaggi.»

«Ah, in anticipo? La tua fidanzata non riusciva più ad aspettare?» ribatto, pronunciando quella parola, *fidanzata*, con tutto il sarcasmo che riesco a trovare.

Oliver ammorbidisce lo sguardo e fa un sospiro che potrebbe commuovere l'intero Olimpo, ma non me. «Posso spiegarti...»

«Non ce n'è bisogno» rispondo, poi però commetto l'errore di incrociare i suoi occhi e per un istante mi sento vacillare, come se tutta la rabbia che provo fosse solo un castello di carte che con un soffio viene giù. Ma tengo duro. *Lumen solis!*

«Invece sì. Se mi ascolti...»

«No» lo interrompo. Finalmente riesco ad aprire il lucchetto malefico e balzo in sella alla bici. «Voglio solo restare lontano da te e dalla tua doppia vita» aggiungo, prima di pedalare con tutta l'energia che mi resta verso il mio quartiere e il rifugio sicuro di casa mia.

Non posso credere che la ragazza di Oliver sia venuta in libreria: cos'è, uno scherzo di cattivo gusto con cui l'universo si diverte a tormentarmi?

Stasera non ci saranno serie TV che tengano per placare la delusione che provo. Comincio a capire perché nelle mie incursioni nel futuro sono così infelice: quel ragazzo è un bugiardo e un traditore, ho ragione a tenerlo lontano e non cederò mai più alle sue lusinghe.

Mai più.

«Lily, sei sveglia?» mi grida la mamma affacciandosi alla porta della mia camera. «Abbiamo Venere in transito, e sai che è un pianeta che aiuta sempre. Sono certa che sarà una giornata bellissima.»

Che sia lei a citare il quadro astrologico rivela quanto ci tenga all'evento. Per l'occasione indossa un vestito color pistacchio e tiene in mano un cappello bianco, la sua divisa per la festa. Si è truccata il viso per nascondere le occhiaie e sembra la mia sorella maggiore.

Con riluttanza mi metto a sedere e le rivolgo un debole sorriso. «Fantastico. Arrivo.»

Lei corruga la fronte vedendomi ancora in pigiama. «Muoviti, però, o faremo tardi.»

Mi vesto, mi pettino, mangio pane tostato con la marmellata mentre infilo i sandali e sono pronta. Victoria mi fissa nell'ombra da dietro la porta con l'aria di chi sta architettando una congiura, ma ormai non ci faccio più caso. Anche la nonna arriva vestita di tutto punto, e sembra la fata Morgana in persona: abito blu notte, cappello per ripararsi dal sole, ventaglio che impugna come se fosse una bacchetta magica.

«Nonna, sei uno schianto» le dice Victoria, balzando sorridente nella stanza con la grazia di Glinda, la strega buona. Da un paio di giorni ha cambiato tattica: invece di mettere il muso ed essere scortese, blandisce e dispensa complimenti a tutti, tranne a me.

«Grazie, nipote. Allora io vado a fare oroscopi, ci vediamo alla danza del palo.» E con un abile colpo di ventaglio ci saluta e se ne va, lasciando una scia di gelsomino.

La nonna conosce anche l'oroscopo celtico, ma lo sfrutta solamente al festival, quando tappezza la libreria di rune e riceve i clienti interessati a scoprire quale pianta corrisponda al loro giorno di nascita. Al posto delle costellazioni, gli antichi Celti usavano gli alberi per tracciare la personalità di ciascuno, assieme alle fasi lunari. Io, per esempio, sono l'acero, che indica desiderio di libertà, e rifiuto di avere vincoli e imposizioni, mentre Kat è un salice, che odia essere al centro dell'attenzione e vanta un'intelligenza spiccata. Vic, manco a dirlo, è un tasso, solido e pragmatico, destinato al successo e alla gloria.

Pur ignorando i consigli astrologici della nonna, sulla questione tasso si è trovata d'accordo e per un periodo è andata in giro a sbandierare a tutti di essere, secondo i celti, destinata a comprare un appartamento nel Burj Khalifa e a dominare il mondo.

Per il momento, tuttavia, si degna ancora di aiutare me e la mamma a vendere libri di fiabe e leggende alla nostra bancarella allestita in piazza, in mezzo a venditori di strumenti musicali, oggetti di legno, orecchini e ciondoli con trifogli, arpe, croci e spirali: i simboli legati alle antiche storie di dèi, fate ed eroi. Io rimango fino all'ora in cui inizia il ballo del palo, il mio giro di boa della giornata, il confine tra la costrizione e la libertà.

A un tratto Vic mi sorride e mi rivolge la parola dopo giorni: «Sei pronta a mostrare al mondo le tue abilità artistiche?».

«Prontissima» rispondo impassibile.

Il ballo del palo di maggio, come si usa definirlo, ha origini antiche ed è legato al ciclo delle stagioni. Si dovrebbe tenere in primavera, ma il festival viene organizzato d'estate per attirare più gente, perciò chiudiamo un occhio sulla tradizione. Così come spero che il pubblico chiuda un occhio sulla mia performance.

Raggiungo gli altri al parco, dove si terrà la danza, e trovo Kat che stamattina ha aiutato in cucina e ora mi accoglie con l'aria di chi si sta divertendo da morire. Letteralmente.

«Facciamola finita in fretta» dice mentre indossiamo la tunica bianca e una signora ci porta le coroncine di fiori da mettere in testa.

«Sorridi, fingi di divertirti e andrà tutto bene» le suggerisco pimpante, ancora sotto l'effetto del training autogeno. «Venere ci assisterà, garantisce la nonna.»

Siamo dodici ragazze e altrettanti ragazzi, che indossano pantaloni beige e una camicia bianca. Ci disponiamo attorno al palo, sulla cui cima è fissata una ghirlanda di fiori. Da lì partono ventiquattro nastri colorati e ogni danzatore ne tiene in mano un'estremità.

Vedo Jenn con le sue amiche, che si sono rifiutate di esibirsi in una festa popolare che per loro non vale neanche un video su TikTok; Vic, Claire e Tommy che ridono scattandosi selfie; alcuni professori che chiacchierano tra loro. *Lui* non c'è. Meno male.

Appena parte un *bodhran* celtico, iniziamo a girare. Noi ragazze in senso antiorario, i maschi in senso orario:

ogni volta che ci incontriamo, ci scambiamo di posto, in modo da intrecciare i nastri al palo.

Mi accorgo però che manca qualcuno... Dov'è finito Charlie? Doveva ballare con me!

Lo cerco tra i ragazzi ma, al suo posto, trovo Oliver, in jeans e maglietta grigia.

«Pensi di potermi ascoltare adesso?» mi dice, prendendomi a braccetto come vede fare ai nostri due vicini.

«Grazie, ne faccio a meno» ribatto granitica, andando insieme alle altre a prendere un nastro che pende dal palo. I ragazzi ci imitano.

«Voglio spiegarti» insiste Oliver, seguendoli. «È una situazione complicata.»

«Oh povero...» sospiro. Sollevo in alto la mano che tiene il nastro e con l'altro braccio giro di nuovo intorno a lui. «Che vita difficile la tua!»

«Lily, io...»

Per un attimo lo vedo incerto, quasi tormentato. Cambiamo di nuovo giro.

«Tenere un segreto deve essere proprio logorante, ti sono vicina» lo schernisco ancora, cominciando a correre verso destra nel cerchio esterno.

Lui va nella direzione opposta, nel cerchio interno. «È vero che sto con Sophie, ma poi ho incontrato te» ammette con il fiato corto, non appena torno di nuovo vicino a lui dopo tre giri del palo «ed è cambiato tutto» conclude mentre poggia il palmo della mano sul mio e ci ruotiamo attorno.

«Uh, che emozione!»

«Dico sul serio» insiste, affondando gli occhi azzurri nei miei. E mi occorre tutta la forza che ho per non cedere. «È stata mia mamma a invitare Sophie pensando di farmi una sorpresa, non sapevo di trovarla qui.»

«Ma certo, come potrei non crederti?» Mi allontano, passando oltre Kat che mi lancia un'occhiata interrogativa. Ora la coreografia prevede che le ragazze passino a zigzag tra un ragazzo e l'altro, in modo da intrecciare i nastri intorno al palo. I ragazzi fanno lo stesso in senso contrario. Oliver tenta di parlarmi un altro paio di volte quando ci incrociamo di nuovo, ma la musica incalza e non ha abbastanza tempo.

Quando i nastri sono troppo corti, ci ritroviamo pericolosamente vicini. La musica rallenta, fino a sfumare tra gli applausi del pubblico. Lui mi prende la mano e la stringe forte, come se volesse trasmettermi in codice quello che non è riuscito a spiegarmi a parole. Mi manca il respiro e non credo sia per lo sforzo della danza.

Appena posso mi dileguo tra gli spettatori, ma mi ritrovo faccia a faccia con mia sorella.

«Perché hai ballato con Ollie?» mi sgrida, risentita.

«In realtà la domanda corretta sarebbe: perché è venuto lui a ballare con me?» puntualizzo.

«Guarda che sta con Sophie Williams. È ricca sfondata, frequenta la sua stessa esclusiva scuola privata ed è pure una violinista. Non hai speranze, sorellina.»

Aggrotto la fronte, confusa. «E tu come sai tutte queste cose?»

«Ho fatto le mie indagini. Bisogna conoscere il nemico, se vuoi sconfiggerlo» dichiara con l'attitudine di un agente segreto.

Prima che possa informarmi meglio su queste indagini, che evidentemente riguardano Sophie e non nostro padre, per fortuna, Charlie mi passa accanto e non posso fare a meno di placcarlo. «Ehi tu, traditore! Che fine avevi fatto?»

«Scusami, Lily, Ollie ci teneva tanto...»

«Ti ha detto lui di lasciargli il posto, vero?»

«Riesce a essere molto convincente, specie quando non ti dà il tempo di replicare» confessa allargando le braccia. Mio malgrado, lo so.

«Grande, Heron!» Jennifer compare alle sue spalle. «Guarda che bel pubblico avevi» e mi indica, tra i presenti, due signore eleganti intente a parlare con Oliver, e una ragazza che riconosco al volo, Sophie. «Continua a non interessarti?» mi bisbiglia all'orecchio con un sorrisetto d'intesa tutto al femminile.

«No» mormoro in modo poco convinto.

«E non ti interessa nemmeno che la slavatina sarà nella squadra con cui ci scontreremo nel primo turno dei Mid-Games? Quella dei figli di papà.» Jenn mi lancia un'occhiata profonda che pizzica la corda giusta, qualcosa che i maschi non possono capire.

E con un calderone che ribolle di emozioni sconosciute e pericolose dentro di me, sento la mia stessa voce comunicare a Charlie: «È ancora valida la tua offerta di entrare in squadra?».

«Certo!» esclama lui, colto alla sprovvista.

«Allora conta su di me per la gara di nuoto.»

Charlie strabuzza gli occhi, come se fossi impazzita, il che dev'essere vero. «Ma come diavolo ci sei riuscita?» chiede a Jenn, che scoppia a ridere, soddisfatta.

«Lei sa leggere le persone, giusto, Jenn?» le dico.

Mi fa l'occhiolino. «Giusto, Heron.»

Naturalmente lo farò soltanto perché ho sempre odiato i figli di papà.

21

Descrivere ciò che provo nei confronti di Oliver è parecchio difficile, un po' come concentrare l'energia di una gigante rossa in un barattolo. Sono furiosa con lui per non avermi detto che ha una ragazza e sono furiosa con me per essere così furiosa all'idea che lui abbia una ragazza. Una furia all'ennesima potenza che riduce la mia parte razionale ai minimi termini.

Anche perché qui non si parla di una fidanzata qualunque, no. Sophie è proprio ereditiera dentro, si vede. Una nobile rampolla che suona il violino, dipinge, ricama e scrive sonetti in pentametri giambici, forte della sua rendita annuale di centomila sterline. Non so come mi sia saltato in mente di competere contro di lei nella gara di nuoto. Una decisione assolutamente stupida, come Frodo che usa l'anello per rendersi invisibile attirando i Nazgûl.

Perciò adesso sono furiosa con me stessa e riverso la mia rabbia su Oliver.

Come se non bastasse, sono costretta a vederlo per gli allenamenti e, nonostante lui ci raggiunga soltanto dopo il lavoro, c'è sempre margine per tornare all'attacco. Non ho mai desiderato tanto vivere in uno sperduto villaggio di pescatori della Nuova Guinea come ora.

Non gli do tregua. Appena tenta di aprire bocca, lo respingo con una battutina al vetriolo con la precisione di un cecchino.

«Hai due minuti, Lily?»

«Sì, ma mi servono.»

«Ce la facciamo a prendere un gelato insieme?»

«Ce la posso fare anche da sola, grazie.»

E fresca fresca di poco fa: «Sai che ore sono?».

Ecco, questa è difficile da capire, lo riconosco. A orecchie inesperte potrebbe sembrare una domanda del tutto innocente, invece è solo una scusa per farmi notare da quanto tempo cerca di convincermi ad ascoltare la sua labirintica spiegazione sul perché stia con "l'amica d'infanzia", ma ci provi con me, per poi rivelarmi il lacerante segreto che lo divora dentro e convincermi a uscire con lui. Così potrà rovinarmi la vita come succede nei miei viaggi nel tempo, lasciandomi alla fine invecchiare da sola in una soffitta buia piena di gatti scontrosi e sociopatici.

«È ora che tu la smetta di importunarmi» gli ho risposto con decisione, pensando a tutti quei gatti. «Perché non passi nella squadra dei figli di papà?»

«Perché qui ci sei tu» e mi ha steso con uno sguardo che poteva passare per sincero.

Per qualche istante non ho saputo ribattere, lo ammetto. Quegli occhi, quei maledetti occhi che mi incantano mi fanno perdere il filo del discorso e dei pensieri.

"I gatti, Lily. I gatti orribili in soffitta."

Così sono tornata in me. «E a Sophie cosa dici, che ti devasta non essere nella sua squadra, ma non puoi deludere i tuoi nuovi amici sfigati?» E con suprema indifferenza me ne sono andata verso il mio asciugamano.

Sono giorni estenuanti per questa guerra fredda che mi tiene in perenne tensione.

Anche gli allenamenti non scherzano: nuotare per raggiungere quella dannata boa e tornare indietro il più velocemente possibile sta diventando sfibrante. Il problema è che voglio vincere, lo voglio con tutte le mie forze. Non solo per battere Sophie, ma per dimostrare a me stessa che sono forte e posso decidere della mia vita.

E del mio futuro.

Quando esco a riposare, mi spalmo sul telo e resto a guardare Mark, Alex e Jenn che giocano a beach volley in una partita arbitrata da Pam, mentre Kat si impegna attivamente a scansare la palla. Ha accettato di "partecipare" per solidarietà nei miei confronti, ma ha messo in chiaro che non intende sprecare il suo tempo prezioso ad allenarsi.

Charlie invece fa vela con Oliver e continua a decantarne le doti, soprattutto davanti a me. Sembra che sia stato assunto come suo addetto alle pubbliche relazioni.

«Vuoi spiegarmi perché tratti Ollie in quel modo?» La sua voce mi fa sussultare. Stavo per addormentarmi sull'asciugamano dopo un'ora di nuoto e non sono felice che il meritato riposo del guerriero venga disturbato.

«Ti consiglio di restarne fuori, Charlie.»

«Non posso, lui è mio amico!»

Lo guardo incredula. «E io no, invece?»

«Sì, infatti non posso stare zitto.» Si siede accanto a me e inizia a disegnare sulla sabbia con un bastoncino. «Oliver è la persona più generosa che io abbia mai conosciuto.» Per un attimo il suo sguardo vaga verso il mare e i suoi occhi diventano lucidi. «Mio nonno è morto una settimana fa.»

«No» mormoro, scioccata. «Perché non ci hai detto niente?»

«Non volevo parlarne.»

In effetti dopo il festival Charlie è partito per Oxford, dove abita – abitava – suo nonno, ma era normale che nelle vacanze andasse a trovarlo. La madre di Charlie era poco più che una ragazzina quando è nato, ed è cresciuto con i nonni. Lo ha ripreso con sé solo tre anni fa, quando lui era ormai indipendente e lei aveva una storia stabile con un banchiere. Storia conclusasi in modo burrascoso, ma Charlie ha voluto restare, sospetto per assicurarsi che lei superasse la crisi.

«Mi dispiace tanto.» Lo stringo in un abbraccio che lui ricambia.

«Grazie. Non mi piace essere compatito, l'ho detto a Ollie perché anche lui aveva un rapporto speciale con suo nonno e lo ha perso, sa cosa significa.» L'occhiata che sottolinea le sue parole mi fa vacillare. «Mi è stato vicino ed è venuto al funerale, anche se non volevo nessuno.»

Ora, io non metto in dubbio che Oliver abbia i suoi pregi, solo che non cancellano i difetti presenti e futuri. Come faccio a spiegarlo a Charlie?

«Spero che permetterai anche a me e Kat di starti vicino» gli dico, ansiosa di dimostrargli che può contare su di noi. A volte io e la mia amica ci dimentichiamo che intorno a noi esistono persone carine e sensibili, degne della nostra attenzione. «So che come compagne di squadra facciamo schifo, ma teniamo a te.»

«Ah sì? Non sembra.»

Colpita e affondata. Mi sento in colpa e mi vergogno per come mi sono comportata nell'ultimo mese, sempre a pensare a me stessa e a nient'altro.

«Invece è vero» ribadisco, guardandolo in faccia. «Giuro che d'ora in poi te ne accorgerai.»

Non so se l'ho convinto, però accenna un sorriso mentre si rialza e scuote via la sabbia dai pantaloncini. «In ogni caso dai una possibilità a Oliver: è proprio perché è sensibile che si trova in questa situazione.»

Stavolta non ribatto e, una volta rimasta sola, mi concentro sul mare e sui miei peccati.

Quando Kat finisce di fare il palo in mezzo al campo di beach volley, la prendo da parte per riferirle quello che ho saputo di Charlie, facendole promettere di trattarlo bene. Lei ammutolisce e si limita ad annuire, probabilmente oppressa dal peso della colpa almeno quanto me.

Direi che per oggi ho dato, quindi arranco verso casa dove spero di svenire sul letto e non rialzarmi fino a domani. Invece in soggiorno mi imbatto nella nonna e nella mamma, e per un attimo ho il dubbio di aver sbagliato porta. «E voi due dove andate così eleganti?»

«A teatro, tesoro» spiega la mamma, che prende borsa e sciarpa dalla poltrona. «Lo spettacolo di beneficenza organizzato dal comitato. Non ricordi? Te l'ho detto la scorsa settimana. E poi ieri e anche stamattina.»

No, non lo ricordavo.

Sono talmente impegnata a tenere a distanza Oliver che mi perdo tutto il resto.

Auguro a entrambe buona serata e chiamo Kat per invitarla a mangiare una pizza con me e Vic, visto che saremo sole. Accetta subito e gliene sono grata, anche perché mia sorella non pare essere di grande compagnia. Temo abbia intenzione di passare la serata su Instagram a spiare Sophie. Ogni tanto la sento brontolare di fronte alle foto dell'ultimo concerto o dell'inaugurazione di una cioccolateria alla moda. Quando scopre che è comparsa su "Vanity Fair" scaglia un cuscino contro il muro.

Mentre aspetto che Kat e le pizze arrivino, mi siedo alle sue spalle sullo schienale del divano e le dico, con piglio da sorella maggiore: «Sai quanto tempo perdi a controllare il feed e a leggere didascalie su una sconosciuta?». Poi però le strappo il telefono di mano, attratta da una foto di Sophie con Oliver. «Fa' un po' vedere.»

Sono fantastici insieme: stessi colori, stessa eleganza, stesso conto in banca.

Stesso luminoso futuro cosparso di bitcoin e polvere di stelle.

«Che palle, non la sopporto» sbuffa Victoria, ormai

disgustata. «Guarda come si è agghindata stasera per la cena allo Yacht Club. Mi piacerebbe andare lì e versarle un bicchiere di punch su quel bell'abitino bianco... Ah, che soddisfazione sarebbe!» Con un gesto stizzito lancia il telefono sul divano e va in bagno, probabilmente a specchiarsi per trovare le differenze.

Ora, la mia parte razionale mi impone di non prendere quel telefono per sbirciare nella vita di Sophie. Ma l'altra parte, quella sconsiderata, quella che in questi ultimi giorni, complice forse la Luna potente, mi fa compiere scelte piuttosto discutibili, mi costringe a prendere il telefono di mia sorella.

Cena in riva al mare, recita una storia in evidenza, con loro due al tavolo e il tramonto sullo sfondo.

«Che fai?»

Kat, entrata in casa di soppiatto come un ninja, mi sorprende alle spalle e il telefono mi scivola di mano, così in uno slancio goffo mi ribalto sul divano per non farlo cadere a terra.

Un attimo dopo vedo la mia dignità correre verso la finestra e buttarsi di sotto.

Mangiamo una pizza davanti a un film Pixar, mentre mia sorella continua a spiare Sophie e io non seguo una parola perché vorrei spiarla pure io. Per smetterla penso a Charlie, che ha perso il nonno e non ci ha detto niente, mi commuovo, mi sento una schifezza e alla fine del film mi metto a piangere.

Victoria mi guarda inorridita, annuncia di essere stanca e se ne va in camera.

«Credi che dovrei impegnarmi di più per i Mid-Games?» mi chiede Kat mentre vado a buttare i cartoni delle pizze. Anche lei sta rimuginando su Charlie.

«Magari un piccolo sforzo» suggerisco. «Tanto per fargli capire che gli vogliamo bene.»

«Okay.» Non l'ho mai sentita così accomodante. Sì,

signori e signore, anche le peggiori sociopatiche hanno un cuore.

«Dobbiamo vincere» dichiaro con un guizzo di energia. «Non mi piacciono le sconfitte.»

La mia amica sorride. «Neanche a me.»

Più tardi, dopo che Kat se n'è andata, sbircio nella stanza di Vic per accertarmi che stia dormendo. C'è un corpo sul letto illuminato dalla luna, ma non è il suo.

Entro con il cuore in gola e mi ritrovo a sollevare il panda gigante che le abbiamo regalato quando era piccola, e che ora usa come punching ball. Dov'è finita mia sorella?

Controllo in giro, pur sapendo già che non la troverò. Prendo il cellulare e la chiamo, ma risulta irraggiungibile. Provo prima con Tommy, poi con Claire e un paio di altre sue amiche, ma tutti mi dicono di non averla vista. A quel punto addio notte riposante e benvenuta ansia.

Cerco di mantenere la calma, ma nella mia mente si susseguono scenari catastrofici di cui il più rassicurante la vede fatta a pezzettini da un serial killer. Sto per contattare la mamma, la polizia e la SWAT quando all'improvviso ho una folgorazione: ho capito dov'è Victoria.

22

Il brontolio dei tuoni squarcia il silenzio della sera.

Con il bagliore dei fulmini sullo sfondo, mi lancio con la bici verso la baia. In un momento di ottimismo, penso che non pioverà prima di un'ora, visto che la luna fa ancora capolino tra le nuvole, ma già due minuti dopo sono zuppa. Quand'è che ho dimenticato di prendere il K-way?

Bagnata fradicia e infreddolita, mollo la bici ed entro nel locale in cerca di quella pazza di mia sorella. Sono sicura di trovarla qui. In quella sua perversa testolina, deve aver deciso di controllare con i suoi occhi la perfezione della sua rivale e magari di affogarla nell'Evian.

Sotto gli sguardi inorriditi dei presenti ingioiellati che mi fissano, mi faccio strada nel ristorante per individuare quella sciagurata che condivide parte del mio DNA.

Se non fossi logorata dalla preoccupazione, sarebbe interessante osservare la fauna locale, mimetizzata tra arredi di lusso e abiti alla moda, ma tutti i miei pensieri sono rivolti a Vic. E ai modi in cui strangolarla quando la troverò.

Mi fermo di colpo quando, in fondo alla sala, riconosco Sophie. Immagino che la notizia di saperla viva dovrebbe in qualche modo rendermi felice, segno che Malefica non è ancora passata di qui, però in verità non è che provi tutta questa gioia sconsiderata.

«Ehi, che ti è successo?» Oliver appare al mio fianco e mi fa sobbalzare.

«Oh, è l'ultima tendenza, si va in giro come appena usciti dalla doccia. Non lo sapevi?» Nonostante le mie misere condizioni, noto con piacere che la mia acidità non si è diluita.

Oliver però sembra ignorarla. Si avvicina e mi scruta più a fondo con un'occhiata che mi mette a nudo. «Stai bene?»

«Sì, sì» provo a dire per togliermelo dai piedi, ma subito mi rendo conto che potrebbe essermi d'aiuto. «Cioè, no. Hai visto mia sorella?»

Scuote la testa. «Che ha combinato stavolta?»

«È sparita, credevo fosse qui ma...» Intanto penso a come scandagliare il locale, scavalcando le montagne di sterline di questi ricconi. L'improvviso squillo del cellulare nella mia tasca mi fa trasalire. Lo prendo e vedo il nome di Victoria lampeggiare sul display.

Grazie al cielo è tutta intera. Spero.

«Si può sapere dove diavolo sei?» sbraito nel ricevitore.

«Sono da Claire.»

«Che ci fai lì? E soprattutto, perché non me lo ha detto quando l'ho chiamata poco fa?»

«Perché non avevamo ancora finito di parlare e non volevo tornare a casa. Poi però ho ripensato a quel film di settimana scorsa in cui la sorella maggiore uccide la minore, e mi è presa un po' di paura, per questo ti ho chiamato.»

«Hai fatto bene, ma l'omicidio non è ancora escluso, visto il tuo comportamento.» La mia voce è salita di almeno due ottave, tra un po' mi sentiranno solo i cani.

«Mi spiace, è che era una cosa urgente e tu non mi avresti lasciato andare.»

«Certo che no! E aspetta che tornino la mamma e la nonna, ti metteranno in punizione per il prossimo millennio.»

«Non se dirai che mi hai mandato tu da Claire, perché non ce la facevi più a sopportarmi.»

Questa poi! «Tu sei fuori.»

«Lo farai, altrimenti dirò a Ollie che passi il tempo a guardare il suo profilo e quello della sua ragazza perché sei innamorata di lui.»

Mi correggo, non è impazzita, è machiavellica.

«Terrai la bocca chiusa, Lady Macbeth» ordino tra i denti, con le spalle al muro. «Dimmi almeno per quale urgenza sono costretta a cedere al tuo ricatto. Un drago ha imprigionato Claire e tu dovevi liberarla?»

«Peggio! Si è baciata con il ragazzo misterioso che le piace e di cui non mi vuole per nessun motivo rivelare il nome, e volevo sapere tutto.»

Mi astengo dal commentare solo perché Oliver mi sta osservando divertito. «Adesso come torni a casa sotto il diluvio universale?»

«Oh, non torno, resto a dormire qui. Mi sono portata anche pigiama e spazzolino da denti, non ti preoccupare, so badare a me stessa. Ti adoro, ciao!» mi saluta e poi mi attacca il telefono in faccia. Resto sbigottita. Ma davvero meritavo una sorella così?

La voce di Oliver mi riporta alla realtà. «Mi pare di capire che sia in forma.»

«Altroché. Me ne vado» annuncio, marciando verso l'uscita.

Oliver mi segue: «E come pensi di tornare a casa?».

Inarco le sopracciglia, mi pare ovvio. «Come sono arrivata, forse?»

«Sì, se sei venuta in nave.»

Simpatico. Raggiungo la porta a vetri e noto che è stata chiusa per non far entrare la pioggia. Sta cadendo in orizzontale.

«Non puoi tornare in bici. Resta finché non si calma» suggerisce.

Gli rivolgo un sorrisetto tirato. «Piuttosto mi lego in cima a un palo di metallo e aspetto che mi prenda un fulmine.»

«Ehi, che succede?» Sophie ci ha raggiunti e sposta lo sguardo interrogativo da Oliver a me.

«Sophie, lei è Lily» le spiega lui. «La ragazza del musical e tua avversaria nei Mid-Games.»

Il suo bel visino si illumina. «Ah, la cantante e nuotatrice!» Mi guarda e sembra non badare allo stato in cui mi trovo. «Ho sentito dei tuoi mille talenti. Mi fa piacere conoscerti.»

Mi tende la mano e io resto immobile, incapace di fingere. Il boato di un tuono mi salva dall'imbarazzo, facendo tremare il locale e provocando uno sbalzo di corrente. Oliver mi rivolge uno sguardo che non ammette repliche e così sono costretta ad arrendermi.

«Aspetto cinque minuti» concedo.

Restiamo sulla porta a parlare del più e del meno, la scuola, i giochi – «Vincerai tu di sicuro, io sono fuori allenamento», «Ma no, figurati, ho avuto male all'anca fino a poco tempo fa» – e mi sento in una sitcom con il pubblico che ride in sala a ogni battuta. Finalmente la pioggia si placa e sembra possibile mettere il piede fuori dal locale senza annegare.

«Ma guarda, è passato, io vado. Ciao a entrambi» ed esco il più in fretta possibile.

Sto cercando di capire come recuperare la bici parcheggiata in un lago, quando Oliver mi prende per un braccio. «Vista la tua fretta, rientrerai prima se ti accompagno con il nostro autista.»

Apro la bocca per rifiutare, ma sono in seria difficoltà nel raggiungere la bicicletta, ho freddo e rischio la polmonite, perciò, dopo una rapida valutazione dei pro e dei contro, acconsento.

Mi conduce dove una macchina nera e lunga il doppio della nostra attende sotto una tettoia, con un uomo brizzolato in divisa che sta guardando il cellulare.

In meno di dieci minuti sono a casa.

Lo ringrazio e mi affretto a scendere, ma Oliver mi segue, dicendo all'autista di aspettare un momento. Di fronte al mio sguardo interrogativo, precisa: «Voglio solo assicurarmi che entri in casa sana e salva».

«Sophie si preoccuperà se ritardi.»

«Figurati, è questione di un attimo.»

Con un lungo sospiro tiro fuori le chiavi e attraverso il cortiletto che mi separa dalla porta d'ingresso. Apro e mi volto verso di lui. «Visto? Sono sana e salva.»

Lui però mi afferra per un braccio e mi trattiene. «Lily, senti.» L'urgenza nella sua voce mi costringe a guardarlo negli occhi. «Dobbiamo parlare, non posso...»

Lo squillo del telefono di casa lo interrompe.

«Scusami» bisbiglio, correndo a rispondere. Sarà la nonna, solo lei usa ancora il telefono fisso. «Pronto?»

«Lilith?» Una voce maschile sconosciuta. Che sa il mio nome.

Resto impalata con il ricevitore in mano, poi sto per riattaccare quando mi rendo conto che no, non è affatto una voce sconosciuta.

«Sono papà.»

Il gelo. Sento il cuore fermarsi e poi riprendere a battere al triplo della velocità.

«Scusami, non sento bene» continua, ma la verità è che non ho parlato. «Come stai?»

Come un automa riattacco, le mani che tremano.

«Che hai?» Oliver mi si avvicina, dal suo sguardo allarmato capisco di non avere una bella cera. «Chi era al telefono?»

«Mio... padre» sussurro.

«E cosa voleva?»

«Non lo so... io...» balbetto, stordita. «Non chiama da anni, non...»

Mi manca il respiro, le orecchie iniziano a fischiare. Cosa vuole? Tornare? Annientarci, visto che l'ultima volta non gli è riuscito del tutto? Viene a completare il lavoro?

Oliver toglie il filo del telefono dalla presa nel muro. «Ora non può più richiamare. Respira.»

Io però non ci riesco. Uno strano ronzio mi riempie la testa.

Mi manca l'aria, morirò soffocata.

«Ci sono io con te.» La voce di Oliver si addolcisce. «Va tutto bene, starai bene» mi ripete.

Ma io non ci credo, perché se mio padre torna, per noi sarà la fine. E tutti i sacrifici fatti saranno stati inutili. La mamma impazzirà. Perché non ci lascia in pace? Mi guardo intorno e sembra che tutto si muova. Il cuore mi batte così forte che lo sento ovunque. Soffoco. Muoio.

Se mio padre torna, io muoio.

Le mani di Oliver mi afferrano i polsi. «Ce la fai a sederti qui?» Lentamente mi guida verso il pavimento, mi fa sedere contro il muro come se fossi una bambola di pezza. «Ecco, così, brava» mi rassicura. Mi prende una mano nella sua e mi accarezza il dorso con l'altra. «Lily, tranquilla, adesso passa.»

Invece non passa. Continuo a non riuscire a respirare, è come se qualcuno avesse aspirato via tutto l'ossigeno dalla stanza. Tento di prendere boccate più profonde, ma non funziona, la mia gola sembra chiusa, i polmoni paralizzati.

«Resta qui, torno subito.» Quando Oliver si allontana, sono certa che è la fine. Scariche elettriche mi provocano spasmi in tutto il corpo. Mi contorco, non respiro, non ce la faccio. Il dolore al petto è violento.

«Eccomi.» La voce ferma di Oliver è un faro nella nebbia che mi avvolge. Lo sento spostarmi delicatamente in avanti e sedersi dietro di me. Poi mi mette un sacchetto davanti al naso e alla bocca: «Ora respira qui dentro. Piano. Piano...».

Il sacchetto si gonfia e si accartoccia, al ritmo della voce pacata di Oliver. «Piano. Piano...»

Continuo a respirare per un'infinità di tempo oppure per un secondo, non saprei. «Brava, così. Sei bravissima» mi ripete dolce, come se parlasse a una bambina.

Le scariche elettriche si diradano fino a scomparire, la stanza smette di girare.

Esausta, lascio andare la testa all'indietro sulla sua spalla. Oliver mi toglie i capelli dal viso sudato. «Respira con me...» Mi scosta il sacchetto dal viso e mi lascio guidare da lui.

Inspiriamo ed espiriamo.

Inspiriamo ed espiriamo.

Insieme, come una cosa sola.

Il suo respiro mi culla come un'onda e lentamente mi riporta a riva.

«Sono qui, non ti lascio» sussurra.

Il fischio nella testa è sparito, il cuore torna a battere in modo regolare. Respiro.

Orfeo è venuto nell'Oltretomba per riportarmi in vita.

23

Una formica schiacciata da un rullo compressore, guidato da un lottatore di sumo. È più o meno così che mi sento stamattina. Solo Oliver sa che mio padre ha chiamato e mi sembra impossibile condividere un segreto così grande con lui e non averlo detto nemmeno a Kat.

Cosa sta succedendo alla mia vita?

È che più ne parlo, più la sua ombra prende consistenza e io vorrei invece che sparisse nell'oscurità da cui è riemersa dopo anni. Non so se sia il caso di dirlo alla mamma, non voglio allarmarla inutilmente. Magari non ci riproverà.

Ho nascosto il cavo dietro al mobile in modo che il telefono resti staccato, con la speranza che la nonna non debba usarlo. Forse potrei gettarlo in un bidone dell'immondizia quando nessuno mi vede e fingere che un ladro sia entrato e l'abbia portato via.

Sì, credo che farò così.

Oliver mi scrive un messaggio per sapere come sto e gli rispondo che va meglio, ma devo riposare. Non sia mai che gli venga in mente di passare a trovarmi. Gli sono infinitamente grata per come ha gestito la mia crisi, però la situazione non è cambiata. Diciamo che mi impegnerò solo a trattarlo con più gentilezza.

Dormo quasi tutto il giorno, finché Vic non torna da casa

di Claire e sento tutte e tre le donne di famiglia in cucina a spadellare. La curiosità e il profumo mi tirano finalmente giù dal letto, energica come un bradipo sotto anestesia. Con mia grande sorpresa le trovo impegnate a grigliare del pesce in giardino e a cuocere verdure e riso in cucina.

«Stasera si cena fuori» mi accoglie Vic, insolitamente allegra. Non è stata punita per la notte da Claire, di cui mi sono presa tutta la colpa. Sono stata perdonata solo perché la nonna ha attribuito la mia folle iniziativa a Marte bellicoso in terza casa, legata ai fratelli, e Saturno in settima, associata alle relazioni. Un quadro astrale poco promettente, visto che ho anche il faticoso Urano che transita nella casa dedicata agli sport.

«Eh?»

«La mamma è passata al mercato del pesce e ha trovato i gamberi in offerta» spiega la nonna. «Visto che ieri vi abbiamo lasciate sole, oggi rimediamo.»

«Fantastico» borbotto lanciando un'occhiataccia a mia sorella, che sorride con aria angelica. I suoi cambi d'umore mi stanno sfasando. Che sia sempre colpa della Luna? Mi sovviene di cosa doveva parlare con la sua amica e le domando: «Claire sta bene?».

«Benissimo direi» e ridacchia tra sé. Non voglio sapere nient'altro, preferisco conservare il ricordo di due bambine che giocano a "Strega comanda color".

La cena è un successo. Sbrano tutto ciò che c'è da sbranare e cerco di recuperare energie in vista della gara di domani. Già, è arrivato il gran giorno e non sono nelle condizioni ideali.

Di notte dormo poco e male, ma la cosa positiva è che, all'alba, porto a termine il mio diabolico piano di far sparire il telefono fisso. Addio.

All'ora stabilita mi avvio verso il porto turistico e la prima persona che incontro è Oliver. Vestito di bianco, si staglia contro il cielo azzurro.

«Ce l'hai fatta» mi saluta con un piccolo sorriso.

"Sono qui, non ti lascio."

Le sue parole, la sua voce. Le carezze delicate, le mani intrecciate, il suo corpo contro il mio che mi cullava e mi riportava alla vita. Deglutisco con forza cercando di scacciare il ricordo.

«Insomma» sospiro. «Non so cosa riuscirò a combinare oggi.»

«Vedrai che ti farà bene distrarti.»

«Gli altri sono già arrivati?» m'informo.

«Kat sta facendo dei palleggi con Mark e Alex, o almeno ci prova. Jenn non si è vista, mentre Charlie...» e mi indica il punto in cui il nostro amico sta girando in cerchio come un criceto, con la mano sul mento. Oliver mima il suo labiale: «Allora, se Ollie e io riuscissimo a fare anche solo sette punti, la squadra di volley arrivasse almeno a cinque e Lily a sette... in fila per sei con il resto di due... se calcoliamo la radice quadrata del Pi greco...».

Scoppio a ridere, un evento che ritenevo improbabile fino a cinque minuti fa. Questo ragazzo riesce a rendere tutto possibile.

Mentre ci avviamo verso il luogo dove ci attendono gli organizzatori, mi rendo conto di essere più agitata per aver incontrato Oliver che per la gara, e questo non va affatto bene.

Un'altra cosa che non va bene è la faccia di Kat che mi aspetta all'ingresso.

«È vero che sei stata salvata dal principe azzurro?»

«Chi te l'ha detto?»

«Stephanie. Era al ristorante con un'amica e ti ha vista.»

«Ah...» In questa città non si può andare da nessuna parte senza incappare in qualcuno che ti conosce. «Sì, cercavo Vic che è scappata. Credevo fosse lì, invece era da Claire.»

«E Oliver che c'entra?»

«È scoppiato il diluvio, ero fradicia e mi ha riaccompagnata a casa» spiego paziente.

«Compare sempre nel momento giusto come Batman, che fortuna.»

«Già» balbetto. Mi sento in difficoltà e non capisco perché.

Kat cambia argomento e gliene sono grata. «Allora, sei pronta?»

«Più o meno.»

«Bene, perché sono arrivati gli avversari.»

Saremo le prime squadre in gara. Ci disponiamo lungo il molo mentre ci vengono ripetute le regole dei giochi, ma il mio sguardo vaga alla ricerca di colei sulla quale infine si posa: in canottiera e pantaloncini, Sophie mi fissa a sua volta e sorride. Non appena il discorso finisce, mi si avvicina: «Non ti avevo riconosciuta l'altra sera, sei quella della libreria!».

Mi stringo nelle spalle. «Conciata com'ero, non era facile.»

«Dovevi dirmelo. A proposito, è arrivato il libro?»

«Devo chiedere a mia madre.» Non riesco a trattenermi. «Quindi è per Oliver.»

«Infatti. Buffo che vi conosciate, no?»

Sì, buffo come lo schianto di un asteroide sopra casa mia.

Alex viene a prendermi e mi trascina via, sibilando: «Non familiarizzare con il nemico».

Lungi da me. Con la mente in subbuglio lo seguo verso Charlie che si lancia in un discorso accorato. Sulle battute finali, con un elegante ritardo di venticinque minuti come si addice alle star, la nostra schiacciatrice di fiducia ci fa l'onore di unirsi a noi. «Eccomi!»

Ad assistere ci sono i nostri compagni di scuola rimasti in città, gente di passaggio, bambini, nonni che fanno un tifo da stadio mentre mangiano tramezzini al tonno seduti sulle seggioline pieghevoli. La prima gara, quella di vela, vede impegnati Oliver e Charlie contro due avversari che non paiono granché.

I nostri eroi prendono subito velocità e il vento li assiste. Gridiamo per incoraggiarli, anche se dubito ci sentano e siamo sicuri che vinceranno, la barca sfreccia pimpante verso il trionfo.

Non avevamo previsto l'ostacolo. Avrei dovuto informarmi sulla situazione planetaria di oggi, così forse saprei spiegarmi come mai a un certo punto hanno rischiato di rovesciarsi e si sono fatti superare all'ultimo minuto, perdendo la gara e lasciandoci increduli.

«I gabbiani» ansima Charlie quando tornano da noi. «Sono arrivati i gabbiani e Oliver è impazzito.»

Il colpevole tiene lo sguardo basso, depresso.

Nel giro di breve tempo ci chiamano per la competizione di nuoto. Io contro Sophie. La vedo nel suo costume olimpionico, gracile e pallida, e per un attimo mi concedo un cauto ottimismo: forse posso batterla. Ci scambiamo uno sguardo rapido – leggo la sfida nei suoi occhi – e partiamo.

Come sempre, a contatto con l'acqua mi sento forte, sicura. Nuoto con ampie bracciate verso la boa e mi accorgo di averla distanziata. Bene. Posso vincere!

Ho appena aggirato la boa, quando succede.

Dal nulla, mi viene in mente mio padre. Il telefono, la sua voce.

Il respiro si fa corto.

"No, Lily, resta concentrata. Tienilo fuori dalla tua testa e dalla tua vita."

Me lo ripeto con convinzione, ma una parte di me evidentemente è sorda perché continuo ad agitarmi come un pesce nella rete e non vado né avanti né indietro, mentre Sophie recupera lo svantaggio e mi sorpassa. No, no, no.

Provo a calmarmi, a inspirare ed espirare, ma ormai mi si è ristretta la cassa toracica.

Morale della favola, finisco per nuotare a rana fino a riva, dove Sophie viene celebrata dai suoi compagni di squadra. Solo che Oliver corre da me per assicurarsi che non mi sia venuto un crampo, e allora vedo lo sguardo di Sophie piombare su di noi come una palla di cannone. Il suo sorriso svanisce mentre scruta con un'occhiata incendiaria Oliver che mi passa un braccio sopra le spalle.

«Scusate, ho avuto un crampo» mento, toccandomi il polpaccio. «Mi dispiace...»

«Fa niente, Lily, ci hai provato» mi consola Charlie, che ormai ha l'aria rassegnata. Mi siedo sulla sabbia e cerco Oliver che, rispondendo a un cenno di Sophie, l'ha raggiunta e ora si sta allontanando con lei verso la scogliera. Il crampo mi viene allo stomaco a vederli insieme. Penso a come lei sia perfetta per lui e provo una fitta di... gelosia. Sul serio?

Mi faccio pena da sola, perciò distolgo lo sguardo e torno a concentrarmi sulla mia squadra e sull'imminente partita di beach volley.

«Tutte le nostre speranze sono riposte su di voi» li incoraggio, anche se qualche dubbio mi viene quando Jenn si riscalda facendo la ruota. Qualcuno può spiegarle che non deve esibirsi in un saggio di ginnastica artistica?

«Sarò felice se non mi prenderò una pallonata in testa» bofonchia Kat, evidentemente pentita di aver ceduto alle pressioni e di essere costretta a giocare.

Un attimo prima del fischio d'inizio, Oliver mi ricompare accanto.

Non riesco a trattenermi: «Allora, Sophie gongola per la vittoria?».

Lui scuote la testa. «Ha capito che hai avuto un problema. E che anche io e lei abbiamo un problema.»

«Ah.» Non mi viene in mente nulla di più intelligente da dire.

«Sophie mi è stata vicina in un periodo difficile, due

anni fa» spiega, serio. «Le voglio molto bene, condividiamo l'amore per la musica e le nostre madri sono grandi amiche, per questo è ospite in casa nostra» continua, guardando i giocatori che prendono posto sul campo. «Mi sono reso conto che per me è come una sorella, ma lei non riesce ad accettarlo. Penso sia per questo che si è offerta di partecipare ai Mid-Games, anche se nella squadra avversaria, e di suonare con me alla premiazione. Ha capito che ho in testa un'altra.»

«Aaah.» Stavolta allungo la vocale, nella speranza che il mio cervello torni a funzionare e la mia bocca articoli delle parole più significative.

«Sophie odia le bugie. È stata fin troppo comprensiva l'altra sera, quando ti ho riportata a casa, ma ora lo sa.» Si volta a fissarmi. «E mi ha lasciato.»

Provo a fare un respiro, senza successo. Quanto è diventato difficile far funzionare i polmoni. «Ti ha lasciato perché mi hai dato un passaggio?» butto lì infine.

Oliver si passa una mano sul collo, dubbioso sulle mie capacità intellettive. «Lily, hai ascoltato quello che ho detto? Mi ha lasciato perché mi piaci tu.»

AH. Stavolta nemmeno ci provo a cercare una frase sensata. Sono troppo impegnata a tentare di riacciuffare il mio cuore che ha preso il volo.

Il fischio di inizio della partita di beach volley ci richiama verso il campo, salvandomi in corner. Resto imbambolata a fissare la partita che non ho idea di come stia andando, con la testa vuota. Tuttavia, anche dalla bolla in cui mi trovo, intuisco che la nostra squadra non ha speranze, con Mark che si prende una pallonata in piena faccia dopo solo otto minuti, Kat che si impegna con cura a schivare i colpi, Alex che è eccezionale, segna gli unici punti a nostro favore, ma non può fare tutto da solo, e Jenn che resta impigliata nella rete come un merluzzo dopo una schiacciata un po' troppo impetuosa.

Quando il fischio dell'arbitro mette fine a questo strazio, Oliver si volta verso di me. «Be'? Ti ho lasciata senza parole?»

Sì, ma non glielo dirò. Non gli dirò l'effetto che mi fa sentirgli dire che gli piaccio, mentre mi guarda in un modo in cui nessuno mi ha mai guardata prima.

Sono così stanca di combattere contro Marte-Urano-Saturno, il futuro, me stessa, Vic e adesso pure Sophie, che non ho più neppure la forza di combattere contro di lui. Forse l'unica soluzione, a questo punto, è arrendermi.

«Senti, ci ho pensato: trovare sempre nuove e brillanti offese contro di te è troppo sfiancante. Alla lunga perderei il mio inconfondibile smalto, finendo con il risultare banale...» comincio, prendendola alla larga.

«Sì, questo rischio c'è, in effetti» conferma.

«Quindi ti propongo una tregua.» Allungo la mano e lui la stringe.

«Una decisione assolutamente sensata.»

«Bene. Allora direi che da questo momento saremo amici. *Solo* amici» preciso.

«Be', su questo punto mi trovi un po' meno d'accordo, ma se è quello che vuoi, lo rispetterò.»

«Sei appena stato lasciato dopo una storia di... quanti anni?»

Oliver scuote la testa. «Te l'ho detto, era finita da tempo.»

«Sì, dicono tutti così.»

Mi guarda, scompigliato, arruffato, ma splendente come Apollo. «Ma io non sono tutti» mi dice, con un sorriso tentatore che mi causa qualche palpitazione di troppo.

Lo so, accidenti, che non sei come tutti gli altri.

Lumen solis! Lumen solis!

«Ehi, venite» ci chiama Charlie, togliendomi dall'impaccio. Ci avviamo verso i nostri compagni e, mentre gli avversari festeggiano, noi ci ritiriamo di buon grado nell'angolino più defilato della spiaggia, con Victoria che ci raggiunge per consolarci con un: «Dal pubblico non è sembrata così disastrosa com'è effettivamente stata, giuro!».

La ringraziamo per la delicatezza, ma siamo onesti, potremmo definirla la nostra campagna di Russia, la Waterloo dei giochi sportivi, il Titanic delle competizioni giovanili.

«Ragazzi, sono comunque fiero di voi» afferma il nostro capitano. «Possiamo aver perso la gara, ma abbiamo vinto una cosa molto più importante: la nostra amicizia.» Gli occhi di Charlie si fanno lucidi. «Ho perso mio nonno da poco. Per tutta la vita è stato lui il mio punto di riferimento e, quando se n'è andato, mi sono ritrovato solo.»

Mi sorprende che abbia deciso di parlarne proprio ora, ma sono felice che lo stia facendo perché significa che ha capito di poter contare su di noi.

«I giorni passati ad allenarci insieme sono stati una vera sorpresa e per la prima volta mi sono sentito parte di qualcosa. Quindi vi dico grazie perché, anche se non lo sapevate, mi avete salvato.»

«Grazie a te, capitano.» Oliver gli dà un'affettuosa pacca sulla spalla. «E grazie anche per i complimenti ma, sinceramente, dai: abbiamo fatto proprio schifo!» E ci fa ridere tutti. Ci stringiamo in un abbraccio di gruppo che, per la prima volta nella mia vita, mi fa sentire – come ha detto Charlie – parte di qualcosa.

Il Sole in Leone sembra dire: apriti al mondo e prendi in mano il tuo destino! Con la Luna nuova è il momento di esprimere i propri desideri e affidarli all'universo perché li trasformi in realtà. L'energia estiva rende audaci, aperti all'universo. Mercurio retrogrado, però, chiede di tenere gli occhi bene aperti e di non lasciarsi sfuggire i dettagli, perché in futuro aiuteranno a svelare misteri finora irrisolti.

LEONE

24

I giochi continuano senza di noi, che non abbiamo superato il primo turno e dunque siamo i primi eliminati ufficiali. Le altre squadre proseguono, perciò ci ritroviamo tutti insieme in spiaggia a fare il tifo, anche se per me è del tutto indifferente chi solleverà il trofeo.

Con la maggior parte dei partecipanti non ho mai scambiato una parola, anche se alcuni frequentano la nostra scuola.

Facendo seguito al nostro patto, Oliver e io ci comportiamo amichevolmente e le vampate che mi stendono ogni volta che per caso mi sfiora, mi sorride o mi guarda sono solo i sintomi di una menopausa precoce. Molto, molto, molto precoce. Il fatto poi che io pensi a lui in ogni momento è soltanto indice del mio grave disturbo ossessivo compulsivo.

Stamattina c'è la riunione mensile astrologica con la nonna. Mentre faccio tostare il pane e lo spalmo di marmellata, apprendo le seguenti notizie: ci sarà una Luna nuova senza luce propizia a formulare propositi per il futuro, Mercurio retrogrado richiede estrema attenzione ai dettagli e Venere esalta il suo aspetto pignolo, il che – tradotto in lingua corrente – significa tenere gli occhi aperti e la testa sulle spalle.

«Ah-ah» commenta la mamma, che sta controllando le notizie sul cellulare.

Anche mia sorella è presissima dal telefonino e mi chiedo cosa stia leggendo con tanto interesse. La fisso con il cucchiaio in mano, lei se ne accorge e sbotta: «Credi che potremo mangiare quel pane prima che diventi duro come un sasso?».

Mi riscuoto e porto il piatto con le fette tostate e spalmate, mentre la nonna, già alla terza tazza di caffè, continua imperterrita: «Il cielo del Leone è propizio per una vacanza tranquilla, senza scossoni. Niente più tuffi dalle scogliere» occhiataccia a Vic, «solo riposo in vista della ripresa a settembre».

Vic soffoca una risata e so già che gli occhi dovrò tenerli sì bene aperti, per controllare lei.

«Vieni a vedere le gare?» le chiedo quando finiamo di mangiare.

«Più tardi, con Claire e Tommy.»

Ormai quei tre sono una cosa sola, alzo le spalle e vado a prepararmi.

L'occhio cade sul vuoto lasciato dal telefono fisso che ho fatto sparire e mi sento sbiancare, ricordando la voce di mio padre e il conseguente attacco di panico. Anche se faccio del mio meglio per respingerlo, il pensiero rimane e mi tende agguati nel bel mezzo della notte sotto forma di incubi o in pieno giorno mentre sto leggendo un libro o guardando un tramonto.

La nonna ha notato subito l'assenza dell'apparecchio, ma le ho spiegato che si è rotto e ormai non ha senso comprarne uno nuovo. «È l'universo che ti manda un segno, nonna» ho declamato nel mio tono più convincente. «È tempo che ti adegui al resto del mondo e impari a usare un cellulare.»

Lei ha borbottato qualcosa del tipo: "Questa tecnologia ci ucciderà tutti" ma, di fronte ai segnali dell'universo, ha ceduto e si è dotata di uno di quegli aggeggi enormi per miopi.

Poco dopo mi avvio da sola verso la spiaggia, invasa dai turisti della domenica. Una piccola folla è già radunata per la partita di beach volley tra la squadra che ci ha sconfitto e l'altra semifinalista. Contiamo su di loro per vendicarci, e anche perché ne fanno parte i cugini gemelli di Kat, quindi il tifo è dovuto.

Mi soffermo a guardare due bambini che giocano a beach tennis sulla sabbia, uno di loro manca la palla e, indispettito, getta la racchetta a terra e scappa via, lasciando il compagno da solo. Intenerita, mi avvicino e mi offro come sostituta. Il ragazzino sorride e iniziamo a giocare, ma ben presto mi rendo conto di essere più imbranata di lui.

«Devi tenere i piedi distanziati per avere più equilibrio.» La voce di Oliver alle mie spalle mi fa trasalire. «Aspetta, ti faccio vedere» mi dice venendomi vicino. Troppo.

«Ehi, ehi, ehi!» mi ritraggo indignata. «Rispetta i confini.»

«Credi che voglia stringerti tra le braccia e magari rubarti un bacio con la scusa di insegnarti a impugnare la racchetta nel modo corretto e non come un battipanni?» reagisce inorridito.

Quando l'altoparlante annuncia l'inizio della partita, mi rivolgo al mio piccolo avversario e gli restituisco la racchetta. «È stato un piacere» lo saluto, prima di riavviarmi con Oliver verso il campo da beach volley.

«Com'è che sei esperto di tennis?»

«Con un fratello che da neonato teneva in una mano il biberon e nell'altra la racchetta, non posso farne a meno.»

«È così bravo?»

«Matt il genio del rovescio, non l'hai mai visto in TV?»

«Temo di non essere un'appassionata di sport» ammetto, evitando di aggiungere che però ho visto una loro foto insieme sul suo profilo Instagram.

«Be', se arriva in finale al torneo che sta giocando negli Stati Uniti, i miei lo raggiungono.»

«E tu no?»

«Primo, ho lo stage. E secondo, ascoltare i miei tessere le lodi del figlio perfetto anche il giorno del mio compleanno non è in cima alla mia lista dei desideri.»

«Giusto, è il 16 agosto...»

Intanto Charlie fa il tifo con tale entusiasmo che devo allontanarmi di qualche passo per evitare di diventare sorda. Oliver mi segue, sorpreso. «E tu come lo sai?»

Ops. Non voglio dirgli di Sophie, perciò frugo in cerca di un'idea. «Me l'ha detto... Charlie?» azzardo infine, non troppo convinta.

Lui fa per replicare, ci ripensa e segue il resto della partita pressoché in silenzio, con la testa altrove. A volte noto che si chiude in se stesso e mi domando cosa stia tacendo. Non ho dimenticato la sua frase sul "periodo difficile" in cui Sophie gli è stata accanto due anni fa e mi domando cosa gli sia successo.

A un tratto, con la coda dell'occhio, scorgo Victoria che arriva con gli altri due moschettieri, stendono i teli in riva al mare e si immergono ciascuno nel rispettivo cellulare. Subito mia sorella corre in acqua, lasciando Claire e Tommy da soli, con lui che le spalma la crema solare. Mi torna in mente la visione di loro due, complici, nel corridoio della scuola e mi chiedo se mia sorella non debba essere gelosa. Tommy era amico suo prima che di Claire, è stata lei a presentarli e – lo ammetto – sono convinta che Vic e Tommy possano diventare più che amici. Invece lei li vede dal mare ma non sembra turbata, anzi, li saluta con la mano.

O è solo brava a nasconderlo?

25

Charlie ha creato un gruppo WhatsApp chiamato *Regalo Ollie* di cui è amministratore, che comprende me, Alex, Jenn, Kat e Mark. Vuole rendere onore al sacrificio del nostro eroe che rinuncia a volare negli Stati Uniti a vedere la partita di suo fratello perché preferisce festeggiare con gli amici che conosce da pochi mesi, dunque merita un dono speciale.

Dopo pochi e rapidi scambi di messaggi, la loro scelta cade su un giubbotto da vela – l'acquisto serio – e uno spray al peperoncino per difendersi da Christopher Law, l'architetto con cui fa il tirocinio e che Oliver descrive come un mix tra Satana e Megamind.

Partecipare a un regalo collettivo, tuttavia, non mi convince, perciò ho deciso di fargli qualcosa per conto mio. Non so come, oggi sono riuscita a trascinare Kat al centro commerciale e ho la sensazione che possa venirle uno shock anafilattico da un momento all'altro. L'edificio è enorme e abbiamo perso una mezz'ora buona soltanto per trovare il bagno che serviva a Kat, probabilmente per vomitare.

«Ciao, che sorpresa.» Davanti a noi compare Jenn, pimpante già di prima mattina. Io non sarei così nemmeno se inzuppassi i biscotti in una tazza di Red Bull per colazione. «Sicure di non aver sbagliato posto? Guardate che la biblioteca è dall'altra parte della città.»

«Sì, lo sappiamo, grazie. Siamo venute a cercare un regalo per Oliver» le spiego. Che lei sia qui invece non mi stupisce, probabilmente le hanno dato la cittadinanza onoraria.

«*Tu* sei venuta a cercare un regalo per Oliver» puntualizza Kat. «Io ti sto accompagnando. Da più di due ore.»

«Quindi adesso è il tuo ragazzo?» mi chiede Jenn, interessata.

Scuoto le mani, nel panico, come se mi avesse chiesto se voglio una consulenza di *skin care*. «Guarda che puoi dirmelo, non mi interessa più. Ora sto con Alex, come di certo saprai.» Di certo non lo sapevo affatto, dimostrando una volta di più la mia estraneità al mondo del gossip locale.

«No, ti giuro. Oliver e io siamo solo amici» tengo a precisare.

«Sì, certo. E io sono parente di Taylor Swift» bofonchia Kat al mio fianco.

Jenn sgrana gli occhioni. «Davvero?»

Prima che Kat possa aprire di nuovo bocca, intervengo con un: «Molto alla lontana!».

«Ma non ci parliamo» mi dà corda la mia amica.

«Oh» Jenn è delusa, ma un secondo dopo si illumina. «Comunque, se volete posso aiutarvi» si offre, calandosi improvvisamente nei panni del buon pastore con le pecorelle smarrite. E in un battito di ciglia – allungate con un buon mascara waterproof – diventa la nostra guida ambientale in questa giungla di vetrine, campioncini, promoter e buoni sconto.

Ci troviamo a seguirla in un percorso a ostacoli in cui vince chi resiste fino alla fine, mentre Jennifer propone, nell'ordine: un cappellino da baseball firmato che costa quanto il mio intero guardaroba, una crema idratante per uomini che non devono chiedere mai e un gonfiabile per la piscina.

Sono le 11.07 quando Kat dichiara la resa. «Basta, ti prego!»

Si lascia sprofondare sul divanetto della prima caffetteria che trova e da lì penso non si schioderà mai più. Alla fine le faranno un monumento ai caduti: *A Katherine Evans, in paradiso con gli eroi.*

In verità sono sollevata, non ne potevo più di seguire Jenn nei suoi deliri di shopping compulsivo: a un certo punto ha persino tentato di convincermi a comprare un bikini in saldo che ha definito "un vero affare". Figuriamoci!

Quando la cameriera ci raggiunge per prendere le ordinazioni, Kat sceglie un pain au chocolat e un caffè con panna montata e scaglie di cioccolato: l'antico eremita misantropo che vive dentro di lei ha evidentemente bisogno di una generosa dose di zucchero per evitare una strage di innocenti. Anch'io ci vado giù pesante e scelgo un *brownie* e un latte macchiato. Jenn invece ordina un tè *oolong* e un toast senza pane. Kat, la cameriera e io restiamo per un momento sconcertate.

«Seguo una dieta *low carb*» ci spiega Jenn, tirando fuori il cellulare.

Appena riceve la sua ordinazione, sotto i nostri sguardi perplessi, inizia a fare un video per i suoi "Jenners", gli sventurati follower in attesa di ricevere il racconto di cosa mangia, con tanto di conta delle calorie e descrizione dei cibi scelti.

«Cioè, per capire: la gente vuole davvero sapere cosa mangi ogni giorno?» le domanda Kat, con espressione agghiacciata.

«Sì, condividono le mie regole nutrizionali» replica Jenn, con un tono inaspettatamente forbito.

«Ah, e quando ti sei laureata in Scienze della nutrizione? È stato prima o dopo la lobotomia?»

«Lo fanno tutti» ride. «Prendi Francy Food, la mia guru: ha milioni di follower e non ha mica frequentato l'università, ha vent'anni e fa la commessa da Walmart.»

«Ma certo, a cosa serve una laurea per dare consigli di nutrizione a milioni di ragazzine?»

Jenn si illumina. «Esatto!»

Kat si prende la testa tra le mani, come se la volesse staccare dal collo. Poi respira a fondo, forse per evitare di commettere un omicidio. «Jenn, incubo incendiario di ogni mio neurone funzionante, ascoltami» torna a dirle, paziente. «Non pensi che una laurea sia quantomeno una *conditio sine qua non...*»

«Qua che?»

«Qua n...» prova a spiegarle, poi ci rinuncia. «Qua, qua, qua, fa la paperella.»

Non me la sento di infierire, preferisco cambiare argomento prima che Kat faccia harakiri con la cannuccia. «Allora, visto che state insieme, andrai anche tu con Alex a Barcellona?»

Il volto di Jenn si rabbuia di colpo. «Oh no, io non ci vado» mormora, poi fa un gran sospiro e sistema il prosciutto intorno alla fettina di formaggio con una tale attenzione che sembra ne vada della sua vita. «Barcellona ad agosto è troppo turistica.»

«Devo preoccuparmi se per una volta sono d'accordo con lei?» bisbiglia Kat al mio fianco, mentre prende una generosa sorsata del suo caffè con la panna.

«Andrò in Costa Azzurra con papà e la sua nuova compagna» continua Jenn con un'aria abbattuta che contrasta con la meravigliosa destinazione. Suo padre deve averle proibito di andare in vacanza con Alex e ci è rimasta male.

«Non la rimpiangerai, quando sarai in Francia» butto lì.

Lei si stringe nelle spalle. «Mi spiace perdere il compleanno di Oliver...» dice e mi rivolge un sorrisetto malizioso. «Sono certa che lo festeggerai a dovere, Heron...»

Io mando giù l'ultimo boccone di *brownie* per non replicare.

Alla fine mi ha convinta.

Il pomeriggio, in spiaggia, litigo con il vestito a righe che indosso sopra il costume. Oggi ci sono le temperature di Miami e sento che a breve mi scioglierò, così mi costringo a salvarmi la vita, mi spoglio e rimango in costume. Ma non nel mio solito, quello sportivissimo e ultracoprente, no: indosso un bikini.

Ebbene sì, ho ceduto alla superofferta promossa da Jenn e adesso mi ritrovo con troppi centimetri di pelle scoperti per i miei rigidi standard. Dal burqa al bikini è stato un attimo, insomma.

Cerco di non morire di vergogna, quand'ecco che vedo arrivare Oliver insieme a Charlie e Mark e, appena mi intercetta da lontano, sfodera un sorriso abbagliante.

Abbasso gli occhi sulle unghie mangiucchiate. Mentre compravo il costume, pensavo soltanto a come lui mi avrebbe guardata e, adesso che lo fa, mi sento andare a fuoco. Quando alzo la testa, Oliver mi ha raggiunta e mi sta ancora fissando sconcertato.

«Noi due siamo sempre soltanto amici, giusto?»

«Giusto.»

Arriccia le labbra in un modo buffo. «No, era così per sapere...»

«Certo» dico, cercando di restare seria.

«Sei diversa, Lily» nota Mark con un SUP sottobraccio.

Tutti questi sguardi mi mettono in imbarazzo e Kat, inviandomi messaggi a ultrasuoni come i delfini, mi rimprovera con un irritante: «Hai voluto la bicicletta? Ora pedala».

Nota mentale per me: mai ascoltare Jennifer Hill nei suoi deliri da personal shopper.

Per togliermi da questa nuova e scomoda situazione, ho

la geniale idea di provare il SUP. Rubo la tavola e il remo a Mark e dichiaro convinta: «Va bene, chi mi insegna?».

«Tanto cadrai e io sarò lì a prenderti» sentenzia Oliver, divertito.

Lo supero, fingendomi indignata. «Scansati, gabbiano del malaugurio!»

Sento tutti ridacchiare alle mie spalle mentre mi dirigo fiera verso le onde. Al momento la mia unica ambizione è provare a stare in piedi sulla tavola e muovere il remo in modo da avanzare invece di girare su me stessa e cadere.

Oliver, che mi ha seguita, mi fissa a braccia conserte impartendo istruzioni. «Non guardarti i piedi, scegli un punto davanti a te. Rilassa le spalle. Tieni il ritmo.»

Mi servono non so bene quanti tentativi prima di conquistare una parvenza di equilibrio e di remare con criterio, ma alla fine accade. Ce la faccio.

Sento già partire in sottofondo *We are the Champions*, quando un pazzo mi sfreccia vicino con la moto d'acqua e mi fa ribaltare.

Mentre riemergo tossendo per aver ingerito mezzo oceano, Oliver mi raggiunge in poche bracciate. Non aspettava altro, accidenti a lui.

«Te l'avevo detto» rimarca con un sorrisetto compiaciuto.

Tento di guardarlo male ma mi scappa da ridere. «Cosa sei, un veggente o uno iettatore?»

«Nessuno dei due» mi fa, avvicinandosi di più. I suoi occhi si accendono e un formicolio mi attraversa. Di colpo non ridiamo più. Mi afferra per la vita e mi tira a sé.

Oddio.

Sento il suo respiro solleticarmi la pelle, leggero come le ali di una farfalla. La mia mente è un foglio bianco. In compenso il cuore batte con tale veemenza che credo Oliver lo senta, perché sta per annullare la distanza che è rimasta tra noi...

Quando di colpo ci piove in testa una montagna d'acqua e restiamo senza fiato.

«Ma no!» protesta Oliver. «Questo non doveva succedere!»

O forse è Mercurio retrogrado che mi ha ricordato di non abbassare la guardia, dopo l'audacia che mi ha spinto a comprare il costume e a farmi quasi baciare da Oliver.

In ogni caso capisco che la magia si è rotta e che è ora di tornare dagli altri.

E capisco anche che l'idea di essere solo amici non pare funzionare granché.

Infatti non riesco a evitare l'espressione ebete che mi si stampa in faccia quando Oliver mi prende per mano mentre torniamo verso la spiaggia.

«Ollie!» sento gridare, e un secondo dopo Victoria si fionda su di noi rompendo il contatto delle mani. Si rivolge a lui con aria seriosa: «Hai un minuto? Devo chiederti una cosa». Mi lancia un'occhiata enigmatica. «In privato.»

Oliver appare sconcertato quanto me. Cosa mai dovrà chiedergli *in privato* mia sorella? Con estrema eleganza si toglie d'impiccio ricordandole che la finale di nuoto sta per cominciare. «Sono certo che possiamo rimandare a dopo» conclude suadente e si avvia verso il molo.

Vic mette il broncio però, stranamente, non protesta.

«Sei ancora in fissa per lui?» le domando tra i denti.

«Mai quanto te» palleggia lei.

«Io non sono...» inizio, ma subito mi interrompe.

«No, certo, per questo hai comprato quel costumino sobrio.» Mi tira l'elastico del bikini.

«C'è Mercurio retrogrado, sono attenta ai dettagli» preciso allungando il passo.

Comincia la finale di nuoto, l'ultima gara dei MidGames: Sophie contro una diciassettenne tutta muscoli. A sorpresa Sophie mette il turbo nel tratto finale, e provo un lampo di invidia pura per come sta nuotando, esile com'è: come diavolo fa? Deve avere una forza sconosciuta che la sospinge, forse la voglia di dimostrare qualcosa a Oliver... e a me. I suoi compagni esplodono di gioia nel momento in cui taglia il traguardo per prima, garantendo il trofeo alla squadra.

«Senti, ti dispiace se vado a congratularmi?» mi domanda Oliver, indicando con lo sguardo in direzione di Sophie.

«Certo che no» lo rassicuro, fin troppo calma.

Il mio stomaco però si contrae e, un secondo dopo, vorrei premere CTRL+ALT+CANC e ritirare quello che ho detto.

«Ehi, Lily.» La voce di Charlie mi riporta alla realtà. «So che Ollie sarà da solo per il compleanno» mi dice rapido, approfittando della sua momentanea assenza. «Non possiamo certo permetterlo, no?»

«Immagino di no» rispondo intontita.

«Ci pensiamo noi?»

«Sì, certo.» Ma sono distratta dalla vista del diretto interessato che torna già indietro con aria mesta. «Scusa un attimo.»

C'è qualcosa che non va, lo sento. «Oliver!»

Lui si volta, ma prosegue verso la strada. «Vado a prendere da bere» mi spiega, abbozzando un sorriso che però è forzato, come se glielo avessero dipinto con il pennarello.

«Stai bene?»

«Non mi ha ucciso, perciò sì, sto bene.»

Il sarcasmo nella sua voce conferma il mio istinto.

«Mi spiace» gli dico, ed è vero, sono triste per lui.

«Spero almeno che non rinunci all'esibizione alla cerimonia di chiusura, so che ci tiene.»

«Lo spero anch'io.»

Il mio tentativo di consolarlo è patetico. Non so se augurarmi che restino amici o smettano di parlarsi, anzi, forse lo so: vorrei che Sophie se ne tornasse a Londra con il suo strascico di perfezione, per non rivederla mai più.

26

Sul mio calendario è segnata un'eclissi di Sole tra due giorni. Essendo parziale e non visibile nel nostro emisfero, prevedo un viaggio breve e confuso, però vorrei evitare di trovarmi in spiaggia in mezzo alla gente nel momento in cui avverrà. Così studio l'ora esatta su internet calcolando il fuso orario e, quel pomeriggio, faccio in modo di sostituire la mamma in libreria. Mi sto annoiando davanti agli ordini sullo schermo del computer, quando le note di James Blunt in sottofondo cambiano tonalità e capisco che sta per succedere.

Una manciata di secondi dopo mi ritrovo in mezzo a una folla sugli spalti di un campo da tennis.

Splende il sole e fa caldo, la gente si fa aria con il cappello. Schivo un paio di persone che tornano ai loro posti carichi di bibite e mi guardo attorno in cerca di volti conosciuti. Impresa complicata vista la quantità di spettatori.

Scendo di qualche gradino finché intravedo Oliver in tribuna proprio sopra il campo, assieme a due uomini sconosciuti, una coppia e... la me stessa futura.

A questo punto posso immaginare cosa ci fanno qui: sono venuti a veder giocare il fratello di Ollie. Lancio uno sguardo verso il campo, dove i due avversari sono seduti a bere e rinfrescarsi, chiaramente in pausa. Uno di loro si passa un asciugamano sui capelli biondi.

Mi avvicino in fretta e mi fermo alle loro spalle, cercando indizi sulla mia età: devo avere intorno ai venticinque anni, suppongo. Trovo con stupore una borsa firmata sul sedile accanto a me. Un regalo di Oliver?

«Credi che Matt possa vincere? Sembra stanco» commenta la me stessa futura, preoccupata.

«Lo era anche l'anno scorso e poi ce l'ha fatta. Ci tiene a fare il bis, Wimbledon è il suo torneo preferito» risponde Oliver, concentrato sul cellulare.

Il mio doppio lo guarda con espressione accigliata. «Si può sapere a chi scrivi?»

Lui alza gli occhi e sorride. «Alla pasticceria.»

«E ovviamente hai confermato la *Red velvet*» sbuffa lei, infastidita.

«È la migliore, senza *se* e senza *ma*. Punto.»

«La migliore per te. Magari agli altri non piace, ci hai pensato?»

«Non può non piacere.»

«Sei il solito egoista» gli sussurra la Lily futura, distraendomi. «Scegli anche per gli altri!»

«Perché ho buon gusto» risponde lui, compiaciuto.

«E sei pure modesto.»

Uno sbuffo, con tanto di alzata di spalle. «Datti pace, Lily. Inizia il terzo set.»

Il particolare che mi resta impresso, un attimo prima che i contorni sfumino e senta la forza misteriosa ritrascinarmi nel presente, è l'espressione fredda del mio alter ego mentre respinge il braccio con cui Oliver prova a circondarle le spalle.

Poi sono di nuovo in libreria.

Sbatto le palpebre più volte, stordita. Poso una mano sul petto, dove sento il cuore battere contro le costole.

Non credo che mi abituerò mai a questa sensazione innaturale.

Mi verso un bicchiere d'acqua e cerco di dare un senso a quello che ho visto, anche se c'è poco da decifrare: un giorno assisteremo a una partita del fratello di Oliver a Wimbledon e io sarò scocciata per la prepotenza con cui lui decide ogni cosa, persino che torta comprare. O forse sto esagerando, in realtà sarà il suo compleanno e ha tutto il diritto di scegliere il dolce.

Controllo l'ora, chissà quando tornerà la mamma. Ha accompagnato Victoria al centro commerciale, il che significa che potrebbe andare molto per le lunghe.

Tanto per ingannare il tempo, mi dedico a sistemare alcuni libri fuori posto. Non appena sento la porta aprirsi, spero sia lei, mi volto e... vedo una ragazza che avanza verso il bancone, con indosso un paio di pantaloncini e una maglietta sformata ad arte che le stanno a pennello. Sophie!

«Ciao» la saluto.

«Ciao.»

Mi sembra di essere precipitata direttamente in uno di quei vecchi film western in cui due cowboy si sfidano a colpi di pistola davanti al saloon, vedo già i cespugli rotolanti sulla terra arida e polverosa.

«È arrivato il mio libro?» chiede, composta.

«Sì. Aspetta che te lo prendo» Con le mani che quasi tremano per l'agitazione, sfilo il volume dallo scaffale degli ordini e glielo mostro. «Devo fare un pacco regalo o...»

«No» replica telegrafica. «Grazie.»

«Okay» annuisco, poi lo metto in una busta mentre lei paga in silenzio.

«Allora... grazie.» Dovrei dirle qualcosa? Della gara, di Oliver? Oppure sto zitta?

Lei annuisce e si dirige verso l'uscita.

Sto zitta, direi. È evidente che non ha voglia di parlare.

Poi si volta all'improvviso. «Si può sapere che ti è successo alla gara?» Capisco che allude alla *nostra* gara, quella in cui mi ha battuto.

«Un... Un crampo» balbetto.

«Non mi piace vincere così. Voglio giocare ad armi pari, altrimenti non ha senso.»

Mi stringo nelle spalle, incerta se stia ancora parlando del nuoto o di altro. Appena la vedo avanzare di nuovo verso di me, intuisco che la risposta è "altro".

«Stasera torno a Londra, ma una cosa voglio dirtela: tu non sai quello che c'è tra me e Oliver.» Il suo sguardo si accende. «Siamo insieme da sempre, chiunque ci conosce sa che siamo fatti l'uno per l'altra. Due predestinati.» Di fronte alla sua sicurezza, mi sento persa. «Io conosco i suoi difetti, le sue paure e lui si fida di me. So cosa prova quando suona un pezzo di Debussy o di Yiruma, capisco l'emozione di eseguire un *Notturno* senza errori. Per i miei genitori Ollie è come un figlio e lo stesso vale per me con i suoi.» Di colpo la sua voce si incrina e gli occhi le si riempiono di lacrime. «Non è finita, Lily, non può finire così.» Adesso fatica a parlare, ma non rinuncia. Deglutisce il groppo in gola, prende un respiro e, con quello che aggiunge, mi stende. «Certe storie sono scritte nelle stelle, mi spiace per te.»

Accuso il colpo, frastornata come un cerbiatto di fronte ai fari di un'auto.

Una miscela di emozioni amare mi serra la gola. Riconosco la frustrazione, la rabbia, la gelosia. Ma anche la tristezza, la stessa che provava Sophie poco fa, mentre scandiva a fatica le parole, come se ognuna fosse una lama tagliente che lacerava entrambe. E in fondo, laggiù tra le mie viscere, c'è una forza oscura che lavora in silenzio: la paura che abbia ragione.

Lei lo conosce bene, gli è stata vicina in quel momento critico di cui io non so nulla e di cui lui non vuole raccontarmi, ha tutto il diritto di sentirsi legata a Oliver. La sofferenza che vedo nel mio futuro viene forse dal fatto che sto spezzando quel legame?

Dopo che Sophie è uscita, resto sola con i miei tormenti. Ma solo per poco. La porta si spalanca di nuovo e Victoria entra con passo trionfante, sollevando in aria un pacchetto rosso come un trofeo. «Ho trovato il regalo perfetto per Oliver» proclama ai quattro venti.

«Che sarebbe?» le domando, felice della distrazione.

«Un portacellulare impermeabile per chi va in barca» spiega. «Lo adorerà!» Lo dice così convinta che finisco per crederci anch'io.

Guardo mia sorella che sprizza gioia da tutti i pori muovendosi nel mondo con una baldanza che sfiora l'onnipotenza e una leggerezza sublime, e vado in crisi. Io ho impiegato una mattinata intera per cercare l'oggetto giusto e non ne sono venuta a capo, lei è uscita un paio d'ore e sembra che abbia colonizzato le Americhe. Avrà un gene vichingo: ogni mattina si alza e deve andare a conquistare qualcosa. E ci riesce pure!

Se mi fosse stata concessa in sorte anche solo metà della sicurezza di Vic, le parole di Sophie non avrebbero sortito alcun effetto, le avrei mandate giù come un bicchiere d'acqua fresca. Cara, sei gelosa? Problemi tuoi.

Invece mi sto torturando senza sosta, perché ho percepito il suo amore e il suo dolore e ho capito che non si arrenderà. Qualsiasi cosa accada tra me e Oliver, lei ci sarà sempre.

Non mi stupisce che il cielo del mese sia complicato per le relazioni. Ho provato a buttarla lì alla nonna. «Qual è il rimedio?»

Lei però, credo per la prima volta nella mia vita, ha agitato una mano come per scansare una mosca e ha replicato che con Mercurio in quadratura a Urano c'è poco da fare e bisogna avere pazienza finché non passa. Poi è tornata a smanettare sul cellulare con cui Victoria le sta insegnando a fare amicizia.

In ogni caso, pianeti retrogradi o meno, domani è il compleanno di Oliver e io ho promesso a Charlie di organizzargli una festa. I suoi genitori sono volati negli Stati Uniti per assistere alla finale di suo fratello e si sono molto risentiti quando lui ha spiegato che non sarebbe andato e che no, non avrebbe cambiato idea all'ultimo minuto, perché non aveva voglia di affrontare un viaggio transoceanico in questo momento, e che ci sarebbero stati altri tornei a cui avrebbe potuto tifare di persona.

La mia brillante idea – leggi: l'unica soluzione che mi è venuta in mente – è stata quella di chiedere supporto alle mie donne. Che si sono accese alla richiesta di invitare il festeggiato a casa nostra, anche se per motivi diversi: mia madre gongola perché ha l'occasione di fare la MasterChef in cucina e sdebitarsi per il salvataggio della figlia, la nonna perché potrà leggere il tema natale di Oliver, mentre Victoria... Be', lei gongola e basta.

So che posso fidarmi di loro, se si tratta di accogliere le persone e farle sentire a casa. Spero che Oliver percepisca il calore della mia famiglia e non rimpianga quella di Sophie, dubbio che mi è venuto dopo avere visto la sua espressione triste alla finale di nuoto.

Mi accorgo che Victoria mi sta fissando con aria inquisitoria.

«Tu hai trovato il regalo?»

«Non ancora» mugugno, «ma so cosa prendergli. Anzi, se non avete più bisogno di me, andrei» aggiungo, per sottrarmi a ulteriori interrogatori.

«Vai pure, ci pensiamo noi qui» mi sorride la mamma.

Non indugio oltre, prendo la borsa ed esco di gran carriera, diretta... non so dove. In realtà non è vero che so cosa comprare a Oliver, ma spero che una passeggiata solitaria mi schiarisca le idee. Mi avvio verso la collina, lasciandomi alle spalle il mare, tanto per variare percorso. Anche oggi fa caldo e, alla prima lieve salita, mi scendono gocce di sudore dalla fronte. Scommetto che Sophie non suda. No, lei è una di quelle persone immuni dal sudore, dalle unghie spezzate, dai brufoli e dalle doppie punte, ne sono certa.

Mi sento cattiva e sciocca ad avercela con una persona che sta soffrendo per amore, infatti mi pento subito dei miei pensieri e provo a concentrarmi su altro, ma il suo volto rispunta ovunque come le talpe in quel gioco, "Acchiappa la talpa". Mi piacerebbe che la nonna leggesse anche il suo, di tema natale, per scoprire se davvero è l'anima gemella di Oliver e io sono l'intrusa destinata a soffrire. Ma so già che è così.

Scuoto la testa per allontanare il fantasma del futuro e allungo il passo con l'intento di faticare, liberandomi dalle tossine. In fondo alla strada riconosco due figure familiari: Claire e Tommy stanno passeggiando lungo il belvedere, il mare si staglia sotto di loro. Ancora una volta li vedo insieme da soli e di nuovo ho una strana sensazione nella pancia, che fa scattare un allarme senza reale motivo.

Nel mio cielo di nascita la posizione di Nettuno indica che sono sensibile all'energia altrui e percepisco subito quando c'è qualcosa nell'aria, anche se viene nascosto. Il disagio che mi provoca osservare quei due senza Vic, per quanto ingiustificato, è così intenso che non posso ignorarlo.

Vorrei dirglielo, chiederle cosa prova per lui, ma la conosco bene e so che mi risponderebbe di farmi i fatti miei.

Con un sospiro li supero e riprendo la salita.

27

Lo vedo arrivare dalla finestra con il cuore che batte forte. Indossa una camicia bianca che mette in risalto l'abbronzatura, i capelli schiariti dal sole gli ricadono morbidi sulla fronte.

Quanto è carino.

Vado ad aprirgli prima ancora che suoni il citofono, mossa alquanto sciocca da parte mia. Ora penserà che lo stavo aspettando con trepidazione: in effetti è così, solo che lui non avrebbe dovuto saperlo.

Ansia, il mio secondo nome.

Ho lavorato tutto il giorno per regalargli un compleanno fantastico, non perché altrimenti sarebbe stato da solo, ma per il desiderio di renderlo felice. Non so da quando la sua felicità sia diventata così importante per me, è come se il suo buonumore fosse qualcosa di cui non posso fare a meno. Sono preoccupata per il mio cuore e il mio futuro, eppure finisco per sorridere come una squinternata non appena me lo ritrovo davanti con un enorme mazzo di fiori di tutti i colori.

«Te lo dico subito, non ti ho fatto un regalo» esordisco nervosa, senza nemmeno salutarlo. «Sono andata in crisi e non ho trovato nulla che mi piacesse. Ma prometto che te lo farò, non so quando, però lo farò. Lo giuro» blatero, ormai parlando a raffica.

«Ciao anche a te, amica.» Con un sorriso divertito, Oliver si china e mi dà un bacio sulla guancia. «Non agitarti, essere qui è già il mio regalo. E questa è per te.» Sfila una rosa bianca dal mazzo di fiori e me la porge senza staccare gli occhi dai miei.

«Oh, ciao Oliver!» esclama la mamma che passa affaccendata con un vassoio di stuzzichini. «Tanti auguri di buon compleanno.»

«Grazie, signora.» Le porge il mazzo con fare galante. «Un piccolo pensiero per la padrona di casa.»

«Che caro, non dovevi...»

«Perciò sei tu il famoso Oliver» soggiunge la nonna tutta in ghingheri, avvicinandosi incuriosita.

Lui annuisce e le stringe la mano. «E lei deve essere la famosa Astra.»

La nonna avvia la scansione e, a giudicare dal sorriso sornione disegnato sulle labbra, direi che approva ciò che vede.

«Ollie, eccoti!» Victoria gli piomba addosso e si aggroviglia al suo braccio come una pianta infestante. «Vieni, ti accompagno in giardino.»

«Stava parlando con me, veramente» protesta la nonna.

«Nonna cara, va' a sederti, prima di essere divorata dall'osteoporosi.»

«Mio incomprensibile debito con il karma» sospira la nonna, esasperata, «prima o poi, grazie alla tua insolenza, qualcuno te le spezzerà quelle gambette e senza neanche bisogno dell'osteoporosi.»

Andiamo in giardino, dove Kat sta finendo di accendere le candele. Mi ha aiutato per tutto il pomeriggio: abbiamo apparecchiato la tavola rotonda con la tovaglia di lino, quella delle grandi occasioni, e abbiamo adornato il giardino con piccole lucine; i fiori, al loro massimo splendore, dipingono lo sfondo come la tavolozza di una tela impressionista.

L'espressione meravigliata sul viso di Oliver mi riempie di gioia.

«Accogliete sempre così i vostri ospiti?»

«Solo quelli speciali.»

Sulla coda della mia risposta sento la voce squillante di Vic che saluta Claire e Tommy, arrivati insieme.

Mi sposto verso la cucina e Kat mi sorprende alle spalle mentre tolgo una teglia dal forno. Mi comunica che Charlie arriverà in ritardo, sua madre ha perso le chiavi di casa e lui la sta aiutando a ritrovarle, magari insieme al suo cervello.

«Certo che la situazione è rovesciata, in casa sua» commento.

La mia amica prende un piatto da portata. «Già, mi sembra chiaro chi sia l'adulto tra i due. Mi chiedo per quanto ancora resisterà.»

Scambio un'occhiata con la mamma e portiamo in tavola i risultati dei suoi sforzi. Stiamo gustando *stir-fry* con riso profumato, fagottini di gamberi con crema di topinambur e rose di pasta fillo con semi di sesamo e zucchine, quando arriva anche Charlie, vittorioso per aver ritrovato almeno le chiavi.

«State già mangiando?» chiede, appena entra in giardino.

«No, pianifichiamo la missione per cercare il Sacro Graal» risponde Kat.

Charlie incassa con un sorriso e poi si rivolge agli altri. «Fa così perché le mancavo.»

Lei inarca un sopracciglio. «Sì, ti aspettavo come si aspetta l'influenza stagionale.»

«Mi ama, vedete?» continua lui. «Mi ha persino tenuto il posto vicino a lei» e va verso lo sgabello libero accanto alla mia amica.

«Credo abbia una gamba rotta» sogghigna Kat.

Lui lo ribalta, trova l'inghippo e avvita fino a sistemarlo. «Fatto» esclama, accomodandosi. Intercetta Victoria dall'altra parte del tavolo. «Vic, che schianto.»

«Io schianterei quello straccio giù dal burrone» bofonchia la nonna. Allude al vestito di mia sorella, in pratica una sottoveste a pois vedo-non vedo.

«La prossima volta potresti prestarmi qualcosa di quando eri giovane tu, nonna cara: scommetto che farei un figurone coperta di pelli di leopardo e con ossa di mammut tra i capelli.»

«Ancora non riesco a credere, Dasha, che ti sei sorbita un travaglio di tre giorni per partorire Miss Simpatia.»

«Buone voi due» interviene la mamma, riempiendo il piatto di Charlie. «Non fateci caso, vanno avanti così da... Be', in pratica da sempre.»

«È vero che si occupa di astrologia?» chiede Oliver alla nonna.

«Dammi del tu, mio caro» risponde lei, con voce melliflua. Oliver fa effetto anche sulle sessantenni. «E sì, la mia famiglia...»

«Mamma, ti prego» la interrompe mia madre con tono implorante. «Oliver non vuole sentire la tiritera sulle tue antenate.»

«In realtà mi interessa.»

Lo dice per cortesia o vuole saperlo sul serio? In ogni caso la nonna non perde l'occasione e si lancia nel racconto, compiaciuta. «Bene, allora devi sapere che la nostra storia inizia ai tempi di re Artù di Camelot, e precisamente dalla sua sorellastra Morgana.»

«Non è una leggenda?» domanda Charlie, dubbioso.

«Le leggende, a differenza dei miti, sono basate su fatti storici» spiega la nonna. «Comunque sia stata deformata nei secoli successivi, la vicenda del condottiero che difese la Britannia dalle invasioni è reale. E sua sorella Morgana conosceva l'arte degli incantesimi e le mappe del cielo. Si dice che da lei siano discese le "donne delle stelle", così si facevano chiamare le nostre antenate. Sapevano curare con le erbe e leggere gli oroscopi, un'abilità che è rimasta e che ha fruttato loro una discreta fortuna. Dal Medioevo alla fine del Seicento numerose sono state le case reali che si sono rivolte alla mia famiglia per farsi decifrare il tema natale e suggerire il modo di affrontare, anno dopo anno, le sfide presentate dal loro gravoso compito sulla Terra.»

«Ma poi c'è stato l'Illuminismo» interviene Kat, che conosce la storia a memoria e ha un particolare amore nei confronti del Settecento francese e di Voltaire.

«Sì, con la diffusione di quelle idee balzane sul potere della ragione» replica la nonna. «Gilda, la mia antenata vissuta in quel periodo, si è dovuta nascondere e ha avuto solo figli maschi, una vera tragedia perché la nostra arte si era sempre tramandata di donna in donna. Per fortuna il suo primogenito ebbe una bambina che si dimostrò attratta dalle carte del cielo e portò avanti la linea. E il Romanticismo ci restituì gloria e onore.»

Oliver ascolta incantato, e io non mi sono mai sentita più orgogliosa della mia famiglia. Intanto Vic, Tommy e Claire si sono nascosti in un angolo a confabulare e la mamma è tornata in cucina a prendere il resto della cena. La luce del crepuscolo rende tutto più magico, con quel bagliore dorato che amo e che trasforma il nostro piccolo giardino in un antro fatato.

«Perciò il tuo lavoro è sempre stato leggere gli oroscopi?» s'informa Oliver.

«Oh, sì. E continuo a farlo, ho clienti affezionati da decine di anni» risponde la nonna, fiera. «Ma per familiari e amici, è gratis.» Gli fa l'occhiolino e io rabbrividisco, perché so che prima della fine della serata arriverà il momento del tema natale. Non ora però. Non prima della torta.

Per fortuna torna la mamma, così il discorso si sposta su di lei – «Ma dove hai imparato a cucinare così bene?»

«Oh, mi viene naturale, un po' come a Lily nuotare» – sulla sua attività – «Anche tu ti occupi di astrologia?» «No, no, per carità, ho già abbastanza da fare con la mia libreria, vieni a trovarmi qualche volta che ti regalo un libro» – e su Oliver, che, tempestato di domande sulla sua famiglia, risponde paziente, raccontando che suo padre costruisce case e alberghi e sì, suo fratello è un tennista professionista, ma no, non vanno molto d'accordo.

«Peccato» sospira la mamma, «è bello non essere figli unici, bisognerebbe apprezzarlo.»

Vic, che è tornata con gli altri, alza gli occhi al cielo. «Dipende dal fratello o dalla sorella che ci si ritrova» commenta, poi allunga la mano fino ad arrivare a sfiorare quella di Oliver. «Io ti capisco.»

Le rivolgo un'occhiata assassina, ma mi astengo dal ribattere, non voglio scatenare una guerra davanti a tutti. Invece mi alzo e vado a controllare la mia torta, il mio regalo per lui.

La mamma aveva in mente una *Key lime pie* prima che la convincessi a lasciarmi tentare l'impresa della *Red velvet*. La torta a strati bianca e rossa, scenografica, bellissima, che ci ha fatto litigare nella scena del futuro a cui ho assistito pochi giorni fa.

Così stamattina mi sono lanciata a sbattere tuorli, montare albumi, dosare lievito, aceto di mele, colorante, zucchero e farina, infornare e sfornare cerchi di pasta, lasciando alla mamma solo il compito di preparare la crema al formaggio e mettendola a tacere quando protestava, dicendo che avremmo dovuto farla il giorno prima.

Me ne pento amaramente.

Quando la tiro fuori dal frigo a momenti mi cadono le braccia: pende tutta da una parte. Non si è compattata abbastanza. Ovviamente.

«Ma è la mia torta preferita!» esclama Oliver mentre gliela metto davanti. I suoi occhi sono così pieni di meraviglia che ignorano persino il cedimento strutturale della mia opera ingegneristica.

«Lo so.» Lo guardo con un sorriso soddisfatto.

«Come fai a saperlo?»

Il sorriso mi muore sulle labbra. Già, come faccio? "L'ho visto in uno dei miei viaggi del futuro" non credo vada bene come risposta. «Me lo hai detto tu!»

Lui aggrotta la fronte. «No. Non te l'ho mai detto.»

«Ma sì, non te lo ricordi?» insisto.

È Charlie a salvarmi. «Ehi, amico, stai invecchiando. All'inizio dei Mid-Games hai promesso di offrire una *Red velvet* a tutti se avessimo vinto. Io ho protestato perché non mi piace.» Mi guarda con aria dispiaciuta: «Sorry, Lily». E rivolto a Oliver: «E tu non te ne facevi una ragione. "È divina" hai detto».

Non me lo ricordo assolutamente, forse non ero presente oppure ero troppo impegnata a cercare di non innamorarmi di lui. In ogni caso vorrei baciare Charlie in fronte.

Apro le braccia, come per indicare che non c'è altro da aggiungere. Victoria porta trionfante le candeline ricoperte di glitter, e la mamma le accende.

«Era meglio la crostata della mamma» mi sussurra all'orecchio.

«Non sarà bella, ma sicuramente è buona!» ribatto a bassa voce, piccata.

Invece all'assaggio scopro che sa solo di lievito e qualcos'altro che assomiglia alla senape. Claire allontana subito il piatto.

«Buona, eh, ma sarei a dieta» si giustifica, seguita da Tommy che accampa la scusa di un'intolleranza al lattosio e da Victoria, che invece è molto più teatrale: «Sorella, se volevi intossicarci, potevi nascondere meglio il veleno!».

Kat mangia in silenzio, stoica, mentre la mamma e la nonna non provano neanche a tagliarne una fetta. Oliver si ostina a divorare la sua, incurante del fatto che quasi certamente dovrà passare il resto della serata in pronto soccorso per una lavanda gastrica.

Dopo aver finito anche le briciole, sorride. «A me piace. Originale e cremosa al punto giusto.»

Vorrei abbracciarlo da quanto gli sono grata.

Per archiviare il discorso torta, gli altri vanno a prendere i regali, che Oliver scarta con l'entusiasmo di un bimbo.

A un certo punto mi defilo per andare a buttare la torta in un impianto di smaltimento per rifiuti tossici. Sto sistemando i piatti nella lavastoviglie quando Oliver compare al mio fianco, con il telefono in mano e un'espressione scioccata sul volto.

«Mio fratello ha battuto il numero uno del mondo» esclama, rimettendosi il cellulare nella tasca dei pantaloni.

«Che bravo!» Sono ammirata. «D'altra parte per uno che un giorno sarà il campione di Wimbledon...» Appoggio i piatti sul bancone e scruto il suo volto, aspettandomi di vedere una combinazione di gioia e invidia. In realtà sembra incredulo.

«Come sai che vincerà Wimbledon?»

Quasi mi stavo tradendo. Di nuovo.

«Siamo tutte un po' streghe in questa casa, non l'hai notato?» rimedio in fretta.

«Sì, ma tu un po' più delle altre...» Oliver si avvicina ancora, io indietreggio e finisco contro il bancone. Il sorriso di un attimo fa scompare dalle sue labbra. Il mio cuore, che per primo ha intuito cosa ha in mente, inizia a scalpitare. «Perché mi hai stregato fin dal primo momento in cui ti ho vista e non riesco a liberarmi dal sortilegio» continua, sempre più vicino. «Qual è l'antidoto?»

Come sempre, quando sono in difficoltà, cerco di buttarla sullo scherzo. «Questa torta?» gli faccio indicandola, mezza diroccata sul tavolo.

«Mi dispiace, non funziona.» Indugia, d'improvviso titubante. «Lily, devo dirti una cosa.»

«Che la *Red velvet* sapeva di senape?»

«Anche!» Sorride, ma poi torna serio. «Davvero...»

«Dimmi.» La mia voce si riduce a un sussurro.

Un lampo attraversa il suo sguardo e, invece di parlare, mi stringe a sé. Per un lungo istante sento solo il battito impazzito del mio cuore che risuona nell'intera galassia. Poi posa le sue labbra sulle mie e mi bacia con una passione così intensa che mi toglie il respiro.

Con mio grande stupore – e probabilmente anche suo, dalla risatina che gli sfugge – ricambio il bacio con uguale intensità, intrecciando le dita ai suoi capelli e stringendolo forte.

Il boato di qualcosa che va in frantumi ci riporta alla realtà. Oliver però non si arrende. Con il respiro affannoso, mormora: «Vieni, andiamo nello studio» e senza attendere la risposta – in effetti, sono piuttosto sconvolta al momento – mi prende per mano e mi trascina fuori dalla cucina.

In silenzio mi fa entrare di nascosto nel rifugio della nonna e poi si chiude la porta alle spalle. «Stavamo dicendo?» mi domanda, prima di intrufolare il viso tra il mio collo e la spalla.

«Non ho ben capito in realtà cosa volevi dirmi» bisbiglio al suo orecchio mentre vado a fuoco. «Puoi, ehm, ripetere?»

Lui si scosta e ride, poi ricomincia a baciarmi con ancora più ardore.

Sento il mio cuore danzare per una felicità sconosciuta. Oliver mi copre di baci, mi stringe e mi accarezza i capelli e io mi aggrappo a lui e respiro la sua pelle e il suo profumo. Sembra quasi un *déjà-vu*, tanto è potente la sensazione di essere nel posto giusto, come se fossi sempre stata tra le sue braccia, come se conoscessi il suo tocco da sempre.

Sono certa che anche per lui è così. Lo leggo nell'espressione del suo volto, quando si scosta da me. «È un discorso lungo, penso che dovremo ritornarci sopra più volte.»

«Mi sa di sì.» Annuisco debolmente, ancora intontita.

Mi prende il viso tra le mani e mi sorride con tenerezza.

Assorbo la forza del sole, sento l'energia del Leone e di colpo la storia dell'amicizia mi sembra un'idea folle. Insensata. Essere amica di Oliver per me è impossibile, per un motivo molto semplice: io sono innamorata di lui.

Alzo bandiera bianca: le ho provate tutte per tenerlo a distanza, persino la senape nella torta – probabilmente messa dal mio inconscio a mia insaputa –, eppure lui ha eluso la sorveglianza e si è insinuato nel mio cuore. E adesso non so più come cacciarlo via. Non c'è rimedio, non c'è via di scampo.

Però, anche nella nebulosa di felicità in cui mi trovo, mentre lui cerca di nuovo le mie labbra, nella mente riesco comunque a formulare una domanda: "Come diavolo faceva a sapere che qui c'è lo studio della nonna?".

28

«Ho sempre saputo che sarebbe successo.»

Mi stacco da lui e lo studio inarcando un sopracciglio. «Addirittura?»

«Non sai quanto ho aspettato di incontrarti, Lily Heron.»

Non sai quanto ho temuto di incontrarti, Oliver Stevens.

Questo però non lo dico, mi limito a rituffare il viso nell'incavo del suo collo. Com'è possibile che tutta la paura provata in questi due anni sia svanita? Ora che lui è realmente qui con me, il futuro che ho visto mi sembra un sogno lontano, qualcosa che non mi riguarda.

Siamo felici. E nella mia anima si spalanca l'ineffabile certezza che nulla potrà andare male se Oliver e io siamo insieme come adesso. C'è solo una nota stonata: il suo ritorno a Londra tra pochi giorni. Quella è la mia spina nel fianco.

«Mi dici come faccio a ripartire per Londra?» mi chiede, leggendomi nel pensiero.

«Temo che tu non possa proprio, perché ti terrò imprigionato in questa casa, costringendoti a mangiare le mie dolci prelibatezze per il resto della tua vita.»

Sentendo un rumore dietro la porta, con un'occhiata d'intesa ci costringiamo a tornare dagli altri prima che qualcuno – tipo la nonna – entri nello studio e questa serata si trasformi nella più imbarazzante della mia vita. In qualche modo mi sento diversa, come se Oliver ormai fosse parte di me. Mi sono già abituata a lui, alla sensazione di benessere che mi offusca la mente e cancella gli allarmi rossi delle mie visioni. Non so se sia un bene o un male e, sinceramente, ho paura a chiedermelo.

Mentre attraversiamo la cucina, vediamo Claire e Tommy uscire dalla porta sul retro bisbigliando, ma sono troppo presa da Ollie per curarmi di loro.

Al tavolo trovo la nonna che spiega il significato delle dodici case a un presissimo Charlie, mentre Kat gioca a "Tris" con Victoria sui tovaglioli di carta. La mamma sta già sparecchiando, proprio non riesce a rilassarsi per più di un minuto.

«Dove eravate finiti?» ci chiede Charlie vedendoci arrivare.

«Celebravamo il funerale della mia torta di compleanno. Riposi in pace» risponde Oliver, serio.

«Amen.»

Mi accorgo che Kat indossa un abito a fiori bianco e nero di mia madre. «Ti sei cambiata.»

«Si è rovesciata addosso la brocca della nonna, l'ho sempre detto io che era troppo pesante. Le è andata bene che è ancora viva!» spiega Vic, e poi precisa: «Non per la brocca, ma per l'ira della nonna».

«Per me poteva anche restare con la maglietta bagnata ma non ha voluto...» sospira Charlie, offrendole un assist perfetto per l'ennesima battuta. Invece Kat sta zitta. Oh-Oh.

«Stai bene?» mi preoccupo.

«Certo» mi rassicura serafica.

«Sei taciturna...»

«Non spreco parole.» Poi, inaspettatamente, si rivolge alla nonna. «Astra, non dovevi leggere il tema natale di Oliver?»

Era meglio se restava taciturna.

«Non è il caso» intervengo subito, in apprensione.

«Che cos'hai, paura?» Kat mi rivolge un'occhiata di sfida che mi spiazza.

«Ma no, solo che si è fatto tardi e...»

La nonna mi interrompe vivace. «Non è affatto tardi, è il mio regalo per lui.»

Guardo Oliver sperando che si opponga, invece sorride felice. «Allora non posso rifiutare.»

Così mi arrendo, mentre una sensazione molto vicina al panico si insinua silenziosa dentro le mie viscere. Kat ha ragione, ho paura, anche se non so di cosa. Forse di scoprire qualche strana quadratura o il segreto che porta con sé la Luna nera, oppure, semplicemente, un grande amore che non sono io. Inconsapevole dell'uragano che ho dentro, la nonna fa sedere Oliver accanto a sé, gli chiede l'ora e il luogo di nascita e prende la sua tabella con tutte le coordinate, un vero e proprio labirinto di numeri, gradi e linee che per me è incomprensibile, mentre lei lo percorre con la disinvoltura di Arianna con in mano il suo filo.

Dopo una serie di complicati calcoli, che esegue sotto gli occhi interessati di Oliver, Kat e Charlie, traccia il cerchio con le case e le posizioni dei pianeti e annuncia trionfante: «Eccolo».

Ho il cuore in gola. Sul serio, con tutte queste emozioni non so come faccio a non essere ancora svenuta. Mi ricordo di respirare e, immobile come uno stoccafisso, la sento spiegare: «Il tuo segno, il Leone, si esprime nell'ottimismo e nell'entusiasmo per la vita. Hai il Sole in decima casa, come tante star di Hollywood» ridacchia. «Diventerai famoso, o comunque ti piace essere protagonista.»

Oliver si illumina, so che sta pensando alla musica. Charlie gli dà una pacca sulla spalla commentando che è vero, basta vedere come si è lanciato nel ruolo di Orfeo.

«D'altro canto...» La nonna arriccia le labbra «tendi a interpretare la realtà solo dal tuo punto di vista, il che può portarti a trascurare le esigenze degli altri e a non fare troppo caso al loro giudizio.»

«Quindi mio fratello Matt starà soffrendo perché non sono lì a celebrare il suo trionfo» sospira Oliver, fingendo dispiacere. «In realtà non mi interessa cosa pensa di me.»

«Che fratello amorevole sei» replica Kat.

Ollie non si lascia scomporre. «L'ultima volta che sono andato a una sua partita mi ha tirato una palla in faccia.»

Charlie lo fissa inorridito. «No!»

«Sì, non si è accorto che ero accanto a lui. Succede spesso che si dimentichi che esisto.»

A dispetto del tono scherzoso, c'è una vena di malinconia nel modo in cui lo dice e, attenta a passare inosservata, gli sfioro la mano. Non dev'essere facile crescere accanto a qualcuno che ha successo e che, invece di condividerlo, ti esclude.

«È colpa di Urano se i rapporti in famiglia sono difficoltosi» interviene la nonna. «Ma con il Sole in quarta casa, hai un legame forte con le tue radici e lo conserverai.»

Prosegue citando i vari pianeti e vengo presa da un moto di tenerezza e speranza quando la sento dire che Venere in Cancro denota una spiccata sensibilità e che, sotto la corazza, si nasconde il desiderio di proteggere le persone amate. Mercurio in quinta casa indica che lui non sente il bisogno di chiedere mai il permesso – e infatti mi ha baciata senza chiedermi se lo volessi anch'io – e pensa sempre in grande.

Sto iniziando a rilassarmi, visto che la maggior parte delle caselle è stata spuntata, quando vedo passare un'ombra sul volto della nonna e mi irrigidisco di nuovo. Lo guarda di sottecchi e torna a controllare il grafico, cosa che non passa inosservata.

«C'è qualcosa di strano nella settima casa?» domanda

Kat. Ha tenuto il conto delle case mancanti, strano, di solito se ne frega degli oroscopi e non perde occasione per sottolineare quanto sia assurdo attribuire ai pianeti un'influenza su un ambito specifico della nostra vita, visto che sono tutti corpi celesti indifferenti all'umanità.

Oliver mi lancia un'occhiata tra l'allarmato e l'incuriosito, mentre Charlie sembra proprio preso, perché incita la nonna a svelare il segreto.

La nonna si morde il labbro. «Una linea che si vede raramente, legata all'intuizione...» Sembra rivolgersi più a se stessa che a noi, la fronte aggrottata, quasi si trovasse davanti a un enigma. Alla fine però dice: «C'è Marte nella casa delle relazioni, che indica un animo capace di grandi passioni, ma anche aggressivo. In più Lilith in Acquario indica uno spirito libero, che non si lega a nessuno o, se lo fa, rischia di fagocitare l'altro. Questo deriva sempre da uno strappo nell'infanzia, una famiglia che costringe a omologarsi e così fa sentire ingabbiati».

«I miei genitori amano il diverso come una gazzella ama il leone» scherza Oliver, che però tradisce un certo turbamento.

«Devi stare attento quando scegli la persona che ti starà accanto nella vita, perché il tuo istinto ti porta a essere prepotente e a soffocare i suoi desideri fino a manipolarla.»

La nonna sposta lo sguardo su di me e mi sento gelare. Anche Charlie e Kat mi fissano in silenzio. Non si muove foglia. Sento in lontananza le risatine di Claire e Victoria.

Oliver abbassa gli occhi; è nervoso e si tormenta l'orlo della maglietta. Forza un sorriso. «Da Marte mi aspettavo uno scherzetto, ma da te, Lilith, proprio no» mi dice, ma io non reagisco.

La magia è già svanita. Lo sapevo, la gioia che provavo solo una manciata di minuti fa era troppo avventata per poter durare. Si è consumata in un lampo, come la fiamma di una candela. In un soffio le parole della nonna hanno portato via tutto il calore. Il cielo conosce bene il futuro, quello che io pensavo di poter eludere con l'inebriante frenesia di qualche bacio. I fuochi d'artificio sono finiti, è scesa di nuovo la notte nel mio cuore e, con essa, la paura. Di sicuro, il nostro non è un amore scritto nelle stelle.

Resisto fino al momento dei saluti, che arriva poco dopo, e accompagno Oliver alla bici. La mia faccia cupa lo insospettisce, perché mi domanda: «Lily, che c'è?».

Tutto.

«Niente.»

Mi prende il mento tra le dita e mi scruta, pensoso. «Non dirmi che è per l'oroscopo.»

Sì.

«No.»

Sospira e mi studia, frugando nei miei occhi. «Scusa tanto, ma sei una pessima bugiarda» e mi scosta con delicatezza una ciocca di capelli dal viso. «Andrà tutto bene, io lo so.»

«Per te, forse. Non per me» mormoro, sconfitta.

Lui mi afferra per le spalle, scosso. «Lily, io non ti potrei mai manipolare!»

«Oh, sì che lo farai...»

«E come fai a esserne certa?»

L'ho visto!

«E tu come fai a essere certo del contrario?» ribatto.

Anziché rispondere, lui mi stringe a sé. E io lo lascio fare, lascio che avvicini il viso al mio e, con le labbra, mi sfiori la guancia dall'orecchio al mento. «Per questo» mi sussurra sulle labbra, dove posa le sue. È un bacio lento, misurato, come se mi stesse parlando in una lingua che solo noi due comprendiamo.

Io voglio credergli, chi se ne importa del tema natale, quando hai tutto questo. Non appena l'abbraccio si scioglie e Oliver si allontana, però, la paura torna a stritolarmi.

«Fidati di me» conclude prima di inforcare la bici e allontanarsi, lasciandomi nell'ombra.

Ecco cosa accadrà: vivrò sempre nella sua ombra. La fiducia è un bene raro, prezioso e, se mal riposta, ti si ritorce contro come un boomerang che ti colpisce in viso. Lo so, mi è già successo con mio padre.

Rientro e mi trascino in camera, dove mi giro e mi rigiro nel letto passando una delle notti più tormentate della mia vita. In un film sarei qui beata a rivivere al rallentatore tutti i baci meravigliosi di stasera, invece sto combattendo contro me stessa, contro la mia stessa natura. Come posso stare con lui, se perfino il suo cielo mi avverte del pericolo?

Il trillo del cellulare mi strappa ai pensieri.

Buona notte, scricciolo ☽

Bravo, è proprio così che mi sento, uno scricciolo in tua balia e senza via d'uscita.

Lancio il cellulare in fondo al letto mentre mi odio e mi maledico, sopraffatta dalla tristezza.

Tra pochi giorni ripartirà per Londra e non lo rivedrò più. Sarà facile.

Tra pochi giorni ripartirà per Londra e non lo rivedrò più. Sarà un incubo.

Tra pochi giorni ci sarà un'altra eclissi, e chissà cosa vedrò stavolta.

Alla fine crollo sfinita sul cuscino intriso di lacrime, dilaniata tra quello che voglio e quello che so di dover fare.

29

Non ho voglia di andare alla premiazione dei MidGames. Non ho voglia di alzarmi da questo letto in cui non ho chiuso occhio, anche perché sono distrutta.

La fame è l'unica forza in grado di trascinarmi in cucina all'alba di mezzogiorno, dopo avere scacciato, nell'ordine: la mamma, la nonna e Victoria che volevano a tutti i costi sapere se fossi malata (la prima), se avessi avuto incubi (la seconda) e se avessi litigato con Oliver (la terza). Scendo in pigiama e con i capelli a mo' di cespuglio, le occhiaie e un incontrollabile desiderio di annegare nella crema al caramello salato. Tanta crema al caramello.

So che la nonna ne tiene un vasetto di scorta in dispensa, per le giornate in cui ha Urano, Plutone e Marte contro, perciò lo rubo senza rimorsi e vi affondo il cucchiaino.

Pura delizia.

«Se la mia nipote più saggia prende il caramello senza chiedermi il permesso, significa che la situazione è più seria del previsto.»

Non so come riesco a impedire che il vasetto cada in frantumi. «Nonna! Mi hai spaventato.»

«Deduco che tu stia meglio.» Mi scruta da dietro gli occhiali, oggi quelli fucsia, e aggiunge: «Mi spiace per quella storia di Lilith e Marte».

Ha capito tutto. Dovevo immaginarlo, ad Astra nulla sfugge.

Una parte di me è convinta che sappia anche del mio potere, che abbia letto qualcosa nel mio cielo di nascita e che creda non si sia ancora rivelato. Io continuo a sperare che svanisca.

«Non riesco a non pensarci» ammetto.

«Lily, il mio lavoro serve per aiutare. La vita è come una corrente, se remiamo nella direzione giusta, fatichiamo di meno.»

«E se uno vuole andare nella direzione opposta?»

«Sarà più complicato, ma siamo liberi di farlo. L'importante è sapere, la conoscenza rende forti.»

Se chiedete a me, la conoscenza rende infelici.

«Sì, certo» concedo, tanto per chiudere l'argomento. «Scusa per la crema al caramello, non ho dormito bene e avevo bisogno di dolce.»

«Serviti pure.» Esita un istante prima di toccare il tasto dolente. «Quel ragazzo ti piace, eh?»

Scrollo le spalle sperando di convincerla che no, figuriamoci, è solo un tipo che conosco.

«Non esageriamo.»

«Guarda che non c'è nulla di male, alla tua età mi innamoravo ogni settimana.»

Mi riesce difficile immaginare la nonna che perde la testa per molteplici ragazzi. Scommetto tutto il caramello del mondo che li selezionava in base al segno zodiacale. «Poi controllavi il loro cielo di nascita e scappavi?»

«Più o meno andava così. Ma non sempre facciamo le scelte giuste.» L'ombra che passa sul suo viso mi sorprende: prima di diventare mia nonna, è stata un'adolescente come me e certe cose deve averle provate anche lei. Mi piacerebbe saperne di più, solo che mi pare piuttosto distratta al momento. Ha in mano il cellulare e digita con grande concentrazione.

Divoro un altro cucchiaio abbondante di crema e rimetto il barattolo in dispensa, senza staccarle gli occhi di dosso. «Noto con piacere che tu e la tecnologia andate d'amore e d'accordo» la provoco, spostando l'attenzione dal mio umore a qualcosa di più leggero.

Lei alza le spalle. «Bah, continuo a pensare che si stava meglio prima. Quest'aggeggio mi fa perdere un sacco di tempo.» Sbuffa. «La storia dei cookies da accettare, poi, è ridicola. Perché qualcuno dovrebbe registrare le mie preferenze? Ciò che cerco sono affari miei», e preme con forza un tasto come se fosse un interruttore.

Mi sfugge una risatina. «Basta che non cerchi cose strane e sei a posto» la rassicuro, avvicinandomi per sbirciare lo schermo. Incredibile a dirsi, ha aperto l'icona di Facebook e ha pure un profilo! Vuoto, senza foto e senza post.

«Nonna! Cosa ci fai su Facebook? Ormai è superato» esclamo scandalizzata.

«Non da quelli della mia età, secondo tua sorella. Comunque» e chiude tutto, «di questo passo la gente si farà fare gli oroscopi da macchine inesperte e vedrai che caos esploderà nel mondo. Bisogna saperli interpretare i pianeti.» Borbottando se ne va.

Resto da sola e la piacevole parentesi di distrazione si chiude. Che faccio? Esco o non esco?

Se non esco, Oliver verrà a cercarmi a casa, lo so. Non sto rispondendo ai suoi messaggi e ha già minacciato di calarsi come Spiderman davanti alla mia finestra, una prospettiva peggiore che incontrarlo in spiaggia. Perciò mi decido a uscire.

Mi trascino di nuovo in camera – credo che lascerò la casa piena di scie come le lumache – e indosso le prime cose che trovo, compresa una vecchia felpa, visto che oggi il tempo mi pare uggioso. Faccio finta di pettinarmi e prego di sopravvivere a ciò che mi aspetta.

La prima persona che incontro allo Yacht Club è Victoria,

ansiosa di sapere come mai Oliver non sia ancora arrivato. Le rispondo che non so niente e corro verso Kat, seduta sul molo con le gambe penzoloni. Quando la raggiungo, alza gli occhi dal tomo di cinquecento pagine su un'antica dinastia cinese in cui è immersa.

«Che faccia! Che hai fatto?»

«Non ho dormito bene.»

Leggi anche: non ho dormito affatto.

«Troppe emozioni ieri?»

«Già.»

"Ed è tutta colpa tua."

Cerco di scacciare il pensiero – d'altronde Kat non sa tutto quello che so io –, ma siamo sinceri, la serata più bella della mia vita si è trasformata in un incubo e il suo improvviso interesse per l'astrologia ha contribuito in misura significativa.

E poi sento che c'è qualcosa di strano nel modo in cui mi parla, come se fosse infastidita. Non ne ha motivo, non la sto trascurando e non lo farò mai, non sono quel tipo di amica che si volatilizza appena trova un fidanzato. Spero che le passi in fretta, tanto più che io *non* ho un fidanzato, anzi: sono triste e disperata e ho bisogno di lei. Forse iniziano a esserci troppi segreti tra noi.

Non restiamo sole per molto, perché arriva Charlie e inizia a commentare la disfatta della nostra squadra. Li lascio battibeccare e mi concentro sui gabbiani che planano sulla superficie dell'acqua e si risollevano in volo, finché non mi trovo di fronte un sacchetto macchiato d'olio.

«Per la miglior pasticcera di Midheaven.»

Il sorriso di Oliver è così luminoso che non riesco a reagire. Mi ha portato un *cornish pasty*, come quella volta a teatro. Mi sembrano passati secoli.

«Non dovevi» mormoro, mentre lui si mette a sedere e mi stringe. «La premiazione è di là» ci avverte, indicando la terrazza dello Yacht Club.

«Buon per loro» rispondo. Magari il mio malumore passerà per orgoglio ferito, visto che non ho mai mandato giù la sconfitta alla gara di nuoto.

«Non c'è niente da festeggiare per noi» mi fa eco Charlie.

«Sophie è tornata in città?» Sussulto sentendola nominare, specialmente da Kat che dovrebbe essere mia alleata e invece continua a remarmi contro.

«Per la premiazione» risponde Charlie serafico.

Non sono pronta a rivederla, soprattutto in questo momento in cui mi sento così fragile.

"Certe storie sono scritte nelle stelle, mi spiace per te."

Forse lei accetterà di essere manipolata, oppure lui la amerà al punto da ammorbidirsi mentre con me sfoderà la sua parte peggiore, il suo lato oscuro. Sono talmente scossa che tremo.

«Lily?» Oliver mi scruta preoccupato.

A salvarmi – ironicamente – dalla risposta, sul molo arriva Sophie in persona con un paio di jeans e una camicetta rossa, i capelli sciolti, bellissima e leggiadra. Si ferma a pochi passi da noi e, senza degnarmi di uno sguardo, si rivolge a Oliver. «Tra poco dobbiamo suonare.»

«Arrivo.»

Indugio sulla camicetta color corallo. Nella scena futura della festa a cui ho assistito il giorno del mio compleanno, Oliver ballava con una ragazza bionda, vestita dello stesso colore. Come ho fatto a non pensarci prima? Era Sophie. Sarà ancora presente nella sua vita, sarà *sempre* presente.

«Voi venite ad ascoltare, vero?» chiede Oliver con gli occhi bassi.

«Ovvio» esclama Charlie, tendendo la mano a Kat. «Posso scortarla, *mademoiselle*?»

Lei rifiuta il gesto cavalleresco, infila il libro in borsa e si alza da sola.

Con agilità Oliver si rimette in piedi e mi scompiglia i

capelli, l'unico gesto affettuoso che gli è concesso in presenza di Sophie. Li guardo allontanarsi lungo il molo, due figure eleganti che si muovono in sincronia sullo sfondo delle nubi. Sposto gli occhi sull'acqua sotto i miei piedi, grigia come piombo per l'assenza del sole.

Forse ha ragione lei, sono io l'intrusa nel quadro.

Kat si è ravvivata e mi prende sottobraccio mentre camminiamo. Mi appoggio a lei e mi preparo a sopportare stoicamente l'esibizione.

I membri della squadra vincitrice si aggirano nella sala dello Yacht Club con le medaglie al collo, tra la gente che prende stuzzichini dai vassoi e beve bibite alla frutta. Appena il discorso ufficiale finisce, scatta l'applauso e compaiono Oliver e Sophie, che vengono presentati come due giovani talenti musicali, la cui esibizione chiuderà il torneo. Lei è radiosa, perfettamente a suo agio. Prende il violino, lui si mette al pianoforte e suonano *River Flows in You* di Yiruma.

Stendono tutti, me compresa.

Perché sono bravi. E nonostante anch'io abbia cantato con lui nel ruolo di Euridice, sono certa che l'effetto sia diverso. Me lo confermano gli applausi del pubblico, i complimenti di tutti, gli sguardi ammirati verso queste giovani promesse della musica, così belli, così affiatati. E ancora lui che abbraccia lei al termine del brano, lei che gli cinge la vita con il braccio e poi si allunga per dirgli qualcosa all'orecchio. Lui che ride.

Mi alzo di scatto sotto gli occhi stupiti di Kat e Charlie che mi chiedono qualcosa, ma io non li sento nemmeno. Inizio a correre per andare non so bene dove, probabilmente ovunque, basta che sia lontano da qui.

Entro in casa come una furia e quasi travolgo la nonna che sta portando una pianta in giardino.

«Lily!»

«Scusami, nonna» annaspo, aiutandola a rimettere in equilibrio il vaso.

«Sei sconvolta.» Non è una domanda, ma una constatazione.

«No, è che...» Ieri ero felice e ora sto da schifo, e tutto grazie a una combinazione di astrologia, un potere assurdo che non so da dove provenga e una ragazza bionda a cui le fatine hanno regalato tutto. «È proprio una giornata "no".»

«Posso fare qualcosa?»

Nego con la testa. Voglio solo chiudermi in camera e piangermi addosso per il resto della vita. «Se qualcuno mi cerca io non ci sono. Soprattutto Oliver» preciso prima di correre a mettere in atto il mio piano.

Mezz'ora dopo suona il citofono. A dispetto della mia richiesta, che mi sembrava chiara, i passi sulle scale mi suggeriscono che Oliver sta salendo. Vado a mettermi con la schiena contro la porta, imprecando perché la mamma non mi ha mai concesso la chiave, e aspetto che provi a entrare. Cosa che accade dopo pochi secondi.

«Lily, mi spieghi cos'hai?»

«Niente.»

«Non puoi essere gelosa di Sophie, sai cosa provo.»

Spalanco la porta con un gesto teatrale e lo guardo in faccia. «Oh sì, poco fa lo abbiamo visto tutti cosa provi. Eravate entrambi inorriditi dalla situazione, freddi e distaccati, praticamente due sconosciuti!»

«Scricciolo...»

Lo fulmino con lo sguardo. «Non chiamarmi scricciolo!» esplodo.

«Va bene, la musica ci unisce, ma come amici. E sono contento che non si sia tirata indietro, non mi piacciono le persone che si lasciano male.»

«Direi che avete trovato un ottimo modo per dirvi addio.» L'immagine del loro ballo nel futuro mi avvelena.

«Peccato che non sia affatto un addio, perché tu la rivedrai eccome!»

«No, perché ho convinto i miei genitori a lasciarmi trasferire nella tua scuola.»

La notizia mi schiaffeggia con violenza. «Cosa?»

Approfittando della mia momentanea incapacità di muovermi, Oliver supera la barriera ed entra nella stanza. «Non mi piaceva quella stupida scuola privata. Te l'ho detto che ho passato un brutto periodo, e in parte è perché non mi trovavo con i compagni, con gli insegnanti. Non c'era nessuno con cui potessi parlare veramente o anche solo distrarmi. Ho finto che le cose andassero meglio, però non ne posso più.»

«Cioè... resterai a Midheaven?»

Lui conferma con un cenno. «Ne ho parlato con i miei genitori prima che partissero per gli Stati Uniti. Erano contrari, ma visto che hanno concesso a mio fratello una marea di cose sapevo come ricattarli. Oggi mi hanno confermato il trasferimento.» Un guizzo nei suoi occhi mi fa scordare per un attimo l'intera faccenda. «Qui ho Charlie, e Mark, e te.» Mi prende entrambe le mani e le stringe.

Invece di conquistarmi, la sua sicurezza mi urta e ritiro le mani, arretrando. «No.»

L'espressione ferita di Oliver mi fa male. «No?»

«Non possiamo stare insieme» ribadisco, cercando di controllare il tremito nella voce, «perché io non voglio.»

Reagisce come se gli avessi tirato un pugno nello stomaco. «Cos'è cambiato da ieri sera?»

«Niente.» Mi stringo nelle spalle, fingendo indifferenza. «E tutto.»

Mi studia un istante con quei suoi occhi pieni di tormento. «È per Sophie o per quello che ha detto tua nonna?»

«Per entrambe le cose.» Mi sposto verso la finestra, fuori sta piovendo. Il giusto epilogo di una giornata orrenda. Lui mi segue, fermandosi dietro di me.

«Mio padre è un manipolatore. Sa come convincere gli altri, è così che è diventato ricco. Io posso avere parte del suo DNA, ma non voglio diventare come lui.» Attende un istante, io però ascolto in silenzio. «Mio fratello è andato per la sua strada e ha fatto bene, finché vince resterà nelle sue grazie. Se dovesse iniziare a perdere, mio padre lo trascinerebbe nell'azienda, ne sono certo. Mia madre dipende da lui, non l'ho mai vista fare una vacanza con un'amica, coltivare un hobby, niente. Ti giuro che non mi comporterò così, perché so cosa vuol dire e non mi piace.»

Mi rendo conto ora che i suoi genitori sono l'esatto contrario dei miei: non avevano niente in comune e ognuno si occupava dei propri interessi accumulando segreti, fino al disastro. Come si fa a essere felici in due? Finisce sempre che qualcuno – spesso l'uomo – ha la meglio e semina distruzione e sofferenza.

«Puoi avere tutte le buone intenzioni del mondo» sussurro, «eppure mi ferirai.»

Oliver mi afferra per le spalle. «Mi vuoi spiegare come fai a dirlo?»

Mi giro e mi costringo ad affrontarlo. «Certe cose si sanno e basta.» Il magone mi stritola la gola. Voglio piangere, piangere fino a non avere più lacrime né voce, ma per farlo devo mandarlo via. «Adesso, per favore, vai.»

Mi fissa per un'eternità, in silenzio. Apre la bocca, poi la richiude.

Lo guardo uscire dalla mia camera con le spalle curve e non c'è una singola parte di me che non voglia rincorrerlo, abbracciarlo, gridargli che ieri ho passato la serata più bella della mia vita. Ma non posso. Resto incollata al pavimento, la testa che pulsa e il cuore a pezzi.

Quando sono sicura che se n'è andato, mi lascio cadere sul letto come un sacco vuoto, sciogliendomi in un pianto dirotto.

Il Sole che entra nella Vergine segna l'inizio di nuove rotte e traiettorie da tracciare sulla mappa della nostra esistenza. Marte sviluppa l'istinto di protezione, perciò sarà normale sentirsi sempre sulla difensiva. Attenzione alle delusioni, sembra dire la Luna del mese, mutevole e sospettosa: il rischio però è di concentrarsi a tal punto su se stessi da non accorgersi più di ciò che sta intorno.

VERGINE

30

Abitare in una cittadina di mare è bello perché, anche se non vai via, ti senti in vacanza.

Abitare in una cittadina di mare è brutto perché, visto che non vai via, continui a vedere le stesse facce e quando torni a scuola non ti è mancato nessuno.

Con l'ingresso del Sole nella Vergine, la nonna ha fatto il suo solito consulto mensile e ha annunciato che il cielo ci invita a tornare con i piedi per terra e a rimettere ordine nelle nostre vite, in preparazione all'autunno.

Intanto la maggior parte della popolazione giovanile ha continuato a godersi il mare prima dell'imminente inizio delle lezioni. Charlie sta sempre con Oliver e Mark, e Kat ne è felice, così non se lo ritrova più attorno e può starsene in pace a leggere i nuovi volumi ordinati in libreria: un saggio di cosmologia, un romanzo storico ambientato nell'antica Cina e un manuale sull'arte di fare lo zaino. Quando le ho domandato se avesse intenzione di partire, mi ha risposto di avere un progetto ambizioso: vuole percorrere il sentiero degli ottantotto templi in Giappone dopo il diploma. Temo che diventerà una monaca buddhista e non la rivedrò mai più.

Jenn è tornata dalla Francia abbronzata e splendente e ha ripreso le sue escursioni settimanali con la fida Pam al centro commerciale, dove ha trovato un nuovo posto "sano, light e *keto*" da pubblicizzare su TikTok.

Alex è rientrato dalle vacanze più in forma che mai, annunciando il suo trasferimento a Barcellona con la famiglia entro la fine dell'anno. Immagino che, non appena lo saprà, la Smith commenterà la notizia con un sobrio quanto liberatorio "olè!".

Infine Victoria è tranquilla.

Nel senso che non mi tormenta, non mi fa domande, direi persino che mi ignora. Non in modo intenzionale come in passato, ma come se avesse la testa altrove. Mi chiedo se il suo nuovo stato d'animo sia collegato ai suoi amici, con i quali ultimamente sembra divertirsi di meno. Aspetto l'occasione giusta per affrontare l'argomento, visto che non ho molto altro a cui pensare al momento.

Giusto, dimenticavo di citare il *mio* finale di vacanza: vado in piscina, aiuto la mamma in libreria e medito. Sul serio, ho iniziato un corso di meditazione online.

Sta funzionando, non penso più a Oliver e sono pronta ad affrontare serenamente ciò che verrà.

Non è vero, ma almeno mi addormento dalla noia.

Un brumoso tardo pomeriggio, quando è ormai chiaro che il caldo estivo a questa latitudine è già stato archiviato, torno dalla libreria e trovo la nonna e Victoria concentrate sul cellulare.

«Cosa combinate voi due?»

La tavola non è ancora apparecchiata e non c'è traccia di cibo che bolle in pentola.

«Cerchiamo le amiche d'infanzia della nonna» risponde Vic.

Mi avvicino, molto interessata. «E come?»

«Facebook» rispondono insieme.

«È incredibile, non pensavo si potessero trovare le persone dopo tanto tempo» commenta la nonna.

«Peccato che le donne delle caverne non postino mai,

in pratica creano il profilo e seguono solo le pagine dei supermercati per le offerte» sospira Vic, restituendole il cellulare. «Fatto, le abbiamo aggiunte tutte. Adesso puoi contattare chi vuoi.» Si sposta verso il frigorifero e mette gli avanzi di melanzane di ieri nel forno.

«Cena svuotafrigo?» m'informo.

«Stasera sì, la nonna è troppo impegnata per cucinare.»

Cerco anch'io qualcosa di commestibile e mi imbatto in un contenitore con dentro riso e piselli. Lo scaldo nel microonde e noto sulla sedia una giacchetta gialla.

«Nuova?» chiedo a Victoria, sollevandola.

«No, è di Claire.» Sistema le tovagliette e i bicchieri.

«Come sta?»

«Benone, perché me lo chiedi?»

«Così.» Mi stringo nelle spalle. «Ti ha poi rivelato chi è il suo misterioso ragazzo?»

«No, e anche se fosse non verrei certo a spifferarlo a te!»

«Figurati» annuisco e ci riprovo. «Hai idea di chi possa essere?»

Mi regala una delle sue smorfie. «Che te ne frega?»

«Posso essere curiosa anch'io, ogni tanto?» mi difendo, incrociando le braccia.

«Non quando si tratta degli affari dei miei amici» mi smonta lei. «Comunque sto indagando, cosa credi?»

«Brava. E Tommy, lui come sta?»

Victoria sbatte con troppa forza la bottiglia d'acqua sul tavolo. «Basta adesso! Cos'è, un interrogatorio?» Poi vola via, come se il tempo a mia disposizione fosse scaduto e dovesse passare alla prossima faccenda.

Torna quando sente la porta aprirsi, segno che la mamma è rientrata e si può cenare. Non tocco più la questione, ma sono contenta che mia sorella stia indagando. Per quanto sia acida e insolente, nessuno è autorizzato a ferirla: ho il Sole in quarta casa, quindi proteggo la mia famiglia da qualsiasi attacco.

Oddio, ormai ragiono come la nonna, credo che la lenta trasformazione in lei sia cominciata.

Mentre spazzolo la mia porzione di melanzane riscaldate, ricevo un messaggio di Kat.

Lil, ma tu e Oliver avete litigato?

Resto imbambolata con il dito sui tasti. Non le ho raccontato dei baci e della mia reazione al tema natale, ho preferito continuare a fingere. Tuttavia, il fatto che nei giorni scorsi lui sia stato alla larga e io non l'abbia nominato deve avere suscitato qualche sospetto, quindi mi aspettavo la domanda di Kat. E mi sono preparata.

No, perché?

Charlie mi ha detto che è depresso e non vuole parlare di te.

Forse perché gli ho detto che possiamo essere solo amici.

Ah! Sapevo che c'era qualcosa. E tu non me ne parli?!? 😠

Non c'è niente da aggiungere a ciò che già sai 😅

Donne forti e single alla riscossa 💪🎆

Le rispondo con una sfilza di emoticon a caso e chiudiamo il discorso. Non le ho neppure accennato al trasferimento di Oliver nella nostra scuola. In questi giorni passo poco tempo con lei perché sempre più spesso mi rifugio in piscina.

La mattina dopo, mentre completo il mio solito allenamento, una donna si avvicina alla vasca.

«Lily! Che gioia rivederti.»

La mia ex istruttrice mi sorride con la sua dentatura imperfetta che non ha mai voluto sistemare, così come i capelli ricci e informi. È uno spirito ribelle e anticonformista e per questo la adoravo, quando mi allenavo con lei.

«Carol!» Mi aggrappo al bordo. «Dov'eri finita?»

«Sono tornata in Cile dalla mia famiglia, mia mamma non stava bene. Ora si è ripresa e sono di nuovo qui.»

«Sono contenta.»

«Anch'io, soprattutto perché ho pensato spesso a te in questi mesi.»

«Ah sì?» Mi sollevo e mi metto a sedere sul bordo. Lei si toglie le infradito e si siede accanto a me, la T-shirt dello stesso colore dell'acqua.

«Sai quanto credo nel tuo talento.»

Agito le gambe, nervosa. «Ho perso ai Mid-Games» confesso, abbattuta.

«Ho sentito. Come mai?»

«Un crampo.»

«Un piccolo incidente di percorso. Puoi tornare a competere quando vuoi.»

«Non posso, lo sai.»

Abbiamo già discusso del motivo per cui, anni fa, le ho annunciato di non potermi più allenare. Vedevo mia madre fare i conti per pagare le bollette, le spese, gli imprevisti, l'affitto del negozio e pure il mio corso di nuoto, e non lo sopportavo. Mi sentivo in colpa ogni volta che mettevo piede in acqua. Non era giusto, del nuoto potevo fare a meno, tanto non sarei mai diventata una campionessa. Carolina ha tentato più volte di convincermi del contrario, ma nessuno ha la certezza di vincere e io non posso rischiare di mandare in fumo i sacrifici della mia famiglia. Perciò ho smesso.

«Non *vuoi*, secondo me» obietta lei.

«Non fa poi molta differenza nella mia situazione, no?»

«Oh no, la fa eccome.» Mi posa una mano sulla spalla

bagnata. «Forse dimentichi che sono disposta a seguirti a titolo gratuito, se prometti di impegnarti seriamente. La tua scusa non regge» conclude con un'occhiata di rimprovero.

È vero, me l'ha proposto una volta, ma accettare significa mettere da parte tutto – i risultati scolastici, il mio progetto di studiare Biologia marina, aiutare la mamma in libreria – per dedicarmi al nuoto e vincere, vincere per forza, altrimenti non potrei mai ripagarla.

«Promettimi che ci penserai» aggiunge. «Non sopporto di vedere sprecato un talento come il tuo.»

Annuisco, poi prendo una grande boccata di ossigeno e mi ributto sott'acqua.

E non sono sicura di voler riemergere.

Invece lo faccio e torno in piscina anche il giorno dopo, e quello dopo ancora, perché le parole di Carolina hanno smosso qualcosa in me. Nuotare è l'unica attività che mi distoglie dal pensiero di Oliver: mentre sono in acqua, concentrata sul respiro e su come resistere alla fatica e dare di più, non rivivo in loop i suoi baci e il nostro addio, ovvero non devo morire ogni cinque minuti.

Carolina non insiste più sulla questione degli allenamenti, ma ogni volta che mi vede mi dà un consiglio e le sono grata per la pazienza e la discrezione. Ho sempre amato il suo accento straniero e il modo eccentrico con cui si veste. Che io sappia, non ha un fidanzato o una fidanzata e sta bene così. Forse il destino l'ha messa sulla mia strada perché prenda esempio da lei.

L'ultima mattina in cui vado in piscina prima dell'inizio della scuola, incontro Mark. Non penso di averlo mai visto qui prima d'ora.

«Ehi, che sorpresa. Da quando fai nuoto?»

«Da oggi. Finalmente mi sono deciso.» Abbassa gli occhi con la solita aria timida che mi fa tenerezza. «Spero di tenermi in forma e fare nuove conoscenze, sai, a scuola non è che abbia tanti amici.»

«Hai Charlie e Oliver» mi costringo a dire, sforzandomi di pronunciare il suo nome in tono neutro.

Mark sposta il peso da un piede all'altro. «Sì, ma Charlie è preso dai suoi fumetti» sospira «e io non ne so nulla di manga. Oliver...» mi lancia uno sguardo titubante, come per sondare il terreno prima di continuare «sta spesso per conto suo.»

Già, perché io gli ho chiuso la porta in faccia. «Cambierà con l'inizio della scuola. Comunque fai bene a venire in piscina, ci bazzicano un sacco di bei ragazzi.»

«Non intendevo nuove conoscenze in quel senso!» protesta lui, mentre un tipo alto dalle spalle larghe ci passa accanto grondante acqua e fascino. «Anche se non hai tutti i torti.»

Scoppiamo a ridere e, seguendo il mio invito, Mark si tuffa con me.

Ammetto di non essermi mai soffermata molto sul suo stato d'animo, ma dev'essere stato difficile per lui lasciarsi alle spalle il suo primo ragazzo e rimettersi in gioco uscendo con noi. Non so bene cosa sia successo tra loro, Mark non è certo il tipo che si racconta con disinvoltura e siamo amici da poco. Ricordo però che Kat si è infervorata quando qualcuno ha commentato su Instagram un post dell'ex fidanzato di Mark, alludendo alla presunta eterosessualità del tipo in questione che, a quanto pareva, si è pentito di avere frequentato un ragazzo e si è messo con una certa Michelle.

Ammiro il coraggio con cui Kat si espone, rispondendo agli idioti che si divertono a lanciare battute inutili o a scrivere frasi cattive sui social. Mark, sensibile com'è, non li prende alla leggera e non è di certo il solo.

Magari il nuoto darà una svolta alla vita di entrambi, chissà.

In qualche modo bisogna pur sopravvivere alla fine di un amore.

31

Secondo la Legge dell'attrazione sono i nostri pensieri e le nostre emozioni a creare la nostra realtà. Quindi se, per esempio, io adesso pensassi con tutte le mie forze che Oliver alla fine è tornato nella sua costosa scuola londinese, l'universo mi aiuterà e io non lo incontrerò nei corridoi, né lo vedrò in classe.

È stato il podcast che uso per la meditazione a illuminarmi sulla legge più ricercata del web e a introdurmi all'arte della visualizzazione, che mi sto impegnando a praticare con incredibile costanza e convinzione. Dev'esserci però una falla nel sistema perché, a dieci minuti dall'inizio delle lezioni, vedo Oliver fare il suo ingresso dal cancello della scuola.

No, non è tornato a Londra.

Mi fermo e lo guardo. Lui fa lo stesso. Niente sorrisi né finta cordialità.

Sto per abbassare gli occhi e andare avanti con la morte nel cuore, quando Victoria lancia un gridolino e gli corre incontro.

Già mi prefiguro il contenuto del suo interrogatorio di terzo grado: "Perché sei qui? Davvero frequenterai questa scuola? Mi vuoi sposare?".

«E questa che novità è?» mi fa Kat, indicandolo.

Non posso più sottrarmi alle spiegazioni e decido di buttarla sullo scherzo.

«Speravo non accadesse, e invece... deve aver ricevuto un gufo con la lettera di ammissione.»

Sposta lo sguardo da lui a me con aria imperscrutabile. «Mi chiedo cosa l'abbia spinto a lasciare la capitale per venire qui.»

«Mah, pare che gli siamo simpatici.»

Kat alza e abbassa le sopracciglia più volte. «Questo nuovo anno scolastico si preannuncia interessante.»

«Più che interessante direi disastroso.»

«Cos'è disastroso?» soggiunge Charlie, che ci piomba alle spalle facendoci sussultare.

«Quello.» Kat agita il pollice verso Oliver.

Charlie cambia espressione. «Lily, però dovresti provare a...»

Lo fulmino con lo sguardo. «Taci.»

«Okay, però...»

«Ehi, come va?» Keith Kamara, il ragazzo che ha composto le musiche per lo spettacolo di Orfeo ed Euridice, ci raggiunge insieme ai suoi amici. Indossano tutti una maglia nera con la scritta THE KAMS e una chitarra stilizzata sotto la giacca dell'uniforme.

«Belle magliette» commenta Charlie.

«Sì, quest'anno siamo decisi a sfondare» annuncia orgoglioso Keith con i pollici in su.

«Ma stiamo cercando una cantante all'altezza dei Kams» replica un suo amico dai capelli arruffati stile bello e dannato. Più dannato che bello. «Non è che conoscete qualcuno con una voce che spacca?»

«Lei» suggerisce Charlie, indicando la sottoscritta.

«No!» esclamo, presa in contropiede.

Keith mi osserva come se fossi uno strumento musicale esposto in vetrina. «In effetti...»

«No, no, no.» Scuoto la testa con una forza tale che

temo mi si stacchi dal collo. «Ho cantato allo spettacolo della scuola, ma finisce qui. Sono certa che troverete la persona giusta, ciao ciao!» E scappo via dal gruppetto alla velocità della luce, inseguendo Kat.

Mi si accoda mia sorella, che stamattina non si è allacciata la cravatta e la porta come un foulard. «Non mi avevi informata che Ollie si è trasferito qui.»

«Come mi risponderesti tu: non sono affari tuoi.»

«Mi ha appena detto che ce l'hai con lui per motivi incomprensibili.»

«Incomprensibili a lui» borbotto, cercando una via di uscita dalla conversazione. «Mi sarebbe d'aiuto se tu non lo braccassi ogni volta che lo incontri.»

Victoria si liscia le penne, cioè la divisa. «Primo, non sono tenuta ad aiutarti. Secondo, tu sei veramente fuori di testa a trattare male un tipo così. Terzo...»

«Terzo, lasciami in pace e fila in aula, che è tardi!» concludo, esasperata.

In fondo al corridoio compare, in un abbaglio, Jennifer con un nutrito gruppo di accolite, anche loro con la cravatta rossa della divisa portata come un foulard.

Kat si ferma e le guarda. «Mi sento come se stessero gettando un phon acceso nella vasca dove la mia anima femminista fa un bagno rilassante.»

«Sono le Jenners» le spiega Victoria. «Si sono triplicate quest'estate!»

«Che cosa sono, Gremlins?»

«No, follower! La cravatta-foulard è il segno distintivo, l'ha annunciato nella live di ieri sera. Dovreste portarla così anche voi.»

Adesso capisco perché si è conciata in questo modo e, con orrore, deduco che è diventata una seguace di Jenn. Oh cielo. Ci mancava solo questo nella mia miserevole vita: una sorella che corteggia il ragazzo che mi piace, ma con cui non posso stare, e che per di più prende la Barbie-senza-zucchero-e-senza-cervello come modello di vita.

«Piuttosto mi ci impicco, con la cravatta» replica Kat con la sua inconfondibile moderazione.

Insieme a lei raggiungo senza ulteriori indugi la classe del nostro adorato professor Brown e ci assicuriamo i nostri posti preferiti, quelli vicini alla finestra in fondo.

Nel momento in cui Oliver fa il suo ingresso in aula, il professore fa un sorriso che sarebbe sufficiente a illuminare tutto il Regno Unito. «Sono molto felice che quest'anno si sia unito a noi Orfeo in persona!» Incapace di contenere l'entusiasmo, lo abbraccia con energia. «Con il prossimo spettacolo finiremo nel West End, anzi, no, a Broadway!» esclama con un ampio gesto della mano a evidenziare la visione mistica che si sta certamente dipanando davanti ai suoi occhi.

In silenzio, Oliver va a sedersi accanto a Charlie due file più avanti. Anche se è lontano, il pericolo non è meno grave perché non riesco a concentrarmi su nient'altro.

"Voltati, dai, guardami.

Anzi no, non guardarmi.

Non guardarmi o precipiterò in un buco nero."

Alla fine mi costringo a contrastare quell'invisibile campo gravitazionale che mi attrae nella sua orbita. Per darmi forza, mi convinco che è una violenza necessaria a prevenire un dolore ancora più grande in futuro. Solo che il presente è una tortura.

La fine della prima lezione mi salva da questa morte lenta e spietata.

Mi alzo di scatto come se la mia sedia andasse a fuoco, prendo i libri e schizzo fuori dall'aula, inseguita da Kat che deve avere intuito il mio disagio, per usare un eufemismo.

«Sei sopravvissuta, brava» mi incoraggia, faticando a starmi dietro.

«Sì, sì» confermo, rallentando il passo a un'andatura più

consona a un corridoio scolastico invece che a una pista di atletica. «Devo solo resistere per il resto della giornata e dell'anno.» Detto tra noi, non so se ce la farò. Cerco un'idea per rendere il tutto più sopportabile. «Senti, ti avviso già che sabato io e Vic siamo a casa da sole, ci raggiungi?»

«Mi piacerebbe, ma mio padre ha organizzato una "gita di famiglia" in Galles» risponde, mimando le virgolette con le dita. «Vuole che io e Steph passiamo del tempo insieme.»

Non mi sembra che l'idea la entusiasmi. Per quanto vadano d'accordo e Stephanie l'abbia salvata dal destino di Charlie, cioè diventare genitore del proprio genitore, conviverci tutti i giorni è un'altra cosa. Posso solo immaginare cosa significhi accettare una donna che non è tua madre in casa tua.

«Fanno proprio sul serio, quindi.»

«Ho la netta sensazione che la gita a Cardiff serva per annunciarmi il trasferimento definitivo.»

«E a te sta bene?» le chiedo, mentre apro il mio armadietto per prendere i libri di matematica. Vedo cadere un foglio ripiegato e mi chino a raccoglierlo.

«Certo, se è contento lui, sono contenta anch'io. Dovrò solo abituarmi a non poter fare tutto quello che voglio in casa mia e...» Si blocca, perché a mia volta mi sono bloccata.

Apro il biglietto e leggo:

La tua dolce risata non risuona più nel vento
Sento il tuo dolore, e vorrei cancellarlo
come inchiostro sbiadito dal tempo
Ma insieme continuo ad amarlo.

Sembra una poesia o la strofa di una canzone. È scritta al computer e non è firmata. Sento il cuore martellare senza ritegno e mostro il testo a Kat. «Oliver.»

«Ne sei sicura?»

«Chi altri mi scriverebbe una cosa così?»

Già, chi altri ha un animo altrettanto sensibile e meraviglioso?

Appallottolo il foglio con le dita che d'improvviso sono pezzi di ghiaccio e, sotto gli occhi increduli della mia amica, lo vado a gettare nel primo cestino che trovo. Qualsiasi cosa Oliver possa fare nel presente, so cosa accadrà in futuro e scegliere di gettarmi nelle fauci del lupo sarebbe folle. Troppi ostacoli, troppi segnali del fatto che non dobbiamo stare insieme.

Per quanto sia doloroso, devo resistere.

Mentre nella mia testa si agitano questi pensieri, Kat mi segue nell'aula di matematica senza proferire parola. Mi sono persino scordata del contenuto del nostro discorso prima che la poesia mettesse il mio cuore sottosopra.

«Tranquilla, sto bene» la rassicuro mentre entriamo in classe. «Cosa stavamo dicendo?»

Lei scuote la testa. «Lascia perdere.»

Si accomoda nel primo banco libero e io in quello accanto, decisa a concentrarmi sulle spiegazioni della professoressa Lewis. Non farò come i personaggi delle serie TV, i cui voti precipitano quando soffrono per amore. Manterrò la mia dignità. Supererò in modo brillante gli esami, così potrò proseguire gli studi e andare all'università come ho sempre desiderato, mi laureerò e vivrò al mare, il mio elemento, la mia salvezza. Magari un giorno incontrerò un ragazzo che non sarà Oliver e con lui sarò al sicuro.

Il mio *moodboard* è così perfetto da meritare un applauso, anzi, scommetto che se lo postassi su Instagram riceverebbe una cascata di like.

Mi tuffo negli esercizi e non ci sono più per nessuno, nemmeno per me stessa. I numeri, la meditazione e il nuoto saranno la mia ancora per sopravvivere quest'anno. E prima o poi l'amore che provo se ne andrà.

32

«Lily, nel pomeriggio puoi venire in libreria? Ho una riunione sulla fiera» mi dice la mamma, diretta in camera sua con un cesto di panni stirati.

«Quale fiera?»

Lei si ferma e corruga la fronte. «Quella che si terrà al luna park.»

Ne so quanto prima, cioè niente.

«Lily, ma dove vivi?» continua, esterrefatta.

Nel cyber spazio, apparentemente.

«Sono settimane che la pubblicizziamo» continua senza posare il bucato. «Visto che il luna park è poco frequentato ormai, abbiamo deciso di organizzare un evento con street food, giochi e musica. Conto su voi giovani per ravvivare l'atmosfera.»

Ci mancava solo questa. Ma perché il comitato non si rassegna al fatto che Midheaven non è una località di vip in vacanza, ma una sonnacchiosa cittadina di provincia e la smette con le feste e le fiere? Già immagino la faccia di Kat quando lo saprà.

«Sai che odio le giostre» borbotto immusonita.

«Non devi salirci, solo fare presenza. Magari il clima allegro ti risolleverà un po', quest'anno non hai preso benissimo l'inizio della scuola.»

«Ma va', che dici?» protesto fingendomi sconvolta dalla sua deduzione.

Lei storce il naso, segno che non mi crede, però non ha tempo per insistere. «Quindi per la libreria?»

«Va bene.»

Mi lancia un bacio e va per la sua strada con il cesto.

Io riprendo a pulire i vetri della finestra che dà sulle scale, il sabato mattina è tempo di faccende. Non è che il resto del week-end preveda programmi più avvincenti: Kat è partita per Cardiff con suo padre e Steph, con il ciclo non me la sento di andare in piscina perciò prevedo una maratona di qualche serie paranormale su Netflix con una scorta abbondante di crema al caramello salato della nonna. A coronare il tutto, oggi è prevista un'altra eclissi. La attendo con gioia indescrivibile, sul serio, non vedo proprio l'ora di catapultarmi nel futuro e sentir lacerare quel che resta del mio povero cuore per poi ricucirlo con pazienza come la tela di Penelope.

Sto spolverando in corridoio al piano di sopra quando le dolci note di una melodia sconosciuta si diffondono dalla stanza di Victoria. Non è il genere di musica che ascolta di solito, così, come attratta dal canto di una sirena, vado da lei.

«Che cos'è?» le chiedo, affacciandomi alla porta.

Vic, distesa sul letto, solleva lo sguardo dal cellulare da cui proviene la musica. «Me l'ha mandata Ollie, l'ha composta lui.»

«Scusa?» Devo avere capito male.

«È un musicista, no? Compone musica» ribadisce, come se parlasse con una troglodita.

«Sì, ma perché la manda a te?» Dannazione, quant'è bella la melodia.

Vic mi rivolge un sorriso serafico. «Perché, a differenza di te, io gli sono amica.»

Cosa dovrei controbattere? Ha ragione. L'ho lasciato

libero e lui può mandare la sua musica a chi vuole, compresa mia sorella. Tento di ignorare il guizzo di gelosia che mi attorciglia lo stomaco e mi ripeto che sarà stata lei a insistere per ascoltare qualcosa. Lui compone perché sta soffrendo come me, altrimenti non mi avrebbe scritto quella poesia. Torno allo straccio e lo spingo lungo il corridoio con tale impeto che sto per smerigliare il parquet.

Quando la nonna ci chiama per il pranzo, sono talmente stremata che mangerei una teglia intera di lasagne. Invece ha preparato un'insalata con tonno e semi di sesamo che si è dimenticata di condire. La sua distrazione nell'ultimo periodo mi preoccupa: ha perso uno dei suoi cristalli energetici, si è dimenticata l'appuntamento del mercoledì con una cliente storica, non ha commentato l'evidente abbassamento del livello di crema al caramello e oggi non ha ancora nominato l'eclissi. Che abbia qualche problema di cui non vuole parlare?

In realtà, più che un problema, sembra avere una nuova passione che si chiama "chattare con le vecchie amiche su Facebook".

Più di una volta l'ho sorpresa sulla sua poltrona o sul dondolo del giardino a digitare sul cellulare, muovendo le dita con la lentezza di una tartaruga e premendole inutilmente sullo schermo, un mezzo sorriso sulle labbra e i capelli raccolti in un'acconciatura elaborata.

Ora, sembrerà un dettaglio insignificante, ma la nonna ha sempre avuto i capelli sciolti e la frangetta, *sempre*, anche nelle foto di quando era più giovane e portava le zeppe. Ce n'è una in particolare che mi piace tanto: ha venticinque anni, posa con una gonna ampia, azzurra con un motivo floreale dorato, grandi cerchi sottili alle orecchie, sandali da spiaggia e cappello a tesa larga. Era al parco, quello dietro la mia scuola, in occasione di un picnic organizzato dalle sue amiche del club di lettura, agghindate più o meno come lei.

La nonna mi ha raccontato che si trovavano una volta alla settimana per discutere dei libri che avevano letto, ovviamente a tema esoterico, per approfondire la conoscenza delle più recenti teorie sull'astrologia e sul misticismo. E ne approfittavano per mangiare i biscotti con il tè. In quella foto compare anche un ragazzo rosso di capelli e dall'aria mite, nonno Samuel. Non si interessava di stelle, ma di fiori e piante, infatti lavorava in un vivaio, e questo è il motivo per cui il nostro giardino è così bello.

Di lui non so molto altro, non l'ho mai conosciuto. Se n'è andato ancora giovane a causa di un problema al cuore, una tragedia che ha segnato l'intera famiglia. La mamma si rabbuia e cambia discorso ogni volta che viene nominato e anche la nonna è riluttante a parlare di quegli anni. A Victoria le storie di famiglia non interessano, per cui ho imparato a tacere e a tenere per me la mia curiosità.

«Nonna, hai rintracciato qualche altra ex compagna di scuola?» m'informo.

Non alza neanche la testa.

«Ti ho chiesto se hai...»

«Inutile, l'abbiamo persa» mi interrompe Victoria, comparendo sulla soglia. «Il prossimo passo sarà diventare un'influencer dell'astrologia.»

«Per carità, non metterle in testa strane idee» le intimo allarmata, mentre mia sorella va a prendere l'olio e la senape e crea un mix per condire l'insalata.

«Prendetemi pure in giro, voi due» replica la nonna, abbandonando finalmente il telefono per dedicarsi al cibo. «Sto solo chattando con la mia amica Lin, mi insegna a consultare l'I-Ching. È un antico metodo di divinazione orientale.»

Mancava solo la divinazione cinese.

«In ideogrammi?» le domanda Vic con la bocca piena.

«In effetti sto pensando di studiarli. Non si può comprendere la cultura cinese senza capirne la lingua» risponde lei, serissima.

Sono frastornata dai repentini cambiamenti in famiglia: Victoria che diventa una Jenner, la nonna che impara il cinese... Per fortuna la mamma è la solita stacanovista del lavoro tra libreria e comitato. A meno che stasera non torni con i capelli viola, un tatuaggio e il progetto di scalare l'Everest.

Mangiamo mentre la nonna ci racconta di Zhang Lin, una sua vecchia conoscenza che aveva perso di vista e che ha appena rilevato un ristorante a Midheaven, e ci illustra la teoria e la pratica dell'I-Ching.

L'argomento è affascinante, ma io sono stanca e mi gira la testa, perciò con una scusa salgo in camera mia. La nonna mi ricorda che mi perderò l'eclissi – no, non se n'è scordata – ma le rispondo che non mi interessa.

In realtà sono rassegnata. Siccome resistere è inutile, mi abbandono, come quando sei in mare e arriva un'onda che non conviene affrontare di pancia: meglio lasciarsi andare e farti portare a riva.

Mi butto sul letto e chiudo gli occhi.

In attesa.

33

Mi trovo nella casa più lussuosa in cui sia mai stata.

Non sembra grande, ma il soggiorno e la cucina sono un open space con una serie di vetrate affacciate su una piscina che a sua volta affaccia sul mare, in una cascata di blu che mi incatena lo sguardo. I mobili sono bianchi, neri o di legno chiaro, in un alternarsi armonioso di figure geometriche che mi ricordano certe immagini sulle riviste.

Cammino in punta di piedi, quasi intimorita in questo spazio, ma so di essere nel futuro e dunque invisibile, così ben presto abbandono la cautela ed esploro ogni angolo. Già che ci sono, tanto vale godermi la location.

Poiché tutte le mie visioni riguardano lui, suppongo sia la casa di Oliver, il che spiega la cura dei dettagli e il minimalismo studiato degli arredi. Non a caso suo padre è un costruttore e sua madre una designer.

Mi domando quanto in là nel tempo io sia finita, se si tratti dell'appartamento in cui vive adesso oppure un altro ancora. Osservo i mobili in cerca di indizi, ma non c'è traccia di oggetti personali o fotografie.

Il trillo di un cellulare riaggancia la mia attenzione al presente, anzi, al futuro. Mi guardo attorno per scoprire da dove proviene e vedo me stessa aprire la portafinestra che dà sulla piscina e, al tempo stesso, rispondere al telefono. Dal sobrio abitino bianco a righe beige che indosso, deduco che il mio stile cambierà a breve, visto che la me stessa del futuro non sembra tanto più grande, forse un paio di anni.

«Sì, buongiorno, sono Lilith Heron.»

Resto in ascolto, curiosa di sapere chi mi abbia telefonato. Intanto osservo le espressioni della mia copia e vedo passare speranza, sorpresa, sconcerto e, infine, incredulità e delusione.

«Avevo chiamato perché non ho ricevuto risposta riguardo alla mia domanda di ammissione, può controllare, per favore? Grazie.» Silenzio. «Lilith Heron, Biologia marina.» Silenzio. «Non l'avete ricevuta? Ma non è possibile, l'ho mandata in tempo.» Silenzio. «Mi spiace, so che è tardi, ma dev'esserci stato un disguido...» Silenzio. «Certo, capisco. La ringrazio.»

La Lily futura abbassa il telefono e la sua espressione è così sconvolta da gelarmi sul posto. Cerco di ragionare su quello che ho appena sentito, ma lei sta già inoltrando un'altra chiamata e quindi resto in allerta. Cammina avanti e indietro per la stanza con un occhio alla piscina, mentre parla concitata: «Kat! Ho appena sentito l'università, non hanno mai ricevuto la copia del diploma. Com'è possibile?». Silenzio. «Certo che sono sicura! L'ho imbustata con Oliver, mi aveva promesso di occuparsene lui.» Silenzio. Lily scuote la testa e sgrana gli occhi, come per negare qualcosa di inaccettabile. «No, Kat, no. Oliver non farebbe mai niente del genere. Dovevo pensarci prima e assicurarmi che fosse arrivata...»

La me stessa del futuro si allontana e abbassa la voce perché una donna dai lineamenti orientali entra all'improvviso in cucina e, dopo un cenno di saluto, posa un sacchetto della spesa sul bancone e inizia a sistemare i prodotti sui ripiani e nel frigorifero. Immagino sia la domestica, così seguo Lily che si intrufola in una stanza e chiude la porta subito dopo il mio passaggio. Restiamo sole in una camera da letto sobria, tutta bianca e grigia, con un plico di spartiti e un computer sulla scrivania. E sotto la finestra scorgo anche una tastiera. Qui dorme Oliver, deduco.

Lily si lascia cadere ai piedi del letto in preda alla frustrazione, e io con lei.

Non posso credere a quello che è successo, frequentare la Plymouth University è il mio progetto da quando ero bambina! Adesso, tuttavia, posso fare qualcosa: spedirò i documenti con largo anticipo e chiamerò per accertarmi che li ricevano.

Ma perché nel futuro sarò ancora con Oliver, se nel presente l'ho respinto?

Inorridita, mi alzo di scatto e cammino per la stanza, agitata. Significa che sarò debole, lui tornerà a tormentarmi e io cederò.

Senza volerlo, sfioro il computer e lo schermo si illumina, risvegliandosi dallo stand-by. Lily sobbalza e urta inavvertitamente una scatola con una pila di fogli che si spargono a terra. Si inginocchia per raccoglierli: sono spartiti, lettere mai aperte e fotocopie di vario genere. Una busta, però, attira la sua attenzione – e la mia: è sigillata e indirizzata alla Plymouth University. Lily si morde le labbra, come faccio sempre quando non so se compiere un'azione proibita a cui non so resistere. Getta un'occhiata alla porta e poi sbircia il contenuto.

Toglie un foglio stampato e, guardandolo, restiamo entrambe senza fiato.

È la copia del diploma con il timbro della scuola, probabilmente il documento a cui alludeva poco fa al telefono.

«Lily, che stai facendo?»

Sulla porta c'è Oliver. Percepisco la rabbia trattenuta della mia versione futura e sento che tra poco esploderà.

«Cos'hai fatto tu, piuttosto?»

Oliver avanza cauto, gli occhi alla scrivania. «Scusa?»

«Non hai mai spedito questa alla Plymouth University» e gli mostro la busta.

«Come hai fatto a...» Oliver capisce e scuote la testa come per negare l'accaduto. «Posso spiegarti.»

«Cosa? Il motivo per cui hai distrutto la mia vita? Era il mio sogno andarci!»

Lui si avvicina e la afferra per le spalle. «Sarai presa a Londra, fidati di me. Plymouth non è paragonabile...»

«Io non voglio vivere a Londra» lo interrompe lei, spingendolo via.

«Tu non sai nemmeno com'è!» Adesso anche lui ha un'espressione dura. «Cresci, Lily. Non puoi stare attaccata a casa tua per sempre.»

«Scusa tanto se amo la mia famiglia. Ma certo, tu non puoi capire.» Il tono dell'altra me è così tagliente che vengo percorsa da un brivido.

Oliver si fa cupo. «Questo è un colpo basso.»

«Ah! Senti da che pulpito.»

«Mi vuoi ascoltare? Hai ragione, è colpa mia, ti avevo detto che avrei fatto spedire la busta a Joey e me ne sono scordato. Ma rifletti, dev'essere un segno: abbiamo l'occasione di andare a Londra insieme, di avere il meglio!»

«Il meglio per chi? Per te, ovvio. Mia nonna aveva ragione, sei solo un egoista.»

Inseguo Lily fuori dalla stanza. Vorrei raggiungerla e dirle che non accadrà, che nessuno potrà costringerla ad andare a Londra e rinunciare al suo mare, alla sua famiglia, perché io lo impedirò. Allungo un braccio e, senza riflettere, la sfioro, e all'improvviso scatta una scintilla, come quando si inserisce una presa nell'interruttore: entrambe facciamo un salto, interdette, e fissiamo lo stesso punto con gli occhi sbarrati. Poi li solleviamo e i nostri sguardi si incrociano, per un solo istante, ma basta per accendere la speranza di avere agito, di essere riuscita in qualche modo a comunicare con la me futura e a modificare, seppur in minima parte, la storia.

Solo che sul più bello mi gira la testa, tutto diventa sfocato e una forza sconosciuta mi risucchia indietro, ributtandomi nel mio presente.

34

Spalanco gli occhi e fisso il vuoto.

Da un luogo lontano sento una voce familiare che mi domanda: «Stai male?».

Nel giro di pochi secondi capisco che appartiene alla nonna e che non è molto distante, anzi, proviene dalla porta della mia camera e io sono ancora distesa sul letto. Il viaggio nel futuro è finito.

«Solo un po' di mal di testa.»

La nonna si avvicina, io mi metto a sedere. «Potrebbe essere colpa dell'eclissi» ipotizza. «A volte succede, chi è molto sensibile non sopporta un simile carico di energia.» Colgo un accento strano nel suo tono, soprattutto quando aggiunge: «Ti è già successo?».

Sono così fragile al momento, che potrei vuotare il sacco e confessarle la verità.

«Sì, in realtà...» comincio. "Nonna, sono una chiaroveggente come certe tue antenate, solo che nel futuro io ci vado proprio."

Come reagirebbe? Mi spingerebbe a coltivare il mio potere? Sarebbe il nostro segreto? Se, per sbaglio, la notizia raggiungesse la mamma, la prenderebbe malissimo. In tempo zero mi ritroverei nello studio di qualche psichiatra e il mio mondo crollerebbe. La mia famiglia è l'unica cosa che mi tiene salda, per nulla al mondo rinuncerei al mio pilastro.

«Ora sto già meglio» la rassicuro con il mio miglior sorriso finto.

La nonna inclina il capo. «Sei bianca come un cencio» commenta con una carezza. «Forse è meglio se non vai in libreria.»

«No, ci vado.» Ho bisogno di distrarmi, non di stare a casa a rivivere l'escursione nel futuro all'infinito.

«Come vuoi. Ma se c'è qualcosa che ti fa star male, qualsiasi cosa» sottolinea, «io ti ascolto, lo sai, vero?»

Annuisco in silenzio, grata. La stringo forte e, per smorzare la tensione, butto lì: «Sei molto fashion con il mollettone».

Lei ride e insieme scendiamo di sotto.

Inforco la bici e pedalo fino alla libreria, dove la mamma mi aspetta impaziente. Mi mostra i volumi da sistemare e altri pronti alla consegna, poi parte alla volta della pasticceria in cui si riunisce il comitato, un locale vecchio stile con le teiere di ceramica e i tovaglioli di lino.

Le ore scivolano via tranquille, qualche cliente che entra e gironzola, un paio che vengono a ritirare gli ordini, una telefonata dei fornitori. Nel frattempo la mia mente lavora.

Invece di angosciarmi per ciò che ho visto, stavolta rifletto. Nella me stessa futura non ho percepito dolore, ma rabbia, un bel cambiamento rispetto agli altri viaggi. La rabbia va bene. La rabbia è produttiva. Magari ho assistito a un momento di svolta?

La mia luminosa speranza dura più o meno trenta secondi in cui mi innalzo su un piedistallo, pronta a congratularmi con me stessa per avergli tenuto testa, prima di crollare miseramente a terra. Mi si riaccende un altro ricordo, che all'improvviso mi appare collegato a quest'ultimo.

Era uno dei miei primi viaggi nel tempo, quando ancora non avevo capito che il mio potere era legato alle eclissi. Quel giorno ce ne fu una di Luna non visibile nel nostro emisfero, perciò non ero preparata e avevo accettato l'invito di Kat a dormire da lei. Casa sua è piccola, un appartamento al primo piano di una palazzina incastrata tra le altre nei quartieri nuovi di Midheaven. Non riuscivo a dormire e in piena notte sono uscita sul balcone a prendere un po' d'aria, in preda a una strana agitazione. Nel momento in cui ho sentito la sottile, arcana melodia degli astri, sono stata catapultata in avanti nel tempo e, se chiudo gli occhi, riesco ancora a visualizzare ogni dettaglio.

Mi trovavo in un caffè in cima al mondo. O meglio, in cima a un grattacielo da cui vedevo il London Eye e il serpente color piombo del Tamigi che si snodava tra gli edifici. Ero seduta accanto alla me stessa adulta, sola con un cappuccino e un elaborato croissant, lo sguardo perso nel panorama oltre il vetro, i capelli sciolti sulle spalle, un maglione a righe e le occhiaie.

E l'aria triste.

Teneva un quaderno aperto sul tavolino, una penna appoggiata sulla pagina bianca: ho immaginato che volesse scrivere qualcosa ma era distratta, aveva la testa altrove. Mentre sorseggiava il cappuccino, il cellulare aveva iniziato a suonare. Seguendo la musichetta, avevo individuato una borsa firmata sulla sedia dall'altra parte del tavolo; Lily aveva allungato il braccio e ne aveva estratto il telefono.

Mi ha fatto effetto vedermi così raffinata, con accessori di lusso. Adesso mi domando se me li sia comprati io o me li abbia regalati Oliver.

Sullo schermo avevo visto lampeggiare l'icona di una chiamata vocale con la faccia di un uomo biondo e attraente in primo piano. Sempre lui, ma adulto.

La me stessa futura aveva esitato prima di rispondere, aveva bevuto un sorso di cappuccino, poi aveva accettato la chiamata. «Dove sei?»

Ed ero tornata nel presente.

Quando ripenso ai miei viaggi, noto che la mia mente tende a conservare meglio le scene in stile tragedia greca, rispetto ai momenti... normali. Un po' come succede con i sogni, che più sono spaventosi, più balzano in primo piano. Adesso però la scena londinese assume un significato nuovo: altro che affermare la mia volontà e prendere la mia strada verso lidi molto lontani da Oliver. Nonostante tutto mi ritroverò nella città in cui non voglio stare e, forse, avrò una borsa che mi ha regalato lui. E lo aspetterò in un caffè.

Ho la sensazione che mi stia esplodendo il cervello. Da un lato, più vedo cosa accadrà e più strumenti ho per cambiare il corso del destino, ammesso che sia possibile; dall'altro c'è una piccola – ma ostinata – parte di me incapace di staccarsi dal pensiero di Oliver e quasi felice di sapere che ci sarà sempre. Ora però mi arrovello su cosa ci farò a Londra e cosa succederà tra noi. Possibile che il brevissimo istante in cui ho incrociato lo sguardo della me stessa futura abbia cambiato qualcosa? Soprattutto, il sacrificio a cui mi sto costringendo nel presente mi sta proteggendo o non servirà a niente?

Per quanto possa attorcigliarmi nelle ipotesi, non ne vengo a capo, perciò alla fine getto la spugna e inizio a scambiare messaggi con Kat per sapere come sta andando la gita.

Bene, Steph sta giocando tutte le sue carte per convincermi che sarebbe una coinquilina perfetta. Attendo solo il grande annuncio 😒

E in che modo sarebbe una coinquilina perfetta?

Non beve, non fuma, non invade gli spazi altrui, cammina scalza e cucina sano. Ho già capito che dovrò nascondere le patatine sotto il letto 😟

Solo finché andrai all'università. Puoi farcela 💪

Non vedo l'ora di finire le superiori. Comunque è una brava persona e non mi opporrò al trasferimento. Ma che si spiccino a dirmelo, mi sto annoiando qui.

Cardiff non ti piace?

Bah, è carina. Noiosa. Ventosa. Non potevamo andare, che ne so, a Parigi?

Sorrido. La mia amica sogna di frequentare la Sorbona e so già che ci riuscirà e mi mancherà da morire, ma la Francia per fortuna non è così distante. Sempre ammesso che non parta per quel cammino di ottantotto templi in Giappone.

Alle sei chiudo la libreria come da istruzioni di capitan Dasha e riprendo la bici per tornare a casa. Le giornate si sono accorciate, il sole sta calando dietro la collina a ovest. Quello stesso sole che prima mi ha trasportato altrove contro la mia volontà, ora mi avvolge con la sua luce calda come avvolge ogni albero, casa, persona e lampione che incontro lungo la via. So che tra poco comincerà la stagione della bruma mattutina, del cielo grigio uniforme, delle nuvole che si addensano sul mare, del vento umido che ti entra nelle ossa, perciò cerco di godermi questo scampolo di estate intanto che posso.

Come sempre, la natura e la semplice bellezza della mia città riescono a placare il mio animo in subbuglio e mi restituiscono un po' di pace.

Parcheggio la bici sotto la tettoia accanto al cancello

e mi avvio verso l'ingresso, riflettendo su quale serie TV sia più adatta per la maratona serale e, soprattutto, sia in grado di prendermi a tal punto da tenermi concentrata.

La pace di prima si sgretola come sabbia non appena attraverso il soggiorno e vedo mia sorella aprire la porta della veranda. Assieme a Oliver.

Il cuore inizia a pulsare forte, le mani a sudare. Sono già pronta a fuggire a gambe levate e nascondermi in bagno, ma quello che Vic dice dopo mi fa cambiare idea.

«Vieni, qui staremo tranquilli.»

Tranquilli non staranno, perché d'impulso vado a piazzarmi dietro un mobile da cui riesco a spiarli.

Oliver posa il suo computer portatile sul tavolino e Victoria gli si siede accanto. Da qui non sento il loro scambio, ma lo vedo indicare qualcosa sullo schermo e lei annuire convinta. Mentre lui parla, mia sorella si porta le mani alla bocca come per trattenere la gioia, poi gli si avventa addosso con uno slancio improvviso e lo bacia.

Sfreccio attraverso il salotto, spalanco la porta della veranda e in un attimo piombo su di loro.

«Ma che diavolo state facendo?»

Oliver scatta in piedi, ha l'aria così sconvolta che sembra sia appena stato assalito da un orso. Con espressione sconcertata fulmina Victoria che è ancora seduta e abbassa lo sguardo colpevole. «Non lo so. Vic?» le intima.

Lei tace.

«Victoria!» ribadisco, furiosa.

«Perché devi sempre intrometterti e rovinare tutto?» mi assale infine, con voce stridula.

«Non c'è proprio niente da rovinare» interviene lui, rosso in volto. «Mi dispiace se ti ho dato l'impressione sbagliata, ma non ero qui per questo.»

Gli credo. Sto per prendere mia sorella per un braccio e ribaltarla, quando intercetto lo schermo del portatile e il mio sguardo si ferma su una mappa di Londra, con evidenziato il quartiere di Hampstead Heath. Sul momento non mi dice niente, a parte il fatto che, curiosamente, Londra mi perseguita. Poi però, dal fondo di un cassetto scricchiolante nella memoria, sbuca un ricordo. Un guizzo dapprima, poi un nome.

Nicholas Langley. Un uomo dinoccolato, con il naso coperto di lentiggini e la battuta pronta che veniva a trovarci spesso quando ero piccola e mi portava sempre un regalo voluminoso, dal cavallo a dondolo alla casa delle bambole. Alla mamma stava simpatico, invece la nonna non lo sopportava. Una volta andammo a trovarlo nella sua villa di Hampstead Heath e mi sembrò di essere entrata in un altro mondo, una sorta di castello incantato. Ecco perché mi è rimasto impresso il migliore amico di papà.

Di colpo mi sento svenire.

Rieccola, quella sensazione di non respirare e di avere una morsa attorno al petto. Mi porto una mano al cuore, come per assicurarmi che continui a battere, e credo di essere diventata bianca come un fantasma, perché Oliver e Victoria sgranano gli occhi e, in contemporanea, esclamano: «Lily?».

Mi siedo sforzandomi di non annaspare. Non voglio un altro attacco di panico, non ora, non di fronte a loro. "Inspira, espira. Calmati. Va tutto bene."

Non ci credo, ma me lo ripeto a velocità supersonica, scansando la mano che Oliver mi appoggia sulla spalla mentre mi invita a fare respiri profondi. Appena recupero un minimo di lucidità, alzo gli occhi su mia sorella che mi fissa pietrificata.

«Perché ti interessa Hampstead Heath?»

Lei deglutisce. «Niente.»

Un fiotto di parole sconnesse mi si riversa sulle labbra. «Bugiarda. Tu stai cercando quell'uomo, dopo tutto quello che ci ha fatto!» La afferro per un braccio e la scuoto.

«E chiedi aiuto a *lui*?» Scocco a Oliver un'occhiata carica di rabbia, frustrazione e voglia di spaccare tutto.

«Lasciami, mi fai male» urla Victoria, divincolandosi dalla mia stretta. «Sei impazzita? Sono libera di cercare chi voglio, dove voglio e con chi voglio!»

«Non puoi cercare papà.» Scandisco le parole per imprimerle in quella testa vuota, anche se non ho grandi speranze di successo. L'espressione di sfida che vedo in risposta mi manda il sangue al cervello.

«Che c'entra papà adesso?»

«Non fare la finta tonta con me. Cercavi Hampstead Heath perché ci vive quel suo amico, Nicholas Langley, e papà è andato da lui quando ci ha abbandonate.» Poi mi volto di scatto verso Oliver, come una belva inferocita. «E tu la aiuti?»

«Lily, fammi spiegare» mi supplica, ma io non lo sto a sentire.

«Sapevi di mio padre. Mi hai vista quella sera! Cos'è, la ripicca perché ti ho respinto? Complimenti, una reazione davvero matura, Oliver Stevens.»

«No!» grida. «Io volevo solo... Maledizione, io credevo...»

«Capisci perché non mi fido di te?» Sto fumando. «Decidi della mia vita.» Prima che possa replicare, gli ordino: «Vattene».

Oliver mi guarda con aria sgomenta. Le sue mani tremano e mi rendo conto che anch'io sto tremando. Mi fissa per un lungo istante, poi si rivolge a mia sorella. «Vic, è meglio se la finiamo qui.» Prende il portatile, fa per andarsene, ci ripensa. Mi viene di fronte con passo deciso. «Sai qual è il tuo problema?» La sua voce scura mi scava dentro. «Che pensi di sapere tutto, pensi di sapere persino quello che non è ancora successo, e invece non sai niente.» Infine si allontana, lasciando me e Victoria immobili come statue nella veranda avvolta dalle ombre del tramonto.

35

«Dimmi che non lo avete contattato» scandisco con una calma forzata, dopo una pausa di silenzio carico di tensione. Victoria sospira e io la incalzo. «Dimmelo!»

«No» risponde con un tono svogliato che mi irrita ancora di più.

«La mamma e la nonna non devono saperne nulla, chiaro? Se solo immaginassero...» Mi sembra di vederlo, il dolore sul volto della mamma nelle settimane dopo la fuga di papà, quando vagava per casa come uno spettro, impotente. Victoria era piccola, io invece ricordo tutto: le lacrime, la paura, la delusione, l'angoscia di non sapere cosa ci aspettava ora che eravamo rimaste sole.

Un giorno la mamma, in preda a una crisi di nervi, aveva preso a gettare a terra con furia tutti i soprammobili della casa. Io mi ero nascosta dietro la poltrona della nonna, che cercava invano di calmarla. Dall'onda distruttiva erano usciti indenni solo la brocca di vetro di Murano e il candelabro della trisavola.

«Non dirò niente, ma vuoi ascoltarmi un attimo, per favore?» tenta di riprendere il discorso lei.

«Questa cosa finisce qui, Victoria» ribadisco. «Nostro padre ci ha lasciate dopo aver perso tutto ciò che avevamo, anche i risparmi con cui lui e la mamma avrebbero dovuto aprire il ristorante. Ha distrutto il sogno della sua vita, capisci? E invece di trovare una soluzione per uscire dai guai, è scappato, fregandosene di come saremmo andate avanti. In quale lingua devo spiegartelo?»

«Okay, ma ora ascoltami!» insiste.

«No!» Mi prendo la testa tra le mani. «Perché adesso? Come ti è venuto in mente di cercare Langley?»

Lei si concede un lungo, lunghissimo sospiro. «Primo, io cercavo Hampstead Heath, non Langley, e tu hai tratto le tue conclusioni da sola.»

«Non prendermi in giro» sibilo.

«Secondo, ricordo molto più di quello che credi e so come si è comportato papà. Il fatto, però, è che tutti possono sbagliare, sai? Te compresa.»

Sono allo stremo della pazienza e delle forze. Non riesco a sputarle in faccia la fatica che ha fatto la mamma a sopravvivere con la libreria, mentre la nonna faceva oroscopi per pagare le spese della casa. Ricordare è troppo doloroso.

«Non cercarlo mai più» ripeto ancora, debolmente, mentre rientro in soggiorno.

«Non puoi decidere tutto tu!» la sento gridare dietro di me.

Quando mi volto, stringo i pugni per non prenderla a sberle. «Ma tu non sei in grado di farlo! Sai solo baciare ragazzi a caso senza pensare a chi stai pugnalando alle spalle!»

Lei mi guarda con un disprezzo che non avevo mai visto sul suo volto. «Ha ragione Oliver, tu non sai niente.» Mi supera furiosa, rientra in casa e corre in camera sua, dove si rinchiude per il resto della serata.

La domenica sono uno zombie. Per fortuna Victoria ha ottenuto il permesso di passare la giornata con Claire e i suoi genitori in un nuovo centro commerciale e spero che dimentichi la ricerca di nostro padre in un mare di vestitini, smalti e pettegolezzi. Con la casa tutta per me, mi piazzo sul divano fingendomi malata e la nonna, che già ieri credeva avessi la febbre, mi coccola dalla mattina alla sera. Guardiamo insieme un reality show su gente che va a vivere nei boschi, ci divertiamo a sbirciare il cielo alla nascita dei personaggi famosi e proviamo a fare il tiramisù, con risultati decisamente migliori della mia *Red velvet*.

A un certo punto, mentre pulisco i resti di mascarpone nella ciotola, la sento esclamare: «Lily!».

La raggiungo nel soggiorno, dove è andata a occuparsi del suo bonsai nuovo di zecca, e la trovo accanto alla piantina, sì, ma con in mano il telefono.

«Che c'è?»

«Non funziona più.» Mi passa il cellulare e vedo la pubblicità animata di un allarme per la casa che non si leva dallo schermo.

«Hai cliccato qualcosa che non dovevi» la informo, cercando di rimediare al pasticcio.

Lei alza gli occhi al cielo. «Urano retrogrado» sospira.

«Perché, che fa?»

«Dovresti saperlo, Urano porta cambiamenti improvvisi e sorprese non sempre gradite.»

Ho già avuto la mia sorpresa sgradita e non mi offendo se non ne ricevo altre per il prossimo millennio. «Giusto, e suppongo che da retrogrado sia ancora peggio» bofonchio.

«In realtà significa solo che potremmo avere bisogno di provocare un cambiamento, invece di aspettare che arrivi dall'esterno» mi spiega, mentre io riesco nell'impresa di eliminare la pubblicità infestante.

«Be', tu evita di provocare cambiamenti al tuo cellulare» la ammonisco in tono scherzoso, «o prima o poi installerai qualche virus.»

«Non esiste un vaccino?»

«Te ne sto scaricando uno, così sei protetta.»

Se solo esistesse una protezione anche per i problemi di cuore.

Victoria torna verso le sei, non mi rivolge la parola e rifiuta di assaggiare il nostro tiramisù, mentre la mamma non finisce più di farci i complimenti. Dopo una giornata così inerte, sono certa di passare una notte insonne, invece mi addormento con il mio solito podcast di meditazione nelle cuffie e mi sveglio all'alba, in preda a un incubo di cui ricordo solo la sensazione di soffocare. Non è difficile intuire da dove sia venuto.

In ogni caso il lunedì mattina entro in aula con la segreta quanto remota speranza che Oliver sia assente, anzi, che abbia proprio cambiato scuola per la seconda volta. Sono uscita di casa prima di Victoria per non fare la strada con lei e ho chiesto a Kat di vederci all'angolo davanti al Cat Café, dove a volte prendiamo un *chai* latte prima delle lezioni, per aggiornarla sulle malefatte della mia adorata sorella.

«Non puoi controllarla a vista, lo sai» ha commentato lei, sottolineando l'ovvio. «Forse non è davvero interessata a cercare vostro padre, si è solo inventata una scusa per passare del tempo con Oliver. Ci hai pensato?»

No, ammetto che non ci avevo pensato e nel buio si accende un lumicino di speranza. «Dici?»

«Ma sì, è fissata con lui e, visto che tu non ci stai insieme, fa la splendida. Si ricordava di quel nome e si è inventata una storia per coinvolgerlo.»

«Che bella idea.»

«È Victoria, una ne fa e cento ne pensa. Vedrai che le passerà.»

La teoria di Kat è talmente plausibile che decido di crederci, anzi, mi riprometto di tornare a rivolgermi a Vic in tono cordiale per seppellire la faccenda. In tutto ciò mi scordo di informarmi sulla questione del trasferimento di Steph ed è Kat che, durante l'ora di storia, mi comunica che le hanno dato l'annuncio ed entro Natale avrà una matrigna.

Non sembra né felice né triste, e l'arrivo del professor Clarke mette fine alla conversazione.

In pausa pranzo io e Kat andiamo in mensa e ci mettiamo in fila dietro a Jenn e Alex, che stanno bisticciando.

Usciamo in cortile, dove un nutrito gruppo di studenti sta giocando a pallacanestro. Tra loro ci sono Charlie, Mark e... Oliver.

No, non posso andare avanti a sperare che sia assente o cambi scuola, devo imparare a convivere con la sua presenza. Lancia la palla verso il canestro e sbaglia mira, scatenando un "nooo!" di delusione da parte di Charlie, nelle vesti di un arbitro poco imparziale. Oliver nemmeno reagisce, ha la faccia scura e del suo bel sorriso non c'è neanche l'ombra.

Mentre lo sbircio, mi coglie il dubbio di aver esagerato con lui. Sulla scia del viaggio nel futuro, dello shock che mi provoca ogni volta il pensiero di mio padre e dei miei sentimenti non gli ho lasciato spazio per spiegare né per difendersi.

Vederlo così abbattuto mi fa male. Troppo. Faccio marcia indietro e torno dentro.

«Okay, non posso vederti in questo stato» mi dice Kat, che mi ha seguita in corridoio. Ha capito la ragione della mia fuga senza bisogno che le dicessi niente. «Parlagli!»

Mi fermo e allargo le braccia, sull'orlo delle lacrime. «No.»

«Almeno per capire cos'è successo» insiste lei. «Sappiamo che Vic è Vic, ma lui non ti ha ancora spiegato il suo punto di vista.»

«Non voglio sentirlo» insisto, ostinata.

«Mi sembra che stia male sul serio, non l'hai visto?»

Oh, sì che l'ho visto. E vederlo mi ha spezzato il cuore.

«Si è solo vendicato perché non voglio stare con lui.»

Scuoto la testa per scrollarmi di dosso l'immagine dei suoi occhi tristi. Lascio che la rabbia mi venga in soccorso: se provo rabbia, non rischio di abbassare la guardia e farmi intenerire.

Kat mi fissa pensierosa. «Può darsi, ma tu non mi sembri convinta della tua decisione.»

Il cuore mi batte all'impazzata. «Sono convintissima invece!»

«Non sai quanto mi fai incazzare...» Le sue labbra tremano appena.

«Eh?»

Nel suo sguardo passa un'ombra di tristezza. «Sei un'egoista, Lilith Heron.»

La osservo confusa. «Che vuoi dire?»

«Quello che ho detto.» Kat si tormenta una delle ciocche rosa tra i capelli, segno che è nervosa. «Pensi sempre alle tue paure, a cosa provi tu, e non riesci più a vedere cosa provano gli altri.»

«Certo che lo vedo.»

Kat inarca le sopracciglia, un sorriso pungente le affiora sulle labbra. «Proprio no, credimi.»

«Stai ancora parlando di Oliver?» domando, dubbiosa.

Non risponde subito. Mi guarda come se in mezzo a noi ci fosse un elefante e io lo ignorassi. «Lascia perdere, Lily» mormora.

Mi volta le spalle e sparisce verso i bagni, lasciandomi da sola, con un gigantesco punto di domanda che mi lampeggia sulla fronte.

36

Dopo il nostro scontro nel corridoio, il cui significato ancora mi sfugge, non abbiamo più affrontato l'argomento del mio presunto egoismo, ma nemmeno altri temi, dal momento che Kat sta sempre con Charlie. Ha accettato di aiutarlo nelle ricerche per un progetto a cui sta lavorando, la sceneggiatura di un fumetto ambientato nell'antica Cina, così passano la pausa pranzo insieme e parlano solo di muraglie, invasioni, divinità e imperatori.

Io ho la sensazione che un terremoto mi abbia privato delle mie certezze, lasciandomi da sola ad affrontare il mondo.

Perché all'improvviso mi sembra di non riuscire più a comunicare con nessuno?

Nella confusione più totale non mi resta che buttarmi a capofitto nelle due attività che danno uno scopo alle mie giornate: diventare imbattibile nelle materie scientifiche e nuotare.

Trascorro in piscina tutto il tempo libero, con grande gioia di Carolina che spera sempre in un mio ritorno all'agonismo. In realtà voglio solo sfogarmi, ma accetto volentieri i suoi consigli sul mio stile e la respirazione. A volte mi fermo a guardare Mark che si allena nei tuffi, la sua nuova passione. Devo dire che è bravo, fa rapidi progressi e non molla finché non ottiene il risultato che desidera.

«Mark, oggi hai spaccato» mi complimento un pomeriggio, avvolta nell'accappatoio, mentre lui riemerge da una sequenza di tuffi perfetti.

«Grazie» mi sorride. «Sono sorpreso anch'io, non credevo di farcela.»

«Come sostiene mia nonna, abbiamo risorse inaspettate.»

Lui prende il telo e se lo avvolge attorno al corpo. Ci avviamo in silenzio verso gli spogliatoi, Mark non è un gran chiacchierone e a me sta bene così: è rilassante, a volte, stare in compagnia di qualcuno con cui non devi sforzarti di fare conversazione.

«Lily» dice a un tratto, fermandosi. «Mi spiace per te e Oliver.»

Ho un vuoto allo stomaco. Gli ha raccontato qualcosa? Sto zitta e aspetto che prosegua, cosa che fa tormentando l'orlo dell'asciugamano.

«Quest'estate sembravate così affiatati, credevo vi sareste messi insieme, soprattutto quando ho scoperto che si è trasferito qui. Cos'è successo?» Mi guarda e si affretta ad aggiungere: «Non devi rispondere se non ti va, eh».

Mark è così tenero che gli sorrido, anche se le sue parole hanno gettato un'ombra sul mio umore. Sto per confermare che, in effetti, non mi va di parlarne, ma il ricordo del suo volto triste dopo la fine della sua storia mi spinge a cambiare idea. Se c'è una persona che può capirmi, quella è lui.

«È vero, stava nascendo una storia tra noi, ma non è possibile» mormoro, abbassando gli occhi.

«C'entra Sophie?»

«No.» Cerco una spiegazione vaga, vicina alla realtà. «Sai quando ti piace qualcuno, ma sai che potrebbe farti soffrire, e non ti va di rischiare?»

Mark annuisce, si passa una mano tra i capelli bagnati.

«Eccome. Dopo essere stato lasciato, vedo potenziali dispensatori di sofferenza ovunque.» Sorride. «Oliver però sembra molto preso da te.»

«Già, solo che io non me la sento. Ci sono cose che non posso ancora condividere.»

Ci spostiamo per lasciar passare due ragazzi che escono dagli spogliatoi. Mark mi posa una mano sulla spalla, esitante, comprensivo. «Se hai bisogno di tempo, è giusto così. Ci ho messo mesi a fare outing con i miei genitori.»

La sua confessione mi coglie impreparata. «Davvero?»

«Sì, ero convinto che sarebbero rimasti sconvolti e non mi avrebbero più rivolto la parola, o addirittura che mi avrebbero sbattuto fuori di casa, invece hanno capito e accettato. Anzi, penso che in fondo lo avessero sempre saputo.»

«I tuoi sono persone intelligenti.»

«A differenza di certi altri.»

«E tu non ascoltarli. Di stupidi è pieno il mondo, non si possono evitare ma si possono ignorare. Massima di mia nonna.»

«Tua nonna è saggia. Mi piacerebbe conoscerla» dichiara lui mentre ci riavviamo verso la porta dello spogliatoio.

«Te la presento, se vuoi. Solo, preparati ad ascoltare il tuo oroscopo.»

Ci scambiamo un sorriso e ci separiamo, ma sono contenta di aver parlato con Mark. Vedi, Kat? Non sono un'egoista, ascolto le persone attorno a me. Sei tu che sei strana in questo periodo.

E di quanto sia strana ho la conferma qualche giorno dopo, quando entro in mensa in ritardo perché mi sono fermata a parlare con la Lewis del programma intensivo di matematica in vista dei GCSE, prendo il vassoio e... vedo l'impensabile: Kat sta baciando Charlie al nostro solito tavolo.

Sbatto le palpebre convinta di avere le allucinazioni, ma la scena di fronte a me non si cancella. Sono scioccata.

Distolgo lo sguardo da quei due solo quando vedo entrare Oliver che, come me, si blocca e sgrana gli occhi. Poi incrocia il mio sguardo.

Per una frazione di secondo sembra tentato di sorridermi complice, per condividere lo stupore del bacio improbabile a cui abbiamo appena assistito. *"Tu lo sapevi?" "No, non sapevo nulla! Kat dev'essere impazzita. L'ha catturata un alieno stanotte e l'ha sostituita con un clone, per forza."* Invece il suo viso si rabbuia e restiamo a fissarci in silenzio, finché lui si gira e raggiunge Mark a un altro tavolo.

Sprofonderei in un oceano di tristezza, se la novità del presente non mi tenesse a galla.

«La nostra Katie finalmente si è svegliata» cinguetta la vocina di Jenn alla mia destra.

«A quanto pare» mormoro, mentre i due improbabili amanti infine si staccano. Kat riprende in mano la sua pizza come se nulla fosse, Charlie la fissa ebete, su una nuvoletta e circondato da un coro di arcangeli.

Pranzo accanto a Jenn, ammirata dalla meticolosità con cui cerca la composizione perfetta tra i tre vasetti di yogurt sul suo vassoio per fotografarli, e aspetto che Kat si alzi dal suo posto per rincorrerla. «E questa che storia è?» La prendo sottobraccio e la trascino fuori dalla mensa.

«Che vuoi farci, alla fine ho ceduto...»

«Ma non è possibile» mi oppongo.

Lei inarca le sopracciglia. «Oh, sì che lo è!»

Scuoto la testa per lo sconcerto. «Tu e Charlie?!?»

La sua espressione si incupisce. «Già, io e Charlie. Qualcosa in contrario?»

«È un amico. E tu sei la paladina delle donne indipendenti, che diavolo ti è successo?»

«Si dà il caso che anch'io abbia sentimenti e ormoni, anche se non mi stupisce che non te ne sia accorta.»

Questo suo repentino cambio di tono e registro mi spiazza ancora di più del bacio. Perché all'improvviso sembra parlare per enigmi con me, la sua migliore amica? Poi l'illuminazione. «Allora è questo che cercavi di dirmi l'altro giorno» deduco, ma la durezza del suo sguardo continua a sconcertarmi.

«Certo, Lily. Certo...» sospira, con il tono rassegnato che si riserva a una bambina piccola quando rifiuta di capire. Ho la sensazione che abbia cambiato la frequenza del suo segnale e che non riusciamo più a comunicare. Il problema è che non capisco come risintonizzarmi con lei.

«Però scusa, Kat, i tuoi libri sul femminismo, i discorsi sullo stare bene da sole. Mi sembrava persino che ti desse fastidio la mia amicizia con Oliver, e adesso...» le confido tutto d'un fiato, rimanendo senza.

«Non mi dava fastidio la tua "amicizia" con Oliver» ribatte lei, e il modo in cui pronuncia la parola "amicizia" mi suscita un brivido. «E baciare un ragazzo non significa starci insieme.»

«No, ma...» Charlie di sicuro la pensa diversamente.

Kat mi dà una pacca lieve sulla spalla. «Mi piace scombinare un po' le cose ogni tanto. Detesto essere prevedibile, lo sai.»

La guardo andare verso il bagno con la sensazione che mi sfugga un dettaglio importante. Frustrata, vado ad aprire il mio armadietto e trovo un altro foglio piegato in quattro.

Un'altra poesia.

Ti rivedo in ogni foglia, in ogni soffio di vento
che ti porta lontano, dove non so arrivare.
Se ti sussurrassi quello che ho dentro
Potrebbe il tuo cuore ascoltare?

Oliver mi passa vicino proprio mentre la sto leggendo e mi lancia un'occhiata così intensa da stendermi. Da quei versi si sprigiona una tale malinconia che, per un attimo, sono tentata di mollare tutto e gettarmi tra le sue braccia.

I suoi baci. Le carezze. Il respiro sulla mia pelle. Le parole sussurrate.

No, no, non posso. Però potrei almeno trovare il coraggio di parlargli e farmi spiegare perché stava aiutando Victoria nelle sue ricerche.

Temo che Kat abbia ragione. Davvero non do ascolto ai sentimenti degli altri? Sono così impegnata a cambiare il mio futuro che mi sto perdendo il presente? Mentre mi dibatto nei miei dubbi, Oliver se n'è andato.

Più tardi, mentre nuoto con la foga di una campionessa olimpica, prendo una decisione.

Torno a casa sfinita ma, invece di crollare sul divano, marcio verso la camera di mia sorella e busso alla porta socchiusa. «Posso?»

«Che c'è?» chiede con la grazia di un orco delle caverne.

«Ho bisogno di parlarti» rispondo. «O meglio di *ascoltarti*» mi correggo.

Lei interrompe il suo stretching davanti al computer e mette in pausa. «Strano.»

Entro e mi siedo sul bordo del letto. «Spiegami perché hai chiesto aiuto a Oliver, per favore. Sii sincera» la imploro.

Victoria si mette a gambe incrociate sul tappetino ed emette un lungo sospiro, per evidenziare l'improba fatica di accontentarmi. «L'ho convinto io ad aiutarmi, se è questo che vuoi sapere. Gli ho detto che anche tu volevi ritrovare papà, eri solo spaventata, ma riaverlo nella tua vita ti avrebbe resa più felice. Oliver ci ha creduto e mi ha aiutato. L'ha fatto in buona fede, se ti fa stare meglio.»

Sì, mi fa stare meglio.

Sento il mio corpo rilassarsi, non sapevo di avere un bisogno così disperato di accertarmi che Oliver fosse innocente.

«So che gli piaci» continua, senza filtri. «Non ho mai pensato che si interessasse a me e non sono davvero innamorata di lui, però è un gran bel ragazzo e sarebbe figo uscirci.»

«Oddio» gemo, con la testa nel pallone.

«Ma non perderò più tempo a inseguirlo, tanto mi terrà a distanza cosmica.» Incrocia le braccia e mette il broncio.

«Perché l'hai fatto?» le domando. «Chiedergli una mano, intendo.»

«Ollie è di Londra e so che papà è stato dal suo amico per un po', quando se n'è andato da qui. Mi ricordavo il nome e il quartiere dove abitava, ma nessun Langley che abbiamo trovato a Hampstead Heath è lui.»

«Si sarà trasferito...»

«Già. E adesso che Oliver ha capito come la pensi, non mi aiuterà più.»

La sua espressione sconfitta mi intenerisce: abbiamo sempre cercato di proteggerla dalla verità, ma non posso pretendere che condivida i miei sentimenti.

«Vic, quell'uomo ha ingannato la mamma e se n'è andato lasciandoci piene di debiti.» Mi sforzo di stare calma, ma sento che basta una parola sbagliata da parte sua per farmi scattare. Prego che non la pronunci.

«Io l'ho vissuto poco, ho il diritto di conoscerlo» mi provoca. «Se proprio vuoi saperlo, ho provato a scrivere a un indirizzo e-mail che ho trovato tra le cose della mamma, ma non ha mai risposto. Magari un giorno lo farà...»

La telefonata. Che fosse la risposta a quella e-mail?

Sento che sto perdendo il controllo, perciò mi metto per terra e la fisso negli occhi. «Vic, ci ha rovinato la vita.»

«Sì, ma che ne sai tu di cosa ha provato?» Victoria schizza in piedi. «Tu lo condanni e basta, io invece voglio sentire la sua versione, quello che è successo, quello che ha passato, perché a differenza di te io le ascolto le persone!»

Le stesse parole di Kat. Cos'è, una congiura?

«In ogni caso mi fermo qui» conclude.

Aggrotto la fronte, dubbiosa. «Me lo prometti?»

Conferma con un cenno del capo. La guardo con sospetto, incerta se sia sincera o voglia archiviare la discussione. Non mi fido del tutto, ma che alternativa ho? Posso solo sperare che sia finita e andare avanti.

«E comunque...» le sento dire.

Mi fermo sulla porta. «Cosa?»

«La musica... Ollie l'ha composta per te. Me l'ha solo inviata per farmela ascoltare.»

E, con questo, Urano, Saturno, Marte e Plutone cominciano a ballare la danza celtica sul mio cuore, calpestandolo con tutta l'energia cosmica che tiene insieme l'universo.

Fino a metà ottobre Plutone richiede di confrontarci con le paure che ci hanno accompagnato per anni, per poter finalmente guardare al futuro e trovare uno spazio nel mondo. La Luna piena sarà come un faro puntato sulle amicizie, illuminerà anche i lati finora nascosti: grazie a Mercurio, infatti, verrà naturale raccontare la nostra storia.

BILANCIA

37

È il 30 settembre ma, per quante luci, colori e musiche festanti inondino il luna park, sembra la vigilia di Natale. Il comitato ha fatto un battage pubblicitario degno di una finale del Super Bowl e stasera il lungomare è preso d'assalto dai ragazzi di mezza Cornovaglia. Mi aspetto che da un momento all'altro venga a esibirsi Taylor Swift.

«Direi che avete fatto centro con la fiera» mi complimento con la mamma.

Lei ride con gli occhi che le brillano di orgoglio, lo stesso che provo io per questa piccola donna coraggiosa che ogni giorno mi mostra chi voglio diventare.

Siamo tutte e quattro nel parcheggio del luna park e, tanto per non smentirsi, Victoria scalpita per rompere le righe. «Mammina cara, sei un portento, io vado» taglia corto, con la sua sensibilità da elefante. Un abbraccio frettoloso e schizza via dall'auto.

«Forse avremmo dovuto dare più peso alla sua sindrome da caduta dal seggiolone» commento guardandola correre da Claire e Tommy e sbracciarsi per salutarli, come se non li vedesse da trent'anni e non da ieri mattina a scuola.

«E al suo cielo complicato» aggiunge la nonna mentre scendiamo con calma anche noi. «Mie care, io raggiungo le astrologhe all'angolo delle stelle» annuncia, alludendo al banchetto che ha organizzato per fare oroscopi.

«Divertiti» la saluta mia madre, poi mi dà una lunga occhiata. «Sei uno schianto con il suo vestito!»

«Grazie.» Mi liscio l'abito a fiori dalle tinte pastello che mi fascia intorno alla vita e si apre in una gonna lunga fin sotto il ginocchio. «Anche se mi sento a mio agio come un capodoglio con il tutù» confesso in una smorfia. «Ma era così felice che lo indossassi e non ho voluto deluderla. È già abbastanza strana in questo periodo, meglio non contraddirla o mi bannerà da Facebook.»

La mamma inarca un sopracciglio per lo stupore. «Ah, è su Facebook adesso?»

«Come, non lo sai? Ha chiesto a Vic di iscriverla per ritrovare le conoscenze di un tempo.»

«Questa poi!»

«Sì, ha questa vena Amarcord e passa il tempo a ripescare amici sui social e vecchi ricordi dai bauli» dico, stringendomi nelle spalle. «Si è pure scordata di condividere la lettura del cielo mensile, un evento senza precedenti. Non te n'eri accorta?»

«No.»

«Tranquilla, rimedierà» la rassicuro. «Sarà stata troppo impegnata a fare oroscopi a tutte le comari che rintraccia!»

Il sorriso mi muore sulle labbra di fronte all'espressione incupita della mamma. Sto per chiederle se ho sbagliato qualcosa – ripensando ai miei ultimi scambi con Kat – quando il suo telefono inizia a squillare. Lei lo afferra dalla borsa e legge sul display il nome della presidente del comitato. «Sono in ritardo, tesoro, Margaret mi reclama» e con un bacio soffiato al volo mi saluta prima di fare lo slalom tra le macchine parcheggiate in direzione dell'ingresso.

Mi incammino anch'io verso il punto dove ci siamo dati appuntamento con gli altri.

L'abito ondeggia a ogni mio passo e provo una strana sensazione, mi sembra di averlo già indossato, magari in una vita precedente? Non che io creda nella reincarnazione, ma sono la dimostrazione vivente del fatto che l'impossibile a volte è reale, perciò non escludo che c'entri il karma.

Oppure sono solo influenzata dalla frase che la nonna ha pronunciato consegnandomi il suo abito: "Appartiene a un ricordo speciale, mia cara, il momento in cui ho gettato il cuore oltre l'ostacolo e ho abbracciato il mio destino".

Non ho potuto indagare oltre perché siamo state interrotte da Victoria, che possiede il dono di piombarti addosso nel momento meno opportuno o nel bel mezzo di conversazioni interessanti. Se mai mi sposerò, sono certa che, alla domanda se qualcuno ha obiezioni, lei alzerà la mano: "Io ne ho mille!".

Varco la soglia del luna park e mi guardo attorno.

Da piccola lo adoravo. Ricordo che mio padre, dopo avermi comprato una nuvola di zucchero filato, mi accompagnava sulla ruota panoramica, la mia giostra preferita. Solo da lassù, infatti, potevo ammirare il mare dall'alto. Quella distesa di azzurro mi ha sempre riempito gli occhi e il cuore. Una volta alla pesca vinsi anche un grosso pupazzo a forma di balena: lo lessi come un chiaro segno del destino, il mare e i suoi abitanti avrebbero fatto parte della mia vita per sempre.

Sono ancora persa nei ricordi quando la visione di Kat e Charlie mano nella mano mi riporta bruscamente al presente. O in una realtà parallela dove le persone camminano a testa in giù e la tua migliore amica si mette insieme al ragazzo che ha sempre rimbalzato come una pallina da tennis a ogni suo tentato approccio.

Kat e Charlie: no, non credo che mi ci abituerò mai. Senza contare che adesso sono io a sentirmi tradita, dopo tutti i suoi discorsi sul sodalizio femminile e la sua malcelata gelosia nei confronti di Oliver – sempre che non abbia preso un abbaglio. Ormai non sono più certa di niente, soprattutto di me stessa.

Li guardo avanzare verso di me, si tengono per mano, lui sembra stia camminando a un metro da terra e ha lo sguardo trionfante di chi ha appena vinto il primo premio alla lotteria. Kat invece ha la stessa espressione disincantata di quando aspetta l'autobus e sa già che sarà in ritardo di almeno dieci minuti.

«Ehi, Lily! Che eleganza stasera» esclama Charlie, dando un morso alla mela caramellata che tiene in mano. E subito tenta di rovinarmi la serata sentendosi in dovere di annunciarmi che forse Oliver farà un salto più tardi.

Io rispondo con una scrollata di spalle, fingendo la più totale indifferenza, ignorando il groviglio di emozioni che provo soltanto a sentirlo nominare. Per fortuna a distrarmi ci pensa Mark, che con dei pantaloni rosa confetto porta un tocco deciso di colore alla compagnia.

«Ciao ragazzi, scusate il ritardo. Non sapevo dove lasciare la bicicletta, c'è il mondo!»

Poi, a farsi largo tra la folla che si apre come il Mar Rosso al suo passaggio, ecco Jennifer seguita dalle sue fedelissime discepole. Per la fiera ha optato per un outfit sobrio e casto, con shorts di jeans sfrangiati sotto le natiche che ben poco lasciano all'immaginazione. Sono quasi sicura di aver visto il mio buon gusto lanciarsi in caduta libera dalla drop tower.

Appena ci raggiunge, Jenn tira fuori lo smartphone d'ordinanza e fa un video dando un morso alla mela che – non me n'ero accorta – teneva nell'altra mano.

«Ciao amici!» esordisce davanti allo schermo. «Eccoci alla fiera di Midheaven per la nostra challenge di oggi: riusciremo a convincere cento persone a mangiare mele appena colte invece di quelle caramellate piene di zuccheri e coloranti?»

«Chi è che mangia cibo sano a una fiera? Sono quasi sicuro che sia illegale» bisbiglia Mark al mio fianco.

Charlie sbircia la sua mela zuccherosa con un misto di desiderio e disgusto. «Però togli la gioia di vivere, così!»

Jenn lo guarda preoccupata. «E tutto quel caramello ti toglie anni di vita!»

Una voce alle sue spalle la interrompe e Alex si unisce al team. «Toh, guarda chi si rivede.»

Jenn lo incenerisce con lo sguardo. «Hai finito di flirtare con le sciacquette di terza?»

«Non sono sciacquette e non stavo flirtando. Ma tu stai tutto il tempo con quel coso in mano a parlare con persone che neanche conosci.»

«Sono i miei follower» grida lei.

«E io sono stufo!» ribatte lui.

Assistiamo ammutoliti alla scena clou di questa nuova puntata di *Alex & Jenn*, l'improbabile sitcom a cui ci hanno involontariamente abituati i due protagonisti, che da quando stanno insieme non fanno che battibeccare come una vecchia coppia sposata. All'improvviso qualcuno li interrompe, e non è la pubblicità.

«Ehi, guardate, c'è la Pantera Rosa» grida un ragazzo alto e sottile, indicando Mark.

«Ehi, panterona!» gli fa eco il suo amico, dandogli di gomito.

Gli altri iniziano a sghignazzare in modo sguaiato. «Forse sta aspettando il suo domatore» aggiunge.

Un'ondata di rabbia mi travolge mentre mi volto verso Mark. È rosso in volto, stringe i pugni lungo i fianchi, le nocche pallide: non è tipo da reagire, ma percepisco la sua sofferenza e sto male per lui. Qualcun altro, al contrario, non teme le sfide e si accende come un fiammifero.

«Sta aspettando che qualcuno vi infili un cervello funzionante in quelle zucche vuote che vi ritrovate, idioti!» Kat marcia verso di loro senza un briciolo di timore e il fiammifero diventa una torcia umana. «Sono arcistufa di dover avere a che fare con trogloditi come voi. Non siamo più all'asilo, fate uno sforzo e crescete un po' se ce la fate!»

«Ehi, morditi la lingua, schizzata» sbotta lo spilungone.

«Ritira subito quello che hai detto.» Kat punta il dito contro di lui, impavida.

Charlie sta tremando e la afferra per le spalle. «Va bene, Kat. Può bastare.»

Prova a trascinarla via, io lo seguo e insieme la allontaniamo, ignorando le risatine dei tipi molesti che portano altrove le loro zucche vuote.

Mentre Mark la ringrazia, Charlie tossisce, cercando di smorzare la tensione. «Allora, chi ha il coraggio di provare la nuova giostra?»

Decisa a riportare un po' di allegria, alzo la mano. Sono l'unica però. Gli altri preferiscono andare a farsi un kebab con dentro di tutto, tranne Jenn, ovviamente, che lo sceglierà con straccetti di niente e salsa al sapore di nulla.

Kat invece preferirebbe – cito testualmente – "farsi asportare un rene per venderlo al mercato nero piuttosto che salire su una giostra".

A questo punto però non posso più tirarmi indietro e mi dirigo con Charlie alla cassa. Poi oltre la biglietteria intravedo le spirali, le discese verticali e i tripli avvitamenti... Che dire, almeno moriremo da eroi. A giudicare dall'occhiata tramortita che mi rivolge, Charlie dev'essere più o meno della stessa idea, ma ormai è troppo tardi.

«Sono contento che siamo da soli, volevo parlarti» inizia, mentre l'addetto ci ritira i biglietti e ci invita a prendere posto.

«Se volevi parlarmi bastava andare a prenderci un gelato, senza sfidare la morte!»

Lui ride e con un buffo "oplà" più consono a un pensionato che a un sedicenne si cala dentro lo stretto vagoncino della giostra.

«Avanti, che ne pensi?» mi chiede ansioso, senza riuscire ad aspettare che io mi sia seduta.

«Di cosa?»

«Di me e Kat» chiarisce, come se fosse ovvio. E infatti ovvio lo è, solo che avevo bisogno di tempo per formulare un pensiero coerente e per sentire ripetere i loro nomi insieme, a cui faccio fatica ad abituarmi.

«Sono contenta» gli sorrido, sedendomi vicino a lui.

Lui mi scocca un'occhiata indagatrice. «Davvero?»

«Sì» ribadisco con aria rassicurante. «Ricordati che sei fortunato, Kat è meravigliosa.» Anche se ho l'impressione di non sapere più com'è. «E guai a te se la fai soffrire.»

«Piuttosto ho come la sensazione che sarò io a soffrire.» Charlie sospira e appoggia le mani sulla barra di sicurezza che ci fissa al vagone. «A te sembra presa?»

«Conosci Kat, frequenta solo chi le piace.» Cerco di suonare convincente, anche se fino a un paio di giorni fa ero certa che Kat provasse per lui la stessa bruciante passione di una stufa in agosto. «Se ha deciso di stare con te, deve esserne sicura.»

«Perché non te ne ha parlato?» mi chiede, di colpo sospettoso. «Voi due siete inseparabili.»

«La nostra amicizia si è un po' complicata» ammetto a fatica.

«In che senso?»

«Nel senso che l'adolescenza fa schifo» e lo faccio sorridere. Anche se da sorridere c'è ben poco adesso, visto che il trenino ha iniziato a muoversi e sta scalando lentamente la prima salita.

«Siamo noi ragazzi la complicazione?»

«Diciamo che giocate un ruolo notevole.»

«Non che voi ci trattiate con i guanti...» Mi scocca una finta occhiata di rimprovero. «Metti stasera, per esempio: sembra che l'abbia portata nella sala delle torture invece che alle giostre.»

Scoppio a ridere. «Kat non è come le altre, lo sai.»

«Lo so. Per questo mi piace» ammette; poi, con quello che dice dopo, mi stende. «Come a Oliver piaci tu.»

Questo è un colpo basso. «Non provarci, Charlie» gli intimo, cambiando tono.

«Eddai, Lily! Tutti si chiedono come fai a respingerlo.»

Mi aggrappo alla barra. «Che continuino a chiederselo, se non hanno di meglio da fare.»

Per fortuna il trenino ha raggiunto la vetta, rallenta per qualche istante prima di precipitare in caduta libera, a un livello di velocità che sta un gradino sotto a quella dello Shuttle in fase di lancio. Però preferisco di gran lunga questo che parlare di *lui*, così sfogo il groviglio di emozioni in un urlo animalesco mentre finiamo dentro una vasca piena d'acqua in un tripudio di schizzi. Alla fine di questa provante esperienza di premorte, schizzo fuori dal vagoncino con le gambe che tremano.

«Non ho ancora finito quel discorso» mormora Charlie con la voce arrochita dallo spavento, tentando a fatica di issarsi fuori dalla giostra.

Gli prendo la mano e lo tiro verso di me. «Oh, no, credimi, *quel* discorso è chiuso.» Lo scruto minacciosa, allentando la presa sulla sua mano. «Altrimenti ti lascio qui, così ti fai un altro giro.»

«Che arietta frizzantina c'è stasera, le previsioni dicono che ci sarà un brusco abbassamento delle temperature a partire da domani. Lo sapevi?»

38

Quando torniamo indietro, troviamo solo Kat e Mark ad aspettarci. Gli altri si saranno volatilizzati chissà dove.

«Andiamo sui dischi volanti?» chiede Charlie, entusiasta.

«No.»

«Sulla ruota?»

«No.»

Dopo averci provato in tutti i modi, proponendo ogni tipo di giostra e/o attività, dalla pesca alle paperelle al bungee jumping, il povero ragazzo non può che arrendersi. «Per caso vuoi tornare a casa?»

«Sì, grazie. Sono un po' stanca.»

Kat mi saluta con freddezza e si allontana con Charlie, lasciando me e Mark soli soletti.

«Ti va un gelato?» mi chiede lui per spezzare l'*impasse*.

Mi andrebbe piuttosto di sapere come mai Kat si comporti così e cosa le stia passando per la testa, solo che nessuno può dirmelo tranne Kat, che non sembra intenzionata a farlo.

Sto per rispondergli che preferisco andare a casa anch'io, ma l'idea di trovarmi da sola a rimuginare sul presente e sul futuro non è per nulla attraente, così sospiro: «Va bene».

Ci dirigiamo verso uno dei gazebo montati in un angolo

del luna park, non distante da quello delle astrologhe. Le vedo, sedute composte e concentrate come se stessero risolvendo un sudoku killer; davanti a loro ci sono persone dall'aria terrorizzata – chissà perché ci si aspetta sempre il peggio dalle previsioni – che ascoltano immobili. La nonna, però, con mia grande sorpresa, non c'è. Dov'è andata? Non posso disturbare i consulti, perciò lascio stare e seguo Mark.

Al banco c'è un ragazzo moro dai tratti mediorientali; ha capelli lunghi e luminosi più belli dei miei.

«Due coppette, per piacere» esordisce Mark, avvicinandosi alla vetrina.

«Gusti?»

«Cioccolato e panna. Banale» dice Mark.

«Come ogni coppia perfetta» gli strizza l'occhio l'avvenente gelataio. «E per la tua ragazza?»

«Oh, lei non è la mia ragazza» si affretta a precisare Mark.

Un sorriso malizioso si apre sulle labbra del fotomodello sotto mentite spoglie. Si scambiano lo sguardo più lungo del secolo e inizio a temere che non avrò mai il mio gelato.

Mi schiarisco la voce con un colpetto di tosse. «Io vorrei nocciola e *lemon curd.*»

La mia scelta di gusti non dev'essere altrettanto perfetta perché il ragazzo inizia a infilare il gelato nella mia coppetta con aria incerta.

«Sei di qui?» chiede a Mark, sbattendo le lunghe ciglia. Una. Due. Tre volte.

«Sì, ahimè.»

«È piccola questa città, vero?»

«Troppo.»

Assisto immobile e assai divertita, finché Mark si ricorda della mia presenza e si riscuote. «Dobbiamo andare» comunica impacciato al gelataio. «Buona serata e grazie.»

Ci allontaniamo con le nostre coppette e, una volta a

distanza di sicurezza, gli bisbiglio: «Se vuoi restare a flirtare un altro po' con lui, fai pure».

«Cosa? Io non...» Mark arrossisce e aggiunge, preoccupato: «Ho dato quest'impressione?».

«Ma no, scherzavo» lo rassicuro. «In ogni caso è un ragazzo molto carino.»

Lui scuote la testa, sedendosi su una panchina. «Non sono pronto» sospira. «Non è facile ributtarsi là fuori dopo che ti hanno ferito.»

Mi siedo accanto a lui e assaggio la nocciola. «Lo so.»

Dopo un breve silenzio mi chiede: «Oliver ti ha ferita?».

Non posso rispondere a questa domanda, così mi limito a dondolare le gambe e a mangiare il gelato.

«Ti capisco» sospira lui. «Non so perché sia tutto così complicato e doloroso...»

«E poi dicono che l'amore muove il mondo.»

«Lo fa, ma al contrario.»

«Moto retrogrado» scherzo, pensando alla nonna. Chissà se era innamorata, quando indossava il bel vestito a fiori su cui mi è appena caduta una goccia di gelato.

"Appartiene a un ricordo speciale, mia cara, il momento in cui ho gettato il cuore oltre l'ostacolo e ho abbracciato il mio destino."

All'improvviso mi manca l'aria.

Mi manca Oliver, maledizione.

«Basta!» sbotta all'improvviso Mark, come se mi avesse letto nella mente. Lo vedo alzarsi in piedi con energia. «Sai che ti dico? Credo che andrò a consolarmi con il gelataio!»

Gli sorrido e annuisco. «Io credo che andrò a buttarmi in mare!»

Lo saluto e mi dirigo verso la spiaggia, da sola.

Dopo essermi lasciata alle spalle il chiasso e le luci del luna park, riprendo a respirare. Quanto amo il rumore monotono delle onde verso sera.

Mi tolgo le scarpe e le abbandono sulla sabbia. Cammino fino al bagnasciuga con il vestito che svolazza lievemente nella brezza. C'è qualcosa che non va in quest'abito, non capisco, mi trasmette una sensazione spiacevole senza motivo. Anche se...

No, è solo suggestione. Faccio un respiro profondo, lascio che il profumo del mare mi avvolga. Vorrei chiudere i pensieri neri in una bottiglia e lasciare che il mare se li porti via. Un'onda mi bagna i piedi e cancella le mie impronte, mentre guardo all'infinito la falce di luna che brilla nel cielo ancora chiaro.

Un bambino con la maglietta rossa raccoglie una conchiglia a riva e chiama sua madre. Mi si spezza il fiato in gola: ho già vissuto questo momento.

Un brivido mi corre lungo la schiena. Alcune barche dei pescatori sono ferme in mezzo al mare, proprio davanti a me. Le riconosco e il mio cuore inizia a correre.

"Adesso sentirò la musica..."

Resto in attesa. Il bambino con la conchiglia corre via, lo seguo con lo sguardo e lo vedo avvicinarsi a un gruppo di ragazzi seduti sulla sabbia. Uno di loro ha in mano una chitarra. Ecco che le note di una canzone si diffondono nell'aria: un brano che riconosco, ma non perché è famoso.

"No, no. Non voglio."

Il battito accelera, il senso di *déjà-vu* diventa paura. Anzi, terrore puro. Perché questa scena l'ho già vista, in un viaggio nel tempo di due anni fa. Avevo ragione a sentirmi a disagio nel vestito della nonna. Mi do della stupida per averlo dimenticato, altrimenti avrei cercato di evitarlo!

Indietreggio, mi allontano svelta dall'acqua. "Adesso arriverà lui e mi dirà..."

«Sapevo che ti avrei trovata qui.» Una voce – la sua – alle mie spalle.

Sussulto.

39

Quando mi volto, Oliver è di fronte a me.

«E credo lo sapessi anche tu» prosegue, avvicinandosi di un passo.

Il suo sguardo si sposta verso il gruppo con la chitarra che ora sta intonando *Cardigan* di Taylor Swift. «Bel brano, peccato che tra un attimo sbaglierà un accordo.»

E così succede. Una nota fuori posto suscita qualche esclamazione, poi la canzone riprende.

Non posso crederci.

Non. Posso. Crederci.

Resto in silenzio, sconvolta.

«L'ho visto durante l'ultima eclissi ed è stato un sollievo. Avevo ragione, succede anche a te.»

«Tu... hai visto cosa?» balbetto, la mia mente è un vortice di pensieri sconnessi.

«Che ti avrei svelato il mio segreto, che è anche il tuo.» Sembra contento, i suoi occhi ridono. «All'inizio non capivo il tuo comportamento, poi, quando hai scelto la *Red velvet*, ho iniziato a sospettare, a unire i puntini.»

I brividi mi scuotono dalla testa ai piedi. Ha detto veramente di avere *visto* questo momento nell'ultima eclissi?

«Ti sarai chiesta anche tu come facessi a sapere certe cose... Il numero della tua camera d'albergo l'ho scoperto in una visione, e in un'altra mi sono trovato nello studio di tua nonna» prosegue con un mezzo sorriso. «Non sono andato con i miei negli Stati Uniti perché sapevo della festa di compleanno.»

Lo fisso incredula, stordita dallo stupore. Per due anni ho creduto che la scena sulla spiaggia preludesse a un pericolo, che il ragazzo biondo mi raggiungesse per farmi del male. Ero terrorizzata, perciò ho spinto il ricordo in un angolo e speravo che appartenesse a un futuro molto più lontano di stasera.

Invece.

Il mio cuore batte talmente forte che l'eco deve arrivare fin dall'altra parte dell'oceano. Oliver mi prende la mano e io lo lascio fare, inerme. Mi conduce pochi passi più in là, vicino a un tronco che la corrente ha portato sulla spiaggia. «Qui, giusto?»

Il mio viaggio nel futuro, però, si è interrotto prima di questo momento.

«Non l'ho visto» sussurro, e così confermo ogni sua parola. Ci sediamo sul legno ruvido e, nella quiete del tramonto, si sentono solo il fragore della risacca e le note di una nuova canzone suonata alla chitarra. «Da quando ti succede?» mi decido a domandargli.

«Due anni. A te?»

«Uguale» confesso. «A ogni eclissi di Sole o di Luna?»

«Sì.»

«Cosa vedi?»

Lui distoglie gli occhi dal mare e mi guarda. «Vedo te. Sempre te.»

«Anch'io te» ammetto con un filo di voce.

«All'inizio mi sono spaventato» racconta. «Credevo ci fosse qualcosa che non andava in me e mi sono confidato con mia mamma. Dalla sua faccia terrorizzata ho capito di avere sbagliato, lei non ne ha più voluto parlare e mi ha mandato da uno psichiatra.» Ascolto con il fiato sospeso, è quello che temevo potesse succedere a me. «Lui ha decretato che ero ipersensibile e avevo le allucinazioni, ma sarebbero passate con dei farmaci. Io sapevo che non era così, altrimenti perché mi accadeva solo durante le eclissi? Ho detto di non avere più visioni e mi sono salvato, ma i miei genitori hanno iniziato a guardarmi in modo diverso, soprattutto mio padre. Non è stato facile.»

«Che spiegazione ti sei dato?» domando a bassa voce.

«Be', dentro di me sentivo che non erano allucinazioni e a Stonehenge ne ho avuto la conferma. E poi esistono storie di uomini capaci di spostarsi tra le dimensioni.» Abbozza un sorriso, ma non è divertito. Come me, sa che stiamo parlando di qualcosa di più grande di noi. «Un tizio che è stato in coma un anno ha riferito di essere finito nel futuro. Il problema è che pochi ci credono.»

«Io ho delle antenate chiaroveggenti e nemmeno loro godevano di ottima fama.»

«Lo sa qualcuno... di te?»

Scuoto la testa. «Neanche mia nonna. Le ho solo fatto qualche domanda.»

«Eppure deve averlo letto nel nostro cielo di nascita.»

«Forse.» Ripenso alle volte in cui ho sospettato che sapesse, alla strana espressione che aveva di fronte al tema natale di Oliver. «Quello che vede non è mai così chiaro, e immagino speri sia un'eventualità remota che non si verificherà mai.»

«Perché? Non è tanto male conoscere il futuro.»

Reagisco con una risata amara. «Come no, specialmente se sarai infelice!»

Oliver aggrotta la fronte. «Dimmi cos'hai visto che ti ha spaventato.»

D'improvviso mi irrigidisco, in allerta. «Prenderai decisioni al posto mio. Sono stata a una festa e tu... ballavi con Sophie. Quello che ti ho sempre detto è vero, Oliver, non sei...» e la voce mi rimane incastrata da qualche parte.

Sopraffatta, mi alzo di scatto, entro in acqua e lascio che le onde fredde mi lambiscano le caviglie.

«Le mie visioni sono diverse» replica Oliver. «Quando ho scoperto che hai paura di *Coraline*, eravamo a casa di mia zia, nello Yorkshire, lei fa la sarta. Ti sei messa a strillare davanti alla scatola piena di bottoni colorati e abbiamo riso insieme, era Natale e mangiavamo i *cornish pasty*. E il SUP... Nel futuro che ho visto, non venivamo interrotti e ti avrei baciato.» Entra in mare anche lui. «Ascoltami, scricciolo» e il suono del nomignolo che mi ha dato fa decollare il mio cuore. «Sai il mio periodo difficile? I miei genitori mi consideravano malato. Mio fratello era quello sportivo, solido, impegnato, io ero l'artista suonato. Sophie era l'unica a capire il mio amore per la musica, non lo nego. Ma è come una sorella per me.»

Nell'azzurro calmo dei suoi occhi mi sembra di vederlo, un ragazzino infelice messo all'angolo dalla famiglia, dai coetanei.

«L'unica cosa bella erano le eclissi» prosegue con uno sguardo intenso in cui mi perdo. «Perché con la ragazza del futuro, con quel viso dolce, la piccola cicatrice sulla fronte e i capelli lisci, sarei stato bene.»

Sfiora con l'indice la traccia di un taglio che mi sono fatta da bambina giocando con Vic, e mi viene da piangere.

«Andremo in Africa e ti innamorerai delle giraffe, ti preparerò una sorpresa per il diploma e saremo insieme alla presentazione di un romanzo famoso nella libreria di tua mamma.»

Quello che sta dipingendo è uno scenario diverso dal mio, così bello che non riesco a credere possa essere vero. «Tu mi mentirai» ribatto con voce tremante «e magari saremo felici nei pochi momenti che hai visto tu, ma poi?»

«Lo scopriremo insieme.»

Scuoto la testa per negare tutto, per non farmi convincere a fidarmi dell'ignoto. La paura mi assale all'improvviso, strisciante, ho il terrore di cedere e di pentirmi, di perdere il poco controllo che mi resta sulla mia vita. Così scappo.

Corro fuori dall'acqua e sulla sabbia umida, senza scarpe, sopraffatta dalle sue rivelazioni, dalla dolcezza del suo sguardo, dalle emozioni che mi pulsano nelle vene. Mi precipito in direzione della strada, dove si sono accesi i lampioni e qualcuno sta riprendendo la macchina parcheggiata.

Inciampo in un sasso e Oliver, che mi ha seguita, mi afferra il braccio.

«Lily, aspetta.»

Mi costringe a guardarlo in volto.

«Alcuni viaggi li abbiamo in comune, giusto? Come stasera. Ma vediamo parti diverse, tu ti sei fermata al mio arrivo...»

«Credevo che...» Come faccio a confessargli che mi ero immaginata volesse farmi del male?

«Io ho ascoltato me stesso raccontarti la verità ed eri così sollevata! Il futuro cambia un po' quando si realizza, lo modifichiamo noi.»

Non posso obiettare, so che ha ragione. Eppure d'istinto lo respingo.

«No, non voglio rischiare, Oliver! Non posso!» grido, liberandomi dalla sua stretta e riprendendo a camminare con rabbia. Davanti ai gradini che portano alla strada, però, mi rendo conto di essere scalza.

«Ti servono queste» mi fa notare lui in tono più leggero, mostrandomi le ballerine.

Le prendo e cerco di infilarle, imbranata come una bambina piccola.

«E anch'io mi sono ritrovato a Wimbledon, nel momento in cui parleremo della *Red velvet*. Tu mi farai cambiare idea e sceglieremo una torta che piace a Matt, e io ti ringrazierò» continua. «L'hai visto anche tu?»

Scuoto la testa, finalmente riesco a indossare la scarpa sinistra. «Mi arrabbierò perché pretendi di scegliere per gli altri.»

Oliver sorride. «E mi convincerai a non farlo.»

Sento le mie resistenze riempirsi di crepe, che si allargano e minacciano di far crollare i muri. Un terremoto, ecco cosa mi si sta scatenando dentro mentre lui si avvicina pericolosamente al mio viso, finché sento il suo respiro sulla guancia.

«Diamoci una possibilità, scricciolo. Ce la meritiamo.»

Il suo calore mi avvolge, il profumo mi riempie, mentre affondo i miei occhi nei suoi.

Sono stanca di combattere. Stanca di opporre resistenza, di allontanarlo da me quando lo vorrei vicino più di ogni altra cosa al mondo. Ogni fibra del mio essere è attratta da lui ed è qui che vuole stare. La scarpa destra finisce sulla sabbia.

E stavolta sono io a baciarlo.

Le sue labbra sono così leggere e dolci da farmi perdere la testa.

I nostri respiri soffocano gli altri rumori della spiaggia, il concerto in sottofondo, il vocio dei ragazzi, il fragore della risacca.

Il mondo.

40

Entro in casa svolazzando sulla mia nuvoletta di felicità.

Sono in trance come un'idiota e non riesco a pensare ad altro che al modo in cui Oliver mi baciava e mi stringeva e...

Vede il futuro. Di tutte le ipotesi riguardo a ciò che sembrava indovinare o nascondere, questa era la più improbabile. E l'unica giusta. Mi si spalanca una finestra sul cuore all'idea che siamo due viaggiatori nel tempo, che condividiamo un potere non comune.

Anche lui ha visto la spiaggia, e la partita di tennis di suo fratello, eppure la nostra sensazione è stata diversa. E ci ha visti ad ammirare le giraffe.

Zittisco la vocina che mi bisbiglia di ricordarmi gli *altri* momenti, stasera non la ascolto. Sono confusa, eccitata e spaventata, ho la sensazione di essere catapultata in aria e di volare in alta quota come un grandioso uccello dalle piume colorate.

Quando trovo Victoria in cucina, però, imbiancata da una nube di farina, precipito al suolo con un botto.

Ho imparato a misurare l'intensità del disappunto di mia sorella con la scala Fujita, quella della rilevazione dei danni di un tornado. Se Vic riscalda gli avanzi nel microonde, è un F0: i danni sono lievi, solo una leggera frustrazione. Se la trovo a mangiare gelato dal barattolo, siamo su un F1: danni moderati, è irritata ma una buona dose di zucchero riesce quasi sempre ad addolcirla. Se inizia a cucinare, invece, la situazione si fa preoccupante. Siamo di fronte a un F3 – danni considerevoli –; nel momento in cui si prepara dei pancake con lo sciroppo d'acero, a un F4 – danni gravi –; quando inizia a impastare biscotti come se non ci fosse un domani.

Infine, la decisione di sfornare crostatine alla marmellata accompagnate da una montagna di panna montata prelude alla catastrofe. Case sollevate dalle fondamenta e scaraventate via, automobili lanciate in aria come missili, alberi sradicati. La fine del mondo.

È dunque con non poca apprensione che mi avvicino al tavolo e trovo il vasetto aperto e sbrodolato della marmellata di more preparata dalla nonna quest'estate.

F5.

«Ehi, che succede?» mi avvicino con il mio miglior tono da crisis manager.

«Avevo fame» risponde lei, girando le uova con tanta foga da montarle a neve senza nemmeno bisogno di uno sbattitore. Temo che sia la faccia di qualcuno.

«No, sul serio, Vic. Che succede?»

«Ho voglia di crostatine» ringhia.

Tutti al rifugio! Ripeto: tutti al rifugio!

«Oh, certo...» annuisco. «Com'è andata alla fiera? Vi siete divertiti?»

«Non direi, era un mortorio» borbotta, aggrottando la fronte. Apre il cartone del latte con tanta forza da rovesciarne metà sul pavimento. «Accidenti!»

«Ti aiuto» e vado a prendere uno straccio per pulire.

«Che serata di merda, non me ne va una giusta!» esplode.

«Cos'altro è andato storto? Sfogati, se vuoi.» Le rivolgo un sorriso di incoraggiamento.

«Lo sto facendo» constata, indicando il disastro attorno

a noi. Mi studia un istante, in cui valuta se vuotare il sacco o meno. «Si tratta di Claire» dice infine.

Lo sapevo.

«Per il compleanno le ho dato una collanina con un ciondolo, un cuore a metà. Lei avrebbe dovuto regalarmi l'altra. E stasera...»

«E stasera?» incalzo.

Mi scruta indecisa, indugia, si arrotola una ciocca di capelli attorno all'indice e infine mi confida: «Ne ho vista una uguale attorcigliata al polso di Tommy».

«L'altra metà del cuore?»

«Sì. Claire mi ha detto che è un caso, una coincidenza.»

Cerco di restare calma e di atteggiarmi a sorella maggiore saggia e posata, nonostante dentro di me abbia già tratto le mie logiche conclusioni. «E tu ci credi?»

«Quei due stanno combinando qualcosa» mormora, pensando a voce alta.

«Non fidarti.» Le parole mi escono di bocca senza che possa frenarle. «Se ti nascondono un segreto...» Mi blocco non appena mi rendo conto di cosa stavo per aggiungere: "Non sono veri amici". Il fatto è che anch'io sto nascondendo un segreto grosso come una casa alle persone più vicine.

«Cosa?» mi incita lei.

«Ti conviene prendere le distanze» rimedio alla bell'e meglio.

«Non ci penso proprio!» esplode lei, tornando al suo impasto. «Sono i miei migliori amici, figurati se smetto di vederli.»

«Lo so, ma...»

«Ma niente, Lily. Se Claire mi assicura che è una coincidenza, io le credo. Non voglio mica ritrovarmi come te che sei sempre sospettosa e allontani tutti!» Lo afferma con talmente tanto disprezzo nella voce che mi sento vacillare.

«Se sei così convinta e fiduciosa, com'è che cucini con la foga di Godzilla?»

La salva solo l'ingresso della nonna, sconvolta come me di fronte all'area terremotata.

«Non c'era abbastanza cibo alla fiera?» domanda, aggrottando la fronte.

Victoria alza gli occhi al cielo e, con uno sbuffo che gonfierebbe le vele di un vascello pirata, se ne va di sopra senza neanche salutare. Basta, io mi arrendo: cercare di essere gentile e premurosa con mia sorella è uno spreco di energie inutile.

«Perdonala, nonna, perché non sa quello che fa» sentenzio, mentre passo lo straccio per pulire il latte caduto.

Lei posa la borsetta su una sedia e viene a darmi una mano a riportare la cucina a uno stato di ordine apparente. «Victoria è uno Scorpione fatto e finito» constata. «Con Marte nel segno, sarà difficile tenerla a bada mentre cresce.»

«Cioè peggiorerà ancora?» chiedo allarmata.

«Be', diciamo che la sua ostinazione aumenterà» conferma lei, cercando in qualche modo di salvare l'impasto abbandonato dalla scorpioncina pungente, «così come la sua impulsività e irrequietezza. Non è facile essere uno Scorpione, è il segno più tormentato di tutti. Se non è in pace con se stesso, diventa distruttivo.»

Ferma in mezzo agli effetti dello tsunami casalingo, penso che, se qualcuno non crede agli oroscopi, basta che conosca Victoria e ascolti la descrizione dello Scorpione per convincersi che lo zodiaco non è un'invenzione. Emotivo e sfuggente, governato dal misterioso Plutone e dal battagliero Marte: ho detto tutto.

«Forza, non sprechiamolo» mi incoraggia la nonna in tono più allegro. «Facciamo una bella crostata per colazione.»

Ci mettiamo all'opera, e non appena infilo il dolce nel forno, mi sovviene che domani è il primo ottobre e un lampo mi attraversa la mente.

«Nonna, non hai letto il cielo della Bilancia!» esclamo,

con lo stesso tono di chi si accorge di avere dimenticato di prendere una pillola salvavita.

Lei si pulisce le mani sotto l'acqua corrente e chiude il rubinetto, poi mi guarda stranita. «Cosa?»

«Dovevi farlo una settimana fa, come hai potuto scordarlo?» Credo non sia mai successo da che ho memoria di iniziare un nuovo mese senza sapere quali pianeti saranno gentili e quali invece si divertiranno a torturarci con i loro influssi malefici.

«Per Giove! Questo è Plutone retrogrado in Capricorno che rallenta» sospira, prendendo un asciugapiatti. «È un momento di chiusura, anche in se stessi. Ecco perché la mia testa si è dimenticata di condividere.»

La notizia di Plutone retrogrado e della chiusura mi suscita un'istintiva sensazione di disagio, che mi spinge a chiederle: «Mi spieghi meglio? Tanto sono l'unica che ti ascolta».

Lei solleva entrambe le sopracciglia. «Grazie della fiducia, mia cara.» Poi si fa più allegra. «Vieni, ti mostro il cielo.»

La seguo nel suo studio. Apre il Quaderno delle Stelle in corrispondenza di un segnalibro e mi mostra il solito grafico con il cerchio che rappresenta il cosmo, i disegni delle costellazioni disposte attorno e i simboli dei pianeti in colori diversi, uniti tra loro da triangoli e quadrati.

«Con la Bilancia è iniziato un periodo speciale, Lilith» esordisce, assumendo il suo tono oracolare. «Plutone si affaccia per l'ultima volta in Capricorno, per poi tornare in Acquario e restarci a lungo. Fino a novembre abbiamo l'occasione di chiudere con tutto ciò che non funziona e che ci fa soffrire per iniziare qualcosa di nuovo.»

Com'è che le sue parole mi danno i brividi? Volo con il pensiero all'incredibile scoperta che ho fatto su Oliver, alla nostra connessione e alla speranza che le mie visioni future siano parziali, al bacio davanti al mare e... No, questo non c'entra. "Concentrati, Lily."

«E gli altri pianeti?» domando, nel tentativo di spegnere il fuoco che mi è divampato dentro.

La nonna indica il simbolo della Luna.

«Abbiamo una Luna piena in Pesci, che illumina le amicizie facendo emergere lati nascosti, ma invita a non dare giudizi netti poiché la mente non sa tutto né comprende ogni cosa.»

Penso subito a Kat, alle domande aperte su di lei.

«Poi però Venere entrerà nello Scorpione» e mi mostra il relativo disegno, «rendendoci bisognosi d'amore, ma anche sospettosi. Un cielo un po' complicato...»

Non che mi aspettassi di camminare su un tappeto rosso steso dai pianeti.

«Mercurio che si trasferisce in Bilancia e si congiunge al Sole aiuta a comunicare con gli altri, ma bisogna fare attenzione a Marte, non abbassare la guardia.» Chiude il quaderno e mi scruta da dietro gli occhiali con quel suo fare enigmatico che mi manda in tilt. «In definitiva, tesoro, non è il momento di agire, bensì di riflettere su cosa vogliamo veramente e prepararci a inseguirlo.»

Perché ho la sensazione di non potermi rilassare a lungo?

La nonna si accorge del mio stato d'animo e mi posa una mano sulla spalla per rincuorarmi. «È un cielo positivo, significa che abbiamo modo di coltivare qualcosa di nuovo e di farlo fiorire. Immagino si riferisca alla scuola: se ti impegni, il risultato ti premierà.»

Detto così, suona meglio: mi indica di proseguire quello che ho iniziato, per prendere in mano la mia vita. Se penso a Oliver, invece, sembra un invito a procedere giorno per giorno, con calma. Abbozzo un sorriso e sbadiglio, esausta. Devo ancora assorbire tutto ciò che è successo e non vedo l'ora di essere sola per cullarmi nel ricordo di questa serata incredibile. «Grazie, nonna. Io andrei a dormire...»

«Vai pure, controllo io la crostata. Buona notte.» E con un bacio in fronte mi lascia ai miei sogni.

41

A svegliarmi è il silenzio.

Non sento alcun suono, mi accorgo che è mattina solo grazie alla luce che entra dalla finestra. Una luce fioca, tra l'altro, segno che la giornata si preannuncia nuvolosa. Controllo il cellulare e scopro che sono già le dieci: condividere il segreto con Oliver mi ha tolto un peso enorme dal cuore e mi sono rilassata; mi spiego così il fatto di aver dormito come un ghiro.

Mi trascino fuori dal letto solo per la prospettiva di fare colazione, anche se nutro seri dubbi sulla commestibilità della crostata di ieri sera.

A proposito, spero che Victoria abbia sbollito la furia omicida perché non sono in vena di schermaglie. Oggi voglio godermi questo nuovo inizio, alla faccia di Plutone retrogrado.

Oliver è sul treno per Londra. È partito per un pranzo di famiglia con l'adorata zia dello Yorkshire, quella che anch'io, a quanto pare, incontrerò un giorno. Va bene così, penso mentre mi lavo i denti e infilo una maglietta pulita, ci saranno altre domeniche insieme.

Ieri sera, prima di addormentarmi, mi sono appuntata di farmi raccontare dalla nonna la storia del vestito a fiori. Voglio sapere cosa intendeva con quella frase: "Il momento in cui ho gettato il cuore oltre l'ostacolo e ho abbracciato il mio destino".

Nell'aria c'è profumo di caffè appena fatto. Scendo pimpante, superando la porta chiusa di mia sorella che evidentemente ha dormito più di me e sbircio in cucina. Trovo la mamma intenta a sfogliare una rivista con la tazza fumante e i pezzi di crostata ammucchiati su un piatto. Ne deduco che non abbia superato l'esame della potenziale MasterChef UK.

«Buongiorno mammina» la saluto.

Lei mi lancia uno sguardo sospettoso. «Cos'è tutto questo buonumore? Non è da te.»

«Non posso essere contenta la domenica mattina?»

«Tu non sei mai contenta senza un valido motivo.» Chiude la rivista e mi squadra con occhi così inquisitori che le volto le spalle e vado a prendere il latte nel frigorifero.

«È domenica e non ho da studiare, mi sembra un motivo più che valido.»

«Ieri sera è andata bene al luna park?»

Ora mi gioco il jolly. «Oh sì, tu e il comitato avete fatto le cose in grande, era uno spettacolo» la lusingo, preparandomi il beverone in cui intingere la crostata di dubbia consistenza. «Complimenti, siete delle maghe.»

Lei gongola soddisfatta e confido che lasci cadere il discorso sul mio umore insolitamente allegro. «Grazie, Lily, è bello che qualcuno apprezzi i nostri sforzi. Anche perché» sbadiglia «adesso mi ci vorrà un mese per riprendermi dallo stress.»

«Tu lavori troppo, Dasha» interviene la nonna, entrando con indosso una felpa e i pantaloni della tuta. Questa poi! In versione sportiva è una novità assoluta. La fissiamo come si fissa un alieno con un casco di banane in testa.

«E tu, mamma, sei troppo strana» è il commento di mia madre, che rispecchia anche il mio pensiero.

«Che c'è, non vi piace la mia nuova *mise* domenicale? Ho deciso di praticare yoga» annuncia la nonna, mostrandoci un tappetino arrotolato che ci era sfuggito. «Ci stiamo avvicinando all'era dell'Acquario, è tempo di unire le discipline cardine come lo yoga, l'astrologia e l'I-Ching.»

«Oh cielo» sospira la mamma, accasciandosi sul tavolo. «Ci manca solo l'Oriente adesso.»

«Be', pensala come vuoi, figlia mia, ma l'universo non cambierà il suo corso per il tuo scetticismo. A proposito» aggiunge la nonna mentre io addento un pezzo di torta e scopro che, dopotutto, non fa schifo. «In settimana arriverà un pacco per me con dentro il materiale per l'I-Ching, maneggiatelo con cura.»

«Hai fatto un acquisto online?» esclamo con la bocca piena.

Lei annuisce fiera. «Oh, sì. Direttamente da Hong Kong, da un parente della mia amica cinese.»

La sua conversione alla tecnologia moderna è la più rapida del West. La mamma si arrende e ci annuncia il suo programma del giorno, che consiste nel fare le lavatrici, la spesa, preparare il pranzo e forse, nel pomeriggio, collassare sul divano.

Rimasta sola con me, la nonna mi indica il tappetino. «Su, vieni a fare yoga.»

«No, grazie. Oggi niente sport, ho fatto millemila vasche questa settimana.»

«Lo yoga non è uno sport, è una pratica spirituale» mi corregge puntigliosa. «Oggi facciamo respirazione, ti aiuterà a concentrarti e a dare il meglio di te nello studio. Dopo gli esami mi ringrazierai.»

Sto per accampare un'altra scusa, ma poi mi sovviene che potrebbe essere l'occasione per soddisfare la mia curiosità sul suo passato e la seguo in veranda, dove ci sistemiamo a gambe incrociate sul pavimento e lei cerca il tutorial sul cellulare.

Fingo di seguire le istruzioni per un po', inspirando con il naso ed espirando con la bocca, espandendo e contraendo la pancia, finché non le domando a bruciapelo: «Mi racconteresti la storia del vestito?».

Lei spalanca gli occhi, sorpresa. «Quale vestito?»

«Quello che ho indossato ieri sera. Hai detto che era legato a un momento speciale, voglio saperne di più.»

Lei cambia l'incrocio delle gambe, visibilmente a disagio. «Non mi sembra il momento adatto, stiamo cercando di concentrarci...»

«Ti prego, nonna» la interrompo. «Ti prego ti prego ti prego...»

Con le mani giunte la fisso implorante e vedo la sua espressione incrinarsi.

«Va bene» concede, «ma dopo si torna allo yoga.»

«Promesso. Comincia dal principio e non tralasciare i dettagli interessanti.»

Lei sorride, mette il video in pausa e inizia a raccontare.

«Quando avevo la tua età, da tipica adolescente, andai avanti una settimana a lamentarmi di non avere niente da mettermi per il pranzo a casa del ragazzo che mi piaceva.»

«Il nonno» mormoro, ma lei scuote il capo.

«Non interrompermi. Mio padre aveva un debole per me e sapevo di poterlo intenerire, così, dopo avermi vista depressa e infelice, finse di chiamare un suo conoscente per aggiustare la caldaia. In realtà la sistemò lui, dandomi i soldi destinati alla riparazione per comprare qualcosa di adatto all'occasione. La caldaia andò in blocco due volte al mese per tutto l'inverno, ma io ebbi il mio bel vestito.» Sorrise, persa nel ricordo. «Con il Sole di nascita in Sagittario e l'ascendente in Acquario, sapevo di dovermi fidare della pancia, e passando davanti a un negozio dell'usato sentii che c'era qualcosa per me all'interno: fui attirata da una vibrazione insolita, potente, impossibile da spiegare. Non appena lo provai, capii che quel vestito era destinato a me.»

«Hai mai scoperto a chi apparteneva?» domando, rapita.

«La proprietaria non ricordava chi l'avesse venduto, purtroppo. In ogni caso, mi portò fortuna, perché la famiglia di Jack mi accolse a braccia aperte e, quel giorno, ci baciammo per la prima volta.» Devo avere sgranato gli occhi perché la nonna esclama: «Che c'è, pensavi che ai miei tempi andassimo a raccogliere margheritine?».

«No, no, ma Jack... chi è? O è il secondo nome del nonno?»

«Tuo nonno Sam non è stato il mio primo amore, Lily» mi risponde, calma. «Avevo un amico molto caro che si chiamava Jack, siamo cresciuti insieme e ci siamo innamorati. È per lui che ho indossato quel vestito e, credimi, l'ho lasciato a bocca aperta.»

Anch'io sono a bocca aperta adesso, di fronte alla rivelazione.

«Racconto finito, possiamo tornare allo yoga?»

«No!» mi oppongo con foga. «Non puoi lanciare una bomba simile e aspettarti che mi metta a inspirare ed espirare come se nulla fosse. Perché non vi siete sposati? Cos'è successo?»

La nonna ora sembra a disagio. Finge di fare stretching per sgranchirsi le braccia, ma capisco che è una scusa per prendere tempo. La sensazione che nasconda un segreto o un pezzo di storia difficile da raccontare mi convince a cambiare approccio.

«Se non te la senti, fa niente...»

Infatti mi rivolge un sorriso grato. «Posso dirti soltanto che, dall'allineamento dei pianeti, ero consapevole di essermi innamorata di qualcuno che avrei perso. Il mio destino era di condividere le mie conoscenze e seguire un percorso a ostacoli prima di arrivare alla meta, non di sposarmi presto ed entrare in quella famiglia.»

Sentirla parlare così va a colpire un mio punto sensibile e, senza volerlo, mi irrigidisco e lascio che l'ansia si insinui nell'aura di serenità appena conquistata. Ecco cosa intendeva con il cuore lanciato oltre l'ostacolo.

«Io però non capisco» esclamo, sconfortata. «Se tutto è già scritto, noi non abbiamo alcun potere!»

«Al contrario, a noi è dato un grande potere» mi corregge lei. «Immagina di essere un marinaio e di dover attraversare l'oceano. Che ci siano correnti forti o tempeste, onde alte o mare calmo, tu non puoi farci niente. Quello è il destino, lo scenario che non puoi controllare. Ma il resto dipende da te, sei tu che devi scegliere la nave, la rotta, cosa portare a bordo e chi fare salire. Puoi deviare dal percorso, rallentare, tornare indietro. Se sei abituata a temere ogni cosa, resterai chiusa in cabina ad aspettare che gli altri decidano per te. Se hai il coraggio di uscire sul ponte, invece, puoi vedere cosa ti aspetta e magari goderti anche il panorama. Le stelle ti indicano soltanto la via, non cosa fare.»

Un rumore alla porta ci distrae e la nonna si alza per dirigersi verso l'ingresso. Io resto ferma sul tappetino di gomma, solo ora mi accorgo che fuori sta cominciando a piovigginare. Sento il ruggito del mare oltre il giardino, sotto la scogliera. Se funziona davvero così, se siamo liberi di costruire il nostro futuro, allora può darsi che le scene dei miei viaggi nel tempo siano indicazioni, come ha detto la nonna. Ieri sera ho la avuto la prova di essermi sbagliata, o meglio, di avere interpretato male la mia visione perché mi mancavano i dettagli. Prima non potevo sapere che soffrivo perché Oliver mi mancava dopo averlo allontanato, né che lui mi avrebbe confidato di avere il mio stesso potere.

Finora ho pensato che quello tra lui e Sophie fosse un amore scritto nelle stelle e il nostro invece un amore ostacolato dai pianeti, ma se mi sbagliassi?

Un miagolio inatteso accompagna il ritorno della nonna in veranda. Con lei c'è un gatto bianco con una macchia nera, il pelo lucido di pioggia.

«Questo micino grattava per entrare» mi spiega, accarezzandolo. «Chissà com'è arrivato da noi.»

Il gatto mi fissa per un istante, poi viene verso di me e si struscia contro le mie gambe come se mi conoscesse da sempre. In casa nostra non sono mai entrati animali perché la mamma è allergica. Poi un flash.

Io l'ho già visto... nel futuro.

Durante il mio primo viaggio nel tempo, quello in cui credevo di avere avuto un incubo.

Mi ero ritrovata in soggiorno, nel camino crepitava un fuoco allegro. Non ricordo chi ci fosse, ero troppo frastornata per notare i particolari. Sicuramente Victoria, perché aveva aperto la porta e poi aveva consegnato un pacchetto al mio doppio. Sentirla parlare con l'altra me allora mi aveva raggelato.

Un gatto bianco con una macchia nera le girava attorno, all'improvviso mi aveva fissata ed era corso verso di me soffiando. Ora mi chiedo se si fosse accorto della mia presenza. Ricordo di essere corsa verso la me del futuro e di aver fatto cadere una forchetta. E nelle sue mani avevo visto una foto incorniciata di lei con il ragazzo biondo.

Quando capiterà quella scena, quest'inverno? Il prossimo? La tavola era apparecchiata a festa, ma non ricordo altro. Avrei dovuto fare più attenzione.

Se mi rifiutassi di ospitare il gatto, cambierei il futuro? Non credo, troverebbe il modo di tornare e io mi sentirei in colpa per non averlo salvato dalla pioggia.

«Non possiamo certo lasciarlo fuori» concludo ad alta voce.

«Saremmo pessime padrone di casa» approva la nonna. «Facciamo così, lo teniamo in veranda e sarà lui a decidere se restare. Intanto propongo di chiamarlo Tao: ha un punto nero sul pelo bianco, e un orecchio nero con una macchia bianca. Mi ricorda il simbolo yin-yang, che rimanda al Tao.»

«Tao è un nome carino!» esclamo. Non so come reagirà la mamma davanti a questo batuffolo peloso, credo sia il caso di sfruttare le neonate abilità della nonna con gli ordini online per farci portare un vagone di antistaminico.

«Piccolo Tao, hai fame?» gli chiedo quando riprende a miagolare.

«Forse gli avanzi di ieri gli piaceranno.» La nonna fa per andare in cucina a preparare la colazione al gatto, quando la fermo con una domanda a bruciapelo.

«Dov'è ora Jack?»

Si ferma e colgo una piccola esitazione, poi risponde con un sorriso che sento forzato. «Se non ha cambiato città, a New York. Si era trasferito per frequentare l'università.»

«Non l'hai più visto?»

La sua voce suona strana mentre dice: «Una volta, tanto tempo fa». Si gira di nuovo, poi ci ripensa e aggiunge nel suo tono di sempre: «L'arrivo di un gatto in una casa non è mai casuale, comunque. Staremo a vedere cosa ci porterà» e sparisce in cucina.

Io resto sola con Tao, impegnato a fare le fusa in attesa della pappa. Ha un'aria beata e dubito che abbia intenzione di andarsene da qui.

«Già, speriamo bene» sospiro.

Mi sdraio sul tappetino di yoga e, invece di meditare, penso a Oliver, alla sua visione. Mi domando in base a cosa finiamo in uno sprazzo di futuro piuttosto che in un altro, ma non ho risposta. Chissà se esiste qualcuno in grado di darmela.

42

La mamma ha accolto Tao con la felicità di chi si trova un ghepardo in camera da letto. Ha appeso volantini ovunque con la sua foto per ritrovare il proprietario e ci ha imposto di tenerlo chiuso in veranda ogni volta che lei è in casa. Victoria, all'opposto, ha fatto i salti di gioia e ha iniziato a girare video di se stessa e Tao da postare su TikTok. I gatti hanno il potere di attirare valanghe di like e mia sorella non poteva certo farsi scappare l'occasione. Inspiegabilmente lui pare prestarsi alla causa e si lascia fare di tutto da lei.

Io e la nonna ci siamo già affezionate e preghiamo ogni giorno che non si presenti nessuno a reclamarlo, cosa che di fatto non avviene: la mamma dovrà rassegnarsi alla sua presenza, anche perché siamo convinte che l'allergia sia una sua idea. Una sera che Tao è fuggito dalla veranda e ha circolato per casa a sua insaputa, lei non ha starnutito neanche una volta.

Per il resto la prima settimana di ottobre per me scorre leggera come non accadeva da quando avevo tredici anni e i viaggi nel futuro erano simpatiche invenzioni dei film.

Io e Oliver siamo d'accordo di non dare nell'occhio a scuola; il patto tra noi è il seguente: Ollie mi passa a prendere la mattina, mangiamo insieme in mensa e, dopo le lezioni, ci troviamo a studiare da me o mi accompagna in piscina.

Il patto con me stessa, invece, è più filosofico: ho deciso di dare una chance al destino e di non guardare alle prossime eclissi con terrore bensì con curiosità, cercando di concentrarmi sugli aspetti che di solito trascuro. Forse stavolta vedrò qualcosa di diverso.

Aver scoperto che Oliver viaggia nel tempo come me ha cambiato le carte in tavola.

A non essere cambiata è la sensazione che provo in presenza di Kat, il non detto tra noi che offusca la nostra amicizia. Ho aspettato di vederla a scuola il lunedì per raccontarle di me e Oliver, in modo da leggere la reazione sul suo volto e decifrare i suoi veri sentimenti.

Dopo avermi ascoltata, il suo primo commento è stato: «Mi vanto di essere imprevedibile, ma tu rischi di rubarmi lo scettro».

«Eh?»

«Lo odi, lo ami, lo allontani, sei sua amica, lo eviti come la peste e ora ti ci metti insieme. Altro che montagne russe!» E ha aggrottato la fronte per esprimere tutto il suo sconcerto.

«È difficile» ho sospirato, non sapendo come altro descrivere la mia vita al momento.

«Sì, lo è» ha confermato lei con sguardo assente.

Non mi ha fatto domande, non ha aggiunto altri commenti. E io ho intuito che, per quanto sia doloroso, si stanno moltiplicando le cose di cui con Kat non posso parlare.

È martedì pomeriggio, Oliver è da me a fare i compiti e, non appena ci sfioriamo la mano, Victoria ci piomba alle spalle guidata dal suo radar infallibile e inizia a congratularsi, come se fossimo appena convolati a giuste nozze.

«Non so di cosa tu stia parlando.»

Il mio pietoso tentativo di negare l'evidenza non sortisce alcun effetto. Con l'aria compiaciuta di chi ha scoperto un segreto stuzzicante, si siede davanti a noi e si allunga sul tavolo, fissandoci a mo' di giudice davanti agli imputati.

«Non ho niente in contrario se uscite insieme» proclama, «ma non chiudetevi in camera sperando che vi copra con la nonna perché non lo farò.»

Sto per rifilarle una risposta acida, ma Oliver mi precede, diplomatico.

«Non accadrà, Vostro Onore. Possiamo contare sulla libertà vigilata?»

Vic lo soppesa con lo sguardo prima di annuire. «Concessa. Non capisco cosa ci trovi in mia sorella, ma comunque...» non resiste alla tentazione di fargli gli occhi dolci «almeno ti vedrò spesso in casa nostra.»

Oliver ride e Victoria, soddisfatta, se ne torna nelle sue stanze, probabilmente a spettegolare con Claire al telefono – ammesso che sia ancora sua amica. L'argomento non è più stato toccato dopo l'exploit di sabato sera e mi guardo bene dal riprovarci. Immagino che la mia espressione si sia incupita, perché Oliver mi chiede: «Tutto a posto?».

«Sì, scusa, stavo pensando a Vic.»

«L'ha presa bene.»

«Giorni fa si è premurata di comunicarmi che non è innamorata di te.» Gli sorrido e di colpo mi viene in mente che non gli ho ancora chiesto scusa. «A proposito...» Abbasso lo sguardo, imbarazzata. «Mi dispiace per il modo in cui ho reagito trovandoti con lei quel giorno. Ho perso il controllo.»

«Eri una furia» conferma lui in tono leggero, che subito diventa serio. «Ora mi credi, vero?»

Lo guardo in volto. «So che pensavi di aiutarci, ma ti assicuro che trovare mio padre è l'ultima cosa di cui la mia famiglia ha bisogno.»

«Victoria si è convinta a non cercarlo più?»

«Così pare» sospiro, «anche se con mia sorella non si può mai stare tranquilli.»

«Non per difenderla, però per Vic vostro padre è una figura misteriosa e la sua voglia di indagare è normale.»

«Lo farà quando sarà maggiorenne e non vivremo più insieme» dichiaro con fermezza. Parlare di questa storia mi mette in agitazione e, se non la chiudiamo qui, farò un buco nella maglietta a furia di arrotolarne un lembo attorno all'indice.

«Allora speriamo che abbia rinunciato sul serio alla ricerca.» Oliver si sporge verso di me per baciarmi, ma un colpo di tosse ci blocca all'istante.

«Fate pure come se non ci fossi» dice la nonna attraversando la stanza. «Io non ho visto niente.»

«Buongiorno» la saluta Oliver sorridente.

«Buongiorno a te, bel ragazzo. Venere brilla in questo periodo, risplendete anche voi.»

«La tenuta sportiva le dona molto.»

«Grazie, sto praticando yoga.»

«Come Jenn» mi informa lui, mentre la nonna prende un libro dallo scaffale e torna nel suo studio. «Hai visto il suo post?»

«No. In realtà non la seguo» ammetto. «Vederla con i beveroni verdi che dispensa consigli su colazione, pranzo e spuntino serale è oggettivamente troppo per me.»

«Perché non hai ancora avuto modo di apprezzare la sua perfetta posizione del corvo» e mi mostra sul cellulare l'immagine di Jenn in una posa che sfida la gravità. La didascalia recita: *Niente è impossibile per chi ci crede. Forza Jenners!*

Vedo una scintilla nei suoi occhi prima che mi attiri dolcemente a sé. Basta che mi sfiori le labbra per accendermi.

«La ragazza del destino» bisbiglia a un certo punto, avvicinandosi al mio orecchio. «Era così che ti chiamavo, ogni volta che pensavo a te» riprende, tornando a guardarmi con quei suoi occhi profondi.

«Io ti avevo battezzato "il ragazzo biondo"» confesso. «Molto meno poetico.»

«È ovvio che sono più poetico di te!» scoppia a ridere. «Almeno non sono più da solo» mormora lui, e il suo sorriso diventa triste. Indovino dove sta correndo la sua mente, ai giorni neri in cui temeva di avere qualcosa di sbagliato e i suoi genitori non facevano che confermarlo.

Gli prendo il viso tra le mani. «No, non lo sei» gli assicuro con un tono che non lascia spazio al dubbio. E poi ci stiamo baciando di nuovo, al diavolo la sua famiglia, al diavolo le mie paure, al diavolo tutto.

43

Il resto della settimana prosegue su questa scia luminosa che ci conduce a sabato pomeriggio e alla mia visita lampo a casa di Oliver prima dell'attesissima sfida a bowling organizzata da lui e Charlie in seguito a una scommessa. In pratica Charlie è convinto di poter battere Ollie e, nel caso succeda, otterrà la copia di un manga che ha trovato a casa sua firmata dall'autore.

Il complesso costruito dalla società di suo padre a Midheaven è uno dei più belli della città: un po' in collina, con una piscina in comune vista mare e gli edifici immersi nel verde. L'appartamento di Oliver è al piano terra e due cose mi colpiscono entrando: la luce che si riversa dalle vetrate e l'assenza di mobili. Sul serio, ci sono solo la cucina, un divano, il tavolino del televisore e dei cubi di legno usati per appoggiare i libri.

«È nuovo e mia madre non ha ancora avuto tempo di arredarlo come si deve» mi spiega lui mentre la sua governante, Joey, una signora di origini filippine minuta e scattante, ci offre un succo di frutta.

"Io sono già stata qui."

Nella mia visione, il giorno in cui ho parlato al telefono con l'ufficio della Plymouth University.

Scaccio il pensiero – oggi non mi va di affrontarlo – e

bevo un sorso. «Mi piace così, senza fronzoli» lo rassicuro. Più di quando ci tornerò in futuro.

«Di' pure senza mobili» ride lui. «Il panorama però non è niente male.»

No, non lo è, visto che affaccia sulla piscina e, più in là, si intravede il mare.

Finito il succo, usciamo per raggiungere gli altri e prepararci alla sfida.

Non mi dispiace il bowling, Charlie permettendo: cellulare alla mano, calcola tutte le traiettorie per fare strike, spiegando algoritmi complessi che non capisce nessuno. Kat sbadiglia sulla sedia e, a un certo punto, tira fuori un romanzo.

«No, no» si oppone Charlie e glielo sottrae. «A meno che non si tratti di un manuale di strategie di bowling, ti impedisco di leggere.»

«Non puoi impedirmi un bel niente» protesta lei, riprendendosi il volume.

Oliver lo osserva curioso. «Cos'è?»

«Un thriller» risponde lei, laconica. «In cui una ragazza chiude in una botola il fidanzato e ce lo lascia finché lui non le giura di fare tutto ciò che gli viene comandato.»

«Inquietante» mormora Oliver, prendendo la boccia. «E come finisce? Immagino con un omicidio, eh, Cooper?» Sogghigna in direzione di Charlie, che per fortuna non ha ascoltato una sola parola, impegnato com'è a studiare il prossimo colpo. Oliver mi lancia un'occhiata d'intesa e va a tirare, abbattendo quasi tutti i birilli.

«Bel tiro, Stevens» mi complimento, e lui mi solleva per farmi girare.

«Battimi ora se ci riesci, Heron.»

Mi accorgo al volo che Kat ci sta fissando con aria cupa. Così mi affretto a fare il mio tiro, abbattendo un birillo in più di Oliver, poi mi siedo accanto alla mia amica e provo a distrarla dalla lettura.

«Dai, Kat, fai strike e dimostra a Charlie che non servono tutti quei calcoli per vincere.»

«È un caso disperato» sospira lei, mettendo via il libro. «Se non disegna fumetti, pensa alle trame e se non pensa alle trame, elabora piani per prendere dieci nei test, vincere a scacchi, a bowling o a solitario.»

«Abbiamo sempre saputo che è un cervellone.»

«Forse dovrebbe uscire con Jenn, un po' di sana superficialità non gli farebbe male.»

Scoppio a ridere. «Oh no! Lo costringerebbe a studiare gli algoritmi per conquistare il mondo a suon di follower.»

«Se si levasse da quel telefonino, penso che Jenn potrebbe sorprenderci» commenta Kat, mentre Charlie geme per un tiro steccato. «In preda alla curiosità o a un mero istinto masochista, qualche giorno fa mi sono messa a leggere i suoi post e qua e là ammetto di aver trovato alcune perle degne di nota in difesa dell'ambiente o delle minoranze. Mi ha stupito.»

Mi stringo nelle spalle, scettica. «Peccato che non si leverà mai da quel telefonino» ribatto io, mentre lei finalmente si alza e, con fare svogliato, va a prendere la boccia.

«Va bene, campioni, guardate e ammirate.» E, con un lancio perfetto, la mia amica fa strike!

Quando torno la sera trovo la mamma che guarda *MasterChef*, mentre Tao gironzola attorno a Victoria. Mia sorella è sdraiata a pancia in giù sul divano e smanetta con il cellulare con particolare foga. Non ho mai visto un telefono lavorare così tanto, mi avvicino e mi sembra di sentirlo supplicare: "Ti prego, ho bisogno di una vacanza!".

«Ciao» saluto, per annunciare la mia presenza.

«Ciao» mi rispondono all'unisono.

Mi lascio cadere su una poltrona e sbadiglio. «Dov'è la nonna?»

«Nel suo studio a fare oroscopi» replica Vic.

«Adesso lavora anche il sabato sera?»

«Da quando ha aggiunto i clienti online, non ha più orari» brontola la mamma.

«Se diventa famosa, io farò la sua social media manager» annuncia mia sorella, mettendosi a sedere e appoggiando il telefono sul bracciolo del divano.

«Pensa a recuperare l'insufficienza in matematica, piuttosto.» Parte la pubblicità e la mamma si alza, diretta in cucina. «Vado a preparare una tisana per tutte.»

«Non sapevo dell'insufficienza» dico a Vic. «Non sei riuscita a copiare da Tommy?»

Mi regala una smorfia indignata. «Guarda che non copio sempre da lui. Anzi, quest'anno sto facendo tutto da sola!»

La sua dichiarazione mi suona sospetta. «Se vuoi una mano, chiedi pure.»

«Che offerta generosa. Peccato che nemmeno tu brilli in matematica.»

«Ho voti più che dignitosi» mi difendo, notando che il cellulare – con una nuova cover rosa shocking – lampeggia come impazzito. «Qualcuno ti invia messaggi come se non ci fosse un domani» la avverto, indicandolo.

Victoria controlla e sorride. «Non a me, a Claire. Ha dimenticato qui il suo telefono e mi sto divertendo a fingere di essere lei.»

«Vic, non si fa!»

Lei alza le spalle e sbuffa. «Ma dai, è divertente. Tommy le ha chiesto se ha provato le nuove patatine al *wasabi* e io ho risposto che una vera Jenner non compra patatine, così abbiamo iniziato a parlare di Jenn e gli ho fatto ammettere che di profilo ha il naso a patata.»

«Che conversazione profonda.»

«Ma è vero! Allora stiamo facendo la classifica aggiornata a oggi delle ragazze più carine della scuola, familiari esclusi, e i suoi gusti si confermano assurdi, ti dico solo che ha messo Kat tra le prime dieci.»

«E cosa ci sarebbe di assurdo, scusa?» salto su, traslocando sul divano per difendere la mia amica. «Kat ha molto fascino.»

«Se si vestisse in modo decente, eliminasse le ciocche rosa e facesse la ceretta sulle braccia» ribatte Victoria, implacabile. «Adesso gli ho chiesto chi si trova nella top tre, ascolta.»

«Sono tutt'orecchi.»

Arriva un messaggio e mi fa leggere:

3. Vic

Guardo mia sorella, convinta che ci sia rimasta male, invece lei ridacchia. «Che onore, sono sul podio!»

Altro messaggio.

2. Emily

È una tipa carina, con la mamma giapponese, e canta benissimo. Non mi stupisce che si sia guadagnata la medaglia d'argento. Victoria non commenta, sta aspettando di scoprire chi svetta in cima alla classifica. All'improvviso ho un presentimento che, un secondo dopo, si rivela esatto.

1, Tu, ovviamente 💜😘

Cala un silenzio di tomba. Guardo Vic, incerta su come commentare il risultato, ma il suo volto è di marmo. Ricomincia a digitare e leggo:

Ahahah, facile così. So di essere il meglio del meglio, ma ora torniamo seri e dimmi il nome.

Non c'è nessun altro nome, lo sai 😍

Piantala, cretino! 🙄

Tu sei l'unica per me.

Victoria getta il cellulare sul tappeto accanto a Tao che si sveglia di soprassalto, poi scatta in piedi e, senza dire una parola, scappa di sopra e sento sbattere la porta. Io raccolgo il telefonino, chiudo WhatsApp e vado a posarlo sul mobile dell'ingresso, incrociando la mamma che torna con il vassoio e tre tazze. Sento profumo di malva e menta.

«Cos'è successo?» domanda, lanciando un'occhiata verso le scale.

«Niente, Vic aveva sonno ed è andata a letto.»

«Non avrete litigato di nuovo...»

«No.» Stavolta non sono io la responsabile del malumore di mia sorella, ci ha pensato qualcun altro a rovinarle la serata. La visione, le volte in cui ho notato Claire e Tommy da soli... Avevo ragione. E la storia dei ciondoli era così palese che solo un'ingenua poteva credere alle scuse accampate da Claire. Ma Victoria, con tutta la sua spavalderia e la sua aria di superiorità, ha il cuore tenero quando si tratta dei suoi amici. «Era solo stanca.»

La mamma va a posare il vassoio sul tavolino, io salgo e busso piano alla sua camera.

«Vic, vuoi parlarne?»

«No» mi risponde la sua voce soffocata. La immagino a pancia in giù sul letto, la testa sul cuscino e il suo unicorno di peluche tra le mani. Anzi, quello sarà già finito fuori dalla finestra, perché era un regalo di Claire.

«Sicura? Guarda che se hai bisogno di me...»

«Vattene, Lily. Sto bene.»

«Come vuoi.»

Non che mi aspettassi qualcosa di diverso, tipo la porta spalancata e mia sorella che mi getta le braccia al collo e mi ringrazia per esserci sempre e volerle bene. Non accadrà mai e questo pensiero mi rattrista.

Abbattuta, torno in salotto e mi siedo sul tappeto a giocare con Tao.

Lunedì mattina, mentre entro a scuola con Oliver vedo mia sorella davanti all'aula di inglese con Claire. Le sta restituendo il cellulare dopo averla avvertita del ritrovamento. Per non perdermi la scena, mi avvicino abbastanza da sentire cosa si dicono senza farmi vedere.

«Tieni.» La voce di Victoria è glaciale e mi scopro ad ammirare il suo sangue freddo.

Claire deve essere già al corrente dell'accaduto, perché balbetta: «Grazie. Io... Tommy mi ha detto che...». Impallidisce, poi aggrotta la fronte. «Come hai potuto fingerti me?»

La miglior difesa è l'attacco. Che sfacciata!

«Chi pensavi avesse trovato il tuo telefono, l'orsetto Paddington?» replica Vic senza scomporsi.

«Tommy era convinto che fossi tu, ma io ti ho difeso!» sbotta Claire con un'incredibile faccia tosta. «Gli ho detto che mai e poi mai avresti agito alle mie spalle...»

«Come voi avete fatto con me?»

Bel colpo, sorellina! Mi trattengo a stento dall'applaudire.

Claire tace e lei continua: «Ne parliamo dopo, adesso devo andare in classe».

Come, la lascia andare così? Sono tentata di scattare in avanti per dirne io quattro a quella traditrice, ma quasi vado a sbattere contro la professoressa Smith e mi fermo un secondo prima di provocare un incidente. Noto che è vestita di viola e nero, pronta per un funerale più che per una lezione di scienze, segno inequivocabile che è di umore peggiore del solito. La saluto con un sorriso splendente a cui risponde arricciando la bocca, che ormai ho capito essere l'espressione più allegra a cui possiamo ambire.

«Cosa ci fai ancora qui?» esclama squadrandomi con disappunto. «Non mi sembra che i tuoi voti siano così alti da beneficiare di un punto in meno per il ritardo.»

«Vado subito» e mi precipito verso l'aula con Oliver al seguito, convinta che il "ne parliamo dopo" di Victoria significhi la fine della loro amicizia.

Lo Scorpione è il segno più sfuggente dello zodiaco: per capirlo bisogna guardare gli alberi a novembre, che si spogliano per poter ospitare nuove foglie in primavera. Emergerà un forte bisogno di indagare, scoprire verità nascoste, per affrontarne poi le conseguenze. Con Saturno ancora retrogrado, ci verrà chiesto di essere più sensibili ai bisogni di chi ci circonda e allargare il nostro sguardo.

SCORPIONE

44

Siamo a fine ottobre e fa freddo, perlomeno per i miei standard. Di solito in autunno sono di pessimo umore, mi trascino tra casa e scuola rimpiangendo l'estate e sognando il Natale. Di conseguenza l'energia che mi pervade questa domenica mentre mi incammino verso Chelsea, una delle zone più belle di Londra, sotto l'ombrello e stringendomi nel cappotto, coglie di sorpresa anche me.

Forse dipende dal fatto che Oliver, al mio fianco, mi sta mostrando i luoghi della sua vita londinese che finora avevo solo potuto immaginare: il caffè all'angolo che fa i migliori muffin ai mirtilli della città, la primary school che ha frequentato, Edgerton Gardens, dove la tata lo portava a giocare da piccolo, con gli alberi ora rivestiti di foglie rosse e color ruggine. Oliver mi guida attraverso il quartiere con l'entusiasmo di un bimbo, e una volta di più non capisco come sia possibile che abbia rinunciato a tutto questo per me.

Mi ha convinta a fare questa gita per vedere il quartiere in cui è cresciuto e conoscere i suoi, e durante le tre ore di treno sotto la pioggia mi sono chiesta un milione di volte come sia riuscito a vincere le mie resistenze. Ho provato ad accampare varie scuse, dalla lunghezza del viaggio al brutto tempo, senza successo: mi ha comprato il biglietto e mi ha mostrato le previsioni del meteo, secondo le quali, nel corso della giornata, sarebbe perfino spuntato il sole.

"Ammettilo, Lily, in fondo ti brucia che Sophie frequenti da sempre casa Stevens e vuoi reclamare un po' di spazio anche tu" mi sono detta mentre scendevo a Victoria Station. Sono rimasta a bocca aperta di fronte ai palazzi eleganti con i *bow window*, alle opere degli artisti emergenti esposte alla Saatchi Gallery e ai piatti raffinati – tutti vegetali – che assaggiamo da Wulf & Lamb, prima di incamminarci verso Edgerton Place.

Adesso, fermi davanti a un edificio di mattoni rossi, Oliver mi rivolge un sorriso.

«Siamo arrivati.»

L'appartamento è un attico gigantesco e, varcata la soglia, mi ritrovo in un salone luminoso che dà su una megaterrazza con vista.

Oliver mi prende il cappotto, che appende in un armadio accanto al suo.

«Prego, *mademoiselle*, per di qua» mi fa cenno di seguirlo verso l'enorme divano in pelle bianco.

«Che bella casa» mormoro, incantata dalla sobrietà e dall'eleganza degli arredi, con il pianoforte a muro e uno splendido vaso di fiori freschi sul tavolino.

«Merito di mia madre, è lei l'esperta.»

«Non c'è, vero?» mi assicuro, guardandomi attorno.

«Non ancora. Puoi rilassarti.» E dalla sua espressione divertita mi rendo conto che dalla domanda trapelava tutto il mio nervosismo.

Noto subito le fotografie incastonate in una moderna cornice ad alberello sul tavolino, nelle quali riconosco un ragazzino biondo in tenuta sportiva con la racchetta e il gesto del vincitore, che solleva un trofeo, poi che soffia le candeline... E finalmente Oliver, con suo fratello, davanti al Big Ben. La carrellata termina con un paio di scatti di loro da piccoli, in divisa e con gli zainetti di peluche. Mi sfugge un sorriso, sono così carini.

«Tu e tuo fratello vi assomigliate.»

«Sì, lo pensano tutti, poi ci conoscono e cambiano idea.»

Studio il volto di Matt, il suo sorriso distratto. «Ha un carattere così terribile?»

«Diciamo che il successo non gli ha giovato.» Mi circonda la vita con un braccio e distoglie la mia attenzione dalle foto. «Passiamo alle cose serie, Heron. Ho una sorpresa per te.»

«Intendi mostrarmi la tua collezione di farfalle, per caso?»

Il suo sorriso cresce. «Qualcosa di molto meglio» e mi attira più vicino.

«Come sei modesto.»

«E tu maliziosa! In realtà è una sorpresa del tutto innocente. Ho composto un brano per te e volevo fartelo ascoltare… se ti va.»

Mi illumino d'immenso. «E me lo chiedi?»

Felice, Oliver mi dà un bacio leggero, poi va a sedersi al pianoforte e accarezza i tasti bianchi e neri. L'amore che prova per quello strumento gli si riflette sul volto.

Inizia a suonare una melodia dolce e armoniosa, che evoca immagini di tramonti sul mare e onde che si infrangono a riva. Io ascolto e non muovo un muscolo, stregata dalla bellezza delle note. Alla fine, incapace di trovare un commento adeguato a esprimere quello che provo, mi lancio tra le sue braccia e incollo le mie labbra alle sue.

«Suppongo ti sia piaciuto» mormora lui, colto di sorpresa dal mio impeto.

«Ma no, che dici?» sorrido. «Ho la pelle d'oca, ma sarà per il freddo.»

Mi scosta una ciocca dalla fronte e i brividi aumentano.

«L'ho composto pensando a te, al tuo sguardo assorto

quando contempli il mare e non ti accorgi che ti sto osservando.»

«Suoni così bene» sospiro, commossa. «Dovresti scrivere anche le parole.»

Lui scuote la testa. «Non mi interessano le canzoni, lo sai. Voglio diventare un grande pianista.»

Un pensiero improvviso mi attraversa la mente. O meglio, un ricordo, il viaggio nel futuro in cui mi sono trovata in camera sua e ho scoperto la busta mai spedita. Stavolta non lo respingo. Mi avvicino alla vetrata, fuori ha smesso di piovere. «Alla fine delle superiori, tu vorrai tornare a Londra a studiare musica» dico fissando il cielo ancora coperto di nubi.

«Be', sì, ma tutti ci sposteremo per l'università» replica lui, venendomi accanto.

«Io non voglio trasferirmi qui. E tu...» abbasso gli occhi «non lo accetterai.»

Oliver mi fissa sorpreso. «Perché dici così?»

Dal mio sguardo capisce senza bisogno di parole. Gli racconto cosa ho visto e capisco che ci resta male, molto male.

Alla fine mi prende le mani. «Lily, mi dispiace tanto. Ora che lo so, impedirò che accada.»

«Resta il fatto che vogliamo cose diverse» obietto. «Oliver, io non posso vivere lontano dal mare.»

«Come vedi, Londra non è poi così lontana.»

«Stai già cercando di convincermi...»

«Dico solo che devi provare una cosa, prima di decidere che non ti piace.»

«Ho sempre voluto studiare a Plymouth» insisto, tornando verso il divano. Avverto al centro della pancia un segnale di allarme: "Nessuno può costringerti, nessuno può limitarti".

«Io da piccolo volevo fare l'esploratore, poi ho scoperto di amare il pianoforte.»

«Non è la stessa cosa.»

«Quello che intendo è che forse ti stai aggrappando a un sogno vecchio.» Oliver mi prende per un braccio. «Non ti ho mai sentita parlare di animali marini con passione, né di documentari che hai visto o saggi che hai letto, ti sei solo fissata con questa idea.»

Una parte di me deve dargli ragione, l'altra continua a scalciare come un bambino ostinato che rifiuta di arrendersi. Forzo una risata per esprimere la mia incredulità.

«L'università a Plymouth non è un *sogno vecchio*, è quello che voglio.» Lo vedo scettico, deluso forse, e mormoro: «Tu non capisci».

"Caro Ollie, tuo padre non ti ha piantato in asso prosciugando il conto in banca e frantumando la vita di tua madre. Capisco che per te sia normale restare a Midheaven senza sentire la mancanza della tua famiglia, ma per me è diverso. Senza la mamma e la nonna, io non sono nessuno. Non posso fidarmi di nessuno, soprattutto di un uomo."

Il discorsetto appassionato e commovente resta nella mia testa. Ciò che dico, invece, è: «Voglio laurearmi e voglio stare vicino alla mia famiglia. Mi mancherebbero troppo, persino Victoria, anche se so che mi farà rimangiare queste parole appena tornerò a casa».

Mi accorgo che tremo dall'agitazione, così sprofondo nel divano. Oliver si siede accanto a me e mi scruta ansioso.

«Stai bene?»

Faccio un respiro profondo. «Sto bene.»

Con la mano mi accarezza il ginocchio. «Tu puoi avere tutto ciò che vuoi, Lily. E ti prometto che non ti ostacolerò mai, puoi credermi.» Al mio sguardo dubbioso, aggiunge: «Nel futuro che ho visto io, sei felice. Significa che troverai la tua strada».

Come un balsamo le sue parole sciolgono i nodi e mi rilassano. La nonna, che questo mese non si è dimenticata dell'oroscopo, ha proclamato che con il Sole in Scorpione è il momento di allargare lo sguardo e abbracciare i bisogni altrui. Mi è sembrato che parlasse proprio di me e Oliver, dell'equilibrio che dobbiamo trovare tra ciò che desideriamo e ciò che ci aspettiamo l'uno dall'altra.

Lo ringrazio con un bacio e, nei minuti successivi, perdo completamente la nozione del tempo, finché non sento il rumore della porta che si apre e una voce femminile: «Tesoro, sono arrivata».

Mi irrigidisco e, d'istinto, mi sistemo i capelli e controllo il mio abbigliamento: girocollo grigio, jeans e stivaletti neri. Sarò troppo informale? All'improvviso vorrei trasformarmi in mia sorella e indossare uno dei suoi vestiti.

«Ciao mamma.» Oliver va incontro alla donna che entra in soggiorno, minuta, elegante, con due occhi di ghiaccio che si posano su di me. «Com'è andato l'evento?»

«Molto interessante» taglia corto, prima di rivolgersi a me con un sorriso. «Tu devi essere Lily.»

«Piacere di conoscerla, signora Stevens. E grazie dell'invito.»

«Chiamami Judith. Sono felice di incontrarti, cara. Mio marito si scusa, ma si è dovuto trattenere più a lungo.»

«Papà non smette mai di lavorare» commenta Oliver con una sfumatura di disapprovazione nella voce.

«Quando lo affiancherai, capirai perché» replica lei accarezzandogli la spalla.

Siccome non so cosa dire, sto zitta. Oliver viene in mio soccorso raccontando a sua madre della nostra maratona per le strade di Chelsea e confermandole che riprenderemo il treno verso le sette, perciò è il caso di fare un'eccezione alla regola aurea del tè pomeridiano e servirlo alle quattro invece che alle cinque.

Scopro così che l'*afternoon tea* a casa Stevens è una cosa seria. Un servizio di porcellana che sembra antico è appoggiato su una tovaglia di lino, e un profumato *Ceylon golden tips* viene versato da una teiera in tazze immacolate. Su un'alzatina a tre piani fanno bella mostra di sé dei minuscoli sandwich, *scones* con *clotted cream* e marmellata, pasticcini alla frutta e al cioccolato. Non manca neppure una raffinata *Victoria sponge cake*, decorata con fragole fresche e ciuffi di panna montata.

«Non sei intollerante al lattosio, vero?» si informa la signora Stevens, versandomi una lacrima di latte nel tè. «La nostra Sophie lo è, perciò tengo sempre un bricco di bevanda di mandorla in frigorifero.»

«No, non sono intollerante a niente» la rassicuro. Tranne che a Sophie.

«Sei fortunata. Pensa che una volta Sophie è stata così male che abbiamo dovuto portarla al pronto soccorso...»

«Vuoi la torta, Lily?» interviene Oliver, palesemente a disagio.

Annuisco e me ne serve una fetta, mentre sua madre, che ha capito, sorseggia il tè e cambia discorso. «Ollie mi ha detto che canti molto bene.»

«Ollie esagera» mi schermisco.

«Suoni anche qualche strumento?»

«Purtroppo no.»

Scruto il volto della signora Stevens per leggervi la delusione, ma è impassibile.

«C'è sempre tempo per imparare. Io ho cominciato a studiare pianoforte a vent'anni, prima preferivo uscire con le amiche o guardare la TV.»

«Lily è una sportiva, ama il nuoto.» Oliver sembra deciso a riassumere a sua madre tutte le mie qualità, forse per convincerla che sono all'altezza di stare al suo fianco. Dovrei essergli grata, invece mi viene voglia di alzarmi e tornarmene subito a casa.

Soprattutto quando le sento dire: «Come Sophie!».

Forzo un sorriso e, non trovando un appiglio migliore,

esclamo: «Questa torta è squisita» e mi lancio in un elogio della *Victoria sponge cake*. È così leggera, così delicata, devo chiedere a mia madre di provare a farla.

Vengo interrotta dall'arrivo del signor Stevens, che si lamenta del traffico, saluta suo figlio con una pacca sulla spalla e mi stringe la mano, scrutandomi senza grande interesse. È un uomo imponente, con lineamenti marcati e capelli folti e chiari.

«Mangi qualcosa, Henry?» gli domanda la moglie, che accanto a lui sembra fragile come un fuscello.

«No, grazie.» Poi, rivolto a suo figlio: «C'era anche Christopher oggi, ti ho già organizzato un altro stage per la prossima estate, dopo gli esami».

Suppongo che Christopher sia l'architetto dispotico con cui Oliver ha lavorato a luglio e agosto. La sua espressione tesa dice tutto, ma si limita a stringere le dita sulla forchetta e a lanciare uno sguardo a sua madre.

Appena suo marito lascia il salotto, la signora Stevens esclama: «Che c'è, Ollie? Dovresti essere contento, hai insistito tanto per fare quel tirocinio».

«Non significa che debba decidere lui cosa farò l'anno prossimo.»

«Ti sta solo aiutando a costruirti il futuro.»

«Sì, certo.»

Percepisco la rabbia che Oliver prova per essere costretto a seguire una strada non sua e mi sento in colpa: se è vero che lo stage gli è servito solo per starmi vicino, anch'io sto contribuendo a spingerlo nella direzione sbagliata. Prima che possa proseguire con il ragionamento, però, mi sfugge inavvertitamente la tazza e mi rovescio il tè sul maglione.

«Cavolo» sbotto, e per fortuna non mi è sfuggita un'espressione più colorita. Prendo il tovagliolo di lino e provo a togliere la macchia, ma la signora Stevens è già al mio fianco.

«Lascia stare, cara, ti posso prestare una maglia pulita.»

«Non importa, si asciugherà» mi affretto a dire. «Come direbbe mia mamma, ho le mani di pastafrolla.»

«Molto burrosa» precisa Oliver. Almeno la mia goffaggine è riuscita a strappargli un sorriso.

Chiedo di poter rimediare al danno con acqua e phon e vengo accompagnata in un bagno di marmo bianco e nero, con una grossa candela color crema che profuma di vaniglia accanto allo specchio. Chissà cosa direbbe la mamma se vedesse tutto questo. Anche se sostiene di non essere interessata al lusso, so che le piacciono le cose belle. Victoria invece si chiuderebbe qui dentro e non uscirebbe più.

L'aria calda asciuga il maglione e la macchia si vede appena. Soddisfatta, torno in soggiorno, dove Oliver e la madre si sono spostati accanto al divano e lei gli sta dando un libro.

«Questo l'hai dimenticato qui il mese scorso» gli dice.

Guardo il volume e lo riconosco subito, è la biografia di Chopin che Sophie gli ha regalato.

«Ah, ecco dov'era finito.»

«Disordinato come al solito» sospira lei, poi si allontana. Deduco che non sappia da chi arriva il libro, altrimenti non si sarebbe lasciata sfuggire l'occasione di nominare la sua figlioccia. Mi avvicino a Oliver, titubante: parlo o non parlo? Sfoglio mentalmente la famosa margherita finché non arrivo al verdetto. «È il regalo di Sophie.»

«Come lo sai?» si stupisce lui.

«Facile, l'ha comprato nella nostra libreria.»

Oliver si passa una mano tra i capelli. Sbaglio o è nervoso? «Già, è stata carina a darmelo nonostante tutto. L'ho preso come un segno di amicizia.»

Sì, come no, sono sicura che il messaggio di accompagnamento fosse: *Al mio grande amico Oliver, che possa essere felice con la sua nuova ragazza.*

All'improvviso mi sento un'estranea, un'intrusa che per quanti sforzi possa fare non sarà mai una di loro. Sono sollevata nel vedere che è già ora di avviarci in stazione, in questo appartamento perfetto mi sento soffocare. Il signor Stevens chiama il suo autista per accompagnarci, sua moglie raccomanda al figlio di tornare presto e ribadisce che è stato un piacere conoscermi.

Finalmente me ne torno a casa.

45

Durante il viaggio di ritorno, fingo di dormire sulla spalla di Oliver mentre lui legge la biografia di Chopin. Non ho voglia di parlare né di pensare. Ascolto la musica con gli auricolari e chiudo gli occhi, lasciandomi cullare dal movimento del treno.

È con vero sollievo che rimetto piede nel nostro piccolo cottage, così caldo e confortevole.

E vuoto.

Dove sono tutte, alle dieci di sera?

Tolgo gli stivaletti e salgo a vedere se trovo un'anima viva. L'unica luce accesa proviene dalla stanza di Victoria, perciò è lì che mi dirigo.

«Vic? Sei sola?»

«No, c'è una folla di spiriti con me» risponde lei, seduta alla scrivania con il gatto sulle gambe.

Mi avvicino e scopro che si sta mettendo lo smalto sulle unghie. «Evocati dalla nonna?»

«Sì, ha scoperto di avere doti da medium.»

Mi fermo incerta, temendo che la sua calma apparente svanisca e mi ordini di uscire subito da camera sua. Intuendo la mia indecisione, mi lancia un'occhiata.

«Che vuoi?»

«Salutarti. E sapere dov'è la mamma.»

«Boh, mi pare avesse una riunione con quelle del comitato. La nonna è nel suo studio a fare oroscopi online.»

«Giusto.» Ogni tanto dimentico questa estensione della sua attività.

«Com'è andata da Oliver?»

«Bene.»

«Vorrei vedere anch'io la sua casa di Londra» sospira Vic, sognante.

«È bella, ma io preferisco la nostra.»

Lei replica esasperata, come se avesse ascoltato un'eresia: «Tu proprio non sai apprezzare il lusso, Lily. Scommetto che hanno anche la sauna e una cuoca personale!».

«Posso solo dirti che il bagno degli ospiti è più grande di camera tua» ribatto. Provo a cambiare argomento: «A proposito, come va con Claire?».

Victoria torna a colorarsi le unghie come se niente fosse. «Bene.»

Dopo la famosa scena in corridoio non ho più toccato l'argomento, ma non ho più visto il terzetto riunito a scuola.

«Cosa ti ha detto dei messaggi?» insisto, rischiando coraggiosamente di incorrere nella sua ira. Che resta sopita.

«Be', è ovvio, no? Lei e Tommy stanno insieme. Non volevano rovinare la nostra amicizia, per questo lo tenevano segreto.»

«Oh Vic, mi spiace...» Non riesco a credere che mia sorella sia così calma e compassata. Al suo posto sarei furiosa.

«Perché? Mica sono innamorata di lui. Per me non è un problema se escono insieme.»

La scruto perplessa, non sono convinta che sia del tutto sincera. «Guarda che puoi dirmi quello che pensi davvero» la incoraggio.

Victoria soffia sulle unghie colorate e si volta a fissarmi. «Lily, è ovvio che ci sono rimasta male e mi sono arrabbiata, ma mi hanno chiesto scusa e li ho perdonati.»

Non riesco a credere alla magnanimità di mia sorella.

Se al posto di Claire ci fossi stata io, non sarebbe stata tanto clemente, solo con i suoi amici mostra il suo animo più nobile.

«Sei sicura che lo meritino?»

«Tutti meritano una seconda possibilità.»

Mi stende con un sorriso angelico e torna al suo smalto, lasciando intendere che la conversazione è finita.

Vado in camera mia e mi butto sul letto, con la spiacevole sensazione che la frase di Victoria alludesse a qualcuno a cui mi rifiuto di pensare, ma la cui presenza aleggia sempre come un'ombra su tutti noi. Come uno spettro.

«Oh, ecco la mia coppia preferita!»

«Non siamo una coppia» mi affretto a rispondere, mollando la mano di Oliver come se fosse una torcia accesa.

«Certo, Lily. Certo. E io sono Oscar Wilde» esclama divertito il professor Brown, che ci ha intercettato in corridoio mentre ci avviavamo a lezione.

«Glielo dico sempre anch'io che è una pessima bugiarda» e Oliver si guadagna una gomitata nello sterno.

«Ma una grande attrice» sorride il professore. «Di questo volevo parlarvi: ho già in mente lo spettacolo di quest'anno! Dovremo metterlo in scena con qualche mese di anticipo perché poi finalmente inizieranno i lavori.»

«Giusto, la ristrutturazione del teatro...»

A Brown brillano gli occhi. «E tutto grazie a voi, ragazzi! So che avete raccolto i fondi e che tuo padre» si rivolge a Oliver con aria cospiratoria «ha contribuito in modo generoso.»

Lui si stringe nelle spalle. «Si figuri.»

Dopo la disfatta dei Mid-Games, Charlie era così dispiaciuto di non avere vinto i soldi per il teatro che si è scervellato per trovare un'altra soluzione, finché, navigando in internet, non si è imbattuto nel crowdfunding. Grazie al buon cuore dei cittadini, dei membri del comitato e della famiglia Stevens, l'anno prossimo il nostro piccolo teatro avrà una veste nuova.

Il professore si schiarisce la voce. «Sarà il 20 marzo, l'ultimo giorno d'inverno. Che ne pensate?»

«Bella idea, sì» rispondo con scarso entusiasmo, infatti Brown mi scruta dubbioso.

«Come mai ho l'impressione che ci sia un *ma*?»

«Ma non me la sento di partecipare, mi dispiace» ammetto a malincuore, consapevole di deluderlo. «Ho già il nuoto e voglio studiare sodo per gli esami, in scienze faccio ancora fatica...»

«In letteratura invece stai andando molto bene, come sempre, spero che tu rifletta prima di ostinarti a seguire la carriera scientifica.»

Mi limito a una scrollata di spalle, so che il professore non approva la mia scelta, ma non voglio discuterne adesso. Colgo l'espressione di Oliver e mi innervosisco, ovviamente è d'accordo con lui.

«E tu, Ollie? Anche se prevedo la tua risposta» sospira Brown rassegnato.

«Mi spiace, il mio obiettivo è concentrarmi sulla musica classica.»

«E su Euridice, suppongo...»

Lui mi guarda divertito. «Soprattutto su Euridice, sì!»

«Povero me, come farò senza i miei protagonisti preferiti?»

«Ne troverà altri che la sorprenderanno» tenta di consolarlo Oliver con il suo piglio ottimista.

«Già. È un vero peccato, però non si dovrebbe mai andare contro la propria natura.»

Facile intuire a chi sia diretta la massima filosofica. Il mio disagio aumenta, mentre lo guardo allontanarsi e sento che Oliver al mio fianco freme per commentare.

«So già cosa stai per dire» lo precedo.

«Che sei bellissima» mi strizza l'occhio, giocherellando con una ciocca dei miei capelli.

Gli sorrido, grata per non aver infierito. «E comunque tu potresti farlo lo spettacolo, hai voti alti senza fare fatica.»

«Perché la mia vecchia scuola era molto più severa: è divertente per una volta essere il primo della classe e voglio godermi l'esperienza.» Poi solleva l'indice: «Anche se devo migliorare in storia. Ormai il professor Clarke ha capito che ho problemi a ricordare le date e si diverte da matti a mettermi in difficoltà. "In che anno ha iniziato a camminare la regina Vittoria?"» aggiunge, facendo il verso a Clarke che, in effetti, ha l'abitudine di fare le domande più assurde solo per il gusto di vederci sudare freddo.

Rido, lo imita alla perfezione. «Al momento mi sfugge, professore.»

«Male, perché tra pochi minuti inizia la lezione e dovresti essere pronta.»

«Ripasserò al volo, signore.»

Lui mi guarda di nuovo serio e poi mi attira a sé. «C'è qualcos'altro che dobbiamo ripassare, mi sa» mi sussurra sulle labbra, prima di posarvi le sue.

E così anche la regola di non dare troppo nell'occhio a scuola è andata a farsi benedire. Mi dispiace, ma non posso farci niente, è più forte di me. I baci di Oliver sembrano musica e io volteggio in quel cielo luminoso che è diventato il mio cuore.

Dopo un po' – dopo un bel po', a dire il vero – apro l'armadietto e, sopra il libro di storia, è appoggiato un biglietto. Stavolta lo prendo con il sorriso. «Che bello, me ne hai lasciata un'altra?»

«Che?» domanda lui, distratto.

Gli mostro il foglio: «La poesia» e inizio a leggere il testo. «*Dai rami nudi cadono foglie, gocce silenti del mio pianto invisibile. E così, tra le piante spoglie, dimorano ombre di un amore impossibile.*»

«Chi ti scrive versi romantici?» scherza Oliver e io scoppio a ridere.

«Tu, scemo.»

«Proprio no» esclama e, adesso che lo guardo bene, non sembra affatto che stia scherzando.

«Non sei tu che mi lasci questi biglietti?»

«No! Io non sono così melodrammatico.»

«E allora chi...?»

«Lily Heron, tu hai un ammiratore segreto» decreta. Si guarda attorno con aria minacciosa. «Che farebbe bene a girarti alla larga.»

Non dà l'impressione di prendermi in giro, e il mistero del poeta anonimo si infittisce. Mi interrogo sulla sua identità anche durante la lezione di storia, con Clarke che spiega la politica coloniale in India. Dovrei prendere appunti, e invece passo in rassegna tutti i ragazzi per risolvere l'enigma. Non ho la minima idea di chi possa essere.

Vedendo che anche Kat al mio fianco è distratta, le bisbiglio: «Ehi... Sai i biglietti che trovo ogni tanto nell'armadietto? Non sono di Oliver. Conosci qualche poeta nella nostra scuola?».

Lei scuote la testa e si mette a prendere appunti.

La imito e scarabocchio qualche parola, ma dopo poco riprendo il discorso a bassa voce. «Kat, se fosse uno scherzo?»

«Cosa?»

«Le poesie.»

«Cielo, Lily, fregatene» sibila tra i denti, spezzando la punta della matita. «Chiunque sia non ha chances, no? Tu e Oliver siete anime gemelle, giusto?»

C'è del sarcasmo, o forse amarezza, nella sua voce? «Va tutto bene?»

Si stringe nelle spalle. «Benissimo. Ho appena lasciato Charlie.»

«No!»

«Signorine!» La voce di Clarke mi riporta alla realtà.

«Scusi!» Fingo di concentrarmi sulla lezione, anche se non ascolto una sola parola per tutto il resto dell'ora.

46

«Come mai lo hai lasciato?» domando a Kat sulla via verso la mensa.

«Non sono la persona giusta per lui.»

«Però non capisco...»

«Lo so che non capisci.» Il suo tono mi ferisce e sto per replicare qualcosa, anche se non so bene cosa, ma lei mi precede: «Vado a vedere come sta Jenn, dev'essere una giornata dura anche per lei».

Dal fitto chiacchiericcio che pervade i corridoi e dalle lacrime di qualche Jenner sfegatata, apprendo che anche Jenn e Alex si sono lasciati, ovviamente via social. Kat che consola Barbie-senza-Ken è la conferma di un movimento planetario molto strano in atto nel nostro cielo, la congiunzione anticipata dalla nonna.

La mia attenzione è distratta dall'ingresso di Oliver con Charlie, intento a parlare con foga. Gli vado incontro dispiaciuta. «Charlie, Kat mi ha detto...»

«Grazie, Lily.» Ha il volto triste e i capelli scuri arruffati, le spalle un po' curve. «Sentivo che sarebbe successo, era troppo bello per essere vero.»

«Magari cambia idea, è un periodo complicato per via di Stephanie» tento.

«Lily, sto bene. Sul serio» insiste, solo che non gli credo e lo guardo dubbiosa.

«Ti giuro, è stata onesta e l'ho apprezzato. Me ne sto facendo una ragione.»

«Guarda che puoi sfogarti se vuoi!» ribatto.

«Scricciolo, davvero, l'ha presa da uomo» interviene Oliver dandogli una pacca sulla spalla. «Charles è più forte di quanto pensi.»

«Io e Kat torneremo amici e tutto andrà a posto.»

Lo fisso incredula. «Come fai a rimanerle amico?»

Si stringe nelle spalle. «Certe cose devi accettarle, non è colpa sua.»

«Anche una persona di mia conoscenza dovrebbe imparare a essere più comprensiva a volte» soggiunge Oliver, stringendomi a sé.

Come facciano tutti a essere così comprensivi, non me lo so spiegare: mia sorella con i suoi amici, Charlie con Kat. Solo io sono diffidente verso il mondo e non do una seconda possibilità a nessuno? Se mi ferisci non perdono: il mio mantra.

Anche se pare che continueremo a uscire in quattro e l'atteggiamento di Charlie dovrebbe avermi rassicurata, l'intuito mi consiglia di non abbassare la guardia e un'ansia fastidiosa mi impedisce di rilassarmi. Perciò il pomeriggio scappo in piscina, scortata da Oliver che ha deciso di fare un tuffo con me. All'uscita dagli spogliatoi, in costume olimpionico e con telo e cuffia in mano, mi trovo davanti Mark che mi saluta felice.

«Ehilà.» Accanto a lui c'è un volto noto. «Lily, ti ricordi di Simon?»

«Nocciola e *lemon curd*, giusto?» dice lui.

Il gelataio! «In persona» confermo allegra.

«Abbiamo deciso di farci una nuotata, ci scaldiamo visto il brutto tempo.»

«Bravi, allora ci vediamo in acqua.»

Simon mi regala un sorriso smagliante, Mark ammicca e, di nascosto, gli mostro il pollice in su. Comparso alle mie spalle, Oliver mi guarda palesemente confuso.

«Mi sono perso qualcosa?»

«No, tranquillo. Pensa a scaldare i muscoli, altrimenti non mi stai dietro.» Mi avvio verso la vasca e cerco di infilare i capelli sotto la cuffia.

Prima di iniziare a nuotare, intravedo Carolina che congeda una giovane atleta e agito la mano per salutarla. Lei ricambia e si avvicina sorridente.

«Carol, ti presento Oliver.»

Lui sfodera il suo miglior sorriso. «La famosa mentore che l'ha convinta a nuotare.»

«In realtà mi limito a darle qualche suggerimento» sminuisce lei, «finché non deciderà di tornare a competere. Allora si farà sul serio.»

«Non vedo l'ora che accada» approva Oliver, e d'un tratto ho la sensazione che il cerchio attorno a me si stia stringendo: Brown, Carolina, Ollie, tutti sono convinti di sapere cosa dovrei fare. Per evitare di dire qualcosa di cui mi pentirò, mi allontano e completo tre vasche prima di interrompermi per riprendere fiato. Oggi sono un po' fiacca, sarà il tempo.

«Già ti arrendi?» mi provoca Oliver, che mi è stato al passo.

«Mi sono fermata solo per farti una domanda.»

«Sentiamo.»

«A cosa stai pensando?»

Ho notato che è distratto.

Si issa sul bordo della piscina e mi scruta pensieroso. «Ti sei mai chiesta se quello che hai visto nel futuro... la domanda all'università, intendo, fosse un segnale?»

«Del fatto che devi essere sincero con me?»

«Non ti mentirò, lo giuro. Ma forse devi riflettere su quello che vuoi veramente. I sogni possono cambiare.»

«Va bene, però sono io che devo decidere cosa fare nella vita, non tu, né Brown, né Carolina, né l'universo.»

«Hai ragione, fiera paladina del libero arbitrio» sentenzia Oliver, solenne. Lo schizzo in faccia e lui si ritrae, ridendo. «Ehi!»

«Non prenderti gioco di me, il futuro è una faccenda seria.»

«Decisamente. Per questo devi pensarci bene e considerare tutti i punti di vista. Promesso?»

Comincio ad avere freddo, devo riprendere a muovermi. «Promesso.»

«Bene. Ora facci vedere chi sei, squalo!»

Riprendo a macinare vasche immaginando di essere nell'oceano, circondata dai delfini, e mi sento così leggera che di una cosa posso stare certa: in un modo o nell'altro l'acqua dovrà sempre far parte della mia vita.

47

«Signora Cooper, vuole un caffè?» chiede la mamma posando la borsa sul pouf.

È appena tornata dalla libreria e ha trovato la madre di Charlie accasciata sul divano e il fazzoletto in mano, in preda a una crisi di nervi.

«Grazie» risponde lei tra i singhiozzi, «un caffè mi farebbe bene.»

La mamma lancia a me e alla nonna un'occhiata preoccupata e va in cucina a prepararlo, fedele alla sua convinzione che la caffeina, non la camomilla, sia il rimedio giusto contro l'ansia.

La signora Cooper si soffia il naso e inspira a fondo. «Scusatemi, penserete che sono pazza.»

«No, Evelyn cara, so che a volte è difficile districarsi tra le influenze astrali» la rassicura la nonna, in piedi accanto a me. Siamo qui da almeno mezz'ora, da quando loro sono uscite dallo studio dopo la consultazione dell'oroscopo e c'è stato il crollo.

Non avevo idea che la mamma di Charlie fosse una cliente della nonna e mi sento in imbarazzo per aver ascoltato la sua storia. Sapevo che Charlie non aveva mai conosciuto suo padre, ma ignoravo il motivo. Poco fa l'ho sentita raccontare di come il suo fidanzato delle superiori l'avesse piantata in asso, sparendo dalla circolazione. Non sa neppure di avere un figlio.

Adesso pare che il proprietario della casa in cui abitano lei e Charlie la voglia vendere, perciò deve cercare un altro posto, ma gli affitti sono troppo alti e non ha nessuno che possa aiutarla. Anche l'azienda per cui lavora sta riducendo i dipendenti, ecco perché oggi è venuta dalla nonna. Che le ha fatto l'oroscopo gratis, ma non ha migliorato la situazione.

«Con tutti questi pianeti contro mi licenzieranno di sicuro» geme, asciugandosi gli occhi.

La nonna va a sedersi accanto a lei e le prende la mano. «No, no. Ti mettono di fronte a una grande prova, ma al tempo stesso offrono un'occasione per lasciare andare il passato e cominciare una nuova fase.»

«E come ricomincio, senza niente?»

«Puoi cercare un lavoro diverso, magari qualcosa che ti piace di più» suggerisce la nonna, che ora mi sembra calata più nel ruolo di amica che di astrologa. «Non aspettare di essere licenziata, muoviti prima.»

«E poi ha Charlie» aggiungo io, pensando a come il mio amico abbia reagito alla rottura con Kat. Spero prenda altrettanto bene la notizia di dover traslocare. «È un ragazzo forte e pieno di risorse.»

«Ma ha solo sedici anni e stavolta non voglio mandarlo via...»

«Le posizioni dei pianeti cambieranno e troverete la casa» afferma la nonna. «L'oroscopo serve a spiegare le energie attorno a noi, non è una condanna.»

La mamma torna con una tazza di caffè americano e lo porge alla signora Cooper, che abbozza un sorriso. Il beverone sembra avere effetto: si calma e promette di mettersi a guardare gli annunci di lavoro. «Lily, non dire niente a Charlie» mi supplica. «Non deve distrarsi dalla scuola, è importante che studi e superi gli esami.»

Prometto di tacere, anche se, mentre salgo in camera mia, sto già elaborando un piano per aiutare Charlie e sua mamma. Scrivo un messaggio a Oliver per avvisarlo che domani devo parlargli di una cosa importante e lui mi risponde con una faccina allarmata, ma lo rassicuro: stavolta non si tratta di noi. E lo lascio con la curiosità di scoprire l'arcano.

A domattina, lo saluto con tanti cuoricini.

«Allora, sputa il rospo» mi incalza nel momento stesso in cui esco dal cancello e me lo trovo davanti per andare a scuola.

«Ciao, hai visto? Stamattina c'è il sole.»

«Dai Lily, sii buona. Stanotte non ho dormito per la curiosità.»

Se non si trattasse di Charlie, sarei tentata di tormentarlo ancora per un po', mi diverte tenerlo sulle spine. Lo informo dell'intera vicenda, influenze planetarie comprese, e gli espongo il mio ardito progetto per salvare il mondo.

«Credo che Charlie sospetti qualcosa» commenta lui. «Mi ha detto che sua madre è più persa del solito e che ha iniziato a comprare scatoloni.»

«E lui?»

«Sai com'è fatto, prende la vita con filosofia. Chiederò a papà se conosce qualcuno, vedrai che andrà tutto a posto.»

Il modo in cui Oliver riesce a rassicurarmi è sorprendente: d'improvviso mi sento tranquilla e, una volta a scuola, sono convinta anch'io che tutto si risolverà.

Nell'atrio incrociamo Keith, che attacca un volantino in bacheca prima di raggiungere Alex ai piedi della scala. Sta salutando tutti al settimo cielo. Oliver si dirige verso di lui, io butto una rapida occhiata all'annuncio e scopro che cercano un nuovo tastierista. Come nelle migliori band, uno dei ragazzi ha già abbandonato il gruppo.

«Mi mancherete» sta proclamando Alex. Alla vigilia

della partenza per Barcellona, sulla sua fronte il termometro che registra l'entusiasmo ha superato i quaranta gradi.

Quando entra Jenn, è come se qualcuno mettesse in pausa la scena. Ci paralizziamo sul posto, tranne loro due. Nessuno respira, il pubblico è in febbricitante attesa.

Ammetto di restare stupita dalla reazione di lei: dopo un attimo di esitazione, gli si avvicina e gli stringe la mano. «Allora ciao.»

Lui, sulle prime un po' sorpreso, annuisce e risponde alla stretta. «Ciao.»

E così, sul muro giallo sopra la scalinata compare la scritta: *The End.*

Un po' delusi per questo finale di stagione di *Alex & Jenn* decisamente sotto tono – c'era chi si aspettava almeno qualche lacrima, sicuramente degli insulti e magari libri che volavano –, ci ritiriamo di buon grado nelle nostre classi in attesa di un'altra serie più appassionante.

Oliver è andato a sedersi accanto a Charlie e Kat condivide il banco con Jenn. Mi ritrovo sola e più impacciata del solito con provette, becher e fornello ad alcol: mi sento una bimba che gioca al "Piccolo chimico" più che una futura studentessa di Biologia marina. In cerca di supporto psicologico, mi volto verso Kat e Jenn sedute nei banchi dietro di me.

«Jenn, come va?»

«Bene, ho Pam con tutte le mie follower a sostenermi. Sono fonte di ispirazione per loro, mi scrivono di non cambiare mai...»

«Quindi sanno scrivere?» bofonchio, ma Kat mi fulmina con lo sguardo.

«Okay, scusa. Pessima battuta» mi affretto a cambiare discorso. «Brown ti ha già scritturata per lo spettacolo di primavera?» cerco di cambiare argomento.

«Quest'anno non partecipo.»

Jennifer Hill non salirà sul palcoscenico?

«Perché?»

«Mio padre mi toglie la carta di credito se non passo gli esami con voti decenti. Perciò devo mettermi sotto con lo studio.»

«Magari potevi farti dare una piccola parte.» Dopotutto Stanislavskij sosteneva che "non esistono piccoli ruoli, ma solo piccoli attori", ma Jennifer evidentemente non lo sa e mi guarda come se avessi pronunciato un'irripetibile oscenità.

«No, e poi con tutte le letture assegnate da Brown, altro che spettacolo» sbuffa lanciando un'occhiata a Kat. «Io non sono veloce come lei, che divora libri come fossero patatine.»

«Oh, ma Kat non fa testo, lo dice anche mia madre!»

«Cambiamo discorso altrimenti mi deprimo» mormora mogia Jenn. Poi, di colpo, sfodera uno dei suoi sorrisi da selfie. «Per Halloween darò una festa a casa mia e voi siete invitate.»

«Ah-ah» rispondiamo in coro io e Kat.

«Forse non ve ne rendete conto: è una festa esclusiva, quindi consideratevi fortunate» ribadisce lei, sottolineando la parola "esclusiva".

«Sono onorata, ma passo, Jenn. Scusa.»

So che Kat non ama le feste, però qualcosa nel modo spento in cui lo dice mi accende un campanello d'allarme. Poi uno strano odore di bruciato mi rivela che non ho spento il fornellino prima di mettermi a chiacchierare.

«Signorina Heron! Ma che...?» La Smith piomba al mio banco e con un panno spegne il fuoco. Non però la fiammata di vergogna che mi incendia le guance. «Alla facoltà di Biologia marina la accoglieranno senz'altro a braccia aperte. E con un estintore in mano.»

La classe scoppia a ridere.

«Scricciolo, può capitare a tutti un momento di distrazione, tranquilla» cerca di consolarmi Oliver una volta in corridoio, alla fine della lezione. «La Smith era arrabbiata solo perché l'incendio non si è propagato tanto da far chiudere la scuola.» E mi strappa un sorriso, come solo lui riesce a fare. Poi mi stampa un bacio in fronte e mi stringe forte. Il ritmo calmo del suo cuore mi culla e placa un po' della mia angoscia. Vedo passare Kat diretta verso la mensa e mi costringo a lasciarlo per andare a parlarle.

«Non ci credo che non vuoi andare a una festa nella supervilla di Jenn con *finger food* a base di tofu e spirulina» le dico affiancandola. «Potremmo proporle un barbecue in giardino: al fuoco ci penso io!»

Finalmente la faccio ridere ed è come se un macigno di cemento mi si spostasse dallo sterno. «La tentazione è forte in effetti, ma resisterò.»

«È per Charlie, vero?» chiedo, convinta di sapere già la risposta.

«No.»

Come non detto, non la sapevo. Evidentemente ci sono molte cose che non so di lei in questo periodo. «E allora che c'è? Sei strana e non riesco a capire perché.»

Kat prende un respiro profondo. «Lascia stare, Lily.»

Le stringo un braccio e la supplico. «Neanche per sogno. Dimmi cosa ti sta succedendo.» Frugo nella mente cercando una ragione per cui possa stare così. Se non è per Charlie forse può essere... «È per Stephanie?»

Sulle prime sembra incerta, poi conferma: «Sì. Sì, è per Stephanie...».

«Ah!» Tiro un sospiro di sollievo. «Cos'ha fatto?»

«Come prevedevo, la convivenza non funziona. Mi sento a disagio ad averla attorno, non sembra più casa mia.»

«Si guarda allo specchio ogni mattina e gli chiede se sia lei la più bella del reame?» provo a sdrammatizzare.

«Peggio. Ci costringe a mangiare attorno al tavolo cibo fatto in casa, le cene sul divano davanti alle serie TV sono bandite» mugugna.

Contraggo il viso in una smorfia di dolore. «Uh...»

«Già. Secondo lei quello dei pasti è un importante "momento di condivisione"» e mima le virgolette «in cui ognuno racconta la sua giornata e robe così...» Rotea gli occhi al cielo. «E poi...»

«C'è anche un poi?» chiedo, allarmata.

«Mi prende i vestiti sporchi senza chiedere! Ieri si è messa a smacchiare una maglietta dipinta da me, capisci?»

«Okay, ho io il rimedio» decido all'istante, vista la gravità della situazione.

«È legale?»

«Sì, scema! Vieni a stare da me per le vacanze d'autunno e ce la spassiamo a modo nostro.» Mentre parlo, vedo passare Keith. È da solo e sta andando verso la mensa. Non posso lasciarmelo sfuggire. «Allora d'accordo» concludo, allungando la mano per siglare il patto.

Kat la stringe. «D'accordo.»

«Scusami un secondo» e mi dileguo nel corridoio gridando il nome di Keith.

Lui si volta, sorpreso. Ha legato i rasta in una coda. «Oh, Lily!»

«Ho visto il volantino» annaspo. «Ho io chi fa al caso vostro.»

«Ah, sì?»

«Oliver! È un fenomeno, credimi.»

Keith sembra folgorato. «Davvero? Pensavo gli interessasse solo la musica classica.»

«Prova a chiederglielo, non si sa mai.»

Lui annuisce. «Vado!»

Gli sorrido vittoriosa: un talento come il suo non può restare confinato ai concerti da camera. E con il mio megalomane progetto per rendere Oliver una star internazionale, me ne torno in classe.

48

«Sono calda?» chiede Kat a Oliver.

«Sì.»

«Sono da mangiare?»

«Sì.»

«A te piaccio?»

«Certo, piaci a chiunque.»

«Ma non sei me» soggiunge Charlie, divertito.

«Sono la pasta?»

«No, ma ci sei quasi, o come direbbe Lily… *Fuochino!*» sghignazza Oliver e fa ridere tutti, me compresa. Gli tiro un pugno sulla spalla. «Piantala, Stevens!»

È il pomeriggio del 31 ottobre e Kat, Oliver, Charlie e io siamo a casa mia presi in una – *accesissima*, mi verrebbe da dire – sfida a "Chi sono?", quel vecchio gioco in cui ognuno si attacca un post-it sulla fronte con una parola e un altro deve fargliela indovinare. Sul biglietto di Kat c'è scritto PIZZA e quando indovina e vince, si prende tutti i biscotti messi in palio.

Alla fine ci siamo riusciti. Anche se Charlie e Kat non sono più una coppia, il nostro gruppetto di amici funziona alla grande da almeno una mezz'ora buona.

Da quando si è trasferita a casa nostra per le vacanze d'autunno, la mia amica è tornata quella di sempre.

Sapevo che stare da noi l'avrebbe aiutata: quando eravamo bambine veniva a pranzo o a cena tutte le settimane e si fermava a dormire. Passavamo buona parte della notte a bisbigliare con i visi sotto le coperte e a scriverci sulla schiena dei messaggi che l'altra doveva decifrare.

«Sono tornata» annuncia la mamma, rientrando con una grossa scatola in una mano e una busta nell'altra «con la vostra merenda, *scones* caldi.»

«Oh, grazie mammina, sei la numero uno.»

Lei posa la scatola sul tavolo e mi porge la busta. «Questa invece falla sparire» mi bisbiglia, con aria cospiratoria.

So cosa contiene: il regalo per mia sorella. Tra pochi giorni sarà il suo compleanno e le abbiamo preso un abito che desiderava da tanto tempo e per il quale aveva dato istruzioni precise. Negozio, colore, taglia. Mia sorella funziona meglio di Google Earth.

Corro a nascondere la busta, quando sento gridare dal piano di sopra: «*Scones*?». E in meno di un secondo il segugio che risponde al nome di Victoria trotterella giù dalle scale scodinzolando.

«Ehi, Vic» la saluta Charlie, allegro.

«Calma, signorina. Hai fatto i compiti?» la bacchetta la mamma.

«Sono stata chiusa su nella torre finora!»

«Questo non prova che stessi studiando, Raperonzolo» replica la nonna, riemersa dalle sue stanze.

«Oh sì, invece, sentite qui: quanto fa una mamma petulante più una nonna invadente all'ennesima potenza? Una rottura di scatole tendente all'infinito!» esclama soddisfatta e poi aggiunge: «Dal primo teorema di Victoria».

«Ha studiato sul serio» la difende Charlie, ridacchiando.

«E sai quanto fa un'altra insufficienza in matematica sommata a quelle che hai già preso?» rimpalla la nonna, che non si lascia sfuggire l'occasione. «Zero telefono per una settimana.» Una minipausa a effetto, poi: «Dal primo teorema di Astra».

Con una smorfia che si traduce con "tanto non accadrà", mia sorella stacca un pezzo di *scone* e lo divora così com'è.

Seguiamo tutti il suo esempio, premurandoci di comportarci da persone civili e di prendere almeno un tovagliolo di carta. La nonna è l'unica che ha la pazienza di spalmarci sopra marmellata e panna, io lo intingo direttamente guadagnandomi una pacca sulla mano.

Ma ridiamo, perché l'atmosfera è serena e siamo grati e contenti di stare insieme.

Tao fa merenda con noi. Per lui la mamma ha comprato le scatolette al pesce che gli piacciono tanto. «Erano in offerta» si è giustificata quando glielo abbiamo fatto notare. In realtà il gatto ha conquistato anche lei.

«Non sapevo che avessi problemi in matematica, Vic» le dice Charlie. La mamma e la nonna sono andate a chiacchierare di sopra e Tao dorme beato sulle gambe di mia sorella. «Non li avevo, fino a poco tempo fa. Poi il mio migliore amico si è innamorato e non mi passa più i compiti» si sfoga lei con espressione sdegnata.

«Ma come si fa, dico io.»

«Infatti!» Vic sgrana gli occhi di fronte a una tale assurdità. «Così ora sono alla ricerca disperata di crediti per compensare.»

«Può aiutarti Lily» suggerisce Oliver e lo fulmino con lo sguardo.

«Naaa, lei è peggio di me nelle materie scientifiche.» Vic arriccia il naso.

Sollevo gli occhi al cielo. «Ah-ah.»

Oliver mi stringe a sé. «Non ascoltarla, *brucia* solo di invidia» e mi schiocca un bacio in fronte per farsi perdonare. Illuso.

«Io vado a prepararmi per la festa.» Victoria prende il

gatto in braccio e si alza, carica di zucchero e adrenalina all'idea di essere stata invitata da Jennifer.

«Di già? Mancano due ore» le faccio notare.

«Tu sei già naturalmente pallida, ma alle persone normali serve tempo per calarsi nel personaggio.»

«Da cosa ti vesti?» domanda Charlie.

«Mercoledì Addams. Tommy e Claire saranno Gomez e Morticia... Anche se la prospettiva di vederli baciarsi in ogni angolo per tutta la sera non è molto allettante» sospira. «Da quando li ho scoperti, non si fanno problemi a... come dire, esprimere in pubblico i loro sentimenti...» Poi mi guarda, prende la mira e scaglia la freccia: «O a mettere in mostra la loro *bruciante* passione, come direbbe mia sorella».

«Oddio, per quanto andrà avanti questa storia?» sbuffo risentita mentre inizio a raccogliere i tovaglioli e i piattini.

«Vic, suvvia» mi difende Ollie. «Smettila di... *scherzare con il fuoco*!»

«Stevens, guarda che se non chiudi il becco, ti porto giù in spiaggia e ti do in pasto ai gabbiani» lo minaccio con la punta di un cucchiaio.

Diventa serio all'improvviso. «Cattiva Vic, cattiva!» Corruga la fronte, puntandole contro l'indice.

«Molto meglio» annuisco, mentre Ollie mi schiocca un bacio sul collo provocandomi il solletico. Mi ritraggo e vedo Kat andare a riprendere il suo libro sulla poltrona. Un altro dei vantaggi di stare da me è avere a portata di mano scaffali di romanzi e saggi su tutti i campi del sapere.

«Sicura di non voler venire alla festa?» chiedo alla mia amica.

«Piuttosto mi levigo una rotula.»

Soffoco una risata. «Lo prendo per un no.»

Anche Charlie si alza e fa per recuperare la giacca. «Io vado, ragazzi.»

«Come, non vieni nemmeno tu?» esclamo delusa.

Lui si stringe nelle spalle. «No, sarete tutti a coppie e sono d'accordo con Vic, ci sarà troppa *bruciante* passione nell'aria» sogghigna. «Mi farò una scorpacciata di anime.»

«No, niente cartoni stasera» si intromette Victoria. Quindi pronuncia tre parole terrificanti: «Ho un'idea!».

Panico. La prendo per le spalle e la guardo in faccia. «Okay, stai calma, Vic, segui il protocollo e nessuno si farà male. Conta fino a dieci e poi dimenticala. Ti ricordi come si conta fino a dieci, sì?»

La sua espressione non cambia di una virgola. «Dicevo...» continua, rivolta a Charlie. «Ho un'idea.»

Sospiro.

«Io sono Mercoledì e tu ti vesti da Pugsley, sarai mio fratello» gli spiega. «Così verrai alla festa, tanto lo sappiamo tutti che ci vuoi andare, e io non farò da terzo incomodo a quei due. Sono un genio!» dice al gatto ma anche a se stessa.

«Ma non ho il costume» obietta Charlie «e nemmeno i dolcetti.»

«Vorrà dire che faremo gli scherzetti» lo provoca lei.

Charlie si prende ancora un istante e decide. «Sai che c'è? Ci sto!»

Si salvi chi può dalla festa di Halloween più imprevedibile della storia di Midheaven.

«D'altronde chi scherza con il fuoco prima o poi si brucia» sghignazza Oliver e poi alza le mani, voltandosi verso di me. «E questa è l'ultima, lo giuro.»

«Non sentite anche voi il garrito dei gabbiani, sono sempre più vicini... sempre più vicini» sussurro con voce spettrale, prima di balzargli addosso per fargli il solletico alla pancia, che ho scoperto essere il suo punto debole.

Game over, Stevens.

Nel tempo che resta prima di uscire, Kat dipinge delle righe nere orizzontali su una vecchia maglia bianca della mamma e usa un cuscino per imbottire la pancia di Charlie. Ed ecco che anche lui ha il suo costume.

Io e Oliver siamo vampiri piuttosto inquietanti, con mantelli neri, anfibi ai piedi, unghie dipinte di rosso e canini finti che fanno il loro effetto terrificante. Vic è perfetta come Mercoledì.

Quando siamo tutti pronti, la mia amica ci fissa con aria quasi spaventata. «Che salotto dell'orrore» commenta sbattendo le ciglia mentre la salutiamo.

La casa – pardon, la magione – sulla collina del padre di Jenn non ha la piscina. In compenso sfoggia un giardino con alberi di cui non conosco il nome che devono provenire da qualche posto esotico, un boschetto di bambù in un angolo, un laghetto sorvegliato da una statua di Buddha e una fontana zampillante.

In realtà Jennifer non abita qui; dal divorzio dei suoi lei e sua madre vivono in un appartamento in centro, ma a quanto pare suo padre è prodigo di doni con l'unica figlia.

All'interno è il delirio. Non ho idea di come fosse in origine il salotto perché al momento è un antro oscuro con ragnatele che penzolano da ogni dove, quadri coperti da drappi e candele accese sparse sui ripiani di marmo nero. Jenn ha invitato tutta l'élite di Midheaven, che nasconde la propria identità sotto maschere da spettri, streghe, vampiri e zombie. C'è persino un lupo mannaro solitario che si aggira per la stanza.

Davanti a me intanto appare Mark, che riconosco a fatica nel suo costume da Sirius Black, il padrino di Harry Potter. Con lui c'è un professor Lupin, il licantropo, che assomiglia decisamente a Simon il gelataio. Ci salutiamo e veniamo raggiunti da una diavolessa con i tacchi a spillo, una strepitosa Jenn che meriterebbe una copertina di "Vogue". «Benvenuti all'Inferno.»

Sto per replicare con una battuta che Kat apprezzerebbe,

quando la mia attenzione cade su una bionda vestita da strega, elegante e bellissima.

Il mio cuore perde un colpo.

Sophie? Impossibile.

Ma un diavoletto mi sussurra: "Chissà se si sentono, se lui sa dov'è".

Torno alla mia battuta, ma nel frattempo mi è sfuggita. Jenn è presa d'assalto da un fantasma, Vic e Charlie si involano e io cedo alla tentazione.

«Ollie, hai più sentito Sophie?» butto lì con studiata noncuranza.

«No, perché?» chiede lui, sorpreso.

«Così, ero curiosa di sapere dov'è andata in vacanza.»

«A Parigi con i suoi.»

Allarme rosso.

Lo fisso sospettosa, ma Oliver prende il cellulare e mi mostra il profilo Instagram di Sophie che da giorni posta foto da Parigi.

«*Très bien*» sorrido imbarazzata.

Mi guadagno un'occhiata divertita. «Sei per caso un po' gelosa, *mon amour*?»

«Figurati, ho visto una bionda e mi è venuta in mente lei, stop. Come sei prevenuto!»

Ci interrompono Victoria e Charlie che sfrecciano davanti a noi e ridono come pazzi, seminando ragnatele appiccicose che si incollano ai vestiti e alla pelle degli invitati.

«Quei due si sono trovati» commento.

«Speriamo a fine serata di non doverli andare a prendere alla polizia e pagare una cauzione per farli uscire.»

«Pagare?» esclamo, inorridita. «Io mia sorella ce la lascio proprio in prigione.»

Parte una musica sparata da qualche stereo nascosto e i mostri iniziano a ballare, con in mano dei calici pieni di un intruglio violaceo che si rovesciano addosso ridendo come scemi. Dopo qualche pezzo rock, sento le note di *Skinny Love* di Birdy. La adoro.

«Mi concede un ballo, Vampira dei miei sogni, anzi no, delle mie visioni?» Oliver si piega in un profondo inchino, porgendomi la mano.

Assumo l'aria sdegnosa di una nobildonna. «Be', il mio carnet è piuttosto pieno questa notte, ma vedrò ugualmente di accontentarla...» Allungo la mano nella sua e lui mi attira a sé.

«La sua generosità mi commuove» mi dice, passandomi l'altra mano sulla vita.

Mi aggrappo a lui e iniziamo a ondeggiare. «Sono una vampira buona, in fondo.»

«Io invece sono assetato di sangue» mi sorride beffardo e inclina la testa per sfiorarmi il collo con le labbra. Ma al posto di un morso ci posa un bacio dolcissimo.

Mi sbagliavo, questa è la festa migliore di tutte.

49

«Vai in giro anche se ormai è giorno?» mi saluta Kat appena mi vede scendere le scale.

«Più che un vampiro mi sento uno zombie stamattina» borbotto con uno sbadiglio. Se sto così dopo una festa a sedici anni, mi chiedo a trenta cosa farò. «Sono affamata, e non di sangue. Non ti ho svegliata ieri notte, vero?»

«No, ho dormito come un sasso. Tua nonna mi ha spiegato le somiglianze tra I-Ching e tema natale, è super affascinante.»

«E complicato» deduco, sentendo già la mente ridursi in poltiglia.

Kat mi segue in cucina, dove trovo sul tavolo del porridge con mandorle e yogurt. Da quando ho ripreso a nuotare quasi ogni giorno, Carolina mi ha consigliato di mangiare più proteine e la mamma si è lanciata nella preparazione dei porridge più disparati.

«No, non lo è. In pratica gli esagrammi dell'I-Ching si associano ai pianeti, quindi si possono sostituire nel nostro cielo di nascita per darci ulteriori indicazioni su come siamo...»

«Ho trovato il modo per guadagnare crediti senza studiare!» Victoria piomba in mezzo a noi fresca come una rosa.

«Non credo di volerlo sapere.»

«Reciterò nello spettacolo, sorella. Brown è disperato, prenderebbe chiunque. Persino me!» Gongolando, se ne va in veranda a giocare con Tao.

Torno a rivolgermi a Kat. «Dicevamo?»

«Che tua nonna è una miniera di conoscenze. È un peccato che nessuna di voi stia imparando, non si può interrompere una tradizione che dura da secoli.»

«Mi stai suggerendo di imparare a fare gli oroscopi?»

«Be', sei l'unica in grado di accogliere la sua eredità. Dubito che lei» e ammicca verso Victoria che sta facendo impazzire il gatto tendendogli agguati «lo farebbe.»

Resto ammutolita di fronte al discorso di Kat. Non mi sono mai posta il problema perché non voglio nemmeno considerare l'idea che la nonna possa, un giorno, non esserci più. Lei è magica, alla sua età non ha ancora le rughe e sembra coetanea di sua figlia: la nonna ci sarà sempre. Così si ostina a credere la mia parte bambina, nonostante quella adulta sappia che anche lei, come tutti, è umana e mortale.

«In effetti sarebbe assurdo se nessuna di noi facesse l'astrologa» mormoro infine. «Io però voglio studiare le balene, non le triangolazioni di Urano, Giove e Nettuno e i nodi lunari.»

«Vedi? Parli già come Astra» scherza Kat.

«Non pronunciate il mio nome invano» ci avverte la nonna entrando in cucina con il cesto dei panni da stendere.

«Stavamo lodando la tua immensa saggezza» la blandisco.

«Non ho dubbi, nipote.»

Un trillo la fa fermare. Posa il cesto sul pavimento ed estrae il cellulare dalla tasca dei pantaloni della tuta. Controlla, si morde il labbro inferiore, sbianca. Io e Kat ci scambiamo un'occhiata preoccupata.

«Nonna? Va tutto bene?»

Non risponde. Abbandono il tavolo per andarle vicino e provo a sbirciare lo schermo, ma lei si riscuote e sposta rapida il telefono. «Sì, perché?»

«Sei pallida.»

«Un calo di pressione. Vado a prendere le mie vitamine» e si affretta verso le scale, abbandonando il carico della biancheria bagnata in cucina.

«Vitamine per la pressione?» chiede Kat con un'occhiata dubbiosa.

«Mi pare avesse detto che sotto il segno dello Scorpione i pianeti invitano a scoprire verità nascoste. Che sia lei a nasconderci qualcosa?»

Raccolgo il cesto ed esco in giardino. Mentre stendiamo i panni con Tao che, sfuggito a Vic, gioca ad afferrare i nastri di un vestito bagnato, io e Kat ci lasciamo prendere la mano con le ipotesi sul mistero della nonna: una cliente stalker che la tampina, un guru dell'astrologia che vuole sposarla, un dipendente del Vaticano che le ha appena svelato il terzo segreto di Fatima... Tutto è possibile, tranne l'ultimo azzardo di Kat: «E se si fosse innamorata di uno sconosciuto online?».

«No!»

«Guarda che è ancora giovane.»

«Sì, ma non si lascerebbe mai intortare da uno su Facebook, credimi» affermo convinta.

Finito di stendere, rientriamo in casa e le chiedo di accompagnarmi in centro: devo andare a ritirare il regalo in arretrato per Oliver che ho ordinato su internet. Kat però rifiuta, sente che le sta arrivando un raffreddore e preferisce stare in casa.

Di malavoglia – "Guarda, Oliver, cosa non faccio per te" – inforco la bicicletta e pedalo verso il negozio di stampe incastrato tra la pasticceria e un botteghino che vende kebab. L'odore di spezie si mescola a quello di burro e caramello, una combinazione degna di *Cucine da incubo*.

Ma è proprio quel mix indescrivibile a bloccarmi sul marciapiede, travolgendomi con il ricordo di un mio viaggio nel futuro.

È successo durante un'eclissi totale di Luna. Mi sono vista in una viuzza gremita di bancarelle e botteghini con pesce che cuoceva sulla griglia, polpette immerse nell'olio bollente, verdure sfrigolanti e un aroma intenso di spezie. La me stessa futura si guardava attorno e camminava piano, come se cercasse qualcosa – o qualcuno. Percepivo la tensione nel suo corpo e l'ho seguita per un po', curiosa di scoprire dove ci trovassimo. Le insegne erano scritte tutte in ideogrammi. Ho urtato senza volerlo una bancarella, facendo rotolare dei frutti duri e tondi per terra, ma nessuno ci ha fatto caso tranne lei, che si è voltata a raccoglierli e rimetterli in una cassetta. Deve aver pensato che fosse colpa sua. A un certo punto si è fermata davanti a una porta decorata, semiaperta, dalla quale si intravedeva un cortile interno. Ha controllato sul cellulare ed è entrata.

L'avevo seguita chiedendomi quando sarebbe comparso lui, il solito ragazzo biondo, invece è spuntata una donna dai lineamenti orientali, il viso coperto di rughe e un sorriso allegro. Ha preso le mani della Lily futura e le ha detto, in un inglese perfetto: «Benvenuta, mia cara. Ti aspettavo».

«Sono tanto felice di essere qui» ha risposto lei.

Cosa ci facevo in quel posto, con quella donna? Chi era?

Le ho seguite in una casa arredata semplicemente, con pochi oggetti sparsi sui mobili di legno e una cucina affollata di pentole, tazze e barattoli.

«Allora ti piace Hong Kong?» ha domandato la donna, svelandomi il luogo in cui mi trovavo. Ma cosa ci facevo in quella città? Ho studiato con più attenzione il volto della me stessa adulta, ma non sono riuscita a darmi un'età. Avevo i capelli raccolti e un trench beige annodato in vita, un'aria sicura e gli occhiali, forse trent'anni, chissà. Era la prima volta che mi vedevo in un tempo così lontano.

«Sì, è affascinante come l'aveva descritta la nonna.»

«Mi ha detto che avresti portato il tuo ragazzo. Dov'è?»

A quel punto il volto di Lily si è rabbuiato e io mi sono irrigidita: eccolo, il mio tormento.

«No, alla fine non è venuto.»

«Che peccato. Ma ci divertiremo noi due, te lo garantisco. Ti insegnerò tutto quello che so.» Poi ha iniziato a trafficare con una teiera e le foglie di tè, mentre Lily, ancora turbata, controllava il cellulare, e io ho sentito il suo desiderio che lui chiamasse, il dolore per la sua assenza. Sul salvaschermo c'era una sua foto con il mare sullo sfondo.

Purtroppo il viaggio si è concluso prima che potessi scoprire il motivo di quella visita: è stata l'unica volta in cui avrei tanto voluto restare nel futuro invece di scappare a gambe levate.

Come ho fatto a non pensarci più? Se fino a poco tempo fa questa storia delle visioni che si appannano e spariscono finché qualcosa non le risveglia mi sembrava un vantaggio, ora non lo credo più. Voglio capire per poter scegliere, come sostiene Oliver.

Mi appunto di indagare con la nonna, quindi entro nel negozio e ritiro l'ordine.

A casa regna il silenzio. Vic, Kat e la mamma sembrano sparite. Poso il regalo in un angolo e mi avvio verso lo studio, sperando di trovare la nonna da sola e di poter indagare sulle sue conoscenze a Hong Kong. Tao sta gironzolando lì attorno con l'aria di chi vuole, ma non osa entrare. Non appena mi avvicino, però, miagola e si infila nella stanza.

Incoraggiata, sto per seguirlo quando sento la voce di

Kat e mi blocco. «Quindi non esiste una soluzione, non c'è niente da fare.»

«Passerà. Tutto passa, se abbiamo pazienza.»

Immaginando che Kat sia riuscita a carpire il segreto della nonna, spalanco la porta e la scena che mi trovo davanti mi lascia senza parole. Sono sedute sulle poltroncine davanti al tavolo, e vedo la mia amica che si butta tra le sue braccia e scoppia a piangere a dirotto.

La nonna si accorge della mia presenza e alza le sopracciglia per darmi un avvertimento, che tuttavia decido di ignorare raggiungendole ed esclamando: «Che succede?».

Kat si stacca subito da lei e si asciuga le lacrime con il palmo della mano. «Niente.»

«Le ho raccontato la mia triste storia e l'ho fatta piangere» spiega la nonna, calma.

«Quale triste storia?» m'informo. Vado ad accomodarmi sul tappeto con le gambe incrociate, pronta ad ascoltare.

«Quella del periodo in cui ho perso tuo nonno.»

Come mai hanno parlato della sua morte? Né lei né la mamma hanno mai voluto riesumare quel ricordo doloroso. Kat si soffia il naso, Tao si struscia contro le sue caviglie e lei lo prende in braccio per coccolarlo.

«Perché?»

«Stavo raccontando a Kat di una cliente che è venuta da me perché suo fratello non vuole più vederla e lei sta male, voleva sapere cosa le dicono i pianeti» mi spiega. «E siamo finite a parlare di quando anch'io non riuscivo ad accettare l'assenza del nonno.»

«Come hai fatto?»

«Sono rimasta nel dolore senza respingerlo, l'ho accolto e ho aspettato che si trasformasse.» La fisso lasciando intendere che non mi basta, perciò prosegue: «Dasha aveva appena conosciuto tuo padre e stava sempre con lui, volevano aprire un ristorante ed erano immersi nel loro progetto. Seguiva corsi di cucina, andava per agenzie immobiliari alla ricerca di un locale in affitto e lavorava per risparmiare, per realizzare il suo sogno. In quel periodo non andavamo d'accordo, ci scontravamo su qualsiasi argomento». Per un attimo il suo sguardo si oscura. «Sapevo che erano mesi difficili, l'allineamento dei pianeti non era favorevole per me in questa parte del mondo. Mi sentivo sola e arrabbiata. Perciò sono partita per Hong Kong, la mia linea di Giove passa per quella città e Giove aiuta a rimettersi in piedi dopo un dolore.»

«Tu sei stata a Hong Kong?» esclamo, incredula. Non può essere una casualità.

«Tua nonna nasconde un sacco di sorprese» commenta Kat, che sembra essersi ripresa.

La nonna sorride compiaciuta. «Tutte le donne hanno i loro piccoli segreti. Sono stata via tre settimane. Due le ho passate con la mia amica Lin, che era tornata per il matrimonio della sorella, e una da sola, perché volevo vedere anche Shanghai. È stata la mia prima volta in ostello, a quarant'anni suonati. Riuscite a crederci?»

«Ed è servito?» chiedo.

«Sì, non solo ad accettare che essere arrabbiata con il mondo non aiutava, ma a contare su me stessa.»

A questo punto non posso fare a meno di interrogarmi sulla scena del mio viaggio nel tempo: doveva essere Zhang Lin, la donna che avevo incontrato. Mentre Kat e la nonna si lanciano in un discorso sulla situazione politica di Hong Kong, io penso a quanto sarebbe più semplice se mi decidessi a raccontare alla nonna dei viaggi nel futuro.

Troverò mai il coraggio?

50

La cerimonia per il compleanno ufficiale del re comprende una sfarzosa parata a cavallo e il passaggio della Royal Air Force: ecco, penso sia più o meno questo il tenore dei festeggiamenti che mia sorella avrebbe in testa per il suo compleanno, ma dovrà accontentarsi di una cena con gli amici.

Per festeggiare i primi quattordici anni della regina di casa abbiamo scelto il ristorante cinese appena inaugurato della signora Zhang, l'amica ritrovata della nonna. La Suprema si è detta moderatamente soddisfatta dell'iniziativa e per stavolta forse ci concederà la grazia di non rinchiuderci nella Torre di Londra a doppia mandata.

Alle 9.03 del fausto giorno del suo genetliaco, Victoria ha già scovato la busta con l'abito che le ha preso la mamma – nascosta in cucina –, quella con le scarpe che le ha regalato la nonna – messa nel suo studio sotto una pila di antichi tomi di esoterismo – e il cofanetto con la catenina che le ho regalato io – accuratamente mimetizzato nel cesto della biancheria sporca. Un cane da tartufo, in pratica.

In realtà non doveva essere una caccia al tesoro, eravamo d'accordo di darle i nostri regali a pranzo in modo che potesse indossarli per cena, ma mia sorella ha già trovato tutto prima ancora che sia pronto il caffè.

«Tanti auguri alla mia piccola» esordisce la mamma, stringendola a sé. «Mi sono alzata all'alba per prepararti la *Lemon drizzle cake* e gli *shortbread* per colazione...»

«Ti adoro» la ringrazia Vic, agguantando un biscotto burroso dal piatto.

«Auguri, nipote» le fa la nonna, avvolta nella sua vestaglia a fiori tropicali.

«Auguri anche a te, nonnina» risponde Vic, abbracciandola. «Ne avrai bisogno dopo aver mangiato gli *shortbread*, chissà se le tue arterie già compromesse non si ostruiranno del tutto...»

La nonna scioglie l'abbraccio espirando rumorosamente. «Victoria Heron, nessuno riesce a scombinare i miei chakra come sai fare tu.»

Vic sorride sorniona. «Lo prenderò come un complimento, nonna cara.»

«Ti assicuro che non lo è» precisa lei, riempiendosi la tazza di caffè.

Mi avvicino a Vic e le scompiglio i capelli. «Auguri, peste.»

«Ah-ah.» Mi studia con attenzione. «Sai che sei diversa stamattina? Hai un'aria rilassata, cool.»

Aggrotto la fronte, confusa. «Che cosa vuoi, Vic?»

«Il tuo cappottino nero.»

Sbuffo. «Ci avrei giurato. Ma solo perché compi gli anni.»

Mi rivolge un sorriso smagliante e si infila in bocca un altro biscotto.

«Forza, ragazze, facciamo colazione.» La mamma va a prendere la *Lemon drizzle cake*, una torta al limone dal profumo divino, e inizia a tagliarla. «Vi ricordo che è giorno di pulizie.»

«Oggi segnami assente.» E Vic, con il suo solito impeto, rovescia il tè sul piatto della nonna nel tentativo di centrare la tazza.

«Dasha, ma perché non hai fatto l'estensione di garanzia quando è nata?» chiede lei, alzandosi per prendere uno strofinaccio. «Magari potevamo riportarla indietro e al suo posto ci davano un set di pentole in acciaio inox o una bici con cambio shimano.»

«Basta, ora si mangia» ordina capitan Dasha, riportando le truppe all'ordine. «E poi subito al lavoro, che stasera si esce.»

«Prima l'oroscopo» le ricorda la nonna, quaderno alla mano.

Non appena finisce di spiegare alla festeggiata che gran parte dei pianeti le sono amici ma deve fare attenzione alla volubilità di Nettuno, ci fiondiamo sulla colazione. Alle dieci siamo già all'opera con stracci, secchi e spazzoloni, tutte tranne il soldato Victoria, che si è programmata una giornata "beauty farm" e, invece di pulire casa, tirerà a lucido se stessa.

Mentre passo l'aspirapolvere in camera mia, ripercorro la settimana di vacanza con Kat, le passeggiate in collina, i pomeriggi di pioggia a bere tè e guardare serie TV, e – con un vago senso di colpa – vorrei che fosse lei mia sorella, al posto di Vic. Lo so, è un pensiero terribile il giorno del suo compleanno, ma ho come la sensazione che Victoria mi renderà la vita difficile e non mi servono viaggi nel tempo per confermarlo. I nostri temi natali sono opposti: il suo parla di libertà, ribellione, esercizio del potere, mentre il mio è tutto intuizione, legami e indecisione. Indovinate chi rischia di soccombere.

Quando la sera mia sorella esce dal bagno truccata come un'adulta, con i capelli fiammanti raccolti in cima alla testa e un abito di cui ignoro la provenienza, ma che suppongo le sia stato prestato da Claire, sento di avere già perso in partenza. Emana autorità stando ferma.

«Come sto?»

«Sei uno schianto» sospiro.

«Bene, devo essere la più bella stasera.»

Visto che dubito consideri me e Kat delle rivali, deduco alluda a Claire. Non è gelosa, ma non ha digerito la classifica stilata da Tommy via messaggio, ne sono certa.

«La mia bambina è diventata grande» geme la mamma.

«Ci puoi giurare» replica Vic. «Dai, andiamo!»

L'appuntamento è davanti al ristorante. Mentre Victoria intrattiene la mamma con l'elenco dei suoi piani ambiziosi per il prossimo anno, tra cui temo siano inclusi un viaggio studio in Francia e un corso di pattinaggio, io cammino a braccetto con la nonna e ne approfitto per farle la domanda che mi brucia sulle labbra da giorni.

«Nonna, il giorno in cui ti ho trovato nello studio con Kat, come mai piangeva?»

Lei corruga la fronte. «A lei non l'hai chiesto?»

«Ha detto che si era commossa per la tua storia.»

«Dunque sai il motivo.»

«Peccato che non le creda.»

Conosco la mia amica e l'ho vista distogliere lo sguardo nel momento in cui mi ha risposto, quella sera, prima di andare a dormire. Un gesto automatico di disagio. Ho lasciato correre, convinta che si trattasse di Stephanie, per non rovinarle il resto della vacanza. Il tarlo però mi è rimasto.

«In realtà ha voluto sperimentare con me l'I-Ching» spiega la nonna. «Aveva bisogno di una risposta a un suo problema, ma io mi sono limitata a leggerle l'oracolo. Se hai pazienza, un giorno si confiderà con te.»

A quanto pare non ho altra scelta, visto che non otterrò risposte, almeno non oggi.

Oliver e Charlie ci aspettano fuori dal locale rischiando l'ibernazione, considerato il freddo di stasera. Poco dopo Kat scende dall'auto di suo padre che le ha dato un passaggio e va a salutare la mamma e la nonna e a fare gli auguri a Vic. Indossa un abito in perfetto stile cinese, di raso dorato con ricamati dei fiori azzurri. E non ha più le ciocche rosa!

«Cos'è questa novità?» le domando sconvolta.

«I capelli? Li ho tinti. Mi ero stancata di vedere Stephanie fissarmi con l'aria di chi vuole tagliarmeli durante il sonno. Così le risparmio un sacco di energia mentale.»

Appena arrivano anche Tommy e Claire, la nonna entra nel ristorante e, superando due grosse lanterne rosse e dei campanelli appesi all'ingresso, va a salutare la sua amica. La scruto con estrema attenzione per scoprire se è lei la donna della mia visione, forse le assomiglia, ma non ricordo nel dettaglio il suo aspetto. Temo che dovrò aspettare il futuro per avere una risposta.

Lin ci fa accomodare in una saletta appartata, con un grosso acquario pieno di pesci colorati a farci compagnia e tante lucine accese. Ci sediamo a un tavolo tondo con un piatto girevole al centro, che aspetta solo di essere imbandito.

Oliver mi prende le mani e le bacia: «Mi sei mancata, scricciolo».

Inarco le sopracciglia in una smorfia dispiaciuta. «Oh, accidenti, tu nemmeno un po'...» gli dico e poi scoppio a ridere, stritolandolo in un abbraccio.

Ordiniamo mezzo menu e a un certo punto i pesci dell'acquario sono seriamente preoccupati per la loro stessa sopravvivenza. Tra polpette di pesce, *claypot rice*, *cheung fun* e tè profumato, troviamo il tempo e lo spazio per i doni a Sua Maestà, che apprezza moltissimo il manga regalatole da Charlie e la spiegazione – «Mi ricordi la protagonista» – e il bracciale fatto a mano da Kat. Tommy e Claire le danno una busta: sul biglietto c'è scritto *Il regalo arriverà*, lasciandola in sospeso. E Vic detesta essere lasciata in sospeso. Ma ci pensa Oliver a consolarla, con una pochette vintage di Gucci proveniente dal negozio di un'amica di sua madre. Mia sorella trattiene il fiato così a lungo che temo di vederla stramazzare al suolo da un momento all'altro.

«Oddio oddio oddio, Ollie» balbetta infine, rossa come la lanterna cinese. «La mia prima borsa firmata!»

«E unica» si affretta a precisare Dasha.

«Sei il mio eroe!» esclama la festeggiata, saltando al collo del mio ragazzo. Per un attimo temo che voglia riproporre la scena del bacio, che in effetti gli schiocca ma su entrambe le guance. Pericolo scampato.

Anche Zhang Lin ha un regalo per lei: ci raggiunge nella saletta e consegna a mia sorella una collana con un medaglione a forma di tigre.

«Nell'oroscopo cinese, sei della Tigre» le spiega. «Il nostro zodiaco si basa sull'anno lunare e i segni sono animali.»

«Mi piace la tigre» approva lei, «ma che vuol dire?»

«Le Tigri tendono a essere impulsive e audaci. Amano i rischi, le nuove avventure e sono delle vere leader.»

Vic si illumina. «Sono io!»

Io e la mamma ci scambiamo un'occhiata allarmata.

«Anche Astra è della Tigre, sai?» precisa Lin, strizzando l'occhio alla nonna che gongola.

Mia sorella bofonchia un «Non è possibile».

Intanto scopriamo che io, Kat e Ollie siamo del Topo. «Siete intelligenti ed energici, forse un po' troppo combattivi o, al contrario, prudenti» ci comunica Lin.

Sia Charlie sia la mamma sono capitati in un anno del Bue, che dona la calma, l'efficienza e la capacità di amare e perdonare.

«Non in tutte le occasioni» commenta la nonna con uno sguardo d'intesa verso sua figlia.

Con la torta al tè verde, a ciascuno di noi tocca un biscotto della fortuna. Sono stati confezionati appositamente per il ristorante: i bigliettini all'interno hanno un messaggio che proviene dall'I-Ching, ci spiega Lin, che poi vuole sapere quelli di tutti.

«*Il fuoco nel cielo: l'immagine del possesso grande*» recita Victoria. «Significa che diventerò ricca?»

«Ti attende il successo, sì» conferma Lin, e non potrebbe darle notizia migliore.

Tra i gridolini di gioia della futura dominatrice del mondo dalla chioma fiammante, prima Claire poi Tommy scoprono i loro responsi.

«*Essere sinceri conduce a legarsi insieme.*»

«*Prendere una fanciulla per moglie reca salute.*»

Incoraggiati dai biscotti, i due prendono a baciarsi incuranti del resto della tavolata.

Charlie si schiarisce la voce e condivide il suo: «*Il viandante riesce nelle piccole cose*». Guarda Lin, perplesso. «Quindi?»

«Ti invita a pensare agli obiettivi concreti invece che alle grandi ambizioni.»

«Kat, tocca a te» la incoraggio, notando che sta accartocciando il foglietto.

«*Quel che adesso è negativo, diventerà presto positivo*» recita a memoria con voce piatta. «Dubito che diventerò la migliore amica della mia matrigna.»

Colgo però uno scambio di sguardi con la nonna: no, quelle due non me l'hanno raccontata giusta.

«E tu, scricciolo?» chiede Oliver sbirciando il mio biglietto. «*Siete al centro del mutamento, rimarrete stupiti dall'esito finale*» legge senza aspettare. «Ci riservi delle sorprese, Heron?»

«Ehi, non l'avevo ancora guardato!» protesto, indignata. Lo confesso, avevo paura di trovare scritto qualcosa di negativo e, da codarda, stavo rimandando il momento.

«È un bel messaggio» commenta la nonna. «Condividi il tuo, Oliver.»

«*L'uomo saggio sa aspettare.*»

«Chissà cosa aspetta» interviene Vic con un sorrisetto allusivo che mi ispira battute poco consone alla saggezza orientale, ma la mamma interviene in mio soccorso insistendo per sapere cosa ha trovato la nonna.

«*Un piccolo balzo in avanti, del tutto inaspettato*» la accontenta lei, placida. «Suppongo si riferisca al mio studio dell'oroscopo cinese» e sorride a Lin, la sua maestra.

«Oppure alla tua ricerca degli amici del passato» suggerisce Victoria. «Hai trovato qualcuno di interessante?»

La mamma si incupisce e sbotta: «Piantatela con queste sciocchezze o tolgo il telefono a entrambe!».

«Eddai, mamma, che male c'è a rintracciare qualche compagno del Medioevo?»

«C'è che se abbiamo perso i contatti con certe persone, è meglio non riallacciarli.»

«Ma ai suoi tempi era impossibile tenersi in contatto! I segnali di fumo non arrivavano tanto lontano.»

«Guarda che esisteva già il telefono, e anche l'e-mail.»

«Addirittura?»

Il loro battibecco continua con l'intervento di Kat, Oliver e Charlie che si schierano a favore dell'una o dell'altra. Io guardo la nonna, per nulla interessata al dibattito perché immersa in uno scambio di messaggi, appunto, sul cellulare. Con chi sta chattando? Devo trovare il modo di scoprirlo, sono sicura che sia lei sia Kat mi nascondono qualcosa, e non è la consultazione dell'oroscopo.

51

«Mi hai salvata, Ollie.»

Dopo aver saltato il pranzo per studiare, Oliver mi ha portata in un localino vicino al mare per rifocillarci e prenderci una pausa da formule, teoremi, dimostrazioni e assiomi, che iniziano a perseguitarci giorno e notte.

«Come farai tre giorni senza di me quando sarò a Londra?» mi chiede.

Sorrido. «Morirò di fame!»

La verità è che non so davvero come farò. Oliver parteciperà a un campus di musica questo week-end, il regalo di compleanno dei suoi genitori, o meglio, di sua madre, perché il signor Stevens avrebbe di gran lunga preferito iscriverlo a un corso intensivo di cinese in vista della sua carriera futura e non si sa come sia riuscita la moglie a prevalere.

In ogni caso, cerco di non pensarci.

Siamo in un posto oggettivamente brutto, con le panche di legno che tirano i fili delle calze, i tavoli con chiazze d'olio e, alle pareti, disegni di pesci che sembrano fatti da un bambino dell'asilo. Il tizio barbuto dietro il bancone, però, serve il *fish & chips* più buono della costa e vengono anche da fuori per assaggiarlo.

Metto in bocca l'ultimo pezzetto e mastico con calma,

indecisa se chiedere a Oliver se a Londra vedrà Sophie. Prima che possa cedere alla tentazione, una voce attira la nostra attenzione.

«Scusate l'interruzione.» Una ragazza bionda parla al microfono su un piccolo palco in legno che la sera viene usato per le esibizioni di gruppi locali. È paonazza in viso, la voce impastata per l'emozione. «Non lo faccio mai, ma stavolta devo» annuncia, quindi si volta verso un ragazzo seduto a un tavolino contro la parete. «George, amore della mia vita, questa è per te. Tanti auguri» e intona una ballata romantica famosa.

All'inizio trema, poi acquista coraggio e si immedesima nel testo, in cui l'assenza dell'amato viene paragonata all'arsura nel deserto.

«Quanto miele» commento, implacabile. «Mi si alza la glicemia, come direbbe Jenn.»

«Perché, il tuo cuore non si scioglie di fronte a un tale gesto di devozione?» Oliver ridacchia al mio fianco.

«Mi sciolgo in lacrime piuttosto.»

«Vanno bene anche le lacrime, se sono di commozione.»

«Ci sono altri modi per dimostrare l'amore, non serve per forza sgolarsi ripetendo banalità» chiarisco, mentre il pubblico ha alzato le braccia e ondeggia al ritmo della musica.

Ollie alza le braccia in segno di resa. «Ne deduco che il mio sogno proibito di sentirti cantare dolci parole dedicandole a me è destinato a restare tale...»

«Piuttosto mi trasferisco al Polo Nord» bofonchio. «Il massimo che posso fare è questo» e tiro fuori dallo zaino il suo regalo di compleanno. Meglio tardi che mai. Lui, sorpreso, prende il pacchetto e lo scarta subito.

«È l'onda sonora del brano che hai scritto per me, il mio modo per dirti di non smettere mai di suonare.»

La meraviglia dipinta sul suo viso mi riempie di gioia.

«È bellissima, scricciolo, grazie. Grazie di cuore» mormora osservando la stampa incorniciata in ogni minimo dettaglio con occhi scintillanti. Dopo qualche istante però la sua espressione si incupisce. «Nei miei viaggi nel tempo non mi sono mai visto a un mio concerto» ammette, e per la prima volta lo vedo preoccupato per il futuro. «Devo impegnarmi al massimo e non lasciarmi distrarre da nulla, se voglio riuscirci.»

Allungo le mani e afferro le sue. «Ce la farai.»

Intanto nel locale scatta l'applauso, accompagnato da fischi e auguri. La ragazza vola tra le braccia del fidanzato, rovesciando un bicchiere pieno di Coca-Cola.

Appena torna il silenzio, il suono del mio cellulare fa sobbalzare entrambi. Lo prendo e sullo schermo compare l'enorme faccia di mia sorella in videochiamata.

«È ufficiale: saremo i protagonisti!» annuncia Victoria con gli occhi che brillano.

«Brown era talmente disperato che ha preso entrambi» precisa Charlie al suo fianco.

«Lo spettacolo sarà *Il principe ranocchio*» riprende Vic. «Però nella versione originale dei fratelli Grimm, con la principessa che sbatte il ranocchio contro il muro.»

«Congratulazioni.» Oliver lancia a Charlie un'occhiata comprensiva.

«Charlie aiuterà il prof con il copione e le scenografie» spiega lei su di giri. «Claire e Tommy sono stati scelti come comparse, Keith farà le musiche, e poi c'è un sacco di altra gente, ma adesso andiamo a festeggiare» conclude tutto d'un fiato. «Ci vediamo a casa, ciao!»

«Chissà cosa verrà fuori» mi domando, rimettendo il telefono nello zaino.

«Un burlesque?» Oliver ridacchia prima di tornare serio. Riduce la carta unta del *fish & chips* in tanti pezzettini. «A proposito, Keith mi ha proposto di suonare con loro qualche giorno fa, ma ho rifiutato.»

Non riesco a nascondere la delusione. «Come mai?»

«Mi distrarrei dai miei studi di classica.»

«Sì, ma tu puoi suonare tutto, non solo Beethoven e Mozart» azzardo.

«Infatti suono anche Einaudi, Yiruma...»

«Intendo che saresti bravissimo anche con le canzoni pop, o...»

«Dai, Lily, non passerò mai dal Team Chopin alle boy band!»

A questa battuta, il mio stomaco si contorce in una stretta. Sophie.

Lei lo conosce meglio di me, gli ha regalato il libro giusto e non lo avrebbe mai spinto a fare qualcosa che lo potesse distogliere da quello per cui studia da una vita.

«Che faccia pensierosa. È per l'eclissi di stasera?»

«In realtà no» confesso. I giorni scorsi, fissando la data sul calendario, non ho provato la solita angoscia e sono stata la prima a meravigliarmene.

Oliver sgrana gli occhi. «Non dirmi! Alla fine hai deciso di fidarti del futuro?»

«Più o meno. E a proposito...» esito un istante «... c'è una visione di cui non ti ho ancora parlato, mi è tornata in mente prima del compleanno di Vic. Ero a Hong Kong, da sola. Sono andata a trovare una donna, penso fosse Zhang Lin, sai l'amica della nonna...»

«Tu a Hong Kong?» esclama lui.

«Proprio così. Tu eri sul salvaschermo del mio cellulare, ma per qualche ragione non c'eri.» Gli intimo con lo sguardo di tralasciare i commenti. «Non so, ho avuto la sensazione che te lo stessi tenendo nascosto.»

«E com'è che me lo stai dicendo, allora?»

«Non voglio più segreti tra noi» affermo, convinta.

Sorride, mi prende la mano e intreccia le dita con le mie. «Non ci saranno.»

Rilasso la schiena e provo a sciogliere la tensione.

«E comunque, come osi andartene a zonzo a Hong Kong

senza di me?» scherza poi. «Che affari loschi avrete tu e la signora Zhang?»

«Magari mi inizierà ai misteri dell'oroscopo cinese.»

«Oppure» fa una pausa «ti illuminerà sulle origini del nostro misterioso superpotere.»

«Ah.» Ipotesi interessante...

Oliver si alza e insiste per riaccompagnarmi. Nel cielo già scuro risplende una luna tonda e pallida che attende solo di essere ammirata mentre sparisce per qualche secondo. Ci salutiamo davanti a casa mia, l'aria pungente di novembre mi entra nelle ossa.

«Non vedo l'ora di vederti nel futuro» dice Oliver con un bacio.

«Io invece spero di rivedere la signora Zhang» lo provoco, ma un po' è vero: mi piacerebbe proprio scoprire cosa avrà da mostrarmi nel vicoletto di Hong Kong.

La mia speranza si infrange poche ore più tardi contro il muro di un edificio grigio, che mi trovo a fissare dopo aver sentito la musica degli astri ed essere stata risucchiata nel tempo.

So dove sono e il cuore salta un battito: è l'ospedale di Midheaven, sto congelando davanti all'entrata del pronto soccorso in cui era stata portata Vic dopo il tuffo suicida. Questa volta sento il freddo, nonostante sia invisibile. E provo un senso di oppressione al petto, non sono sicura di voler scoprire cosa mi aspetta. Potrei restare qui immobile finché non torno nel presente, sono tentata di farlo, eppure ho la sensazione che perderei qualcosa: se, come sostiene la nonna, abbiamo il libero arbitrio, conoscere il futuro potrebbe essermi d'aiuto.

Racimolo tutto il mio coraggio e varco la porta a vetri, oltre la quale medici e infermieri attraversano corridoi e alcune persone sono sedute in attesa: una ha un braccio immobilizzato al petto, un'altra si tampona un ginocchio.

Mi guardo attorno, non so dove andare. Provo a dirigermi verso gli ascensori, attratta da una giovane minuta con gli occhiali e il camice che deve salire. La seguo fino al terzo piano e, nel momento in cui la porta si apre con un *ting*, davanti a me compaio io. Non adulta, bensì identica a ora, indosso persino lo stesso maglione a coste beige e gli stivaletti neri.

La dottoressa le sorride e prosegue, l'altra me indugia un attimo e, d'istinto, premo il pulsante per fermare l'ascensore. La porta si riapre e lei resta sorpresa, immobile sul posto. Allora sono io a scendere e noto che ha in mano il telefono, i capelli umidi, forse di pioggia. Cosa ci fa qui?

Oliver.

No. No, no, no.

Il sospetto che sia in una di quelle stanze, in uno di quei letti, mi scatena l'ansia.

Voglio sapere, devo sapere. Ma come?

In preda a una specie di follia, inizio a correre lungo il corridoio, di stanza in stanza, sbirciando dentro a quelle aperte. Poi succede una cosa assurda.

La me stessa futura mi viene incontro, si guarda attorno, sembra cercarmi. Al che mi fermo. Possibile che abbia percepito la mia presenza? Trattengo il fiato…

E alle sue spalle compare Kat.

I capelli scuri legati in una coda, il cardigan nero extralarge che porta sempre in casa.

«L'hai trovato?» le domanda. Lily futura nega con il capo e, in automatico, sposta gli occhi sul cellulare muto.

«Lascia perdere» mi dice Kat in tono tagliente. «Ci sono io qui con te.» La abbraccia stretta, accarezzandole la schiena. L'immagine si deforma, il solito formicolio mi percorre e mi abbandono alla corrente, affinché mi riporti nel presente.

La parola chiave della Luna nuova in Sagittario è: coraggio. Non è una Luna rassicurante, ma una Luna che genera caos, scuotendo dalle fondamenta. Costringe a parlare con onestà, a se stessi e agli altri, e ad agire con audacia. Mentre ci avviciniamo al Natale, i pianeti invitano a fare luce sulla propria strada e ad abbandonare le ombre che ci legano al passato.

SAGITTARIO

52

È il 21 novembre e il Sole entra in Sagittario. Gli anni scorsi, per me era una data come tante, niente di speciale, ma stavolta è diverso: Oliver sta per prendere il treno per Londra e io mi alzo all'alba per andare a salutarlo alla stazione, ecco perché memorizzo la data.

Non ascolterò la spiegazione della nonna riguardo al cielo del mese, quindi non posso contare sulle indicazioni dei pianeti per decidere se parlare a Oliver della mia visione oppure no.

Glielo dico o non glielo dico?

Arrivo in stazione in bicicletta, tutta sudata nonostante l'aria fredda e umida. Sebbene sia ancora buio, la stazione brulica già di pendolari. Oliver mi aspetta al binario, bello come il sole nel giaccone blu scuro e i jeans chiari.

«Ce l'hai fatta» mi accoglie, scompigliandomi i capelli già arruffati dall'umidità.

«Ne dubitavi?»

«Mi aspettavo un messaggio in cui mi dicevi che non era suonata la sveglia, il gatto ti aveva aggredito e tua nonna aveva insistito perché non uscissi per via di Urano congiunto con... Marte?» scherza, strappandomi una risata.

«Spiritoso. Non ho dormito, altro che sveglia.»

Mi scruta preoccupato. «Per il viaggio nel tempo?»

Annuisco. Mi rendo conto, però, di non avere voglia di parlare dell'ospedale e delle mie ipotesi, anche perché non ho alcuna certezza, solo dubbi e domande angoscianti. «È stato strano. In realtà non ti ho propriamente visto e non ho capito cosa fosse successo» risolvo.

A sorpresa Oliver non insiste. «Se può consolarti, Lily, neanch'io mi sono divertito.»

Pessima notizia. Fisso lo sguardo nel suo, azzurro e serio. «Ah no?»

«Mi sono ritrovato a Londra con Matt. Camminavamo sul Millennium Bridge. Cioè, il mio doppio trentenne ci camminava e Matt gli consigliava di pensarci bene, non so a cosa si riferisse, e di non prendere decisioni affrettate. Poi si sono separati, Matt è salito su un taxi e io gli ho detto che dovevo raggiungerti allo Sky Garden, un caffè dove lui va sempre quando è in città. È la prima volta che non ti vedo nel futuro.»

Un lampo. La mia scena del caffè in cima al grattacielo di due anni fa. Era lo Sky Garden? Non sono pratica di Londra, ma la racconto a Oliver e deduciamo che potrebbe trattarsi di quello.

Abbiamo visto lo stesso futuro da due punti di vista diversi.

«Ci siamo quasi incrociati» esclama lui, d'improvviso più sereno. «Come sulla spiaggia e alla partita di tennis. Non sarebbe fantastico trovarci per una volta insieme?»

«Sì, così come sarebbe fantastico capire perché abbiamo entrambi questo potere» sospiro. Tra le millemila elucubrazioni di stanotte, c'è stato spazio per interrogarmi sull'anomalia che ci unisce. «E perché si è rivelato dopo il quattordicesimo compleanno.»

«Forse dobbiamo salvare il mondo» replica lui, ridacchiando. «Però me lo sono chiesto anch'io, e insisto che dovremmo parlarne a tua nonna. Sono sicuro che non ci considererebbe pazzi.»

In effetti non ha tutti i torti. Sento anch'io che non possiamo continuare a fare gli struzzi, con la testa sotto la sabbia. «Al tuo ritorno ne parleremo con lei.»

«Davvero?»

«Davvero.»

L'altoparlante annuncia il treno per Londra e Oliver mi rivolge un sorriso triste. «Scricciolo, è il momento dei saluti.»

«Già.» Cerco di mandare giù il magone.

«Fai la brava e vedi di non morire di fame in mia assenza.»

«Tranquillo, ci penserà la mamma.» Affondo il viso sul suo petto aggrappandomi al giaccone.

"Cosa mi hai fatto, che non riesco a lasciarti andare? Sono solo tre giorni, non sono niente... Ma allora perché mi sento affondare?"

«È incredibile, Heron, non sai quanto vorrei rapirti e portarti con me su quel treno» sospira tra i miei capelli.

Mi allontano per guardarlo, domandandomi se mi legga nel pensiero. Lui mi stringe ancora più forte, cullandomi in silenzio, mentre una pioggerella ghiacciata inizia a cadere fitta e leggera su di noi. Il cielo piange, e io con lui.

Il treno rallenta fino a fermarsi con un cigolio che mi fa tremare il cuore. Dentro di me sento prepotente, improvvisa, l'urgenza di dirgli quello che non avrei mai pensato.

"Ti amo.

Capito? Ti amo."

Come se mi avesse sentito, Oliver mi afferra la nuca e mi bacia con una passione così intensa e profonda da farmi capire che prova la stessa cosa.

Quando il suo vagone si avvicina, si stacca da me e prende il borsone. Non mi dice altro, mi osserva soltanto. Impotente, lo vedo salire e sobbalzo alla chiusura delle porte. Così il treno se lo porta via, lasciandomi con la sensazione – del tutto irrazionale – che mi stia abbandonando.

Entro a scuola con un ritardo clamoroso. A dire il vero non ho idea di come ci sia arrivata, tanto ero persa nei miei pensieri e appesantita da questa coltre di malinconia che mi avvolge come un cappotto.

I corridoi sono vuoti, sono già tutti a lezione. Anzi, tutti meno una. Jennifer sta prendendo i libri dal suo armadietto e, nella fretta, gliene cade uno. «Merda!»

«Jenn?»

Lei si volta di scatto, il viso paonazzo e gli occhi lucidi di chi ha appena pianto. «Ciao.»

«Che succede?» mi informo avvicinandomi.

«Beata te, Heron, che vivi nel mondo dei sogni.» Mette il suo cellulare davanti alla mia faccia inebetita. Parte un video girato al centro commerciale, dove si vedono Jennifer e una donna molto in sovrappeso, con i capelli corti e già brizzolati, pantaloni della tuta sformati e felpa verde pisello che escono da un negozio di cosmetici. In sovrimpressione corre una scritta: *Ecco svelato il segreto di Miss Perfezione, a spasso con la sua vera mammina...*

Il video lascia il posto allo screenshot di un post di Jenn sulla vacanza in Costa Azzurra con una donna più giovane, snella, affascinante, occhiali da sole, lunghi capelli color mogano e prendisole elegante, accompagnato dalle parole: *... che non è questa!*

Segue l'emoji di una bambolina bionda con una freccia che la unisce a una specie di Pokémon obeso. E sotto: *Ecco come diventerà la nostra healthy Jenn grazie ai suoi VERI geni!*

«È orribile» mormoro, sconvolta dalla cattiveria dei commenti. È la prima volta che vedo la madre di Jenn e non immaginavo fosse così... diversa da lei.

«Solo orribile?» Jenn mette via il telefono e tira su con il naso. «Se vuoi unirti al coro delle iene che ridono sui social, fai pure!»

«Dai, adesso non esagera...» Ma lei non mi fa nemmeno finire di parlare.

«Persino Pam!» esclama con un singhiozzo. «Persino lei, la mia migliore amica, si è unita alle hater!»

«Be', allora scusami, ma non credo fosse una vera amica, tanto meno la migliore...» E l'istintiva antipatia che provo da sempre nei confronti di Pam trova la sua conferma.

Jenn abbassa le spalle, affranta. «Non so proprio cosa fare...»

«Tanto per cominciare fai togliere i post, non è legale insultare le persone» le suggerisco, combattiva. «Tuo padre conoscerà qualche avvocato che...»

«Tu non capisci» mi interrompe lei con un sibilo di esasperazione. «È la fine, nessuno mi prenderà più a modello, perderò tutti i follower e in rete sarò coperta d'infamia!»

A me sembra più grave il fatto che qualcuno abbia la testa bacata a tal punto da cadere così in basso per pura invidia, però non mi ritengo esperta nell'arte di consolare influencer diffamate.

Il custode irrompe nel corridoio chiedendoci come mai siamo ancora qui a lezioni iniziate. «Stiamo andando in classe» lo rassicuro, ma alla fine ci vado solo io perché Jennifer corre in bagno.

L'ora di storia scivola via senza che io ascolti una parola. Penso a Oliver sul treno per Londra, agli studenti che incontrerà al seminario di musica – ci saranno anche delle ragazze, sicuro – e alla nostalgia che potrebbe provare tornando in città. E all'ultimo viaggio nel futuro. Lancio occhiate a Kat durante la lezione e ricordo le parole che pronuncerà: "Ci sono io qui con te". È l'unico dettaglio che mi consola e mi toglie un po' dell'ansia che provo.

Mentre andiamo in palestra per l'ora di ginnastica le racconto del mio incontro con Jenn di stamattina e la sua reazione è inaspettata: mi pianta in asso e corre via. La seguo con un attimo di ritardo e la vedo entrare nei bagni delle ragazze, dove bussa alle porte chiuse.

«Jenn, sei qui dentro?»

Dopo un paio di tentativi falliti, una vocina soffocata risponde: «Lasciami in pace!».

«Non puoi restare nascosta per sempre» le fa notare Kat.

«Sì che posso.»

«Entreranno a fare le pulizie e ti costringeranno a uscire.»

«Bene, allora uscirò ma almeno non incontrerò nessuno.»

Fisso Kat per farle capire che stiamo facendo tardi, ma lei mi indica di andare. «E poi che farai, non verrai più a scuola?»

«Esatto. Tanto non supererò mai gli esami» geme dal cubicolo.

Kat non demorde. «Senti, facciamo un patto. Tu mi fai entrare e io ti prometto che non svelerò a nessuno il tuo nascondiglio, va bene? Se rifiuti, lo grido ai quattro venti.»

Dopo cinque secondi la porta si apre e una Jenn con la faccia rossa e gonfia sbotta: «Bastarda».

«Ottima decisione» risponde Kat, serafica, sparendo all'interno con lei.

Piuttosto confusa mi incammino verso la palestra, pronta a essere rimproverata di nuovo per il ritardo. Le altre stanno già facendo i giri di corsa, mi cambio in fretta e furia e mi unisco a loro. Kat non compare, ma l'insegnante non ci fa molto caso perché capita spesso che, con una scusa o con l'altra, riesca a sottrarsi alle fatiche sportive.

Un'ora dopo, tutta sudata, arranco nel corridoio e incrocio Jenn davanti alla sala professori.

«Sei uscita dal bagno?» mi stupisco.

«Mi pare ovvio, Lily» sottolinea lei. «Sto aspettando di parlare con Clarke e la Lewis.»

«Dei post?» mi meraviglio.

«No. Dei miei voti in storia e matematica. Io ho il potere di cambiare la mia vita» snocciola nel tono di chi recita un mantra.

«Ah, bene, brava» balbetto, confusa. Kat per caso ha operato un incantesimo su di lei, dentro quel bagno?

Glielo chiedo nel momento in cui la raggiungo nell'aula di letteratura.

«Nessuna magia» mi risponde lei. «Le ho solo mostrato la situazione da un'altra prospettiva.»

«E sarebbe?»

«Può usare le armi a sua disposizione.» Kat assume l'aria di chi la sa lunga. «Le ho fatto ammettere che nonostante voglia molto bene a sua madre si vergogna di lei perché si trascura e le ho ricordato quanto è brava a convincere le persone a migliorare il proprio aspetto. Inoltre l'ho persuasa che per lei è un'occasione di cambiamento, per dimostrare di essere più forte e più intelligente delle sue cosiddette follower.»

Le appoggio una mano sulla spalla. «Sei molto saggia, Katherine Evans.»

«Lo so, grazie» mi sorride. «Nel pomeriggio ci vediamo?»

«Non posso, ho piscina e poi devo correre a casa a preparare la cena» sbuffo. «Victoria si fa portare al centro commerciale a cambiare l'abito che le abbiamo regalato per il compleanno. Dice – testuale – che la fa sembrare "un elfo domestico". E chissà a che ora torneranno...»

«Quando hanno creato tua sorella hanno buttato via lo stampo. È unica.»

«E meno male!»

Il resto della mattinata sembra non passare mai, persino Brown oggi non è in forma e snocciola date e nomi in modo meccanico, con il tono di chi ha la testa altrove. Come me.

Il pensiero di Oliver è un chiodo fisso e tra un cambio di ora e l'altro volo a prendere il telefono nell'armadietto per vedere se mi ha scritto. E no, non l'ha fatto.

Forse il turbinio di Londra con le sue mille distrazioni lo ha già inghiottito e...

Stop!

Mi obbligo a frenare i pensieri cupi, altrimenti impazzirò entro la fine della giornata. So già che questo sarà il week-end più lungo della storia e mi rendo conto di avere sempre avuto ragione ad amare il lunedì, perché non vedo l'ora che arrivi. Per fortuna, oggi andrò ad affogare i miei tormenti nel nuoto e dopo sarò troppo stanca per pensare. O almeno spero.

Appena esco da scuola, scopro che la pioggerella di questa mattina si è trasformata nella Tempesta Perfetta, così abbandono la bicicletta a scuola per ripiegare sull'autobus, che si ferma carico di gente, ombrelli e puzza di bagnato.

Quando arrivo in piscina scopro che, a quanto pare, oggi mezza Midheaven è in macchina sotto il diluvio e l'altra metà è venuta qui.

«Ehi» mi saluta Mark mentre cammino a passo spedito verso la vasca e finisco di infilarmi i capelli dentro la cuffia. «Vedo che il brutto tempo non ci ha fermati.»

«Figuriamoci, non saranno queste quattro gocce a spaventarci» confermo, ed entrambi ci voltiamo verso la vetrata al di là della quale mi aspetto di vedere Dorothy e la sua casa volare via da un momento all'altro.

«Ollie non c'è?» mi domanda, costringendomi a tornare con la mente a Colui-che-non-deve-essere-nominato in questi tre giorni.

«Oh no, aveva un workshop di musica» gli spiego. Poi mi rendo conto che anche lui è da solo. «E Simon?»

Si rabbuia di colpo. «Oh be', non ha funzionato» mi spiega, stringendosi nelle spalle. «Il gelato era super» sorride con tono allusivo. «Però sul resto non eravamo molto compatibili.»

«Mi spiace, Mark.»

«Che vuoi farci, *c'est la vie.*»

Carolina mi richiama all'ordine, perciò corro a tuffarmi e inizio a macinare vasche.

Sono alla ventiquattresima a dorso quando la vedo sbracciarsi dal bordo per indicarmi di uscire. Non capisco cosa posso avere sbagliato: stavolta le gambe erano tese al punto giusto e la schiena inarcata al massimo delle mie possibilità.

«C'è una telefonata per te» mi dice con voce allarmata, mentre la ragazza della reception mi porge il cordless.

Sono spiazzata, chi può volermi con tale urgenza da chiamare la piscina?

Lo scopro un istante dopo dalla voce concitata di mia sorella.

E non avrei mai voluto saperlo.

53

"Rispondi...

Rispondi, ti prego..."

Quando scatta la segreteria telefonica per la terza volta, mi si contorce lo stomaco per la frustrazione. «Ollie, sono ancora io! Richiamami appena puoi, è successa una cosa terribile.» Oliver ha ancora il cellulare staccato e io mi sento persa in un incubo.

«Siamo arrivate.» Carolina mi riporta alla realtà. Davanti a noi l'ospedale si staglia imponente, ancora più grigio e scuro per via della pioggia che non ha cessato di cadere. «Vuoi che venga con te o...?»

«No, hai già fatto abbastanza. Grazie per il passaggio» farfuglio, schizzando fuori dall'auto. Copro in due falcate la distanza che mi separa dall'ingresso del pronto soccorso, non certo per la pioggia, visto che sono già tutta bagnata. Dopo la chiamata di Victoria sono corsa a rivestirmi senza nemmeno asciugarmi.

Il freddo mi si insinua fin dentro le ossa e mi fa tremare, o forse è la paura.

Al telefono Vic ha parlato in modo sconnesso di un incidente, dell'auto che è uscita di strada ed è finita contro un albero. La nonna era incosciente all'arrivo dell'ambulanza.

Varco la porta a vetri con il cuore di piombo e mi ritrovo nella sala d'attesa piena di gente.

Mi guardo attorno, smarrita, poi una voce familiare mi chiama dal desk delle infermiere. «Lily!» Mi volto e trovo mia sorella. Vederla in piedi e tutta intera mi fa tirare un sospiro di sollievo. «Sono qui!»

Le corro incontro e la abbraccio forte. «Stai bene?» le chiedo guardando il fazzoletto macchiato di sangue che tiene premuto sulla guancia.

«Sì, non è niente» mi fa lei, sollevandolo. Ha un piccolo taglio all'altezza dello zigomo ma non sembra nulla di grave. Mi guardo intorno: un uomo ha un braccio immobilizzato al petto e una donna si tampona un ginocchio. «E la mamma e la nonna?»

Alla mia domanda gli occhi di Victoria si riempiono di lacrime e il mio cuore si blocca. «Come stanno, Vic?»

Lei però non riesce a parlare: scoppia in un pianto dirotto e si tuffa tra le mie braccia.

«Signorina Heron?» Un'infermiera dai capelli grigi mi si avvicina e mi fa cenno di seguirla. «La porto da sua madre.» Si incammina verso un lungo corridoio illuminato al neon e poi si infila in una delle ultime stanze. Victoria si è aggrappata al mio braccio come un koala al ramo di eucalipto e non dà cenno di volersi staccare. Ma ne sono lieta: lei pensa che sia io a sostenerla, in realtà è l'opposto.

Mi sento così sola. Sola e spaventata.

"Ollie, perché non sei qui?"

Quando entro nella stanza, il cuore mi batte all'impazzata. La mamma è nel letto vicino alla finestra, con dei tagli in fronte e un braccio fasciato e legato al collo.

«Oh, tesori miei!» esclama tentando di muoversi.

Vic le prende la mano, io le accarezzo la spalla.

«Come stai?» le chiedo, con la voce che esce roca e tremante. Non ho mai visto mia madre stare male seriamente prima d'ora e non so proprio cosa fare.

«Poteva andarmi peggio.» Arriccia le labbra. «Maledetta pioggia! Non si vedeva niente e...» Passa lo sguardo su Vic. «Grazie al cielo sei tutta intera.»

«E la nonna?» domando, angosciata.

«Ha un trauma cranico importante e diverse microfratture alle costole» mi risponde austero un dottore appena arrivato.

«Come sta?» sussurra la mamma.

Il medico non si sbilancia. «È sveglia, questo è un buon segno.»

Victoria scoppia a piangere di nuovo. La mamma si morde il labbro.

Un incubo.

Dev'essere un incubo.

«Posso vederla?» domando, cercando di inghiottire il groppo che ho in gola.

«Va bene, ma solo un momento. L'abbiamo trasferita al terzo piano» mi concede sbrigativo prima di andarsene, affidandomi a una tirocinante che ha il compito di accompagnarmi.

Victoria resta insieme alla mamma, in attesa che le mettano un punto sulla guancia.

La ragazza e io prendiamo l'ascensore, ma nessuna delle due parla. La porta si apre con un *ting*. «Eccoci. La signora è in osservazione, la trovi nella seconda stanza a destra.»

Il terzo piano è più silenzioso del pronto soccorso, ci sono solo un paio di infermiere nel corridoio che parlottano tra loro. Prendo un respiro profondo e muovo un passo nella stanza in penombra.

Riconosco il profilo da lontano e il cuore inizia a martellarmi nel petto. Mi avvicino al rallentatore, tremando a ogni passo. «Nonna?» la chiamo, esitante.

«Ma guarda, la mia nipote preferita.» Noto con piacere che, nonostante il trauma cranico e la voce fievole, non ha perso la voglia di scherzare.

Le sorrido, appena più sollevata. «Attenta a come parli, Vic è nei paraggi.»

«Sta bene?»

«Sì, e anche la mamma.» Le prendo la mano e la guardo: la testa è avvolta in uno spesso strato di bende e un grosso ematoma le copre l'occhio sinistro. «Ti fa male?»

«Mi hanno messo qualcosa qui dentro» dice ammiccando debolmente verso la flebo. «Adesso va meglio.»

«Non riesco a credere che...»

Astra. La donna con lo sguardo verso il cielo. La fiera erede di una lunga dinastia di astrologhe. La donna più forte, intelligente e brillante che io conosca. La mia supernonna.

Non posso vederla costretta in un letto.

«Ho la testa dura, lo sai» mormora nel tentativo di rassicurarmi.

Sorrido tra le lacrime. «Sì, lo so.»

Mi sembra stanca, così mi avvicino e la saluto con un bacio, attenta a non toccare i fili che la tengono legata ai macchinari. «Riposati, torno più tardi.»

Riprendo l'ascensore per scendere e, nella sala d'attesa, ritrovo Victoria insieme a Kat. «Sei venuta!» Le corro incontro abbracciandola forte. Ha i capelli scuri legati in una coda, il cardigan nero. Come nella visione.

«Ho letto il tuo messaggio e sono corsa qui.»

Mi metto a sedere su una delle poltroncine, quando un tuono fa vibrare i vetri delle finestre. «È tutta colpa di questo tempo di merda!» inveisco contro il cielo scuro e grondante di pioggia.

«Cosa?» chiede Victoria, sedendosi al mio fianco.

«L'incidente.» Credevo fosse ovvio.

«Non penso che la pioggia c'entri molto» mi rivela lei. «La mamma e la nonna stavano litigando di brutto in macchina. È per questo motivo che siamo finite contro l'albero.»

«Vuoi dire che la mamma è uscita di strada? Perché era sconvolta?»

«Non ci ho capito molto, parlavano di un tizio che si chiama Jack e che la mamma non vuol sentire nemmeno nominare.»

Jack? Il nome non mi è nuovo. Passo in rassegna gli amici di mia madre, ma non c'è nessun...

Il ragazzo del vestito. Il primo amore della nonna. Quello che sta a New York.

Vuoi vedere che...

Mi distrae la voce squillante della mamma. «Ragazze!»

Le hanno ingessato il braccio, le si stanno formando alcuni lividi sul viso, ma è in piedi. Annuncia di avere un disperato bisogno di un caffè – ottimo segno – così andiamo a prenderlo al distributore automatico. Non so se chiederle dell'incidente. Kat sembra leggermi nel pensiero, perché mi bisbiglia: «Non ora, Lily».

Kat la Saggia ha ragione.

Accantono in un angolo della mente le mie domande e seguo le altre di nuovo al terzo piano per salutare la nonna prima di tornare a casa. Loro entrano, io resto nel corridoio e riprovo a chiamare Oliver. Ha il telefono staccato.

Dall'ascensore esce una dottoressa minuta, con gli occhiali e il camice bianco. La riconosco, è quella del mio viaggio nel tempo. Mi sorride e prosegue spedita lungo il corridoio e io resto pietrificata davanti all'ascensore vuoto. La porta che si stava chiudendo si riapre e ho un tuffo al cuore.

Sono stata io a riaprirla. La me di ieri.

È la prima volta che, nel futuro, mi ritrovo faccia a faccia con la Lily del passato. Anche se non la vedo, so che è qui. Muovo qualche passo nel corridoio, illudendomi di poter giocare con il tempo e, magari, avvertirla di impedire alla mamma di prendere l'auto...

«Lily?» Kat mi piomba accanto. «Qualcosa non va?»

«No, è che...» Guardo il cellulare. «Oliver non risponde.»

«Sarà impegnato con il suo corso» dice Kat in tono tagliente. «Ci sono io qui con te» mi rassicura e mi abbraccia stretta, accarezzandomi la schiena. La lascio fare, intorpidita da troppe emozioni.

«Tesoro, andiamo.» La mamma mi raggiunge con Vic. «L'infermiera dice che la nonna deve riposare.» Alle sue spalle vedo comparire una donna robusta, le braccia conserte e la faccia arcigna di un buttafuori che fa cenno di no con la testa. «Qui non si può stare in quattro!» E come un vigile urbano molto poco gentile ci fa circolare lungo il corridoio.

Il papà di Kat viene a prenderci per riportarci a casa. Ci promette di informarsi sulle condizioni della nonna e di intervenire in prima persona, se necessario. Questo mi tranquillizza.

Se cala l'ansia, sale però la rabbia. Che cosa sta facendo Oliver a Londra di così importante da non accendere il cellulare neppure la sera?

Inutile specificare che passo la notte a rigirarmi nel letto e neanche la meditazione che usavo mesi fa sortisce il suo effetto. Di tanto in tanto cado in un sonno breve e angosciato, che mi lascia più stanca di prima. Per fortuna oggi è sabato e, nonostante sia a pezzi, non sono costretta a fare niente.

Alle sette mi alzo, mi preparo un tè molto forte e mi siedo sul divano con Tao, che mi fa le fusa come se capisse che ho bisogno di affetto. Prevedo che la mamma e Vic dormiranno fino a tardi per riprendersi e smaltire gli antidolorifici.

Guardo il camino spento, inquieta. Il telefono è muto, niente messaggi, nessuna chiamata.

Ho scritto a Charlie, nemmeno lui ha notizie.

Come starà la nonna? Come avrà passato la notte? I medici ieri ci hanno detto che se fosse cambiato qualcosa ci avrebbero avvisate, quindi come si dice? Niente nuove, buone nuove: o almeno è questo che voglio credere.

Per ingannare il tempo mi sposto nello studio e do un'occhiata ai suoi libri. Di nascosto ho già cercato altre volte negli ultimi due anni qualcosa riguardo ai viaggi nel tempo, senza trovare nulla. Sto sfogliando un volumetto sulla nascita dell'astrologia, quando dalle pagine cade un foglio piegato in due. Lo raccolgo, lo apro e scopro che è una lettera.

Lo so, non dovrei leggerla, solo che l'istinto mi suggerisce di farlo, contro ogni logica e buon senso. È più forte di me, un potere che non so combattere, simile alla forza in grado di trascinarmi nel futuro. Così, mordendomi le labbra, apro il foglio e provo a decifrare la calligrafia stretta e spigolosa di colui che ha firmato: *Jack*.

54

Cara Astra,

so che non vorresti ricevere questa lettera, ma non posso tacere.

Da quando sono tornato a New York sono accadute cose strane, che mi portano a considerare un errore la nostra scelta di separarci di nuovo. Sono rimasto bloccato in aeroporto per un equivoco che ha rischiato di farmi passare dei brutti momenti. Giunto finalmente a casa, ho scoperto che le tubature si erano rotte e che il mio appartamento si era allagato, e una tempesta si è scatenata sulla costa orientale poco dopo il mio arrivo.

Tu che studi il destino, non credi siano segnali del fatto che non dovrei essere qui?

Ho incontrato un uomo in aereo, un inglese diretto a New York per lavoro. Mi ha raccontato di avere sposato la sua anima gemella l'anno scorso, a sessant'anni, dopo averla amata da lontano per più di quattro decenni. C'è sempre tempo per l'amore vero, e tu lo sai.

Stiamo sbagliando. Stiamo mentendo agli altri e a noi stessi. Come può questo portarci felicità?

Jack

Alzo gli occhi e mi accorgo che ho le dita gelide.

Cosa avrà fatto la nonna dopo aver ricevuto questa lettera?

Mi gira la testa, per la mancanza di sonno e per il mistero racchiuso in questo foglio del passato. Ma anche perché, all'improvviso, provo un'urgenza assoluta di scoprire come mai Oliver non mi risponde. Qualcosa non va, ne sono certa, così decido di fare l'unica cosa possibile, che è anche la più disperata.

Vado a casa sua.

Magari Joey, la governante, sa come raggiungerlo.

Visto che non piove, mi infagotto nella giacca a vento, inforco la bici e pedalo fino alla residenza degli Stevens, dove suono al citofono battendo i piedi per il freddo e l'impazienza.

Mi risponde la voce di Joey. «Chi è?»

«Sono Lily» rispondo, e un secondo dopo il cancello si apre davanti a me.

Raggiungo l'appartamento, aspettando di trovarmi il suo volto gioviale, invece sulla soglia compare Oliver, che mi sorride.

«Ciao.»

Vacillo per un istante prima di accorgermi che porta i capelli più lunghi, ha il viso più adulto e gli occhi scuri dietro agli occhiali da vista.

«Piacere, sono Matt.»

Lo fisso imbambolata, cercando di processare il fatto che il ragazzo davanti a me è il fratello di Oliver. E non solo: è il ragazzo con cui mi sono vista a Capodanno nel futuro. Come ho fatto a non capirlo prima? Le foto, la somiglianza così evidente...

«Qualcosa non va?» mi domanda.

Mi riscuoto e ritrovo l'uso della parola. «No, è che... Sono Lily» allungo la mano e lui la stringe. «Mi spiace disturbarti, pensavo di chiedere a Joey... Non riesco a contattare Oliver, ha sempre il telefono spento.»

«Sei una sua amica?» chiede Matt. Dunque Oliver non ha parlato di me a suo fratello. D'altra parte non è che si vedano molto, e da quello che racconta Oliver probabilmente non comunicano più di tanto.

«Sono la sua ragazza» lo correggo, raddrizzando le spalle.

Adesso mi scruta con più attenzione, quasi si stesse chiedendo cosa ci trovi Oliver in me. «Be', entra, Lily.»

Lo seguo in casa e Joey mi accoglie con calore, offrendosi di preparare un tè che però rifiuto. «Resto soltanto un minuto» mi giustifico, imbarazzata dalla situazione.

Matt, invece, sembra a suo agio. «Sei ti stai chiedendo cosa ci faccio a Midheaven, sono in fuga da interviste, fotografi e serate con gli sponsor» mi spiega, rispondendo alla mia muta domanda.

«Immagino» commento, anche se in realtà non è vero.

«Ho qualche giorno di pausa tra i tornei e volevo stare al mare, così sono venuto qui. Pensavo di salutare il mio fratellino che non vedo mai, invece ho scoperto che è a Londra.»

«Quindi l'hai sentito?»

«No, me l'ha detto Joey. Come hai notato anche tu, è irraggiungibile.» Credo che sulla mia faccia si dipinga il panico, perché si affretta ad aggiungere: «Ma sta bene, non preoccuparti. Mia madre dice che è totalmente immerso nelle sue lezioni di musica».

«Sì, partecipa a un campus... Però credevo che la sera fosse libero» balbetto, rendendomi conto di quanto debba suonare ridicolo che la sua ragazza non riesca a parlare con lui.

«Organizzeranno concerti o cose del genere, anche a me capita di tenere il cellulare silenzioso per giorni quando sono concentrato sugli allenamenti.»

«Sì, giusto.»

Mi tormento le mani, ansiosa di andarmene. Matt però continua a chiacchierare.

«Si vede che io e mio fratello non parliamo da un po', credevo stesse ancora con Sophie.»

È l'ultimo nome che volevo sentire.

«Sono rimasti amici» farfuglio, non so neanch'io perché.

«Meglio così, altrimenti sarebbe stato imbarazzante ritrovarsi a suonare insieme.»

Il mio cuore salta un battito. «In che senso?»

Non capisco se è imbarazzato o sta fingendo. «Mia madre ha detto che c'è anche lei a quel seminario, non lo sapevi?»

Sono rigida come un palo della luce. «Certo, sì, lo sapevo» mento, forzando un sorriso scolpito nella pietra. «Allora non devo preoccuparmi, chiamerà. Grazie e scusa l'intrusione» taglio corto, mentre mi giro per andarmene con la sensazione che mi manchi l'aria.

Matt però mi segue fuori. «Tranquilla, mio fratello scorda tutto quando c'è di mezzo la musica» mi consola.

«Lo so.» Marcio verso la mia bici, voglio solo trovare un posto dove urlare a squarciagola.

«Mi ha fatto piacere conoscerti, spero di rivederti.»

Con uno sforzo sovrumano gli rivolgo un sorriso. «Ha fatto piacere anche a me. Ciao, e in bocca al lupo per tutto.» Poi balzo in sella e fuggo, quasi fossi inseguita dalle Furie.

"Come hai potuto, Oliver? Come?"

Pedalo lungo la discesa come un proiettile con tutta la rabbia che ho in corpo e che mi scorre nelle vene. Il vento ghiacciato mi schiaffeggia la faccia. Mi fermo a metà strada, in un punto dove un gruppo di scogli segna il confine tra il quartiere residenziale e la spiaggia, salgo sulla roccia più alta e urlo: «Ti odio!».

Lo ripeto tre volte, fissando le nubi ancora nere all'orizzonte e il mare increspato. «Ti odio, Oliver, ti odio!»

Mi ha mentito, e proprio nel momento in cui avevo più bisogno di lui.

Lo sapevo che non dovevo fidarmi. Il futuro mi ha avvertito, dovevo solo ascoltarlo.

I singhiozzi che mi scuotono sono così violenti da lasciarmi senza fiato. E quando non riesco più a piangere, torno a casa.

Victoria è accomodata sul divano, con Tao sulle ginocchia e un vassoio con tè e biscotti sul tavolino. La mamma è seduta accanto a lei e scatta in piedi non appena mi vede rientrare.

«Lily, tu mi vuoi morta» mi urla contro, ancora in pigiama e pallidissima. «Come hai potuto uscire senza portarti il cellulare?»

Non mi ero accorta di averlo lasciato a casa. Dispiaciuta, provo a giustificarmi: «Non riuscivo più a dormire e ho fatto una passeggiata, perdonami».

«Un altro spavento e getto la spugna» mormora, accasciandosi di nuovo sul divano.

«Come state?» chiedo a entrambe per sviare il discorso.

«Come due sopravvissute» risponde Vic. «Abbiamo chiamato l'ospedale, ma non ci hanno detto molto della nonna.»

«Tra poco ci vado con Richard, passa a prendermi con Kat.» La mamma sospira, sconsolata. «Chissà quando potrò permettermi una macchina nuova.»

Nel trambusto non avevo pensato al dettaglio dell'auto distrutta: ci mancava solo questa.

Vado in camera mia a recuperare il telefono e, con un tuffo al cuore, vedo una serie di chiamate perse di Oliver e leggo i suoi messaggi:

Lily, scusami, avevo il cellulare spento. Rispondi, ti prego. Come sta Astra?

Scricciolo, sono in pensiero. Chiamami. Ti abbraccio forte.

Lily, dammi un cenno...

E l'ultimo di poco fa:

Ho chiamato Kat, dice che sei arrabbiata perché non mi trovavi. Hai ragione, ma non potevo immaginare che avessi bisogno di me...

Per tutta risposta silenzio la sua chat tra le lacrime che hanno ricominciato a cadere. Ormai conoscono talmente bene la strada che non riesco più a fermarle.

Facciamo pure finta che non fosse al corrente della presenza di Sophie: non doveva comunque sparire. Niente più segreti tra noi, era questa la promessa. E io, alle promesse, non credo più.

Non posso impedirmi di ripensare a mio padre e alle sue menzogne, ai segreti che ha nascosto finché non ha dovuto ammettere di avere perso tutto e ci ha lasciate così, con un biglietto sul comodino, vigliacco fino in fondo. *Me ne vado per il vostro bene*, ha scritto. La mamma l'ha buttato nella spazzatura, ma io l'ho visto, e per qualche tempo ho persino immaginato che tornasse con la soluzione in tasca. "Magari ha un piano ed è andato dal suo amico a chiedere aiuto" mi ripetevo. Illusa. Il suo piano era sparire.

Vado in bagno a sciacquarmi la faccia e mi guardo allo specchio, risoluta ad affrontare le difficoltà una alla volta. Provo a respingere il pensiero di Oliver per concentrarmi sulla mia famiglia, sulla mamma e sulla nonna che prego si riprenda senza conseguenze.

Il mio pensiero corre alla lettera che ho trovato: sebbene abbia intenzione di mantenere il segreto finché non potrò parlare con lei, voglio andare a fondo della faccenda e capire se c'entra qualcosa con l'incidente.

Raggiungo mia madre nel locale lavanderia, dove sta cercando di caricare la lavatrice con una mano sola, e mentre la aiuto inizio a indagare.

«Mi spieghi com'è successo?»

«È stata la pioggia, te l'ho detto» ribadisce lei, impegnata a controllare il dosaggio del detersivo. «Non vedevo niente.»

«Però Vic ha accennato a una discussione con la nonna» butto lì.

«Ma no, stavamo parlando del fatto che la nonna dovrebbe darsi una regolata con i social, non sono adatti alla sua età! I malintenzionati e i truffatori sono sempre dietro l'angolo.»

«Ha nominato un certo Jack...»

Sul volto della mamma compare una smorfia, non so se di dolore o di paura. «Ah sì? Non ricordo. Non conosco nessun Jack.»

Non le credo, ma capisco che è inutile insistere. Victoria fa il suo ingresso con Tao al seguito lamentandosi che i biscotti sono finiti e la scatola dei cereali è vuota. Notiamo con piacere che sta già molto meglio.

«Domani vado a fare la spesa» la rassicuro.

«Grazie, sorellona. Ti faccio la lista di quello che mi serve.» Ha in mano un blocco e una penna – sapeva benissimo che mi sarei gentilmente offerta – e scrive senza sosta qualcosa che suppongo sia il reboot di *Beowulf*.

«Ehi, non esagerare con le richieste, ci vado in bici» la avverto, ma lei, imperterrita, continua a vergare pagine su pagine.

Questa casa senza la nonna non è la stessa. Se ci fosse lei, commenterebbe che, alla sua nascita, i pianeti erano voltati dalla parte sbagliata del cosmo. O qualcosa del genere.

Richard passa a prendere la mamma e lascia qui Kat, che per distrarci propone una partita a "Risiko". Nel pomeriggio, dopo che mia sorella ha conquistato il mondo a suon di armate e lanci di dadi, la affido alla mia amica per andare in ospedale. Voglio vedere la nonna, anche se la mamma ha già chiamato per informarci che ha superato il momento critico ed è ormai del tutto fuori pericolo. Le trovo con un amico di Richard, un medico simpatico a cui la nonna ha già tentato di fare l'oroscopo. Dal sollievo quasi ricomincio a piangere.

«Guarda che non sono morta» mi ricorda lei, che è sveglia e vigile.

«Per fortuna» sospiro.

«Né avevo intenzione di morire. In realtà credo che quest'esperienza mi abbia aperto gli occhi.»

Io e la mamma la fissiamo incerte. «Su cosa?»

«Sul fatto che con me se ne andrà anche la mia arte, questa lunga e florida tradizione di conoscenze astrologiche al servizio del mondo. A meno che» mi lancia un'occhiata che mi stende «una delle mie nipoti non abbia un'illuminazione al riguardo.»

«Non cominciare, mamma!» Mia madre fa per allargare le braccia, ma il gesso la blocca. «Le ragazze devono studiare, poi trovare un lavoro e se proprio vorranno, quando saranno adulte...»

«... mi verranno a trovare in una casa di cura per portarmi dolcetti e imparare a fare gli oroscopi.»

«A proposito...» intervengo «... non ci hai ancora parlato del Sagittario.»

La nonna si tira su, cercando di mettersi seduta. «Brava, Lilith, tu sì che mi dai soddisfazione. Visto che siamo tutte qui – tranne la nipote insolente che tanto non mi ascolterebbe – ne approfitto, così mi risollevo il morale.»

«Lo sai a memoria?» mi stupisco.

«La nonna ha un'ottima memoria per le cose che le interessano» commenta la mamma, e nella sua battuta colgo una sfumatura di sarcasmo.

Lei non si scompone e annuncia che non vorrebbe turbarci, ma il cielo del Sagittario favorisce il caos e richiede coraggio per affrontare i momenti difficili. «A volte la paura di perdere qualcosa o qualcuno ci impedisce di vedere cosa è meglio per noi, per la nostra felicità» conclude, e a questo punto non so se stia parlando da astrologa o da donna saggia. So solo che di sicuro sto attraversando un momentaccio e, se la colpa è dei pianeti, vorrei prenderli a calci.

Torno a casa con la mamma, già proiettata sul futuro: superata la paura, si preoccupa per la libreria e le faccende pratiche da affrontare. Io e Kat ci offriamo di preparare la cena, così possiamo parlare tra noi.

«Hai sentito Oliver?» mi chiede, incerta.

Il pensiero tenuto a bada con fatica torna a soffocarmi. Le racconto della mia iniziativa mattutina e avverto il suo sdegno divampare sotto la pelle pallida.

«Che bastardo» commenta senza mezzi termini.

«Non riesco a rispondere ai suoi messaggi» confesso, sentendo di nuovo il nodo in gola. «Credevo che...» Mi blocco, incapace di formulare il resto della frase.

Credevo che mi amasse. Che fosse sincero. Che fosse diverso da mio padre.

Kat si tuffa su di me per stringermi. «Mi dispiace tanto, Lily.»

«Non so come farei senza di te» sospiro sulla sua spalla. E quando il mio sguardo si posa sul gatto che gironzola per la cucina, penso al simbolo dello yin e dello yang, il bello nel brutto, il brutto nel bello. Nell'orribile esperienza che ho passato, una nota positiva c'è: io e Kat sembriamo essere tornate amiche come un tempo.

Sentiamo suonare il citofono e, un attimo dopo, la voce di Charlie che saluta la mamma. Lascio la cena nelle mani di Kat e mi affaccio in soggiorno.

«Ehi, Charlie» lo saluto. I capelli scuri e mossi sono arruffati come se si fosse appena alzato dal letto e indossa un maglione a righe con una renna ricamata davanti. «Non è un po' presto per Natale?»

«È il primo che ho trovato» si giustifica lui. Non faccio in tempo a chiedergli come mai sia passato che Victoria mi sposta con la delicatezza di un carro armato.

«Ranocchio!» gli grida, abbracciandolo.

«Principessa, che mi combini?» le chiede lui, squadrando il taglietto sul viso.

«Ho rischiato di restare sfigurata e di non poter salire sul palcoscenico!» esagera lei, lanciandosi in una telecronaca colorita dell'incidente che fa venire le rughe a nostra madre e suscita commenti da parte di Kat in cucina.

Dopo una serie di appropriati "oh!" e "ah!", Charlie si rivolge a me. «Hai sentito Ollie?»

Di nuovo il groppo in gola. Cerco una risposta adeguata. «Mi ha scritto» ammetto infine.

«Mi ha chiamato per sapere come mai non rispondevi, era preoccupato...»

Eccome se era preoccupato, accanto alla sua dolce Sophie!

«Ehi! Sei venuto a trovare la tua coprotagonista ferita o per conto di Oliver?» salta su Vic, come al solito estremamente percettiva.

«No, no» si difende lui, in imbarazzo. «Cioè, volevo vedervi tutte, ovvio!»

Vic mi scruta sospettosa. «E tu perché non rispondi al tuo ragazzo?»

«Perché ho cose più importanti da fare!» sbotto. «Tipo la spesa o presto dovremo cibarci di bacche» taglio corto. Non sosterrò questa conversazione con gli avvocati difensori di Oliver.

«Prima si mangia» ordina Kat, che ci raggiunge con un cucchiaio di legno in mano. «Charlie, rimani a cena? Mio padre passa a prendermi più tardi, ti diamo un passaggio.»

«Se ti accontenti di spaghetti al pomodoro» aggiungo.

Lui si gratta la testa, indeciso. Kat agita la sua arma culinaria. «Tranquillo, Charles, non mordo. E la pasta è degna di un ristorante italiano.»

Ci strappa un sorriso, così lui avvisa sua madre e tutti insieme ce ne andiamo in cucina a mangiare.

Ma so che, prima o poi, dovrò affrontare anche Oliver.

55

Più prima che poi.

Il pomeriggio seguente, dopo il giro d'obbligo al supermercato mentre la mamma riposa suo malgrado, provata dall'emicrania, torno a piedi spingendo la bicicletta stracarica di provviste per sopravvivere nei prossimi giorni. Ho ignorato il 99% delle voci sulla lista di Victoria – la crema di frutta secca senza zuccheri aggiunti, il bagnoschiuma alla vaniglia bourbon e l'olio lisciante per capelli non rientrano fra i beni di prima necessità –, eppure le borse pesano un quintale. Forse potevo evitare la zucca, ma ho un irrefrenabile desiderio di *Pumpkin pie* e, siccome è la torta preferita della nonna, ho pensato di portargliene una fetta.

Sto risalendo la via verso casa, quando...

«Alla fine ti ho trovata» sento dire alle mie spalle e ogni parte di me va in allarme.

Mi volto di scatto. «Tu!»

Oliver mi fissa con aria stravolta. «Sono arrivato mezz'ora fa da Londra. Tua sorella mi ha mandato al supermercato, l'ho girato tutto due volte e così ho immaginato che fossi già uscita e stessi rientrando» mi spiega. Poi, di fronte al mio silenzio, aggiunge: «Perché non mi hai risposto? Ho mollato il seminario per venire qui».

«Potrei chiederti la stessa cosa» gli rinfaccio. Non so

se sia il dolore o la rabbia a parlare, fatto sta che mi sento battagliera. «Ah no, scusa, conosco la risposta: eri troppo preso da Sophie.»

Oliver si avvicina di un passo. «Lily, ti posso spiegare.»

«Ma certo che puoi» lo blocco subito. «Peccato che io non abbia nessuna voglia di ascoltare.» Spingo il manubrio con forza, maledicendo il peso che mi impedisce di pedalare via. «Pensa un po' che stupida, pensavo ti fosse capitato qualcosa. E invece scopro che, mentre io ero in ospedale mezza morta di paura, tu suonavi con la tua ex fidanzata, no, scusa, la tua anima gemella.» Vorrei continuare, sputargli addosso tutto il sarcasmo che riesco a racimolare, ma devo riprendere fiato.

Gli lascio giusto il tempo di dire: «Lily, non sapevo che ci fosse anche lei» per tornare ad aggredirlo.

«Non ti credo più, Oliver! Qualunque cosa tu dica, è tardi.» Ora mi viene da piangere, però respingo le lacrime con tutta la forza che ho.

Lui si guarda attorno spaesato, a corto di idee. Ne approfitto per andarmene, ma mi blocca di nuovo. «Ascoltami» ritenta con occhi supplichevoli. «Ho sbagliato, ma tu sei così...»

«No» lo interrompo. «Non rovesciare la colpa su di me, io ho provato a fidarmi e tu hai tradito la mia fiducia. E lo farai ancora. Con la mia domanda di ammissione, con Sophie, con chissà cos'altro. Perciò basta, io mi fermo qui» concludo con un tono glaciale che fa rabbrividire anche me.

Oliver scuote la testa. «Non puoi farlo.»

«Vedi? Tu vuoi decidere al mio posto» gli faccio notare con tristezza. «Se tieni a me, non puoi volermi infelice.»

La mia frase resta sospesa sopra le nostre teste incredule.

«Non ti farei mai del male» mormora lui con lo sguardo stravolto.

«Lo hai già fatto.» Mi sfugge una lacrima e mi affretto

ad asciugarla con il dorso della manica. Oliver prova a tendere la mano, io la respingo.

«Lily...»

«Perciò non mi importa se siamo legati dal nostro potere, o dal destino. La nonna ha detto che il modo in cui costruisci il rapporto può cambiare il futuro. Non sono costretta a subirlo, posso cambiarlo, sono libera di scegliere.» Deglutisco il magone e lancio la bomba. «E tra te e me, io scelgo me.»

Oliver resta in silenzio, incredulo, ferito. «Mi stai lasciando» dice con un filo di voce.

«Mi dispiace» e precipito al centro esatto dell'inferno.

Poi spingo la bici e copro l'ultimo tratto di strada, da sola, con un peso nel cesto e uno ben più grande nel mio cuore.

A casa getto le buste della spesa sul tavolo della cucina e una mi si rovescia a metà.

Kat mi raggiunge, ha già capito che qualcosa non va.

«Vieni.» La prendo per mano e la trascino in camera mia con gli occhi gonfi e il respiro corto. Una volta dentro, mi chiudo la porta alle spalle con un tonfo che sembra uno sparo.

«L'ho lasciato...» Solo ora che lo dico ad alta voce me ne rendo pienamente conto e mi sento male. «L'ho lasciato» grido e scoppio a piangere, travolta dalle emozioni che finora ho tenuto a bada, ma che infine esplodono.

Kat mi abbraccia, cercando di trattenere il mio tormento e i miei singhiozzi. Mi sento svuotata, come se fossi una bambola rotta. Mi accompagna sul letto e mi fa sedere, senza staccarsi da me. «Va tutto bene, hai fatto bene» mi rassicura, parlando piano al mio orecchio. «Ti avrebbe ferita ancora, lo sai.»

«Allora perché fa così male?» gemo contro la sua spalla.

«Perché a volte neghiamo la realtà e amiamo la persona sbagliata.» Si scosta per guardarmi negli occhi e mi sposta una ciocca di capelli dietro l'orecchio. «Non hai bisogno di lui, Lily. Ci sono io con te» mi sorride.

C'è qualcosa di diverso nella sua espressione ora, una tenerezza nuova che mi ricorda il modo in cui mi guarda Oliver. Un brivido mi corre lungo la schiena, ma non riesco a muovermi, né a pensare. Kat mi fissa per un lungo istante e si avvicina piano.

E alla fine posa le sue labbra sulle mie.

56

Stordita, impiego qualche istante a capire, poi di colpo mi è chiaro.

Kat mi sta baciando.

D'istinto mi ritraggo e mi scontro con il suo sguardo sconcertato, almeno quanto il mio.

«Che fai?» farfuglio, schizzando in piedi.

Scatta in piedi anche lei. «Scusa, io...» mormora, prendendosi la testa tra le mani, sconvolta.

«Che significa?» le domando, ancora incredula.

«Niente! Non significa niente!» esclama lei, raggiungendo la finestra.

Le vado dietro e la afferro per le spalle. «Dimmi che succede.»

«Avevi ragione...»

«Su cosa?»

«Ero gelosa di Oliver» comincia, con la voce che trema. «Non perché temevo che rovinasse la nostra amicizia, ma perché io...» Stringe i pugni per lo sforzo di dover tirare fuori qualcosa che deve essere lì da troppo tempo. «Ti amo.»

«Kat...» è l'unica cosa che riesco a dire nello stordimento in cui mi ritrovo.

La vedo spostarsi nella stanza come un animale in gabbia.

«Ero io» riprende «a lasciarti le poesie nell'armadietto.»

Sgrano gli occhi, incredula.

«E sei tu il motivo per cui non posso stare con nessun altro» ammette, abbassando lo sguardo sul pavimento.

Ho la mente vuota, incapace di formulare un pensiero coerente. «Io... non ne avevo idea, ti giuro...»

«Lo so.» Abbozza un sorriso. «Sono stata brava a mantenere il segreto.»

«Da... Da quanto?» balbetto.

«Credo di amarti da sempre, Lily. Da quel giorno nel cortile della scuola in cui ti sei ricoperta di ogni tipo di indumento per non lasciarmi sola sotto quel platano gigantesco.»

Lo ricordo come se fosse ieri, due bambine imbacuccate sotto il sole rovente.

«Allora ho capito che eri speciale per me. E con gli anni l'affetto è cambiato, si è ingigantito, fino a diventare incontrollabile.» Si ferma a respirare. «Sei diventata il mio sogno a occhi aperti e ho continuato ad amarti in silenzio, fino a oggi.»

«Kat, vorrei...» Che cosa? Non ho idea di come reagire. «Mi dispiace» dico infine, anche se suona patetico e sbagliato.

«Tranquilla, Lily, non ti chiedo niente. Non avrei mai pensato che un giorno sarei riuscita a rivelarti i miei sentimenti.»

Rivedo Kat che piange tra le braccia di mia nonna nello studio. «Stavi parlando di questo con Astra?»

«Lei lo sapeva già. Prima ancora che glielo confidassi» sorride. «Tua nonna è un passo avanti a tutti noi.»

«Kat, tu sei come una sorella» dico «e ti voglio un bene infinito, ma...»

«Ma non mi ami» conclude. «Lo so. Non puoi farci

niente, non è colpa di nessuno.» Mi fissa ancora un istante, poi si avvia verso la porta. «È meglio che vada.»

«Aspetta» la blocco trattenendola per un braccio. «Non ti perderò, vero?»

Lei si volta e mi guarda con un'espressione così disperata che mi toglie il fiato. «No, ma... ho bisogno di spazio per affrontare tutto questo.»

«Significa che non vuoi vedermi?» grido quasi, angosciata.

«Non c'è altro modo, Lily, almeno per un po'. Lo capisci, vero?»

«Non puoi...»

Lei sospira. «Devo.» E si allontana svelta giù per le scale.

Ammutolisco. Muovo un passo nel corridoio, tentata di seguirla, ma cos'altro potrei dirle? Mi sento così spaesata, così persa che mi torna in mente il discorso della nonna sul Sagittario, le verità nascoste che si manifestano e il momento difficile a cui far fronte. Se qualcuno non crede nell'astrologia, basta che guardi la mia vita per cambiare idea.

E d'un tratto so cosa fare.

La nonna è seduta tutta pimpante sul letto con il vassoio della cena: crema di zucca, pane tostato, sogliola e verdure lesse. C'è anche un budino al cioccolato dall'aspetto molliccio che sta contemplando, indecisa se mangiarlo o usarlo come maschera nutriente per i capelli.

Resta piuttosto sorpresa di rivedermi così presto. «Lily! Non hai di meglio da fare che andare avanti e indietro dagli ospedali?» mi accoglie.

«Direi di no» mugugno, ansiosa di raccontarle tutto. Cosa che faccio senza ulteriori indugi, vomitando il dolore per lo scontro con Oliver e la mia decisione di lasciarlo, per la confessione di Kat e il terrore di aver perso, in una sola giornata, due delle persone più importanti della mia vita. La nonna ascolta senza intervenire, mi lascia sfogare e piangere, poi, quando non ho più fiato, sposta il vassoio e mi stringe forte la mano.

«Bambina mia, mi addolora che tu debba affrontare questa situazione» sospira, «ma sei forte abbastanza per superarla. Ci sono dei momenti nella vita in cui i segreti devono emergere, o rischiano di consumarci.»

«Hai consigliato a Kat di dirmi la verità, ma sapevi che così la nostra amicizia sarebbe finita» singhiozzo.

«Pensa a quanto dev'essere stato difficile per lei tenersi tutto dentro, Lily» replica con dolcezza. «Provare affetto non è lo stesso che amare e, alla vostra età, la differenza inizia a diventare chiara. Te ne sei accorta anche tu, no?»

Eccome se me ne sono accorta. Con Oliver. Annuisco e mi asciugo gli occhi.

«Tu e Kat tornerete amiche. Dalle tempo, deve trovare il posto giusto per te nel suo cuore e rivolgere quel tipo di amore a qualcun altro. Accadrà, vedrai.»

«Ma io ho bisogno di lei» insisto e so di suonare lamentosa, però che cavolo, ne ho il diritto!

«Anche lei di te» mi ricorda la nonna. «Perciò dico che il vostro legame supererà la tempesta. La Luna nuova in Sagittario ha portato caos, ma il solstizio invernale segnerà una rinascita.»

Vorrei lasciarmi consolare dalle sue parole, solo che, al momento, mi sento persa.

«In quanto a Oliver» riprende lei, «sei sicura che la tua gelosia per Sophie non sia un tantino esagerata?» Dal suo piccolo sorriso intuisco che non ha colto la gravità del problema; e come potrebbe, ignorando cosa ho visto nel futuro? «Hai ragione, avrebbe dovuto avvisarti della sua presenza al corso, però...»

«Sophie è perfetta per lui, nonna. Suona il violino, è elegante, bellissima, ricca, la madre di Oliver la adora, e scommetto che hanno tutti i pianeti allineati!»

La nonna mi stringe la mano più forte e avvicina il volto al mio. «Non significa niente. L'amore è energia, può muovere le montagne e cambiare il corso delle stelle.»

In un flash mi torna in mente la lettera di Jack, le frasi che mi sono rimaste scolpite nella memoria: *C'è sempre tempo per l'amore vero. Stiamo mentendo agli altri e a noi stessi.*

«Allora perché non hai sposato Jack?» Stavolta è lei che vacilla. «Ho trovato una lettera – e non guardarmi così, so che non avrei dovuto, ma stavo cercando un libro – in cui ti diceva che non eravate sinceri...»

Si appoggia al cuscino, improvvisamente stanca. «Ai tempi ho fatto la mia scelta. Sì, lui era la persona giusta, ma non in quel momento. Non decidiamo noi di innamorarci, ecco dove sono responsabili gli astri – o il destino, o l'universo. Ma non esiste un solo tipo di amore né deve per forza essere eterno.» Scuote la testa, poi torna a guardarmi. «Ti svelo un segreto» mormora, i suoi occhi sono profondi come il mare. «Nel tuo cielo di nascita ho visto la linea della magia, Lily. Non la magia degli incantesimi, ma quella del cuore.» Mi posa il palmo sul petto. «Si chiama intuizione, la capacità di vedere oltre lo spazio e il tempo.»

Sono così rigida che trattengo anche il respiro. La nonna lo sa?

«Però ho visto anche la paura che paralizza, che ti impedisce di fidarti di quel potere. Tu, amore mio, hai conosciuto il tradimento e la paura cerca di proteggerti... Ma non tutti sono qui per farti soffrire. Ci sono persone, nella tua vita, che sono qui per te.»

Sto per dirle tutto. Sto per parlarle dei viaggi nel futuro e del vero motivo per cui non posso credere a Oliver, ma un'infermiera entra nella stanza per sparecchiare e taccio. Mentre aspettiamo che se ne vada, il coraggio sfuma e, una volta rimaste di nuovo sole, non riesco a dire niente.

«Non posso stare con Oliver» mormoro, abbattuta. «Sto troppo male.»

«Perché sei spaventata» commenta la nonna. «Temi di perdere lui e te stessa. L'amore è un salto nel vuoto, Lily. Solo quando crederai nel tuo valore e nella tua forza, sarai pronta a farlo senza temere di frantumarti.»

L'orario delle visite termina e sono costretta a lasciarla. Mi ha dato tanto su cui riflettere, solo che, al momento, non riesco a far altro che riprendere l'autobus verso casa, mangiare in silenzio mentre Vic e la mamma discutono di non so cosa e andarmene a letto, talmente sfinita che spero di dormire per esaurimento di energie.

Nonostante il piumone il freddo mi attraversa a ondate, facendomi rabbrividire.

Non mi sono mai sentita più sola di così.

Con l'ingresso del Sole in Capricorno, abbiamo bisogno di sicurezza. Vogliamo controllare la nostra vita e persino le altre persone, anche quando non possiamo. Saturno porta quell'aura di serietà che fa sembrare tutto pesante, ma con il tempo e con la pazienza anche il lento Capricorno arriva in vetta alle montagne.

CAPRICORNO

57

Nonostante tutto il mondo continua a girare. La scuola, il nuoto, la libreria: giorni che vanno a sommarsi ai giorni, ore alle ore, tutti uguali, tutti vuoti, che continuano a ripetersi in una sequenza identica, ma almeno rassicurante.

Ho scoperto che l'unico modo per sopravvivere è tenermi impegnata: appena mi fermo la mia mente corre in luoghi proibiti da cui è impossibile fare ritorno. Sono dei buchi neri che mi inghiottono, risucchiandomi in una spirale di ricordi che mi trascina sempre più in basso, in una caduta senza fine.

Kat è distante, mi evita. Ogni mio tentativo di riavvicinarmi è andato a vuoto e alla fine mi sono arresa. Memore delle parole della nonna, le ho detto che capivo e che avrei aspettato il momento in cui tutto tra noi fosse tornato normale. Lei, però, con una lucidità disarmante, ha preso la mira e mi ha colpito con uno dei suoi dardi infuocati: «Le cose non potranno più tornare com'erano prima, Lily. Non lo capisci?».

"No, non lo capisco, Kat. E vorrei fingere che non fosse mai successo niente, tornare a essere noi, con le mattine a scuola e le chiacchiere nell'ora di ginnastica, il sabato sera con pizza e film a casa mia e tu che resti a dormire, mia sorella dell'anima."

Perché non è possibile? Siamo ancora noi: Lily e Kat, le amiche migliori di sempre.

Mi rifiuto di credere che sia finita.

E poi c'è lui. Il mio sogno più bello e il mio incubo peggiore. È con me in ogni istante, lo sento in ogni cosa che faccio, dico o penso. Non so come fare a liberarmi di lui. Lo tengo a distanza da un mese, ma è inutile. Oliver si è preso il mio cuore e, al suo posto, ha lasciato il vuoto.

Ogni tanto Charlie torna alla carica per convincermi che non ha senso, che stiamo male entrambi e non possiamo andare avanti così. E ogni volta devo aggrapparmi al dolore che ho provato e a quello che proverò per impedirmi di scivolare di nuovo tra le braccia di Oliver. Giorno dopo giorno ingaggio una battaglia con me stessa per domare l'istinto e lasciar prevalere la ragione, ma tanto, alla fine, chi perde sono sempre io.

L'unica cosa positiva dell'ultimo mese è che la nonna si è ripresa. Alla grande, aggiungerei. "Signora, per carità, adesso torni a casa e non si faccia più vedere!" ha scherzato il medico che l'ha dimessa.

Come paziente, bisogna dirlo, è stata piuttosto impegnativa: i dottori l'hanno obbligata al riposo assoluto, ma figuriamoci. Al grido di "Nessuno può mettere Astra in un angolo", sgattaiolava fuori appena poteva, in cerca di un caffè al distributore automatico o per fare due chiacchiere con le pazienti della stanza accanto. In quindici giorni di ricovero ha fatto oroscopi all'intero ospedale, dal direttore al custode che sta nella guardiola. Ormai la conoscevano tutti, era l'incubo dei medici e la gioia dei pazienti. La mattina in cui l'abbiamo riportata a casa, i dottori l'hanno salutata con un lungo sospiro di sollievo.

Per la convalescenza le hanno raccomandato un lento ritorno alla normalità, che per la nonna si è tradotto in straordinari fino all'una di notte per rimettersi in pari con tutti gli oroscopi dei suoi clienti rimasti indietro.

La mamma non fa che rimproverarla. Tuttavia, nel tono tagliente e nei continui sbuffi, sento che c'è qualcosa di più. Dall'incidente non sono più le stesse, battibeccano di continuo e in casa aleggia un vento di guerra così freddo che mi aspetto da un momento all'altro l'invasione della Polonia.

L'argomento "passato" è sempre più spesso il nodo della questione. L'altra sera, durante una discussione sulla signora Zhang, che ha portato alla nonna i suoi rimedi di medicina cinese e ha persino stilato un menu *ad hoc* per riequilibrare le energie – menu disapprovato dalla nostra MasterChef UK – si sono proprio accapigliate. L'oggetto del contendere si è spostato dalla zuppa di *miso*, che per la medicina cinese aiuta i reni, agli eventi del passato, che secondo Dasha devono restare sepolti, mentre la nonna sosteneva che non c'è niente di male nel riaprire certe porte con il senno di poi.

«Vuoi che ti ricordi i gravi errori che hai commesso, mammina?»

«Non che tu abbia fatto delle scelte azzeccate, figliola.»

E così, tra tempeste e bonacce, è arrivato il 21 dicembre.

Oggi cambia il cielo, cambia il segno, ma non l'angoscia che provo e che temo non sparirà mai. Almeno con le vacanze di Natale non sarò costretta a vedere Oliver ogni giorno.

Non sono l'unica ad aspettare la fine delle lezioni con trepidazione. La Smith è assente già da cinque giorni, probabilmente per una invalidante allergia a questo posto.

Il topic trend del periodo è ancora la vicenda di Jenn su Instagram. Se ho ben capito dalla telecronaca di Victoria, la mia inviata speciale nei territori più impervi dei social, a seguito dello scandalo si è creato uno scisma nel popolo delle Jenners: le fedelissime difendono Jenn come impavide eroine, le traditrici – con Pam in testa – hanno già trovato un'altra guru adolescente da adorare, con i capelli lisci effetto piastra e le unghie finte. E pare che la tizia in questione non si sia fatta scrupolo a copiare e incollare i contenuti di Jenn, che almeno faceva lo sforzo di essere originale.

Per fortuna accanto a Jenn c'è anche Kat. Ovvio che brucio di gelosia, però riconosco quanto bene le faccia stare con una persona fantastica come la mia amica. Credo che Kat abbia intrapreso una crociata per salvarla attraverso l'istruzione e sembra che stia funzionando: Jenn ha accettato di farsi seguire da un tutor e stamattina, per la prima volta da che ho memoria, ha sostenuto una discussione in classe senza neanche un balbettio. Anche il professore, stupito, le ha fatto i complimenti. Jennifer è tornata a brillare, stavolta per davvero.

Chiusa anche l'ultima lezione dell'anno, mi trascino a casa con il peso dei dodici mesi sulle spalle e la sensazione di avere contro l'intero sistema solare.

«Ti prego, nonna, dimmi che il Capricorno non sarà come il Sagittario» imploro gettandomi sul divano, ancora con il cappotto e gli stivali.

«Plutone è entrato in Acquario, puoi respirare» mi rassicura lei mentre aggiunge dei ceppi al camino. «Stasera a cena scoprirai il resto.» Dopo gli ultimi mesi turbolenti ha ripreso la buona abitudine di fare le sue previsioni davanti a qualcosa di buono da mangiare.

Così, più tardi, mentre la mamma sforna una *Cheese and onion pie*, mi aggrappo alla speranza di sentirmi dire che d'ora in poi sarà tutto in discesa.

Victoria si siede a tavola già in tenuta festiva con il maglione su cui è ricamato un grosso pupazzo di neve e pantofole pelose. «Che goduria» esclama servendosi una porzione abbondante di torta al formaggio. «Non vedevo l'ora!»

«Anch'io non vedevo l'ora di annunciarvi che, dopo la confusione del mese passato, ci attende un periodo di rinascita» dice la nonna. «Con il Sole in Capricorno cerchiamo stabilità, vogliamo sentire le nostre radici ben ancorate alla terra. Saremo aiutati da Marte retrogrado, che ci permetterà di agire secondo il cuore e non per egoismo. Chirone, il guaritore ferito, ci riconcilierà con il passato e trasformerà le nostre cicatrici in una risorsa.»

Credo che il mio sospiro di sollievo si senta fino alla Scozia. Spero con tutte le mie forze che sia vero e che, finalmente, io possa trovare un po' di pace.

«Bene, allora ho anticipato i pianeti agendo con il cuore» interviene Victoria con la bocca piena. «Non indovinerete mai chi arriverà per Natale!»

«Rudolph, la renna di Babbo Natale?» scherza la mamma.

«Io non credo di volerlo sapere» borbotta la nonna, ma Victoria gonfia le penne e...

«Papà!» grida. «Non vede l'ora di riabbracciarci tutte!»

Per un attimo nessuna di noi si muove. Nemmeno respira, in realtà.

Persino la nonna è rimasta di colpo muta. Perché non ci sono parole per commentare quello che ha fatto la mia egoista, sconsiderata, sciocca sorella.

«Molto spiritosa, Victoria» dice la mamma, dal cui volto è sparito il colore.

«Sei una traditrice» sibilo tra i denti, stringendo una forchetta con una voglia immensa di conficcargliela in fronte. «Avevi promesso...»

«Cos'è che aveva promesso?» interviene la mamma, alzandosi e guardandomi con gli occhi sbarrati.

Non riesco a trattenermi e grido: «Di non cercarlo più! Quella stupida si era messa in testa di ritrovarlo, ma le avevo fatto giurare di smetterla!».

«Io non ho giurato un bel niente» protesta Victoria con una supponenza che mi manda in fiamme. «È Natale e tutti parlano di essere buoni e generosi, no? Mi sembra che valga a maggior ragione per un papà da cui mi avete tenuto ingiustamente lontana.»

«Ingiustamente? Tu non hai idea... Tu...» Tremo a tal punto che la nonna, accanto a me, mi stringe la spalla per placarmi.

«Calmati, Lily, tua sorella non sa tutto.»

«Oh, lo so, l'ho sentita mille volte la storia che se n'è andato dopo averci lasciate senza soldi. Va bene, ha sbagliato, ma sono passati anni» sbotta Victoria, agitando le braccia. La mamma le afferra al volo l'avambraccio destro per costringerla a guardarla in faccia.

«Victoria Heron, finché non diventerai maggiorenne, non sarai tu a prendere decisioni in questa casa.» Non l'ho mai vista così arrabbiata, e così fredda.

«Ah, quindi non ho il diritto di rivedere papà?»

«Non senza chiedere il mio permesso.»

«Non sono la tua prigioniera!»

«Sei mia figlia e, fino a prova contraria, siamo io e la nonna che ti abbiamo cresciuta, pagato la scuola, i vestiti e le scarpe, visto che tuo padre ha ritenuto opportuno dimenticare di avere una famiglia.»

«Si è pentito» obietta mia sorella, ostinata. «Quasi piangeva al telefono quando l'ho invitato da noi. Lui ci vuole bene!»

«Ah sì, parlare è il suo forte, è sempre stato un genio delle menzogne» esclama la mamma con una risata isterica.

È a questo punto che si fa avanti la nonna, come se finora avesse frugato nella mente per trovare la frase giusta.

«Litigare non risolve niente» dichiara in tono fermo. «Victoria, tu eri troppo piccola per avercela con lui e comprendo il tuo desiderio. Dasha, proibire è il modo migliore per ottenere l'effetto indesiderato: è inutile recriminare, starai vicina a tua figlia quando incontrerà il padre e lo affronterai.»

Lei la fissa incredula. «Mamma! Sei impazzita anche tu, per caso?»

Io non commento, perché sono concentrata a respirare. O meglio, a cercare di farlo. Sento avvicinarsi la terribile sensazione di soffocamento. Ho caldo. Poi freddo. E inizio a sudare. Il cuore batte all'impazzata e la testa è stretta in una morsa.

«Se lui viene, io me ne vado.» La mia voce trema come una foglia.

«Come sei melodrammatica» sbuffa Victoria, scocciata. «Non c'è bisogno di farla così lunga, è solo un pranzo. Non gli ho mica chiesto di trasferirsi qui.»

Se non le salto addosso, è solo perché interviene la mamma: «Non ci sarà nessun pranzo. E se vuoi incontrare tuo padre, signorina, aspetterai di essere maggiorenne».

«Dasha...» prova la nonna, ma viene interrotta.

«Voi non capite!» Mia sorella schizza in piedi con così tanta foga che fa cadere la sedia con un tonfo. «Io mi sento un'estranea qui, possibile che non ve ne accorgiate? Voi siete unite, legate dalle stelle, innamorate di una stupida libreria... Io non c'entro niente con voi. Voglio sapere se ho qualcosa in comune con papà, se abbiamo gli stessi occhi, gli stessi gusti, se gli assomiglio almeno un po'!»

Scoppio in una risata amara. «Eccome se gli assomigli, sei egoista come lui!»

«Tanto è inutile parlare con te, tu non conosci il perdono» inveisce, paonazza in volto. «Tutto è nero o bianco, vero? Non si può sbagliare o si viene marchiati a vita! Guarda che non sei la vittima qui, è che non dai a nessuno una seconda possibilità e...»

«Adesso basta.» La nonna batte il pugno sul tavolo, facendo tintinnare i bicchieri. «Lily, tu non sei costretta a vedere nessuno, e tu, Victoria, non puoi agire alle nostre spalle come hai fatto. Risolveremo la questione in modo civile, parlandone quando ci saremo calmate.» E per dare il buon esempio, riprende a mangiare.

Victoria corre in camera sua, seguita dal gatto e dalla mamma che evidentemente non ha finito con lei.

Io resto immobile a fissare nel vuoto, incapace di pensare, incapace di provare qualsiasi cosa che non sia una gigantesca, incontenibile rabbia.

58

C'era un vento gelido che soffiava da nord la mattina dell'ultimo Natale trascorso con papà. Saremmo dovuti partire per una vacanza all'estero, in Italia, per visitare Firenze, che è da sempre il sogno della mamma. Ero eccitata, ricordo che con Kat guardavo le fotografie delle chiese e delle colline e mi immaginavo a raccontare le mie avventure in classe! Alla fine, però, il progetto era andato in fumo. Quella mattina lui e la mamma non avevano fatto altro che urlarsi contro, e la nonna aveva portato me e Victoria al mare, sulla spiaggia spazzata dal vento, per un picnic natalizio improvvisato. Mia sorella si era divertita a giocare con le conchiglie e a costruire castelli di sabbia; io provavo un senso di angoscia così grande da non riuscire a parlare. La nonna mi aveva rassicurata: «Vedrai che si risolverà tutto» aveva detto.

Quella sera la mamma ci disse che papà sarebbe andato a dormire da un amico per non attaccarci l'influenza che sembrava essersi preso.

Non tornò più.

Svaniti i soldi che dovevano servire a realizzare il suo sogno di aprire un ristorante, la mamma ha continuato a lavorare in libreria e, nel momento in cui la proprietaria ha deciso di venderla, l'ha rilevata. Si è dedicata anima e corpo al negozio, ma non ho più visto la luce che brillava nei suoi occhi quando immaginava la cucina e la sala del suo locale, descrivendo i piatti del menu. Non posso perdonare mio padre per la sua vigliaccheria e ho giurato a me stessa che non avrei mai abbandonato la mia famiglia come ha fatto lui.

Non ho ancora deciso dove trascorrerò il Natale, visto che non potrò stare con Oliver e nemmeno con Kat. Le ho scritto un messaggio di auguri e da un'ora sto rileggendo sul mio cellulare l'amara risposta:

Non credo sia il caso che quest'anno tu passi da noi, mi dispiace.
Buon Natale anche a te e a tutte voi.

Vorrà dire che me ne starò in giro, magari al mare se non sarà così freddo da rischiare il congelamento, oppure mi chiuderò in un fast food in centro e tornerò stasera, quando il pericolo sarà cessato. Tutto è meglio piuttosto che rimanere qui.

Mia sorella intanto ha iniziato i lavori di ristrutturazione: sposta mobili, crea ghirlande di agrifoglio, mette lucine dappertutto sulla tavola apparecchiata di rosso. Sì, perché alla fine la mamma ha ceduto: il pranzo di Natale con papà in cambio della promessa, anzi, del solenne giuramento di non nasconderle mai più niente.

Per rendere la tragedia meno tragica, la nonna ha lavorato nell'ombra e, quando mi decido a scendere e faccio gli auguri a tutti tranne a Victoria, annuncia: «Dobbiamo aggiungere due posti a tavola, ragazze mie».

«Chi altro arriva oggi, i Mangiamorte?» le chiedo.

«Charlie e sua madre» mi rassicura con un sorriso. «Ero al telefono con lei, finalmente hanno trovato un appartamento e sono alle prese con il trasloco. Non possono passare il Natale in compagnia degli scatoloni.»

«Ah bene, Charlie è uno spasso» commenta Victoria, impegnata a far impazzire il povero Tao con un filo di lucine che gli ha avvolto intorno alla pancia.

«Tu inviti ma io non so se ci sarà abbastanza da mangiare per tutti» grida la mamma dalla cucina. Sta spignattando dal sorgere del sole e la cucina ha l'aspetto di un campo di battaglia. Non è da lei, perché la sua prima regola è: "Si cucina su un ripiano pulito e in ordine". Invece c'è una pila di pentole e piatti sporchi vicino al lavabo che rischia di crollare da un momento all'altro.

«Ce n'è per tutti, Dasha. Stai calma e rilassati, Evelyn è tua alleata.»

Lei la liquida con una scrollata di spalle e si fionda sul latte bollente che sta fuoriuscendo dal pentolino. Se stesse partecipando a una puntata di *MasterChef*, oggi sarebbe l'eliminata.

È in ansia e la capisco, l'idea geniale di mia sorella ha rovinato un Natale che già non partiva sotto i migliori auspici, considerando la macchina sfasciata e le spese mediche post-incidente.

Un Natale senza soldi, senza macchina, senza regali, senza Kat e senza Oliver.

Mi sembra di vivere in apnea, non riesco più ad arrivare in fondo a un respiro. La nostalgia di lui mi logora e mi chiedo se passerà. Al momento mi sento come se non potessi più essere felice.

"Non ti farei mai del male." Le sue parole mi riecheggiano nella mente rimbalzando sul mio cuore. Cerco di scrollarmi di dosso i suoi occhi tristi, la grana profonda della sua voce, ma le lacrime mi riempiono gli occhi.

«Vado al mare» annuncio, afferrando la maniglia con la mano gelata. «Buon pranzo.»

«Dasha, che fai?» sento gridare la nonna dalla cucina. Poi arriva il boato di un oggetto che si schianta a terra e va in mille pezzi.

«No, no, no!» I gemiti di mia madre mi spingono a correre da lei.

La trovo chinata a terra davanti al forno aperto, da cui esce una preoccupante nube di fumo nero. Sul pavimento una teglia di ceramica in frantumi contiene qualcosa che circa mezz'ora fa doveva essere commestibile e adesso è carbone.

La nonna e io ci precipitiamo ad aiutarla.

«Scusate» mormora, sconvolta.

«Non fa niente, sistemiamo tutto. Tranquilla» la consola la nonna. «Non abbiamo bisogno del tacchino farcito con le castagne. Abbiamo cavolini e pastinache arrosto, timballini di salmone affumicato e uova fritte, per non parlare del tuo meraviglioso *Christmas plum pudding.*»

Io prendo la scopa e inizio a radunare i cocci sparsi sulle piastrelle.

Non posso lasciarla sola.

Il pensiero mi coglie di sorpresa, mentre passo lo sguardo sul volto teso e stanco della mamma. Sarebbe egoista da parte mia andarmene e lasciarla qui, insieme ai fantasmi che sono già tornati a farle visita, prima ancora di *lui*. Un istinto ancestrale di proteggerla mi spinge a dirle: «Vai a sederti un momento, mamma, hai già fatto abbastanza. Continuiamo noi». E cerco gli occhi della nonna, che mi rivolge un sorriso pieno di gratitudine.

«Sì, Dasha, riposa il braccio e vai a cambiarti.»

Con un sospiro la mamma arranca verso il salotto, sconfitta.

«Le ferite si rimarginano» mi sussurra la nonna, travasando la purea di patate dolci in una grossa ciotola. «Ne uscirai più forte.»

In effetti al momento mi sento un'eroina coraggiosa che ha rinunciato a salvarsi dall'impatto con un asteroide e non sa ancora a cosa andrà incontro.

Al suono del campanello, scatto in modo così evidente

che la nonna mi prende la mano e la stringe tra le sue. «Andrà tutto bene, bambina. Ci sono io.»

Annuisco e cerco di non smettere di respirare prima di andare ad aprire la porta.

"Respira, Lily. Respira."

Un passo, un altro... Poi scopro con piacere che sulla porta non c'è mio padre, ma Charlie ed Evelyn.

«Benvenuti!» La nonna li accoglie a braccia aperte da gran padrona di casa. La mamma, tornata presentabile, è tesa almeno quanto me e si limita a un sorriso forzato e e un paio di frettolosi baci sulle guance.

Charlie mi circonda con le braccia e con un solo sguardo ci diciamo tutto. Porta il maglione con la renna e ha con sé scatole piene di biscotti allo zenzero fatti in casa. La nonna e la mamma si spostano in cucina con Evelyn, discutendo del trasloco.

Quando sento ancora il campanello, non ho più le energie per agitarmi.

Victoria corre e spalanca la porta con un enorme sorriso, ma non c'è nessuno.

La vedo chinarsi e raccogliere un pacchetto rosso sullo zerbino, che mi porge sbuffandomi contro tutto il suo disappunto. *Per Lily*, c'è scritto in bella grafia su un bigliettino di cartone infilato sotto il fiocco dorato.

So cosa contiene e so anche chi me lo ha lasciato: è il pacchetto del mio primo viaggio nel futuro. Che sciocca, non mi ero accorta dell'albero di Natale, possibile? Oppure non c'era, perché Victoria ha deciso all'ultimo di addobbarlo?

"Dai, aprilo" dirà adesso.

«Dai, aprilo» dice infatti.

Io sono bloccata con il dono tra le mani. Sembra innocuo, ma nasconde una bomba.

Potrei ingannare il fato e buttarlo via, cambiando le carte in tavola, invece mi arrendo al mio destino. Tanto il contenuto non cambierà comunque. Infatti, una volta aperto, tra le mani mi ritrovo una cornice di legno con una foto. È di quest'estate, ci siamo io e Oliver in costume che ci sorridiamo seduti in riva al mare, incuranti dell'obiettivo. Non so nemmeno chi possa avercela scattata, forse Charlie. C'è una complicità nei nostri sguardi, una sintonia in quei sorrisi così spontanei che mi fa sprofondare di nuovo nell'abisso.

Oliver.

Tao sembra avvertire il mio dolore, perché inizia a strusciarsi e a fare le fusa. D'un tratto però rizza la coda, sull'attenti, e corre verso il camino in cui scoppietta il fuoco.

«Ehi, che ti prende?» esclama Vic vedendolo soffiare.

C'è la me del passato lì accanto. Ignora che il motivo della mia angoscia non è solo Oliver, ma anche papà. Fisso il punto in cui immagino si trovi e l'albero di Natale di cui non si accorge, o che non c'era. Possibile che in questi mesi il futuro sia in parte cambiato? Se non avessi sorpreso Vic e Oliver a cercare papà, se non mi fossi arrabbiata con lei proibendole di continuare, forse non si sarebbe incaponita e oggi non lo aspetterebbe, dunque non avrebbe decorato l'albero. Ha ragione la nonna, sono le nostre scelte a costruire la realtà.

«Stai bene?» Charlie mi sfiora il braccio. Forse nemmeno lui era presente nella visione.

«Come no» mormoro, sopraffatta da tante emozioni.

Mi volto verso la tavola apparecchiata, prima ancora che accada.

Una forchetta tintinna sul pavimento, quella che l'altra me ha urtato, accorgendosi di poter spostare gli oggetti nonostante l'invisibilità. Abbasso gli occhi sulla foto, la sta guardando anche lei. Come in ospedale, vorrei parlarle, rassicurarla. Con gli altri distratti da Tao che sembra impazzito e soffia a un fantasma, le sussurro: «Non preoccuparti, ti proteggerò».

Chissà se servirà a qualcosa.

Rincarto alla bell'e meglio il pacchetto e lo porto su in camera mia.

Grazie per il regalo, ma non posso accettare. Te lo restituirò appena torniamo a scuola.

Scrivo il messaggio con le dita che tremano e il cuore impazzito, ma con la certezza che sia la scelta giusta. Lo devo a me stessa.

Torno giù con insolita baldanza. Il dolore può trasformarsi in energia, perché mi sento così agguerrita che adesso mio padre può anche arrivare, sono pronta a mandarlo a quel paese.

Ma lui non arriva.

Alle due meno venti la nonna decide che abbiamo aspettato abbastanza e che è ora di iniziare.

«Io non mangio» annuncia Victoria, delusa e arrabbiata, prima di volare su per le scale e chiudersi in camera sua, sbattendo la porta così forte da far tremare la casa.

La mamma sta per seguirla, ma io la precedo. «Ci penso io» la rassicuro, facendole cenno di restare seduta, sotto lo sguardo fiero di mia nonna.

Apro la porta senza bussare e la trovo sdraiata sul letto con la testa ficcata sotto il cuscino.

«Ehi.»

«Se sei venuta per dirmi "Te l'avevo detto" puoi anche tornare giù» borbotta da là sotto.

Siccome non mi ha cacciata in malo modo, mi avvicino. «L'ha fatto anche con me.» Mi siedo sul letto e contemplo le scritte nere sul piumone bianco, la parola "amore" tradotta in tutte le lingue. «Non si interessava mai alla scuola, ma una volta la mamma ha insistito tantissimo perché venisse alla mia recita. L'anno prima era stato l'unico papà assente e io ci ero rimasta male. Lui mi ha guardato negli occhi e ha detto che ci sarebbe stato.

Tu avevi un virus ed eri a casa con la nonna, non facevi che dormire. All'ultimo momento ha ricevuto una telefonata ed è uscito, promettendo di raggiungerci a scuola. Indovina?»

«Non si è visto» dice la voce attutita di Vic.

«La mamma si è arrabbiata, urlava così tanto che mi sono nascosta in giardino per non sentire. A quella promessa non mantenuta ne sono seguite tante altre, che mi hanno ferita. Ho iniziato a perdere fiducia, non solo in lui, ma anche in me stessa.» Ammetterlo mi costa. «Se ti dico di stargli lontana, c'è un motivo. Non voglio che provi il mio stesso dolore.»

Victoria riemerge da sotto il cuscino e mi squadra, stranamente ammutolita.

Qualcuno bussa debolmente sulla porta semiaperta. «Si può?»

Lei abbozza un sorriso. «Vieni, Ranocchio.»

Charlie entra con un piatto colmo di un po' di tutto, come se avesse saccheggiato il buffet in un ristorante. «Ti ho portato qualcosina.»

«Sei il mio eroe!» Vic si solleva a sedere, asciugandosi gli occhi con il dorso della mano. La sua capacità di recupero è invidiabile. «Sto morendo di fame, in realtà» dichiara, poi fa per avventarsi sul piatto, ma Charlie lo tira indietro.

«Se te la senti, puoi scendere di sotto e mangiare con noi...»

Lei ci pensa su un secondo e annuisce. «Peggio per lui, mangeremo tutto noi.»

Così, contro ogni pronostico, finalmente alle due e mezzo il pranzo di Natale può avere inizio anche in casa nostra. Stanche e ammaccate, io e le mie donne ci sediamo a tavola e ci godiamo quel che resta della giornata. Potevamo non essere qui, la nonna poteva non essere qui, perciò sono grata per quello che ho e che per il momento mi farò bastare. Anche stavolta la mamma è riuscita a imbastire un pranzo delizioso e sono grata anche a lei. Alla sua forza, al suo coraggio.

«Allora, diteci un po' di questa nuova casa» chiede la nonna a Evelyn.

«Be', è piccola e carina, con un terrazzino» le risponde lei, cercando un'occhiata di intesa con Charlie, che conferma: «Defilata ma niente male, in bici si arriva ovunque».

«Dobbiamo ringraziare il signor Stevens, ha strappato al proprietario suo amico un prezzo di favore» continua sua madre e poi si rivolge alla mia. «Oh, Dasha, prima che mi dimentichi: dopodomani c'è il trasloco, temo di non poter stare in negozio.»

A causa del braccio ingessato, la mamma ha chiesto a Evelyn di darle una mano in libreria e lei ha accettato. Da qualche settimana ha trovato un nuovo lavoro in un grazioso caffè la mattina, mentre il pomeriggio viene da noi in attesa di essere assunta come cameriera a tempo pieno.

«Lily, puoi sostituire tu Evelyn, così fa con calma?» mi chiede mia madre.

«Certo.»

«Sei un angelo.»

Ecco perché non potrei mai lasciare Midheaven: senza di me, la mamma non riuscirebbe a gestire tutto e Vic è troppo egoista per sostenerla, anzi, mi aspetto che a diciott'anni si trasferirà dall'altra parte del mondo e tanti cari saluti.

Trascorriamo il resto del pomeriggio a giocare a "Bingo" e bere tè, mentre fuori la temperatura scende e inizia a nevicare. Quando, verso l'ora di cena, i nostri ospiti se ne vanno, decidiamo che per lavare i piatti ci sarà tempo domani e prepariamo una tisana con i biscotti. Poi ci mettiamo tutte sul divano a guardare un vecchio film di Natale. La scelta cade su *Serendipity*, la storia di un uomo e una donna che si incontrano per caso in un negozio di

New York e, pur innamorandosi, si affidano al destino per decidere se devono stare insieme.

«È assurdo» esclama la mamma allo scorrere dei titoli di coda. «Non si ripescano i vecchi amori, quel che è chiuso, è chiuso per sempre.»

«Quanto sei drastica» commenta la nonna.

Lancio un'occhiata a Victoria, temendo che faccia un commento su papà, perché è ovvio che la mamma si riferiva a lui. Lei però tace, sta scrivendo sul cellulare.

«Che bene può fare rivangare il passato?» insiste la mamma.

«Il passato è parte del nostro futuro.»

La frase sibillina scatena uno tsunami. La mamma balza in piedi e, sorprendendoci tutte, strilla: «Sei decisa a continuare! Non ti è bastato distruggere tuo marito e farci schiantare contro un albero? Sei peggio di lei» indica Victoria, «una bambina cocciuta!».

Io e mia sorella ci scambiamo uno sguardo sconvolto. Vic posa il telefono sul divano.

«Mamma?» azzardo. «Continuare cosa?»

«La sua...»

«Ci penso io, Dasha» la frena la nonna. «È ora che le ragazze sappiano la verità.»

La fisso smarrita, con mille pensieri che si arrotolano e la sensazione che i tasselli sparsi stiano infine per combaciare. La lettera che ho trovato, l'incidente, l'insolita tensione tra loro.

«No» prova a opporsi la mamma, invano.

Vic la assale subito. «Voglio sapere! C'entra con il litigio in macchina, vero?»

La nonna annuisce. Si alza, va verso il camino e, dandoci le spalle, comincia a raccontare.

59

«L'anno in cui il mondo fu scosso da un terribile attentato, io e vostro nonno conducevamo una vita tranquilla qui a Midheaven. Lui coltivava fiori e si guadagnava lo stipendio con il suo vivaio, io facevo oroscopi e Dasha stava finendo il liceo. Era piuttosto ribelle, rifiutava di scegliere l'università e parlava di andarsene in giro per il mondo con uno zaino e i soldi guadagnati aiutando suo padre.

Sapevo che quell'anno sarebbe successo qualcosa di grave, l'allineamento dei pianeti lo lasciava presagire. Quando accadde, capii che l'umanità doveva affrontare una grande prova e i miei clienti aumentarono a dismisura. Tutti volevano sapere come affrontare il presente, cosa ci aspettava e se il mondo sarebbe tornato alla normalità o avremmo dovuto convivere con la paura per sempre.

Quel giorno, però, la mia preoccupazione andò a una persona che avevo amato e che abitava proprio nel luogo della tragedia. Si chiamava Jack ed era stato il mio primo amore, il ragazzo che avrei sposato se non fosse partito per l'America. Aveva una famiglia ormai, non ci sentivamo da anni, ma certi eventi uniscono le persone e cancellano i rancori e i rimorsi... Perciò decisi di rintracciarlo.

Sua madre era morta, suo padre si era trasferito in Scozia, ciononostante riuscii a parlare con lui e mi confermò che stava bene.

Mi diede il suo indirizzo e gli scrissi una lettera, come sapete non ho mai amato la tecnologia. Lui non mi rispose, però, a fine ottobre, me lo ritrovai davanti alla porta: era tornato in Europa a trovare suo padre e aveva deciso di farmi una sorpresa. Si era licenziato dalla sua azienda, ossessionato dall'idea di essere sopravvissuto per un motivo: cambiare la sua vita e fare qualcosa di nobile, avviare un progetto per aiutare i meno fortunati. Mi disse di avere lasciato la moglie, con cui le cose non funzionavano da tempo, e di voler partire per l'Indonesia, dove avrebbe realizzato il suo sogno di aprire una scuola di inglese. E mi chiese di partire con lui.

Era la seconda volta che me lo chiedeva. Alla sua prima proposta, quando era partito per frequentare l'università a New York, avevo risposto di no perché non potevo permettermi di studiare all'estero e, soprattutto, non avevo il coraggio di trasferirmi così lontano, dove non conoscevo nessuno. Qui sapevo di poter continuare la tradizione di famiglia, leggere gli oroscopi e prendere il posto di mia madre, bloccata dalla malattia che le stava togliendo la memoria.

"Abbiamo un'altra possibilità" mi disse Jack.

Non mi aveva dimenticata, solo che, nel frattempo, io avevo conosciuto Sam, vostro nonno. Aveva i capelli fulvi come te, Victoria, e il tuo stesso sorriso. Se ti chiedi da chi hai preso, guarda una sua foto. Peccato che tu non abbia ereditato anche la sua simpatia.»

Vic fa per scattare, ma si frena. Nemmeno lei vuole interrompere la storia.

La nonna abbozza un sorriso e riprende: «Lo amavo, benché in modo diverso, e non intendevo abbandonarlo. Soffriva di una malformazione cardiaca fin dalla nascita, tuttavia non si era mai lamentato e affrontava ogni sfida con coraggio e con il sorriso. Mi faceva star bene, mi rispettava e ridevamo tanto assieme, giocavamo a bowling e andavamo a Londra una volta al mese per vedere un musical. Non avevo motivo di stravolgere la mia vita, soprattutto con Saturno nella casa delle relazioni, che richiede tempo e pazienza.

Jack ripartì per gli Stati Uniti e mi inviò una lettera, quella che tu, Lily, hai trovato nel mio studio. Ne inviò altre prima di trasferirsi in Indonesia; mi informava sul suo progetto e io gli raccontavo dei miei clienti, di mia figlia e della sua scelta di non frequentare l'università, ma di lavorare in una libreria, assecondando la sua passione per le storie.

Cinque anni dopo la salute di Sam peggiorò. Prese un virus che gli indebolì il cuore e gli tolse energia, costringendolo a rinunciare a occuparsi delle piante e a limitarsi a venderle. Lo vedevo perdere entusiasmo giorno dopo giorno, costretto a un'immobilità che non gli apparteneva; il suo incrollabile ottimismo era in pericolo e alla fine si sgretolò. Decise di sottoporsi a un'operazione nonostante io fossi contraria, perché il rischio sembrava superiore alle possibilità di riuscita. Non ci fu verso di convincerlo a rinunciare.»

La nonna si ferma, il suo sguardo vaga lontano, oltre le fiamme del camino. La mamma di colpo se ne va in cucina e sbatte la porta, mentre Victoria stringe forte Tao.

«Come andò l'operazione?» domando a bassa voce, ma temo di conoscere la risposta.

«Ci arrivo» dice la nonna, gettando un ceppo sul fuoco. «Prima devo parlare di Jack, che si era scontrato con mille difficoltà in Indonesia e non sapeva più se insistere o rinunciare. Il suo progetto era più complicato del previsto, e si sentiva stanco e scoraggiato. Così, di punto in bianco, tornò a Londra, proprio mentre Sam era in ospedale. Mi chiese di vederci, aveva bisogno di un consiglio fidato e voleva farsi leggere l'oroscopo.

Mi diede appuntamento davanti al suo hotel e lo raggiunsi in treno.

Mentre ero con lui, vostro nonno, in attesa di sottoporsi all'intervento, peggiorò all'improvviso e il suo cuore si fermò prima che potessi tornare. Non gli ho mai detto addio... E questo dolore non mi abbandonerà mai, anche se sono certa che sapesse quanto gli volevo bene e fosse felice degli anni trascorsi insieme.

Perdere una persona cara lascia un vuoto nel cuore, bambine mie. Bisogna accettare che la morte sia parte della vita e che nessuno ci appartiene, se non noi stesse. Ricucire lo strappo che si sente non è facile, richiede tempo, pazienza e molta fiducia. Ognuno trova il proprio rimedio alla sofferenza, la propria via per tornare a guardare al mondo con coraggio e serenità. La mia, allora, mi portò in Oriente.»

«Con Zhang Lin?» intervengo.

«Sì, a Hong Kong. Lin mi ha aiutata con la sua saggezza e avrei voluto che aiutasse anche Dasha, ma lei rifiutò di raggiungermi. So che non è facile per voi immaginarla come una ribelle, eppure era così, testarda come suo padre, convinta di potercela fare da sola. Ce l'aveva con me perché quel giorno ero a Londra; prendere di mira Jack era facile, era stato lui a portarmi via. Ma non è successo nulla tra noi, ognuno è andato avanti per la sua strada. Fino a oggi.»

Un silenzio irreale cala nella stanza. Si sente il crepitio del fuoco e, più lontano, il rumore della lavastoviglie in cucina. Io ho un groppo in gola e non trovo le parole.

Ci pensa Vic al mio posto, rivelando: «Jack è l'uomo che cercavi su Facebook!».

La nonna le rivolge un sorriso. «Sì, lui. Ora è di nuovo in America. Ha un figlio, vivono entrambi a New York.»

«Quindi lo vedrai» si esalta mia sorella.

«No!» La mamma è tornata dalla cucina, rossa in volto, lo sguardo febbrile. «È ridicolo, che senso avrebbe incontrarvi dopo tanti anni? Sarebbe un affronto a mio padre.»

«Era di questo che discutevate in macchina» capisce Victoria, sgranando gli occhi. «Mamma! Con la tua fissa di tenere le persone lontane, hai rischiato di ucciderci...»

«Smettila» la rimprovera lei, paonazza.

«Sono sicura che è stata la pioggia» mi intrometto io, la paladina della mamma. Che mi ringrazia con una carezza sulla testa.

«Non c'è niente di male nel ricontattare un vecchio amico» esclama la nonna, e non l'ho mai vista così agitata. «Da giovane ho scelto Sam e gli sono stata fedele, non gli ho mai dato alcun motivo di dubitare del mio amore. Non ho debiti con lui.»

La mamma sta per ribattere, poi cambia idea, si lascia cadere sul divano e chiude gli occhi. «Sono stanca di soffrire» mormora. «Per mio padre, per il vostro, per tutto. Fate come volete, purché io non sia coinvolta.»

Cogliamo il messaggio e ci scambiamo uno sguardo d'intesa. Con tutto quello che ha passato, ha il diritto di chiederlo. Le appoggio la testa sulla spalla. «Stai serena, mammina, nessuna di noi ti farà più stare male. Vero, Vic?» E fulmino con gli occhi mia sorella.

«Vero» conferma lei in un impeto di bontà natalizia.

La nonna scuote la testa e lascia la stanza, con Tao che la segue.

60

Sono da sola. Insomma, non che sia mai stata un tipo da feste, ma quest'anno mi sono superata. Persino la mia migliore amica mi evita. Tutti quelli che conosco hanno dei programmi per Capodanno, a parte me.

La mamma e la nonna hanno firmato il concordato per la pace in famiglia, però passeranno la serata divise: la prima con le amiche del comitato, la seconda al ristorante della signora Zhang. Victoria parteciperà a una megafesta a casa di Claire e ha già iniziato il countdown, neanche stesse per decollare con la prossima missione spaziale.

Io me ne starò con Tao sul divano a guardare quegli stupidi programmi in televisione e mi addormenterò per le dieci, in una posizione talmente contorta che per sbloccarmi ci vorrà un buon osteopata o il cric. Al mare, nell'hotel più *in* della costa, si terrà un party esclusivo a cui parteciperanno Jenn, Mark, Charlie e... addirittura Kat! Quando Victoria me lo ha detto, mi è caduta la mascella.

Charlie si è premurato di comunicarmi che ci saranno anche Oliver e la sua famiglia, riuniti nella casa al mare in occasione del Capodanno. Sarà avvincente passare la serata ad ascoltare a ripetizione il brano che ha composto per me piangendo tutte le lacrime che mi sono rimaste mentre lui, alla festa, meraviglioso nel suo abito elegante, attirerà le ragazze come il miele fa con le api. Credo che non basterà il barattolo di crema al caramello salato della nonna per tirarmi su di morale. Non basterebbe nemmeno la fabbrica di cioccolato di Willy Wonka, suppongo.

Cerco di concentrarmi sulla pila di volumi da sistemare in negozio, mentre mia madre prende un caffè con un autore che presenterà il suo romanzo in liberia a gennaio. Sto mettendo in ordine lo scaffale della narrativa americana, quando sento suonare le campane del vento sulla porta. Con mia grande sorpresa mi trovo davanti Matt Stevens, con una giacca color crema, jeans attillati e gli occhiali.

«Ciao Lily.»

«Oh.» Mi riscuoto e tento di riprodurre un sorriso. «Che sorpresa.»

«Te l'ho detto che speravo di rivederti.»

Assomiglia talmente a Oliver che mi sento agitata come se fosse lui. «Sei tornato per Capodanno?» mi informo, ricordando le parole di Charlie.

«Infatti. Pensavo di andare a Dubai subito dopo Natale, però i miei genitori mi hanno pregato di restare qualche giorno in più.»

«Come sapevi che...» comincio, ma lui mi precede.

«... la tua famiglia ha una libreria? È stata Joey a dirmelo.» Si avvicina al banco e solleva una sfera di vetro con dentro un paesaggio invernale, la agita per far nevicare. «Così ho deciso di fare un salto. Chissà se la vedo, mi sono detto. E infatti.»

«Già, infatti.» Continuo a non capire perché sia venuto a cercarmi, però. «Ti serve un libro?» azzardo.

Si passa una mano tra i capelli. «In realtà non ho mai tempo per leggere» sospira. «Sai, tra le partite, gli allenamenti e i viaggi...»

«Allora come mai sei qui?» Il sospetto che l'abbia mandato Oliver mi spinge a stare sulla difensiva.

«Mio fratello mi ha raccontato cos'è successo» ammette. «Mi sento in colpa, sono stato io a nominare Sophie.»

Alzo le spalle e mi fingo occupata con i volumi. «Non mi va di parlare di lui.»

«Nemmeno a me. È stato un idiota comunque, questo volevo dirtelo.»

Mi irrigidisco e cerco un modo carino per chiudere la conversazione, peccato che entri una signora impellicciata e debba dedicarmi a lei. Le procuro un romanzo storico sulla Seconda guerra mondiale, lei paga, se ne va e sono di nuovo costretta ad affrontare Matt. Con tutto quello che è successo, non ho più ragionato su un piccolo particolare: anche lui è nelle mie visioni, fa parte del mio futuro.

«Scusami, non per essere maleducata, ma...»

«Non lo nominerò più» mi interrompe lui.

«No, intendevo che ho del lavoro da fare.»

Matt alza le braccia in segno di resa. «Hai ragione, me ne vado. Prima però pago il mio acquisto» e mi mostra la palla di vetro.

Prendo la carta di credito, batto lo scontrino e sto per salutarlo, quando butta lì: «Ti va un caramel macchiato?».

La determinazione dei fratelli Stevens nel tormentarmi è davvero sorprendente. «Non posso uscire» replico, ma lui ha la soluzione a tutto.

«Lo porto qui. Ci metto un secondo, è per scusarmi di averti disturbata.»

Sparisce, e io mi dibatto tra due opzioni: invento una scusa e lo mando via o mi godo il momento di gloria in cui il giovane tennista in ascesa vuole fare amicizia con me? Deve proprio essere disperato. Torna con i bicchieri da asporto del Cat Café e, rassegnata, gli offro una poltroncina. Parliamo di tennis e nuoto, della pressione che pesa sulle spalle di chi inizia a vincere. Lui racconta della fatica di essere sempre in giro e dei sacrifici necessari per trasformare la passione in una carriera.

Matt è un ragazzo un po' snob ma, tutto sommato, simpatico. Finito il caramel macchiato e i discorsi sportivi, si rimette la giacca per andarsene. «Grazie della compagnia, Lily. Torno a socializzare con i miei fan di Midheaven.»

«Saranno felici di averti qui.»

«Eccome, mi fanno firmare di tutto. Ho anche ricevuto diversi inviti interessanti per Capodanno, peccato che sia già impegnato» sghignazza. «Tu che farai?»

«Niente di che. Non te l'hanno bisbigliato anche i muri che sono un'asociale?»

Matt ride, appoggiandosi con nonchalance al tavolo pieno di volumi. «Sì, mi è giunta voce. Deduco che non andrai al Majestic.»

«Non sono il tipo» taglio corto.

«Se cambi idea, potresti accompagnarmi.»

Spiazzata, faccio cadere una copia di *Moby Dick*. «Scusa!»

«Attenta ai miei piedi, valgono una fortuna» scherza. «Dai, vieni. Possiamo trascorrere la serata a giudicare tutto e tutti, come due vecchie comari, mi aiuterai a fuggire dai tifosi che fino all'anno scorso non avevano mai guardato una partita di tennis, ma ora vogliono sapere ogni cosa di me, e ci lamenteremo del buffet sfornito di *blinis* al salmone, solo perché lo avremo saccheggiato noi.»

Il suo assurdo quadretto mi strappa una risata. «Un buffet senza blinis al salmone non ha ragione di esistere!»

«Ecco, vedi? Siamo già sulla stessa lunghezza d'onda» fa lui, divertito. Poi torna serio. «Se te lo stai chiedendo, mio fratello ha detto di non volerci andare. Ma anche se ci fosse, vi terrò lontani, promesso.»

Tutto sommato l'idea non è male, meglio che restare in casa a guardare un film, mangiare da sola e piangere sulle mie sventure. Sì, però... Ripenso al mio viaggio nel futuro, quello in cui mi trovavo con lui alla festa: con tutta probabilità so già cosa succederà a Capodanno. Devo rifiutare. Sto per farlo, quando qualcosa mi frena. Se sia la voce del destino o la mia parte ribelle, lo ignoro, fatto sta che tutt'a un tratto capisco che ci voglio andare e affondare il dito nella piaga. Solo io sono condannata a soffrire vedendo Oliver con un'altra? In un lampo di cattiveria, desidero ferirlo. Voglio che sia geloso. E voglio che mi veda con suo fratello.

«Serve un invito» gli ricordo.

«Non ti preoccupare, questo non è un problema.»

Oh certo, chi mai rifiuterebbe una richiesta di Matt Stevens?

«Mi hai convinto» dichiaro, e lui si illumina.

«Grande! Sarà uno spasso.»

Cinque minuti dopo che se n'è andato, mi colgono tutti i dubbi del mondo. Siamo sicuri che sia una buona idea partecipare alla festa al Majestic? Con Matt? Sotto gli occhi di tutti? Accettare che la visione si avveri senza contrastarla? Passando a dettagli più futili, non ho un vestito adatto. Non ho il portamento adatto. Non sono Sophie, che danza invece di camminare.

Presa dal panico, sto già inventando una lista di scuse per tirarmi indietro quando mi torna in mente la storia della nonna. Ascoltarla mi ha sconvolto, non per via di Jack o del fatto che si porti dietro il peso di non avere detto addio al nonno, ma perché ha risentito il suo amore perduto. Secondo la mamma dovrebbe lasciare il passato dov'è, mentre Vic ha dichiarato che sarebbe sciocca a non concedersi una seconda possibilità.

Io non so cosa pensare.

La nonna ha scelto la strada sicura. Voleva restare a Midheaven, come me, a costo di rinunciare al ragazzo che amava. Forse devo fare lo stesso ed è questo il senso della festa, avrò la conferma che con Oliver è finita.

Perciò no, non mi tiro indietro, andrò al Majestic a testa alta e dimostrerò di non essere una che fugge, ma una ragazza sicura di sé che ha voltato pagina. Seppure con il cuore a pezzi.

La sera del 31 dicembre indosso l'unico abito elegante che ho nell'armadio e mi guardo allo specchio. Era di mia sorella, ma per lei è fuori moda e dunque me lo ha gentilmente ceduto. Mi presta pure la sua trousse di trucchi e me la rigiro tra le mani, incerta sul suo utilizzo, finché decido che un po' di mascara e del lucidalabbra basteranno a rendermi meno pallida e tirata. Il tentativo di raccogliere i capelli in un elegante chignon si trasforma in una lotta, perciò alla fine li tengo sciolti.

Intorno alle otto il nostro Uber è fuori dalla porta che ci aspetta – leggi anche: l'amica della mamma con il minivan otto posti del comitato – per condurci alle rispettive feste.

La prima a scendere è Victoria che, avvolta in una nuvola color ciliegia, la pochette dorata e il medaglione con la tigre che le ha regalato la signora Zhang, sembra il guerriero dragone.

La prossima sono io: già dall'altra parte del piazzale si vede l'ingresso dell'hotel sommerso dalle auto e l'amica della mamma inizia a rallentare, incerta sulla direzione da prendere.

«Qui va bene» le dico, per evitare che impazzisca. «Buona serata, belle signore!»

«Ciao Cenerentola, divertiti al ballo» mi saluta la nonna.

Al solo pensiero che il mio principe sia presente, sento il cuore lanciarsi da un dirupo.

Mi scrollo via l'ansia e salgo i gradini verso l'ingresso, prima di cambiare idea e tornare al piano A, ovvero divano, gatto e dolci, che al momento mi sembra di gran lunga più allettante.

«Lily!» Matt mi viene incontro e mi prende la mano per baciarla. «Dove scappi?»

«Da nessuna parte.» Dev'essersi accorto che stavo per fare retromarcia.

«Andiamo, allora.»

Mi offre il braccio e, superata la reception dove lo salutano con sorrisi e complimenti, mi scorta al guardaroba. «Che schianto» esclama nel momento in cui mi tolgo il cappotto.

«Grazie.» Che un campione di tennis abituato a viaggiare per il mondo e a conoscere chissà quante belle ragazze mi trovi "uno schianto" mi lusinga. O magari cerca solo di essere gentile e in realtà sta pensando che in questo momento dovrebbe trovarsi al Bulgari Resort di Dubai con una fotomodella russa.

Il salone è addobbato pomposamente, il pavimento è di un luminoso marmo bianco e gli arazzi che decorano le pareti hanno un'aria preziosa. Su un piccolo palco in fondo alla sala riconosco Keith Kamara e la sua band, che nel frattempo ha trovato una cantante.

Sì, non mi sbagliavo: è la festa della mia visione. Al rallentatore ripercorro il ricordo che si schianta sull'immagine di Oliver abbracciato a Sophie. E perdo tutta la mia spavalderia. L'istinto irrefrenabile di inscenare un improvviso attacco di cuore mi coglie immediato: se desisto, è perché Matt mi prende sottobraccio e mi tira verso il bar. «Prendiamo da bere e raccontami chi sono quelle belle persone.»

Provo a concentrarmi sui nomi degli analcolici e degli ospiti che riconosco, ma ho le antenne dritte: so che Kat, Charlie, Mark e Jenn sono nei dintorni o lo saranno presto, e non mi va di affrontare i loro occhi spalancati e i volti a punto di domanda nel trovarmi con la copia più adulta e sofisticata di Oliver.

Quando, come promesso, Matt inizia a sparare commenti poco edificanti sulla gioventù di Midheaven presente in sala e a sottrarsi agli assalti dei fan, io riesco finalmente a rilassarmi e a ridere con lui, che si dimostra pungente e sagace.

A un tratto, come nelle migliori storie, ecco arrivare il colpo di scena, in questo caso preannunciato.

Nella folla che sta riempiendo la stanza, metto a fuoco l'antagonista. E lui mi intercetta subito. Oliver si volta e i nostri sguardi si incrociano. Divento di ghiaccio e, per un attimo, stringo il bicchiere con tanta forza che temo si frantumi.

«Sì, c'è anche mio fratello» dice Matt, sottolineando l'ovvio. «Nostra madre l'ha convinto a venire.»

«Fantastico» mormoro, incapace di distogliere lo sguardo dal volto stupefatto di Oliver. E la cosa peggiore è che una parte – masochista – di me, nemmeno tanto nascosta, sperava succedesse. Mentre medito di affogarmi nel punch e tanti saluti, una voce fin troppo familiare risuona accanto a noi.

«Matt, che diavolo significa?»

«Ciao anche a te, fratellino.»

Oliver ignora il tono canzonatorio di Matt e sposta l'attenzione su di me. «Lily?» Il mio nome gli esce tutto d'un fiato, il tono è un misto tra la domanda e lo sconcerto.

«Non significa niente» rispondo, asciutta, cercando di modulare la voce. «Ho accettato un invito alla festa.»

All'improvviso una bionda in rosso corallo spunta da dietro le spalle di Oliver, altrettanto stupita ma decisamente più felice di lui di vederci.

«Come molte altre persone...» aggiungo, fulminando Oliver con un'occhiata cupa.

«Quindi era lei il tuo appuntamento segreto» esclama Sophie. «Che sorpresa!»

«Mi piace sorprendere» replica Matt, e ho la netta sensazione che questa situazione lo diverta parecchio.

Poi Sophie si rivolge a me. «Ciao Lily» è il suo saluto pieno di calore. Io mi limito a stringermi nelle spalle, non trovando niente di consono da dire che non mi faccia arrestare per vilipendio.

«Posso parlarti?» mi chiede Oliver, con un autocontrollo invidiabile.

«Non ho niente da dirti.»

«Ma io sì» replica, deciso. Poi mi rivolge uno sguardo supplichevole. «Ti prego.»

Approfittando di un mio attimo di esitazione, mi prende per mano e mi trascina via tra la folla fino a fermarsi in un angolo vicino alle scale.

«Perché mi fai questo?» esclama, la voce che trema.

Cerco di restare salda. «Non sto facendo nulla.» Poi rilancio: «Torna dalla tua dolce metà, non vedrà l'ora di ballare».

«È venuta con i suoi genitori, non con me. I miei li hanno invitati per Capodanno.»

«Il risultato è lo stesso, mi pare.»

«Io e Sophie siamo rimasti amici, che tu ci creda oppure no.»

«Oh, ma certo! Penso si sia messa apposta quell'abitino sobrio per dimostrarti la grande, sincera e incondizionata amicizia che prova per te.»

Vedo Matt avvicinarsi e colgo l'occasione per divincolarmi. «Lasciami andare» sibilo. «Non voglio parlare con te.» Lo ferisco per farlo desistere, ignorando il dolore che provo.

«Oliver, non dovresti trascurare la tua dama» gli dice Matt raggiungendoci.

«Non sia mai» aggiungo. Con una risata amara gli volto la schiena e mi allontano.

Sento il suo sguardo sulle spalle e sto male per lui, sto male per me.

Per quanto mi sforzi, pare che le mie scelte continuino a condurmi verso il futuro che ho visto e che temo. Rassegnata, inizio a guardarmi in giro, tanto so cosa mi aspetta: nell'angolo del salone dove spicca un camino acceso trovo Kat.

È seduta sul divano di pelle in compagnia di Jenn, come nella scena che ricordo – no, allora aveva una coroncina in testa, per fortuna ha cambiato idea. Però ride con la sua nuova amica, stanno guardando qualcosa sul cellulare. Accanto a loro compare Charlie, che fa un commento indicando lo schermo prima di alzare gli occhi e incrociare i miei. Mi saluta con la mano, in modo forzato, esitante. Io ricambio ma mi tengo a distanza, visto che l'unica con cui avrei un disperato bisogno di confidarmi a malapena mi fa un cenno con il capo. Se ci penso, è buffo: io non voglio parlare con Oliver e Kat non vuole parlare con me. Che cosa meravigliosa, il karma!

Non resistendo lì un minuto di più, propongo a Matt di andare a fare quello per cui siamo venuti: saccheggiare il buffet.

Mentre assaggiamo delle tartine che sembrano dei gioielli di Tiffany e l'orologio si avvicina inesorabile alla mezzanotte, la band raggiunge gli strumenti per dare inizio alle danze. Keith presenta Emily, la loro nuova solista, e con lei intona la cover di una canzone romantica del momento.

Vado a caccia di Sophie nella zona dei divanetti. Eccola. Si alza come una molla, si liscia l'abito e tende una mano a Oliver. All'inizio lui risponde qualcosa che sembra un no, poi però incrocia il mio sguardo.

«Prima che qualcuna mi costringa a essere scortese, mi salvi tu?» mi supplica Matt, invitandomi a ballare.

«Andiamo.» Io, che non so mettere un piede in fila all'altro sulla pista, gli allaccio le braccia attorno al collo come se fossimo in confidenza da sempre. Appena mi vede, Oliver si alza.

"Dai, fallo! Tanto lo so che lo farai" lo provoco con gli occhi.

Quando inizia a ondeggiare di fronte a Sophie e le sorride, qualcosa di oscuro e spaventoso risale dalle profondità della mia anima. È la scena che ricordo.

Aria, ho bisogno d'aria.

La via d'uscita più vicina è proprio quella che dà sulla terrazza, dove mi sono vista nel futuro. Rassegnata, mi scuso con Matt e corro fuori, respirando a pieni polmoni l'aria ghiacciata.

Mi appoggio alla balaustra, aspettando che lui venga a parlarmi. Infatti…

«Lily!»

Ma la voce non è quella di Matt.

Mi volto e scuoto la testa. «Vattene, Oliver.»

«Non ci penso proprio. Ho capito cosa stai facendo, vuoi vendicarti.»

Questo sì che è strano: stiamo seguendo un nuovo copione. E non ho idea di come andrà a finire, ma di una cosa sono certa: non intendo scappare in lacrime.

«L'hai vista nel futuro, vero? Questa serata.»

Mi limito ad annuire, gli occhi fissi sul cielo scuro.

«E adesso che succede?»

«Non lo so.»

Con la coda dell'occhio scorgo il suo sorriso compiaciuto. «Perché stiamo cambiando il destino.»

«Con le scelte che abbiamo fatto finora, sì. Ma alcune cose non cambiano, Oliver. Ti avevo visto ballare con Sophie ed è accaduto.»

«Però mi sono fermato subito.» Mi afferra per le braccia, affondando gli occhi nei miei. «Abbiamo il potere di fare ciò che vogliamo, di modificare il corso della vita. Sei tu che ti ostini a non capirlo.»

«Tu non ti rendi conto.» Mi scrollo dalla stretta, il suo tocco brucia sulla mia pelle nonostante il gelo. «Io ho paura.» Tanto vale essere sincera, ormai non ho nulla da perdere. «Mia nonna ha rinunciato al suo grande amore per il nonno ed è stata felice. Mia madre invece ha scelto la persona sbagliata e si è rovinata la vita. Non voglio fare lo stesso errore.»

Le mie parole sono pugnali. Oliver infatti tace, mi lascia il braccio e fa un passo indietro.

«Lily, stai bene?» Matt si è avvicinato e squadra suo fratello.

«Sta benissimo» risponde Oliver, con un sarcasmo che non gli appartiene. Poi fa un passo verso di lui, gli occhi di colpo accesi da una rabbia incontrollata. «Non ti bastava avere tutto il resto, dovevi avere anche lei!»

Matt scrolla le spalle. «Piantala.»

Oliver gli si avvicina ancora, la furia nella sua voce mi attraversa e mi fa tremare. «Lo sai che è vero» gli ringhia contro.

«Io non c'entro niente con i tuoi guai.»

Oliver spalanca le braccia. «No, certo, tu sei sempre stato il fratello perfetto. Peccato che fossi tu a chiudermi in camera per giocare con i tuoi amici alle feste di compleanno e che, se stavo male, fingevi di stare peggio, per avere tutta l'attenzione di nostra madre!» Prende fiato per un istante, prima di concludere a voce più bassa: «Non so cosa ti ho fatto per spingerti a trattarmi in questo modo, ma non lo sopporto più».

«Sei solo geloso» mormora Matt, di ghiaccio.

Guardo Oliver, scioccata dalle sue parole. Non immaginavo che fosse stato messo così ai margini, isolato dal fratello maggiore. E per quale motivo? Vorrei chiederlo, vorrei sapere da Matt perché si sia comportato e si comporti in questo modo, invece me ne sto lì, paralizzata, mentre Oliver, con i pugni serrati e le nocche sbiancate grida: «No, non sono geloso. Sono stanco di stare zitto e subire». Si scaglia contro di lui e gli assesta un colpo nel petto.

«Ma che ca...» esclama Matt piegandosi in due.

Sono sconvolta. «Sei fuori di testa?»

«Dio, Lily, sì!» mi grida contro, prima di voltarmi le spalle e andarsene come una furia.

«Ahia, cazzo» esclama ancora Matt vicino a me.

«Mi spiace» sussurro sull'orlo delle lacrime. «È colpa mia...»

«È impazzito.»

Sì, Oliver è impazzito perché lo abbiamo provocato, lo abbiamo portato al limite.

«Quello che ha detto...» riprende, massaggiandosi il torace «in parte è vero, ma eravamo bambini, lui era il fratello minore a cui perdonavano tutto e io non lo sopportavo. Aveva i voti migliori, gli amici giusti... Solo quando ho iniziato a vincere le partite, i miei genitori si sono ricordati di me.»

«Perciò adesso hai deciso di rifarti» mormoro, in preda a una nausea improvvisa che mi stringe lo stomaco. Avrà le sue ragioni, ma al momento non mi va di ascoltarle.

«Non ti ho invitata per fargli un dispetto» insiste, sfiorandomi il braccio.

Credo di sì, invece. D'altra parte io ho accettato per lo stesso motivo.

«Vado a casa, non credo di poter resistere fino a mezzanotte» dichiaro, scossa dai brividi. Se ero intenzionata a chiudere in modo definitivo, be', ho chiuso. Il mio compito è finito.

«Ti accompagno» si offre Matt, io però scuoto la testa.

«Non serve, mi faccio venire a prendere da... qualcuno» farfuglio, pensando che mia madre non ha nemmeno la macchina. Però preferisco farmela a piedi, magari l'aria fredda mi schiarirà le idee. «Buon anno nuovo.»

Così, come Cenerentola corro via dal ballo, ma con entrambe le scarpe e senza la speranza di riavere mai il mio principe.

61

Il ristorante è illuminato a festa. Ci sono lanterne colorate appese all'ingresso e canne di bambù addobbate con le lucine a intermittenza. Mi sento subito meglio varcando la soglia di questo locale accogliente, distante dal lusso del Majestic. I clienti hanno finito di cenare e chiacchierano animatamente in attesa della mezzanotte.

«Lilith, giusto? Che bella sorpresa!»

«Salve, signora Zhang. Stavo cercando mia nonna.»

Sul suo viso compare una ruga di preoccupazione. «Va tutto bene, cara?»

«Sì, sì. Ho solo... Devo vederla.»

Mi conduce in cucina, dove la nonna sta cercando di comunicare in un misto di inglese, cinese e linguaggio dei segni con una signora orientale intenta a tagliare verdure. Anche lei si stupisce del mio arrivo e, quando le chiedo se possiamo parlare, si congeda con un inchino a mani giunte e mi conduce nel giardinetto coperto sul retro, pieno di lanterne rosse e gatti della fortuna che fanno oscillare la zampa. Mi sembra di essere entrata in un cartone animato.

«È successo qualcosa alla festa?» si informa con tatto.

Respiro a fondo prima di rispondere. «È successo qualcosa nella mia vita... due anni fa.» Trovo uno sgabello e mi siedo prima che mi cedano le gambe. Non so se ce la faccio.

La nonna sposta una sedia di ferro battuto per mettersi davanti a me. «Ti ascolto, Lily.»

D'un fiato e senza fermarmi, le racconto delle eclissi, dei viaggi nel futuro, di Oliver e dello strano legame che ci unisce, così come del destino di sofferenza che sembra aspettarmi se sto con lui. Alla fine sono stremata.

«Bambina mia, mi chiedevo quando me ne avresti parlato» dice, lasciandomi a bocca aperta.

Avevo ragione, lei immaginava la verità.

«Hai Nettuno nella dodicesima casa, quella dei sogni e dell'inconscio» spiega. «Come la mia trisnonna. E la posizione della Luna nera indica un dono nascosto, magico. Quando mi hai rivolto le domande sulla chiaroveggenza, ho sospettato qualcosa, ma non volevo forzarti o spaventarti. In realtà sei molto più potente di tutte noi, Lily.»

«Perciò non pensi che io sia matta?» chiedo, travolta dal sollievo.

«Certo che no! La realtà è così complessa, articolata e affascinante. Ci sono persone con doti straordinarie, se solo imparano a esercitarle.»

«Perciò io e Oliver non siamo delle eccezioni.»

«Ne dubito, mia cara. Ho ascoltato storie persino più strane nella mia vita.» Mi studia perplessa. «Per questo hai taciuto finora, temevi di sconvolgermi? Non hai immaginato che fosse scritto nel tuo cielo?»

Mi do della sciocca per aver aspettato tanto prima di aprirmi con la nonna. Aveva ragione Oliver a suggerire di rivolgermi a lei, ma io, come al solito, non ascolto nessuno. «L'hai letto anche nel cielo natale di Oliver?»

«In realtà la sua dodicesima casa è vuota. Però la posizione di Nettuno mi ha rivelato un legame con il potere e la precognizione. In più...» esita, poi mi prende la mano e la osserva, forse cercando qualcosa nelle sue pieghe. «Tu e Oliver avete la linea della magia, che unisce i pianeti più lontani e misteriosi.»

«Significa che siamo legati?»

«Può darsi che ci sia qualcosa che dovete fare insieme, niente accade per caso.»

«Allora perché nel futuro mi vedo sempre infelice?» insisto, dando sfogo alla mia ansia. «Io ho cercato di tenerlo lontano, ma le visioni si stanno avverando e, anche se per motivi diversi da quelli che immaginavo, finisco per stare male!»

Lei resta per qualche istante in silenzio, ponderando la risposta. «Sai, penso che succeda come con gli astri» dice infine. «Leggiamo le loro indicazioni in modo soggettivo e ci facciamo influenzare. Tu ogni volta ti aspetti di essere ferita da Oliver, giusto? Così troverai sempre un motivo perché accada.»

In effetti avrei potuto evitare la festa stasera, invece ho deciso di andarci sapendo che mi sarei fatta del male. In altri casi, però... «Due anni fa non lo conoscevo» proseguo il ragionamento ad alta voce. «Non ero influenzata da niente.»

«Il futuro non è staccato dal presente e dal passato. Pensa a un fiume, l'acqua che sgorga dalla fonte si confonde subito con quella che scorre. Portiamo già dentro di noi chi saremo un giorno. Le persone con il tuo dono, Lily, riescono a vedere il futuro e possono decidere come affrontarlo.»

«Quindi non posso fare altro?» esclamo, sconsolata. «Tutti i miei tentativi di cambiarlo sono inutili?»

«Dipende» mi sorride la nonna. «Non abbiamo potere sugli eventi esterni, né sulle scelte degli altri. Ciò che possiamo controllare è la nostra mente, i nostri desideri. Se sai cosa vuoi e ti impegni a realizzarlo, non puoi sbagliare.»

Le parole della nonna mi fanno riflettere. Finora ho vissuto sulle mie certezze: restare a Midheaven, studiare Biologia marina, essere amica di Kat. Mai avrei immaginato che Kat si allontanasse e, in quanto ai miei progetti, sono proprio sicura di voler fare quel lavoro? Cos'è che mi piace veramente? Sono i miei dubbi nel presente a far sì che un giorno non vada a Plymouth? Oppure è stata quella visione a scatenare i miei dubbi? È tutto così complicato che potrei vendere la sceneggiatura della mia vita per farci uno di quei film di fantascienza in cui, alla fine, ti chiedono: "Tu hai capito?". E sei costretto a rispondere di no.

Di una cosa, almeno, sono certa: «Io non voglio star male».

La nonna, inaspettatamente, scoppia a ridere. «Oh, bambina, ma non puoi evitarlo!» Mi accarezza i capelli con tocco leggero. «Se anche ti rifugiassi in una caverna o su un'isola deserta per non confrontarti con gli altri e non attaccarti a nessuno, magari non piangeresti per amore, ma non conosceresti la felicità. Gioia e dolore sono una cosa sola e, per assaporare la prima, bisogna essere disposti a rischiare.»

«Tu l'hai fatto?» domando, pensando a Jack e al nonno.

La nonna ritira la mano e distoglie lo sguardo. Si alza, va verso la vetrata che riflette il bagliore scarlatto delle lanterne. «Ho perso entrambi gli uomini della mia vita e ho sofferto molto, ma non rimpiango un singolo minuto che ho trascorso con loro. E se la vita mi offre la possibilità di rivedere Jack, sì, Lily, sono disposta a soffrire ancora pur di essere felice.»

Mi tremano le gambe e sento le lacrime pungermi gli occhi.

«Perché non l'hai cercato prima?» domando a bruciapelo.

«Tua madre non ha mai digerito il fatto che fossi con Jack quando tuo nonno è morto. Non volevo litigare, soprattutto dopo la tua nascita e...» Si ferma, ma potrei concludere io la sua frase: "E perché tuo padre era totalmente inaffidabile". «In ogni caso io credo che l'universo ci aiuti sempre e ci dia un'altra occasione» conclude voltandosi.

La guardo ammirata. «Vorrei tanto avere la tua fiducia» sospiro.

«Non ti fidi di Oliver?»

«Hai visto che manipola le persone» dico a bassa voce «nel suo tema natale.»

«Oliver ha le sue luci e le sue ombre, come tutti noi. So che per te è difficile credere nelle persone, tesoro. Ma se ti lasci bloccare dal ricordo del passato e dalla paura del futuro, il presente ti scivolerà tra le dita e lascerai morire i tuoi sogni.»

Non voglio piangere – ultimamente sembra che non sappia fare altro –, perciò stringo i pugni e deglutisco forte. «È un casino, questo potere» sussurro con rabbia. «Mi costringe a tenere un segreto con Kat, con la mamma...»

«Tutti abbiamo i nostri segreti, non c'è niente di sbagliato. E un giorno, quando avrai fatto pace con te stessa, riuscirai a parlarne.»

«Sarebbe meglio non averlo affatto.»

«Al contrario, io lo trovo un vantaggio prezioso» mi rincuora la nonna. «Ti aiuta a capire dove ti porteranno le tue decisioni di adesso e a interrogarti su cosa conta per te. Così potrai fare nuove scelte e costruire la tua vita.»

Voglio che la nonna abbia ragione. Voglio che, qualunque cosa sia a farmi viaggiare nel tempo, sia un dono e non una maledizione.

Seguendo l'impulso, corro da lei e mi getto tra le sue braccia, mi lascio cullare e consolare e, finalmente, mi sento protetta e capita. Sono fortunata ad averla. E, quasi in risposta ai miei pensieri, nel cielo esplodono i fuochi d'artificio, formando cascate luminose.

«Oh cielo, temo che ci siamo perse la mezzanotte» esclama lei. «Buon anno, Lilith!»

«Buon anno a te, nonna.» Le regalo un sorriso sincero. «E grazie.»

Abbracciate, ammiriamo lo spettacolo sopra di noi.

Il mese dell'Acquario inizia quest'anno con la Luna in tensione con molti pianeti, ribaltando situazioni e costringendo a cambiare il nostro modo di pensare. Quando finalmente formerà un aspetto favorevole con Plutone, Venere e Marte, ci sarà spazio per fare un passo importante e aprire la mente alla prospettiva del cuore, che conosce ogni cosa.

ACQUARIO

62

Gennaio trascorre pensieroso.

Ci sono stati giorni in cui sono caduti dei piccoli fiocchi di neve, sottili, che hanno imbiancato il nostro giardino per poi sciogliersi rapidamente. Il mare era sempre mosso, grosse onde che formavano cavalloni così violenti che li sentivo anche in lontananza, di notte, con le finestre chiuse. Aver parlato con la nonna mi ha tolto un macigno dal cuore di cui avevo sottovalutato il peso. Mi sono sentita subito più leggera, più serena, pronta a tornare a scuola e ad affrontare le sfide a testa alta.

Il primo giorno dopo la pausa natalizia, sono andata da Kat e Jenn e le ho salutate con un sorriso. Jenn, la cui trasformazione in Barbie Studiosa non ha cancellato il suo lato pettegolo, mi ha subito chiesto cosa ci facessi a Capodanno con il fratello di Oliver e io, con una calma olimpica, ho spiegato che non conosceva nessuno e non voleva passare la serata da solo. Jennifer si è dichiarata pronta a intervenire, nel caso, peccato che Matt sia già partito per l'Australia, dove giocherà il prossimo torneo.

Kat mi tiene ancora a distanza, però mi sono ripromessa di rispettare i suoi tempi e, per quanto soffra a starle lontana, cerco di sopportarlo. Sono certa che, un giorno, torneremo amiche, Kat troverà una persona da amare e io sarò di nuovo la sua confidente, la sua spalla, come lei la mia. Non può andare diversamente: l'affetto che ci lega è una delle poche certezze della mia vita.

Nel frattempo, però, considerando che Charlie sta sempre con Oliver e quest'ultimo mi evita come la peste, non mi restano molti amici. Nessuno, a dire il vero, tranne Mark, con cui mangio in mensa e che ritrovo il pomeriggio in piscina.

Carolina è contenta dei miei progressi, anche se non sono sicura di voler riprendere a gareggiare. Non sono più sicura di niente, in effetti.

Ho bisogno di fare chiarezza dentro e, mentre nuoto, rifletto.

Sul discorso che mi ha fatto la nonna a Capodanno, sull'impossibilità di provare la gioia senza il dolore.

Rifletto anche su mia sorella, sulla farfallina sgargiante che mi fluttua davanti ogni mattina provando la sua parte nel musical scolastico e sentendosi già sul tappeto rosso di Hollywood. La sua incrollabile fiducia in se stessa, nel futuro e negli altri mi dà da pensare: so che è rimasta male quando papà non si è presentato a Natale, eppure, replicando il copione della vicenda Tommy & Claire, ha messo da parte la delusione e sta andando avanti.

Persino la mamma è più serena in questo periodo: l'incidente l'ha convinta a rallentare e adesso, invece di correre tutto il giorno come una formica impazzita, ordina la spesa online, salta qualche riunione del comitato e l'altro giorno l'ho trovata a fare yoga con la nonna.

Stamattina, il ventuno del mese, la nonna ci parla del cielo dell'Acquario davanti a una colazione con *brownies* alle noci e cappuccino schiumoso, gentilmente offerto dalla nuova macchina del caffè regalata a Natale dalle amiche del comitato.

«Come sapete, Urano e Saturno domineranno le prossime settimane» annuncia la nonna. «Ma questo mese la

Luna nuova chiede di rompere i vecchi schemi e adottare nuove prospettive.» Mi lancia uno sguardo, poi estrae qualcosa da un astuccio. «Ho un regalo in ritardo per voi...» e mostra tre pietre color verde-azzurro. «Acquamarina, la pietra dell'Acquario. Visto che il cielo del mese invita a tirare fuori la nostra essenza e sognare in grande, voglio insegnarvi un piccolo rituale.»

«Oddio, nonna, adesso ti dai agli incantesimi?» esclama Victoria, intingendo il *brownie* nella schiuma del suo cappuccino d'orzo.

«Ho detto *rituale*, nipotastra, non incantesimo» ribatte la nonna, per nulla scalfita. Si alza e, dopo pochi istanti, torna con dei bastoncini. «Accendiamo un incenso al gelsomino» spiega, accostando una fiammella al bastoncino «e pensiamo tutte a come dare spazio alla nostra vera natura.»

Distribuisce le pietre, chiude gli occhi e ci invita a fare altrettanto. La mamma e Vic si scambiano un'occhiata, ma obbediscono, e mi chiedo cosa possa mai pensare mia sorella. Forse è meglio non saperlo. Con il profumo di gelsomino nelle narici cerco di concentrarmi. Chi sono io? Una ragazza che ama il mare e la sua famiglia. Una viaggiatrice nel tempo. Una persona diffidente, gelosa e asociale. Un'adolescente ansiosa e confusa, che sente la mancanza della sua migliore amica, è arrabbiata con suo padre e, cavoli, è innamorata, eccome se lo è, anche se non vorrebbe esserlo, perché la vita era tanto più semplice prima! Sono tutte queste cose, eppure sento che manca un pezzo... La mia vera natura... L'incenso mi sta dando alla testa. Cosa voglio essere?

Spalanco gli occhi, folgorata.

Voglio essere libera dalla paura.

Una persona che non scappa continuamente dalle persone e dalle cose, rischiando di fare terra bruciata attorno a sé.

Vedo la nonna che beve il caffè e mi osserva curiosa,

come se mi stesse leggendo nel pensiero. Ma è la mamma la prima a parlare.

«Be', mie care, io credo che per dare spazio alla mia vera natura mi farebbe bene andare in una spa. Si riflette meglio dentro una vasca idromassaggio con una tisana al cardamomo.»

«Ti accompagno io, mammina» si offre Victoria, mielosa. «Claire ci va spesso con sua madre, sai? Si divertono un sacco e tornano con la pelle che sembra di seta!»

Le lascio ai loro voli pindarici e vado a prendere lo zaino per andare a scuola, con una nuova risoluzione nel cuore: parlerò con Oliver.

Accompagnata dalla colonna sonora del *Gladiatore* che mi risuona nella testa, al termine delle lezioni mi dirigo verso la mensa ripassando mentalmente il discorso da fargli.

Gli schieramenti per il pranzo sono i seguenti: Kat siede con Jennifer, Mark con un'altra nostra compagna, Oliver è con Charlie e io...

«Posso?» Victoria con il vassoio in mano mi scruta in attesa.

«Certo» le dico, spostando il mio per farle spazio.

«Sai, ho visto che sei qui da sola e ho pensato che avessi bisogno di compagnia» mi fa, sedendosi di fronte a me. «Mark ti ha tradita, oggi?»

«A quanto pare. E i tuoi moschettieri?»

«A casa con l'influenza.»

«Perciò ti accontenti della sorella noiosa.»

«Spero che il mio status sociale non ne risentirà» borbotta, infilzando qualche foglia della sua insalata.

«Non sia mai!» esclamo, inorridita.

Iniziamo a mangiare in silenzio, lei un piatto colmo di verdure per compensare i *brownies* di stamattina e io del riso cinese.

Credo che questa sia la prima volta che pranziamo insieme a scuola e provo una sensazione strana. Mi sento quasi in dovere di trovare un argomento interessante e spazio con lo sguardo intorno a me in cerca di un'idea, finché non mi scontro con l'immagine di Kat che scoppia a ridere per qualcosa che ha detto Jenn.

«Sei gelosa, vero?» mi chiede Victoria, guardandole a sua volta.

«Un po'.» Tanto.

«Sai che Jenn ha chiuso il profilo da influencer? Le ho chiesto il motivo e mi ha spiegato che ha ragione Kat, la storia dei reel sul cibo e tutte le altre foto ritoccate non la rispecchiano veramente, erano solo frutto della sua insicurezza.»

Jenn, e di conseguenza Vic che riporta le sue parole, devono avere ingoiato un Kat-dizionario.

«E adesso?»

«Adesso ha capito di valere molto di più e ha ripreso a mangiare carboidrati!»

«Alleluia!»

«Sì! E vuole diventare una designer, perciò si impegnerà nello studio con l'aiuto di Kat.» Mi squadra con quei suoi occhi da lince. «Mi vuoi spiegare cos'è successo tra voi due?»

Quando in famiglia l'assenza della mia migliore amica ha cominciato a farsi notare, ho spiegato che fa lezioni private alla nostra compagna di classe in difficoltà e la mamma si è commossa per il suo spirito solidale. Ma evidentemente questa scusa non ha convinto Vic.

«Niente.» Torno su Jenn, fingendomi interessata ai suoi nuovi progetti. «Basta Instagram e TikTok dunque?»

«Oh no, ha aperto un profilo normale in cui mostra la vera se stessa.» Vic mi mette davanti il cellulare. «Per una volta devo ammetterlo, l'oroscopo della nonna ci ha azzeccato con la storia della nostra vera natura!»

Do un'occhiata e vedo scorrere immagini di Jenn in

cucina con tanto di grembiule e frusta che fa una torta per sua mamma, in versione light per aiutarla a mettersi in forma; in camera sua mentre cerca di risolvere gli esercizi di matematica, i capelli legati in un nodo, gli occhiali da vista e un felpone da casa; in spiaggia durante una passeggiata solitaria al tramonto, con tanto di playlist delle canzoni ascoltate in cuffia.

«Ecco, vedi? Ogni giorno fa una cosa per sentirsi libera. Ha iniziato il primo gennaio, è il suo proposito per il nuovo anno» declama mia sorella.

«Ah, bello» commento, incerta se ammirare la metamorfosi o continuare a essere gelosa. «Anche tu, da brava Jenner, hai fatto il tuo proposito?» le domando.

«Ovvio: andare al concerto dei Fontaines D.C.!» ribatte, pronta. Poi il suo viso si spegne. «Peccato che non si realizzerà, perché non ho i soldi» sbuffa. «Quindi cercherò un fidanzato. E il tuo?»

«Veramente...» "Parlare con Oliver e capire cosa voglio fare nella vita" continuo mentalmente, ma resto muta perché il mio sguardo collide per un istante con quello del ragazzo in questione e dimentico come si articolano le parole. Lui abbassa gli occhi sul suo piatto e continua a mangiare. Charlie, che deve aver intercettato la scena, accenna un sorriso nella mia direzione e saluta con la mano Victoria, che ricambia.

«Allora?» insiste mia sorella, tornando a me.

«Studiare sodo per passare gli esami» rispondo, decisa. «È l'unico proposito che mi interessa.»

Vic mi guarda con l'espressione più annoiata che riesce a trovare e finiamo il pranzo in silenzio.

63

«Dov'è Oliver?»

Charlie, che sta prendendo lo zaino dall'armadietto, pronto per uscire, si volta e mi rivolge un'occhiata severa. «Non so come rispondere a questa domanda.»

«Non mi sembra difficile.»

«Dipende dal motivo che ti spinge a farla» replica, flemmatico.

«Devo parlare con lui.»

Il giudice mi scruta da sotto la chioma arruffata. E attende.

«Voglio chiedergli scusa» mi arrendo con un sospiro. «Per un po' di cose che sai già.»

Alzo gli occhi e trovo i suoi di colpo vivaci come al solito. «Allora in questo caso so come rispondere alla tua domanda: è andato nell'aula di scienze, la Smith gli ha chiesto il favore di controllare l'esperimento con quel cavolo.»

Stiamo studiando il PH e i cambiamenti tra ambiente acido e basico usando il cavolo rosso, che ha il curioso potere di passare da un colore all'altro a seconda della sostanza con cui viene a contatto.

«Grazie.»

«Sono contento che tu sia tornata in te.»

«Sai, Charlie? Anch'io.» Gli sorrido e mi avvio verso l'aula.

Mentirei se dicessi di essere serena, calma e sicura di me e della mia arringa. "Scusami, Ollie, per come mi sono comportata quasi un mese fa, andando alla festa con il fratello a cui ti fanno sentire inferiore, e paragonandoti a quello scellerato di mio padre, ma sai, ero arrivata al limite dopo la trovata natalizia di Victoria."

Mi tremano le ginocchia.

Percorro il corridoio controcorrente, mentre il fiume di studenti sfocia verso l'uscita. Il grosso orologio segna le quattro e mezzo. La luce del tramonto filtra dalle vetrate colorando di un tenue arancione il muro bianco.

C'è qualcuno nell'angolo in fondo, protetto dalla penombra. Prima di avvicinarmi abbastanza per scoprire di chi si tratta, lo so già: sono Claire e Tommy.

Ho già vissuto questo momento nel futuro, quando avevo temuto che cospirassero contro mia sorella. Non ho più pensato a quel viaggio nel tempo, sfumato nella mia memoria, ma adesso balza in primo piano chiaro come il sole: mi ero vista uscire dall'aula tutt'altro che allegra. E il panico mi travolge, con il suo corteo di sudorazione, tachicardia e respiro affannoso.

Che faccio?

Per un colpo di tosse, mi accorgo che in cima alla scala, seduta sull'ultimo gradino, c'è Jennifer che legge un libro e ripete a bassa voce qualcosa: è talmente concentrata in uno studio matto e disperatissimo che neanche mi vede. Supero la scala e mi avvicino all'angolo dei complottisti, dove origlio il discorso.

«Non avrà mica capito qualcosa» mormora Tommy.

«No, impossibile. Sono stata attenta a non farmi sfuggire una parola.»

«Chissà che faccia farà...»

«Speriamo non si arrabbi, sai che odia le sorprese» soggiunge Claire, dubbiosa.

«No, vedrai che sarà contenta. Anche se non avrà il tempo di passare da casa a cambiarsi, quando si troverà di fronte al palco se ne fregherà dei vestiti.»

Al palco? Vuoi vedere che...

Mi avvicino e, a questo punto, Tommy si accorge della mia presenza. «Ehi, Lily!»

«Che fate, complottate contro il re?» scherzo, imbarazzata dal fatto che mi hanno sorpresa a origliare.

«Non proprio» risponde Tommy, incerto. Poi si volta verso Claire. «A lei possiamo dirlo?»

Claire risponde con un'alzata di spalle che Tommy interpreta come un sì. «Vogliamo portare Vic al concerto dei Fontaines D.C. a Londra la prossima settimana! Era il nostro regalo di compleanno, ma volevamo che fosse una sorpresa e non le abbiamo detto niente» mi spiega, con gli occhi che brillano di gioia.

«Sì, ma il piano è prelevarla all'uscita di scuola, bendarla e portarla fino alla The O2 Arena» continua Claire con una punta di preoccupazione. «Si arrabbierà se glielo teniamo nascosto fino alla fine?»

«Sarà talmente felice che non si ricorderà nemmeno di odiare le sorprese.»

Mi ringraziano e se ne vanno, mentre io sono costretta a dare credito alla mia sorellina, che ha perdonato e si è fidata dei suoi migliori amici. Vedendo la porta dell'aula davanti a me, il cuore accelera di nuovo in modo preoccupante e vi poso una mano sopra nel tentativo di calmarlo.

"Non lo lascerai uscire senza averti ascoltato, Lily" mi dico. "Puoi cambiare il futuro. Fidati."

Muovo un passo, poi un altro. Mi faccio coraggio, afferro la catenina con i lapislazzuli, quella che aiuta a tirare fuori ciò che si ha dentro... e mi accorgo di averla dimenticata a casa.

"Fa niente, ci riuscirai lo stesso. Credi in te."

Un respiro ed entro in classe. «Ciao.»

Oliver sta prendendo appunti su un quaderno, seduto sulla cattedra davanti a due ampolle. Si volta sorpreso. «Lily.»

«Come sta il cavolo?»

«Bene. Perché sei qui?»

«Per parlarti.» Mi avvicino e mi siedo sulla cattedra accanto a lui. Mi costringo a guardarlo in faccia. «O meglio, per chiederti scusa.»

Lui resta impassibile. «Per essere uscita con mio fratello?»

Il suo tono sarcastico mi fa vacillare, ma stringo i denti. «Anche» ammetto. «Ho sbagliato ad andare alla festa con Matt, e poi ti ho detto delle cose orribili. Non sono vere.»

«No, infatti. E non è stato bello sentirmi definire "un errore".»

Abbasso gli occhi, mortificata.

La stanza è silenziosa, così tanto che sento il rumore dei nostri respiri.

«Non è la tua decisione di uscire con Matt il problema, so che eri gelosa di Sophie. È un'altra cosa a preoccuparmi.»

«Cosa?» La mia voce è piatta, timorosa.

Sento i suoi occhi che mi fissano. «Tu non ti fidi di me.»

«Io non mi fido di me stessa» confesso con tristezza. Alzo lo sguardo e decido che è arrivato il momento di essere del tutto sincera. «Ho parlato con mia nonna del nostro segreto, Oliver. Avevi ragione, avrei dovuto farlo prima e capire che il futuro non è fisso, è fluido e possiamo modificarlo con le nostre scelte. La verità...» mi mordo il labbro e lui attende «è che sono io a dovermi chiarire le idee su quello che voglio, cosa studiare, dove andare, con chi stare.»

Oliver sospira. «Era quello che cercavo di farti capire, ma tu...»

«Non ti ho ascoltato.»

«Non mi ascolti mai, in realtà.» Non lo dice come un'accusa, è un dato di fatto.

«È che per me è difficile, non ho le idee chiare come te, né il tuo coraggio. Io ho paura. E sono qui per chiederti di aiutarmi a superarla.»

Prego che il mio appello abbia effetto. Sbircio il modo in cui una ciocca gli cade sulla fronte, le ciglia chiare e la punta del naso che sembra disegnata da un artista. Siamo così vicini, mi basterebbe allungare una mano per sfiorarlo, eppure non l'ho mai sentito tanto lontano. E mai come adesso desidero uno dei suoi abbracci, accompagnato da una battuta di quelle che rimettono tutto a posto e mi fanno sentire libera e leggera come una piuma. Lui, però, non sembra affatto libero e leggero.

«Sai qual è il problema, Lily?» replica dopo un attimo. «Io non so come fare.» Si alza dalla cattedra e si allontana tra i banchi. «Ho cercato di dimostrarti in ogni modo che non voglio ferirti, che cambierò il futuro, che saremo felici insieme, ma come faccio a sapere che questo ti basterà? O che al primo scatto di gelosia non mi lascerai di nuovo?»

Aggrotto le sopracciglia, ansiosa. «Giuro che non lo farò!» dichiaro con forza.

«Mettiti per un attimo nei miei panni.» Si avvicina di nuovo, mentre sul suo viso scorre un fiume di emozioni differenti. «Ho cambiato scuola e città per stare con te, perché ero certo che sarei stato felice, ho voltato le spalle a Sophie, ho deluso i miei genitori. Ho lasciato il seminario di musica per correre da te.» Il suo sguardo mi fa tremare. «Ma ogni volta tu fai un passo indietro, metti in dubbio il mio amore e non ti fidi.»

«È che avevo paura» provo a difendermi, la voce tremante. «Per quello che ho visto...»

«Appunto» mi interrompe lui. «Forse sono stato ingenuo, forse hai ragione tu e ci faremo solo del male. Ce lo stiamo già facendo.»

«No!» Il mio grido risuona nell'aula. «Si può cambiare...»

«Ma bisogna volerlo. Hai deciso i nostri ruoli fin dall'inizio, tu sei la vittima, io il carnefice. Non è così!» Prende fiato, io lo perdo. «Ho già sofferto più di quanto immagini e sono stanco.» Il suo tono mi dà le vertigini. Non l'avevo mai sentito tanto spento, e triste. «Anch'io ho un cuore, sai? Non ho più niente da dimostrarti. Una volta mi hai detto che, tra me e te, avresti scelto te: vuol dire che, se ancora devi chiarirti le idee, lo farai da sola.»

«Oliver» lo imploro con un sussurro, sentendomi più impotente che mai.

«Mi dispiace, Lily» è tutto quello che riesce a dire, con la voce spezzata.

Prende il quaderno e lascia l'aula senza voltarsi indietro. Lo seguo fuori per qualche passo, poi mi fermo. Non riesco a camminare, e nemmeno a piangere: mi sembra di essere finita nella boccia del pesce rosso, i suoni del mondo fuori mi arrivano tutti ovattati. L'unica cosa che sento è il grido disperato che si leva dalla mia coscienza: sono furiosa con me stessa, mi sono sempre concentrata su quanto avrei sofferto io senza pensare – neanche per un momento – a quanto avrebbe sofferto lui.

Ora lo so, finalmente: non è Oliver che mi può fare soffrire, nel presente o nel futuro: sono io.

64

L'urlo di Victoria che rientra a casa la mattina dopo il concerto lo hanno sentito tutti. Perfino Ludwig van Beethoven, che è morto ed era sordo.

Ha spalancato la porta con la delicatezza di una palla da demolizione ed è entrata in soggiorno con l'impeto di uno tsunami. Il gatto, incurante del baccano, le è corso incontro per farsi prendere in braccio, dimostrando un preoccupante istinto kamikaze. Ecco, lì ho iniziato a pensare che Tao abbia un grosso problema esistenziale e che si senta più cane che gatto, per come la segue continuamente e l'aspetta quando rientra per farle le feste.

«Non potete capire cos'è stato!» è esplosa mia sorella descrivendo il regalo dei suoi migliori amici.

Il pomeriggio precedente Claire e Tommy l'hanno prelevata a sorpresa da scuola e portata a Londra per il concerto della sua band preferita. Poi il padre di Claire è andato a prenderli e Vic ha dormito da lei. Ho temuto seriamente che le scoppiasse una coronaria da quanto era felice.

«Voi non potete capire!» ha ripetuto a intermittenza, prima a me, poi alla mamma, arrivata trafelata dopo aver sentito il trambusto, alla nonna, giunta con calma dal suo studio, e al nostro gatto-cane. «No, cioè, sul serio: voi non potete capire!».

E forse aveva davvero ragione, io almeno non posso.

Perché se l'umore di Victoria da quel giorno è alle stelle, il mio, come al solito, è tre metri sotto terra. Speravo che la consapevolezza di essere la responsabile delle mie sventure agisse da polvere magica, della serie tutto fa *clic* e d'improvviso la soluzione ai problemi appare davanti agli occhi, basta solo afferrarla. Be', posso testimoniare che non è così.

Mi sveglio ogni mattina con le ossa rotte a furia di rigirarmi nel letto, rimproverandomi per non aver parlato prima con la nonna, per essermi comportata da egoista, per non essere riuscita a fidarmi. Poi stringo l'acquamarina che tengo sul comodino, mi ripeto le parole della nonna sul dono speciale che possiedo e mi dico che, Oliver o non Oliver, sbagli o non sbagli, ho ancora la possibilità di cambiare, di esplorare chi sono e capire cosa voglio. Devo "solo" scoprire come si fa.

Ci pensa la Luna in tensione con mezzo zodiaco ad aiutarmi, disseminando prove sul mio cammino.

Per esempio, oggi il professor Brown ha avuto la brillante idea di dividerci in gruppi. Mi sento come Harry Potter con il cappello parlante: il suo "Non Serpeverde, non Serpeverde, non Serpeverde" si traduce in "Non con Oliver, non con Oliver, non con Oliver", ma il terrore di finire nel gruppo sbagliato è lo stesso.

«Lily, tu starai con Jenn e Kat» sentenzia lui. Tiro un sospiro di sollievo che rischia di sradicare tutti gli alberi del giardino qui fuori.

Il professore assegna a ciascun gruppo un romanzo dell'Ottocento da analizzare e discutere. A noi tocca *Orgoglio e pregiudizio* di Jane Austen. Jenn, Kat e io uniamo i banchi e iniziamo a impostare il lavoro.

«Potremmo dividerci le sezioni» propone Kat, subito nel suo elemento.

«Non fate leggere a me tutta quella roba, che sono

dislessica!» annuncia Jenn, rifacendosi per la terza volta la coda con un elastico. Si è tagliata la frangetta e ha smesso di tingersi i capelli di quel biondo innaturale; adesso hanno la ricrescita più scura e li tiene sempre raccolti. «Così non mi distraggono dall'apprendimento.»

La guardo stranita. «Sei dislessica?»

«Sì. L'ho scoperto pochi giorni fa» mi dice, allegra.

«Hai fatto il test?»

«La mia fatina buona, qui» indica Kat, «mi ha convinta ad andare in un centro specializzato, dove tutte le mie difficoltà hanno preso una forma e un nome.»

«E brava la nostra fatina» sorrido rivolgendomi a Kat, che alza gli occhi al cielo, divertita. Riuscire a starle vicino e vederla serena è già tanto per me.

«Sono così contenta che non potete neanche immaginare» continua Jenn. «Ho vissuto per anni con l'assoluta certezza di essere stupida e invece no!»

«Ora non ti allargare...» sogghigna Kat.

Jenn scoppia a ridere e le dà una gomitata sul braccio. «Piantala, scema.»

La confidenza tra loro è un continuo tormento, ma devo farmene una ragione.

«Tra l'altro questa esperienza mi ha riavvicinato a mia madre, che mi ha accompagnato e mi è stata molto vicina... e io in cambio l'ho portata da un nutrizionista vero.» Jennifer continua con la storia della sua vita, quasi fosse in diretta con i suoi follower. Il lupo perde il pelo, ma... «Così si darà una regolata prima che le venga il diabete, riacquisterà fiducia in se stessa e smetterà di indossare quegli orribili sacchi che prende al mercatino dell'usato, perché si vergogna ad andare in un negozio vero!»

Jennifer sprizza fiducia e ottimismo da tutti i pori e comincio a pensare che alle persone come lei e Victoria, così pronte a vedere la soluzione in ogni frangente, la vita non potrà che riservare il successo. Volano leggere come farfalle, mentre io avanzo con il peso di un elefante.

«Lily, scusa, puoi venire un momento?» Il professor Brown compare a sorpresa alle mie spalle e mi fa sobbalzare sulla sedia.

«Certo.» Mi alzo e lo seguo alla cattedra, chiedendomi cosa vorrà mai da me.

«Senti, con Charlie che recita ho bisogno di una mano per le scenografie e gli oggetti di scena. Posso contare su di te?»

La mia risposta è scontata, non posso dire un altro no al professore. «La aiuto volentieri.»

«Grazie infinite! Allora ti aspetto più tardi in teatro.»

Benché le mie abilità artistiche non siano eccelse, spargere colore mi diverte e, in ogni caso, non mi dispiace l'idea di sbirciare cosa combina Vic sul palco.

Alla fine della lezione di scienze mi sto avviando verso la porta con la coda tra le gambe, dopo aver risposto in modo sbagliato a un paio di domande della Smith, quando la professoressa mi ferma. «Heron, hai mollato un po', ultimamente?»

«Gli acidi mi sono nemici» sospiro.

«Se vuoi iscriverti a Biologia marina, ti consiglio di farteli amici.»

«È questo il punto» ammetto. «Non ne sono più tanto sicura.»

«Guarda che non ci si deve arrendere al primo ostacolo, Heron.»

«Non è per i voti, professoressa. Non so se sia la mia strada.»

Lei mi studia socchiudendo gli occhi, la fronte solcata da due rughe verticali. «Capisco. Be', come diceva Marie Curie, la conoscenza è l'arma che abbiamo per superare la paura. Brown aggiungerebbe, citando Socrate, che bisogna conoscere se stessi, perciò ti dico: conosci te stessa e scegli con il cuore.» Mi posa una mano sulla spalla e la fisso attonita, non la sento fare un discorso così incoraggiante da… sempre.

E in qualche modo mi convince ancora di più che la mia idea di studiare gli animali marini appartiene a una fantasia infantile che, per quanto affascinante, non corrisponde più alla persona che sono diventata. E non perché non creda di potercela fare, ma perché non voglio dedicare la vita a combattere contro materie evidentemente ostili per qualcosa che temo non sia la mia vocazione.

Più tardi, quando raggiungo il gruppo in teatro, mi trovo davanti una scena surreale: Charlie sta spegnendo una candelina a forma di 65 sopra un muffin al cioccolato tutto spappolato che Victoria tiene tra le mani ridendo a crepapelle.

Di fronte alla mia faccia perplessa mia sorella si affretta a spiegare: «È il suo compleanno, ma non l'aveva detto a nessuno!». Ha un'espressione inorridita, come se avesse appena compiuto una strage di innocenti.

«Non mi sono mai piaciuti i festeggiamenti» si giustifica timidamente lui.

Ma questa per Party Queen è una cosa incomprensibile. «Povero, non sa quello che dice. Per fortuna ho racimolato un dolce quasi intatto in mensa.»

«E la candela dove l'hai trovata?» le domando, incuriosita.

«Ce l'aveva il custode, gli era rimasta nel cassetto dal compleanno» mi spiega. «Insomma, non guardiamo i dettagli.»

Sorrido a Charlie. «Be', auguri, nonnino!»

«G*v*affie» risponde, fingendo di parlare senza denti.

«Sapete dov'è Brown?» torno a chiedergli.

«Dietro le quinte, credo» risponde Victoria, intenta a rianimare la candelina con un accendino a forma di foglia di marijuana, che non voglio sapere come si è procurata. Mi avvio di corsa dietro il palco seguendo la voce di Brown che si fa sempre più vicina. «Prof…»

Le parole mi muoiono sulle labbra quando vedo, accanto a lui, Oliver.

«Oh, ecco l'altro mio angelo.» Brown si volta e mi accoglie in pompa magna. «Ho già spiegato a Ollie cosa dovete fare. Io torno di là perché ho visto girare un accendino e non vorrei che a qualcuno venisse in mente di interpretare la parte di Nerone!»

Il viso di Oliver è sbalordito almeno quanto dev'essere il mio.

«Ha chiesto anche a te di aiutarlo con le scenografie?» gli chiedo, notando i secchielli pieni di colore e i pennelli posati a terra.

«Sì, ma non ha specificato che aveva coinvolto anche te.»

«Fantastico.»

Cala un silenzio di tomba. Sono dilaniata tra la tentazione di inventare una scusa per sottrarmi al compito e l'orgoglio che mi spinge a pensare: "Se non lo fa lui, perché dovrei farlo io? In fondo mi sono scusata. Non ho più niente da temere".

Per la prima volta mi rendo conto che essere stata sincera mi ha liberata.

Mi fa male stargli vicino e sapere che è lui, ora, a non volermi, però in fondo non mi va di scappare. E questo è un passo avanti, no?

«Okay, senti» sospira lui all'improvviso. «Mi dispiace per l'altro giorno, sono stato duro anch'io. Volevo a tutti i costi che andasse bene tra noi perché era la mia unica certezza, l'unica cosa che scorgo con chiarezza nel futuro.» Il suo sguardo spazia lontano, oltre le mie spalle. «Ma non ho considerato che per te non è così, e tua nonna aveva ragione, non devo decidere per gli altri né pensare che vedano il mondo come lo vedo io. Avere lo stesso potere non ci rende uguali» conclude, tornando a fissarmi.

«Sì, siamo diversi...»

«... ma in qualche modo saremo sempre uniti.»

Il mio cuore non sa se tuffarsi a picco per la tristezza della situazione – ti amo, ma non posso stare con te, ci abbiamo provato e ci siamo solo fatti del male – o mettersi la corazza dell'eroe e sopportare con grazia e coraggio, accettando l'inevitabile.

Prima che possa decidersi, Oliver prosegue: «Perciò ricominciare a evitarci sarebbe infantile, giusto? Propongo una cordiale amicizia».

Adesso mi sembra che stiamo patteggiando in tribunale. «Credi sia possibile?»

«Si può provare.»

Studio il suo viso, quei lineamenti delicati che amo così tanto, e non trovo gioia, ma una sorta di... convinzione? Forse è costretto a finire l'anno scolastico qui e ha cercato un modo per conviverci, oppure è talmente stanco che non ha più nemmeno la forza di evitarmi. Non so se riuscirò a essergli amica, ma non è il momento di pensare a me. Non intendo più ferirlo, questo è sicuro. E almeno non sarò costretta a stargli lontana mentre elaboro le rivoluzioni della mia vita e cerco il filo di Arianna per uscire dal labirinto, un'operazione che – ormai l'ho capito – devo fare da sola.

«Affare fatto» gli dico, tendendogli la mano.

Lui la stringe e cerco di ignorare le emozioni che ribollono nel calderone. Sarò la sua "amica cordiale". Non so bene come ma, tra una pennellata e l'altra, ce la farò.

65

Ormai ho preso l'abitudine quotidiana di curiosare tra i grafici della nonna per individuare i pianeti incupiti a cui fare attenzione.

Finora l'ho sempre ascoltata con un orecchio curioso e uno scettico, mi piaceva scherzare su Plutone o Saturno responsabili delle giornate negative, ma non mi soffermavo sul serio a cercare i collegamenti. Da qualche tempo, però, ci faccio caso e comincio a capire cosa la affascina tanto. Sui suoi appunti ho letto che Marte in questo periodo ci insegna ad agire in base al cuore e non all'egoismo. Be', non potrebbe essere più in linea con quello che mi sta capitando: non sono forse stata costretta dagli eventi ad aprirmi con Oliver e accettare le sue decisioni, e non sto mettendo in discussione le mie certezze sul futuro perché mi sembra che il cuore non sia d'accordo con la mente? Conoscere i movimenti dei pianeti serve a indicarmi se sto lottando contro i mulini a vento oppure fluendo con la corrente, il resto spetta a me.

Al momento in realtà non riesco tanto a fluire, sto nuotando con fatica nell'acqua ferma della piscina.

«Lily, stop!» La voce di Carolina rimbomba nel palazzetto. Mi fa cenno di raggiungerla al bordo e, dalla sua faccia scura, immagino che non voglia farmi i complimenti. «Dove hai la testa? Stai nuotando come una principiante.»

«Scusa» ansimo con il fiatone.

«Che ti prende in queste settimane? Sembra quasi che mi faccia un favore a venire qui!»

«Niente, è solo un momento così, ho...»

Non mi lascia finire di parlare. «Dai, esci.»

Carolina mi porge l'accappatoio e mi invita a seguirla sulle tribune. Ci sediamo sulla gradinata, di fronte a noi si stendono le vasche con le cuffie colorate che si muovono e si incrociano. Mi tolgo la mia, liberando i capelli dalla morsa.

«Se mi sono offerta di allenarti senza farti pagare, è perché so quanto è difficile essere adolescenti e dover gestire problemi più grandi di noi» mi dice in tono pacato. «A Santiago da ragazza facevo la cameriera. Studiavo, lavoravo e mi allenavo. Ogni giorno. Per anni.»

La guardo sorpresa, so poco del suo passato prima di diventare un'atleta e poi un'allenatrice.

«Come puoi immaginare, non è stato facile. Ma le cose belle non lo sono mai» continua. «A volte ero talmente stanca da piangere, ma non una volta ho pensato di mollare, e sai perché? Nuotare, arrivare alle Olimpiadi, fare questo per tutta la vita era l'unico futuro che riuscivo a immaginare. Nessun amore poteva essere più grande per me. E l'amore rimuove qualsiasi ostacolo.»

Nello stato emotivo in cui sono, questa frase mi fa venire il magone. E tutti quegli amori che finiscono tragicamente? Lì l'ostacolo non è stato rimosso, ma non erano comunque immensi?

La mia mente corre subito a Oliver, ma mi rendo conto che Carolina sta parlando di passione per qualcosa, non per qualcuno, così chiedo: «Come facevi a essere così sicura?».

«Di ciò che volevo? È semplice, Lily: non pensavo ad

altro. Anche se ero a pezzi. Anche quando non ottenevo il risultato. La mia mente tornava sempre lì, a come migliorarmi, a cosa cambiare nel mio allenamento. Ogni scelta comporta dei sacrifici, a volte molto grandi. Lo sport ancora di più. Devi essere molto sincera e chiederti se ami il nuoto al punto da non riuscire a vedere altro nella tua vita che ti faccia sentire te stessa.»

Annuisco, ammutolita. La verità è che sono confusa.

«Tu hai talento, grinta, eppure procedi ancora con il freno a mano tirato. Se non hai la certezza che il nuoto sia la cosa che ami di più al mondo, sono io la prima a dirti: lascia stare.»

Fisso le unghie dei piedi, scolorite dal cloro. «Non lo so» ammetto. «Mi piace nuotare, tantissimo» preciso, ansiosa di farle capire quanto apprezzi l'aiuto che mi ha dato «e magari potrei diventare un'atleta, ma credevo anche di poter diventare una biologa marina» sospiro, affranta. «La verità è che mi sembra di non essere più sicura di niente. Ho paura di fare la scelta sbagliata e di fissarmi su qualcosa che non si realizzerà mai!»

Carolina resta in silenzio, poi mi posa una mano sulla spalla e la stringe. «Nessun atleta ha la certezza di vincere la medaglia d'oro. Io alle Olimpiadi non ci sono arrivata. A muoverti non dev'essere il traguardo, Lilith, ma la gioia che provi durante il percorso.»

Mi sorride, si alza e torna a bordo vasca, il suo habitat naturale. Io resto qui, avvolta nell'accappatoio, gocciolante e intontita, a guardare gli altri che macinano vasche senza sosta.

Tra loro individuo Mark, che ci dà dentro come un matto. Ha cominciato per scherzo solo qualche mese fa per superare un amore finito e adesso si allena con una dedizione e una costanza assolute, senza mai saltare un giorno. Lui sì che ha trovato la sua strada.

Carolina ha ragione, bisogna stare attenti a come si

decide di impiegare il proprio tempo e a dove investire le proprie energie. La mamma non si è mai lamentata un singolo giorno del lavoro in libreria, perché la ama. Anche se il suo sogno era di aprire un ristorante. E la nonna, quando qualche cliente la insulta come se fosse lei la responsabile di tutti i problemi dell'universo, incassa e va avanti.

Io voglio sentirmi come loro, sicura di quello che ho scelto. Sicura di quello che amo.

Torno a casa con un milione di pensieri in testa. Svuoto la borsa del nuoto nella lavanderia e, appena mi volto, trovo due figure bizzarre con la faccia tutta bianca e degli strani fiocchetti in testa. «*Ops*, scusate, devo aver sbagliato casa» esclamo attonita.

«Ciao, vuoi anche tu una maschera purificante all'argilla bianca?» mi propone Victoria, intenta a spalmare la faccia di quello che suppongo essere Charlie con altra crema dalla dubbia consistenza.

«Sono seriamente tentata, ma no, grazie» rispondo, togliendomi la giacca. «Charles, come stai lì sotto?» mi informo, avvicinandomi titubante. Dieci minuti tra le mani di mia sorella e si è trasformato in una specie di bambolotto con fermagli rosa tra i capelli, due spesse fette di cetriolo sugli occhi e le unghie smaltate di azzurro.

«Alla grande, mi sento già purificato» conferma a mezza bocca, non potendo muovere le labbra per via della crema.

«Dobbiamo prepararci per lo spettacolo» mi spiega Victoria, su di giri.

Mi picchietto la fronte. «Ma certo, che stupida a pensare che "prepararsi allo spettacolo" significhi ripassare la parte!»

«Quello si fa dopo la *skin care*» mi illustra mia sorella nella sua personalissima rivisitazione del metodo Stanislavskij.

«Giusto, è tutta una questione di priorità.»

Charlie interviene prima che inizi la schermaglia: «Non

per intromettermi, ragazze, ma sento staccarsi pezzi di gesso, forse è tempo di sciacquare via l'argilla?».

Victoria controlla l'impalcatura e conferma che si può togliere.

Mi avvicino al suo orecchio e bisbiglio: «È lui il tuo proposito per il nuovo anno?».

Lei si sforza di restare seria. «Potrebbe...»

Sospiro, lanciando un'occhiata a Charlie. «Poveretto...»

«State parlando di me?» domanda lui con delle profonde crepe nelle guance.

«No, no. Tu non ti preoccupare di niente... Ci penso io a te!» gli assicura mia sorella con lo stesso tono rassicurante della strega Malefica.

Li lascio al loro glorioso destino e, armata di snack al cioccolato, vado ad accoccolarmi sulla poltrona accanto al camino, miracolosamente acceso. Stregata dalle fiamme danzanti, lascio vagare la mente tra tutti i viaggi nel tempo che ho fatto, sforzandomi di mettere a fuoco ogni dettaglio e incastrando le scene come pezzi di un puzzle piuttosto complicato.

Se rinuncio al progetto di andare a Plymouth, non mi scontrerò mai con Oliver sulla domanda di ammissione. D'altra parte, forse non accadrà perché la nostra storia è finita e, da amici, non avrà alcun motivo di volermi a Londra.

Non mi troverò mai alla partita di tennis in cui lui sceglierà la *Red velvet* per suo fratello, a meno che non mi fidanzi con Matt o non vada a vederlo in qualità di amica.

E mi chiedo cosa potrei mai farci allo Sky Garden, sinceramente.

L'unica visione che continua ad avere senso è quella di Hong Kong, e mi sto perdendo nel ricordo della stradina piena di botteghe e avvolta nell'odore del fritto quando la nonna compare dalla veranda in tenuta da yoga.

«Ehi, Lily, stai meditando?»

«Eccome. Ero persa nella via di una città che non conosco e che ho visto in un...» Mi blocco, temendo che Victoria sia nei paraggi. E anche se non lo fosse, riesce anche a sentire gli ultrasuoni.

La nonna intuisce e sorride. «Me ne parlerai, se vuoi. Posso rubarti una merendina?»

Si avvicina e le porgo la confezione delle barrette. Mentre prende lo sgabello e lo sposta davanti al fuoco, le domando: «Nonna, riguardiamo il mio cielo di nascita, per favore?».

«Dovresti conoscerlo a memoria» mi rimprovera bonaria.

«Giuro che stavolta mi applico.»

La nonna va nel suo studio e torna con uno dei suoi quadernoni, me lo apre in grembo sulla solita ruota delle case e delle costellazioni corredata di note scritte a mano. In cima leggo il mio nome. «Studiatelo, mentre io mi gusto questo composto non meglio definito di cacao e polistirolo.»

«Riso soffiato.»

La nonna alza le spalle e inizia a masticare. Io rivolgo l'attenzione al grafico e, soprattutto, agli appunti, ossia frasi sibilline tipo: *Luna al Mediocielo, la linea della magia... Marte in Cancro, le chele che scattano appena percepisce il pericolo... Lo strappo di Lilith: un'infanzia nell'aria ferma, stagnante, senza spostamenti... Mercurio in settima casa, pedala in tandem...* I simboli li conosco, so già di Nettuno nella dodicesima casa, ma adesso sono altri aspetti a interessarmi.

«La carriera e il lavoro si vedono nella decima casa, giusto?» E cerco il pianeta che vi dimora.

«Brava. E lì hai Mercurio, che garantisce il successo.» La nonna si pulisce le mani sporche di cioccolato. «Perciò non temo per il tuo futuro: puoi riuscire in tutto, ma devi sentirti sicura prima di agire o non andrai da nessuna parte. Questo è un regalo di Marte in Cancro.»

«Non suggerisce in cosa sono brava?» tento, speranzosa.

«Hai un affollamento di pianeti nella settima casa, vedi? Non sei adatta a una vita solitaria in laboratorio» mi strizza l'occhio. «Puoi dare tanto alle persone, e ricevere altrettanto.»

Ho alcuni simboli anche nella quinta casa, però, che si riferisce allo sport. Tra cui Nettuno, il dio del mare. Ripenso al discorso di Carolina e constato con una certa delusione che il mio tema natale mi ha rimbalzato la domanda: "Puoi diventare una nuotatrice o fare un lavoro a contatto con le persone, Lilith Heron" mi dice, "la scelta spetta a te".

«Ascoltati bene prima di decidere» prosegue la nonna. «Con Nettuno in Acquario, la tua strada non sarà comune.»

Indugio sul quaderno. «E cosa dice dell'amore?»

«Guarda di nuovo la settima casa. C'è il Sole. L'amore ha molta importanza per te, nel bene e nel male.»

Se considero il mio affetto per Kat, il modo totalizzante in cui mi sono innamorata di Oliver e il bene che voglio alla mia famiglia, non posso dare torto all'oroscopo. «E sono bravissima a perderlo» mugugno, triste.

La nonna abbandona il suo sgabello per riattizzare il fuoco. «Pensa a Tao.»

«Eh?»

«Il bianco nel nero, il nero nel bianco. Ogni dono contiene un'ombra e viceversa. Forse hai allontanato Oliver per imparare una lezione.»

«Cioè?» borbotto, scettica.

«Stare bene da sola.» Mi rivolge un'espressione da vecchia saggia che la fa assomigliare alla versione femminile di Gandalf. «Vedi, Lily, le altre persone non sono lì per riempire un vuoto, né per fare da bastone o accontentare i nostri desideri. Dobbiamo essere felici senza di loro, prima di esserlo con loro. Mi capisci? Altrimenti, vivremo sempre nella gelosia e nella paura di perderle.»

Le basta un attimo per passare da Gandalf a Freud. Sto per ribattere che essere felice senza Oliver mi sembra più improbabile di un'eclissi contemporanea di Sole e di Luna, quando la nuova regina di Broadway entra nel salotto, con il micio al seguito.

«Mi spiegate perché questo gatto mi segue come un'ombra? Dorme con me, mangia con me. Prima me lo sono ritrovato perfino in bagno!» sbuffa, voltandosi verso Tao che la scruta attento, quasi la stesse ascoltando. Ma volutamente ignorando. «Perché non vai da lei?» gli domanda indicandogli la nonna. «Ti ha trovato lei! È lei la strega qui!»

«Se segue te, forse la strega sei tu» le sorride la nonna.

«Figuriamoci!» esplode Vic, inorridita. «Io non ho nessun potere!»

«O magari non sai di averlo... ma lui sì» risponde la nonna, inarcando le sopracciglia. «I gatti erano considerati divinità nell'antico Egitto.»

«Ah, già, tu c'eri» ribatte Victoria. Poi si arrende alla testardaggine di Tao, lo prende in braccio e se lo porta in cucina borbottando.

A quanto pare, in una gara di ostinazione, ha trovato un degno avversario.

Con Nettuno che governa i Pesci assieme a Giove si preannuncia un mese all'insegna della fiducia nell'universo. L'amicizia e l'unità saranno i valori dominanti e la frase che guiderà le nostre vite sarà: "Io credo". Ma i Pesci invitano anche a nuotare negli abissi della nostra anima per scoprire i misteri nascosti nel profondo.

PESCI

66

Quando non sono a scuola, non studio e non nuoto, non so cosa fare, perciò inizio a odiare il fine settimana. Un tempo sarei andata a casa di Kat, o l'avrei invitata a casa mia per guardare maratone di serie TV, mangiare schifezze e finire i compiti accampate sul divano, ma questa non è più un'opzione, al momento. Da giorni tira un vento così forte che, se provo ad andare in spiaggia, vengo scaraventata nel Regno di Oz, quindi neanche le lunghe camminate in riva al mare con la musica nelle orecchie sono un'opzione. E Oliver... Per evitarmi la gastrite cronica, devo trovare qualcosa da fare che non sia pulire la casa fino a farla risplendere come nelle migliori pubblicità. E in fretta.

L'idea geniale arriva quando, una sera a cena, sento la nonna dire alla mamma che la sua amica Lin è in difficoltà – colpa dell'aspetto dissonante tra la Luna e Venere – perché la sua unica cameriera si è rotta una gamba e lei e la figlia sono rimaste da sole a occuparsi di tutto. Victoria proclama che dopo lo spettacolo andrà lei a servire ai tavoli, se pagano bene, ma la mamma la zittisce ricordandole che i suoi voti non sono ancora al sicuro nella zona salvezza e che di lavorare se ne parlerà più avanti.

Io, al contrario, ne ho bisogno adesso.

La mia media è buona, non partecipo allo spettacolo e, se voglio rispondere alla domanda su cosa amo fare più di ogni altra cosa al mondo, devo staccarmi per un po' dal nuoto e capire se ne sento la mancanza. In più il ricordo del viaggio nel futuro a Hong Kong è stampato nella mia mente ed è l'unico da cui non ho mai desiderato scappare.

Sì, credo proprio di avere trovato la soluzione.

Carica e piena di buona volontà, il venerdì pomeriggio dopo la scuola sono andata al ristorante e ho chiesto a Zhang Lin di prendermi in prova come cameriera. Ho fatto appello alla sua lunga e solida amicizia con la nonna per convincerla a chiudere un occhio sulla mia totale inesperienza e ho promesso di studiare il menu in tempo record e persino di imparare qualche parola di cinese tipo ciao, grazie e arrivederci.

«Sei una ragazza volenterosa, Lilith. Tua nonna ha ragione a lodarti.»

«E cosa dice?» ho chiesto curiosa.

«Che sei la sua degna erede.» Quindi mi ha regalato un ampio sorriso e mi ha passato un menu. «Studiati i piatti, mia figlia ti mostrerà la disposizione dei tavoli in sala. Domani facciamo una prova.»

Felice e contenta di avere un'occupazione per i miei tristi sabati e le mie deprimenti domeniche, comincio il mio tirocinio sotto i migliori auspici.

In realtà il primo giorno è complicato.

Va bene: è un disastro. Rompo due piatti decorati che spero non appartengano all'eredità di famiglia, mi dimentico di far togliere la cipolla nel riso fritto per una cliente pignola e confondo il tofu stufato con quello alla piastra. Mei, la figlia della signora Zhang, è già pronta a fare a meno della mia goffa presenza, ma la madre è più clemente e mi concede un'altra possibilità.

«Tesoro, non ti stai stancando troppo con questa storia

del lavoro?» mi chiede mia madre, che da Natale è tutta preoccupata degli effetti dannosi dello stress.

«Tranquilla, mamma, non è faticoso e poi mi fa bene esplorare nuovi territori» la rassicuro. «Lo dice anche l'oroscopo!»

Le previsioni del mese sono favorevoli all'espansione delle conoscenze: «Grazie alla Luna nuova in sfida con Urano sentiremo forte il richiamo di qualcosa di nuovo» ha annunciato la nonna a colazione. «E finalmente Venere e Marte si incontreranno dopo essere stati separati a lungo, portando cambiamenti positivi e aiutandoci a uscire dalle difficoltà. Approfittiamone per lanciarci in una nuova fase della nostra vita, ragazze mie!»

«Da futura campionessa olimpica a cameriera, non male come cambiamento» proclama Victoria, asciugandosi lo smalto nel suo fornetto a forma di gatto.

«Se hai bisogno di più calore con quelle unghie, ti ricordo che sono brava ad appiccare incendi» ribatto, acida. Poi mi tornano in mente le battute di Oliver sui miei istinti piromani nei laboratori di chimica e per un attimo mi manca il respiro.

Prima di precipitare di nuovo in un mare di tristezza, saluto la truppa e pedalo fino al ristorante, approfittando della giornata ventosa ma soleggiata. Il peggio dell'inverno è finito, l'aria è meno pungente e il cielo sembra più alto, sgombro dalle nuvole che l'hanno assediato le scorse settimane.

Mi piace il quartiere cinese, con le insegne incomprensibili e le architetture tradizionali. Davanti ad alcune botteghe svetta l'insegna del drago, altre hanno vetrine che mi ricordano il deposito oggetti smarriti della stazione di King's Cross. Nel cortile del locale un pruno ha già messo le prime gemme. Lego la bicicletta e vado in cucina, dove trovo madre e figlia che bisticciano in cinese davanti ad alcune cassette di verdure, e l'aiuto cuoca, la signora che avevo visto chiacchierare con la nonna a Capodanno, che prepara i *bao*.

Poco dopo arrivano i primi clienti e li faccio sedere ai tavoli. Mentre servo il tè verde al gelsomino, entra qualcuno e si accomoda al tavolo diciassette, che mi assegna Mei. E ci trovo Kat! Con suo padre e Stephanie.

«Lily!» esclama la mia amica. «Che ci fai qui?»

Non le ho raccontato del mio nuovo lavoro perché parliamo ancora poco. «Do una mano intanto che la cameriera vera è bloccata dal gesso» spiego. «Sono in prova, in realtà, quindi chiudete un occhio o anche due, per favore» e giungo le mani implorando benevolenza.

«Che brava ragazza» sospira Stephanie, che indossa un maglione a pois mentre Kat ne ha uno a righe, la perfetta rappresentazione delle loro differenze.

«La nostra Lily è una miniera di sorprese» approva anche Richard, dandomi una pacca sulla spalla.

«Lo è» conferma Kat, e il suo sorriso mi illumina la giornata.

Quando mi rendo conto che non posso stare a chiacchierare con i clienti, lascio i menu e vado a portare il tè a un altro tavolo per poi tornare a prendere le ordinazioni.

«Fate voi, per me è arabo» dice Stephanie, che ha l'aria di chi preferirebbe trovarsi altrove.

«Semmai cinese» la corregge Kat. «E quelle sono bacchette, non grissini» la avverte, vedendola maneggiare i bastoncini di legno con aria dubbiosa.

«Scusate, ma per me la cucina esotica si ferma all'Italia» si giustifica lei. «Cosa non si fa per le figlie acquisite.»

«Va bene, iniziamo con degli innocui panini al vapore» suggerisce Richard. «Tre porzioni di ravioli...»

«Cosa c'è nel ripieno?» chiede Stephanie, visibilmente preoccupata.

«Carne, zenzero e scalogno» le rispondo, orgogliosa di aver almeno imparato questo.

«Ehm, posso chiedere che tipo di carne?»

«Di cane, ovvio!» soggiunge Kat e mi strizza l'occhio. «Giusto?»

Sto al gioco, divertita e sorpresa da questa Kat più leggera e sorridente. «Sì, certo.»

«Ragazze!» ci rimbrotta bonario Richard, cercando inutilmente di restare serio.

«Okay, è uno scherzo, stai serena» dice Kat a una Stephanie sbiancata in volto. «Prendiamo anche i *cheung fun*?»

«C-Cosa sono?»

«Degli involtini.»

«Ripieni di?» chiede titubante Stephanie.

«Se sei preoccupata per il ripieno possono essere serviti anche senza, in quel caso si chiamano *jyu cheung fun*, letteralmente noodles di riso con intestino di maiale» si affretta a rispondere Kat, mentre suo padre alza gli occhi al cielo, stremato.

Stephanie si rivolge a me con uno sguardo implorante. «Non c'è qualcosa che non debba essere avvolto in qualcos'altro?»

«Uovo centenario, zampe di gallina, zuppa di nidi di rondine oppure cuori di pollo con salsa di soia» mi precede Kat e io le vado dietro.

«Non dimenticare i bocconcini di serpente, Kat!»

Suo padre ci interrompe con un colpo di tosse. «Ragazze, fate le brave» ci ammonisce come quando eravamo piccole.

«Ehm, del riso bianco magari?» commenta la povera Stephanie con espressione infelice.

«Certo, oppure abbiamo il riso Yangzhou, saltato con piselli, cipollotto e...»

«No, no. Bianco, grazie» sentenzia lei guardandosi intorno, probabilmente per cercare una via di fuga.

Il pranzo prosegue sereno, porto le ordinazioni al tavolo

scambiando occhiate d'intesa con Kat, che scaglia a raffica quelle sue battute pungenti a cui è stato così difficile rinunciare per tante settimane. Mi illudo di essere prossima a una svolta nella nostra amicizia e, sulle ali del sogno, distribuisco involtini e ravioli assieme a sorrisi sinceri.

Mentre riporto i piatti sporchi in cucina, incrocio Kat di ritorno dal bagno.

«Come sta andando?» le domando.

«Le ho fatto intendere che apprezzerei l'uso delle bacchette e da un'ora sta cercando di prendere il riso... un chicco per volta.»

Scoppio a ridere. «Povera donna, che peccati deve scontare?»

«Mi sta decimando il guardaroba con la sua mania di sbiancare e candeggiare. Tutte le magliette hanno cambiato colore e oggi mi sono ridotta a indossare questo orribile maglione.»

«Una pena equa, in effetti.»

«Comunque adesso ce ne andiamo, così poniamo fine a questo strazio.»

«Non volete un biscotto della fortuna?»

«No, grazie. Sto ancora rimuginando su quello del compleanno di Vic.»

«Cos'è che diceva?»

«*Quel che adesso è negativo, diventerà presto positivo*» recita Kat. «Credevo si riferisse alla convivenza, ma chissà.»

Io spero piuttosto che alluda al nostro rapporto. Uno sguardo in tralice di Mei mi fa scattare sull'attenti e sono costretta a lasciare la mia amica per posare il mio carico di stoviglie e portare il dolce all'unico tavolo che non ha ancora chiesto il conto. Il turno è quasi finito e ne sono sollevata, ho voglia di andare in spiaggia.

Quando la signora Zhang mi libera, con mio grande stupore vedo che Kat è rimasta seduta sul divanetto all'ingresso, immersa in un libro.

«Dev'essere avvincente per trattenerti qui» commento, alludendo al romanzo.

«Lo è, ma in realtà aspettavo te.»

Il mio cuore ha un guizzo di gioia. «Davvero?»

Kat si alza flemmatica e infila il volume in borsa. «Ti va di fare una passeggiata? Devo digerire tutti quei ravioli e panini cinesi.»

«Come no» esclamo, dimenticando del tutto la bicicletta e avviandomi con lei nella via, tra coppie che camminano mano nella mano, genitori con bambini incollati alle vetrine e qualche anziano seduto sulle panchine sotto gli aceri. Scambiamo qualche battuta sulla signora Zhang, sulla scuola e su Victoria e Charlie, prima di abbandonare il quartiere cinese e scendere verso il mare.

«Devo dirti una cosa» annuncia tutt'a un tratto Kat.

«Spero non sia un'altra rivelazione scioccante o non so se il mio cuore reggerà» la avverto.

«No, ho esaurito i segreti» mi rincuora. «Sono ammirata per come hai affrontato quest'ultimo periodo. So che non è stato facile neanche per te.»

«Per nulla» sospiro.

«Però hai capito e mi hai lasciato il tempo di cui avevo bisogno. Grazie, Lily.»

Mi fermo e cerco il suo sguardo. «Ti aspetterò per il resto della mia vita se sarà necessario.» Le prendo la mano e la stringo. «È difficile fare a meno di Oliver, ma... Non so, ho visto la nonna e la mamma stare bene da sole e questo mi conforta. Della mia migliore amica, invece, non posso fare a meno. E non intendo provarci.»

Kat mi studia per un lungo istante. «È lo stesso per me, sai?» confessa infine. «Posso fare a meno di una ragazza, ma non della mia Lily.»

Sono talmente sollevata che mi viene da piangere. Le getto le braccia al collo e la stringo a me. «Sapessi quanto mi sei mancata...»

«E tu a me.»

Mi stacco e le sorrido. «Speravo tanto che il biscotto alludesse a questo.»

Lei sgrana gli occhi, folgorata. «Ehi, hai ragione. Mi fai paura, assomigli sempre di più a tua nonna!»

Lo prendo come un grande, sincero complimento.

67

Prima o poi dovrò raccontare a Kat dei miei viaggi nel tempo. Glielo devo in quanto persona importante per me e per lo sforzo che le deve costare mettere da parte gli altri suoi sentimenti, sforzo che nessuno comprende meglio di me.

Lo sto facendo anch'io, e con risultati zoppicanti. Ogni volta che vedo Oliver a scuola, il mio primo pensiero recita così: "Non troverò nessun altro come lui. Mi correggo: non troverò nessun altro, punto".

Perciò lo sbircio durante le lezioni, nei corridoi, a pranzo, cerco ogni scusa per scambiare una battuta e il momento migliore e peggiore della settimana è diventato quello in cui aiutiamo Brown con le scenografie. Restiamo seduti vicini a dipingere, le ginocchia che si sfiorano, i suoi capelli d'oro sulla fronte, gli occhi che cerco di incrociare il meno possibile per mantenermi sana di mente e proseguire sulla strada indicata dalla nonna: stare bene con me stessa.

A dire la verità ci sono momenti in cui ci riesco: quando sono con Kat, mentre nuoto o lavoro al ristorante. Impegnata a dare il massimo o a rendere felici i clienti, mi concentro e dimentico il resto. Quello che non dimentico è l'eclissi di Sole prevista tra qualche giorno.

Non sono preoccupata, anzi, sono curiosa e provo una

strana, inconfessabile impazienza di scoprire se anche stavolta vedrò Oliver, e se lui vedrà me. Muoio dalla voglia di parlargli, ma non oso affrontare il discorso a scuola, dove è sempre con qualcuno – Charlie, Mark, un suo nuovo amico appassionato di vela –, e neanche all'esterno, dove abbiamo poche occasioni di incrociarci. Per la precisione nessuna.

L'universo però mi viene in soccorso sotto forma di un'e-mail della scuola che invita tutti gli allievi a visitare il planetario, riaperto dopo due anni di lavori di ristrutturazione. Ci sono stata da piccola con la nonna, ma pare che adesso sia mille volte più bello, con una sala con effetti speciali per riprodurre il ciclo vitale delle stelle e il passaggio degli asteroidi, nonché la simulazione di un buco nero. A noi studenti è riservato uno sconto speciale il mercoledì pomeriggio e decido di approfittarne, così mi accordo con Kat per andarci.

Quando compriamo il biglietto mi rendo conto di una cosa: è lo stesso giorno dell'eclissi. Oh-oh. Poco prima di riscriverle per pregarla di spostare la data con una scusa qualsiasi, ricevo un messaggio da Oliver. Il mio cellulare, che si era quasi dimenticato della sua esistenza, dev'essere molto eccitato perché lampeggia furiosamente:

Ciao, c'è l'eclissi mercoledì. Dove sarai?

Al planetario con Kat. Non mi ero accorta che sarebbe stato lo stesso giorno dell'eclissi e stavo pensando di rimandare e chiudermi in camera mia.

Perché? Il planetario mi sembra il posto ideale. Ci vengo anch'io.

Resto imbambolata a fissare lo schermo, incerta se prenderlo come un buon segno o no.

Forse Oliver è convinto che, essendo finita tra noi, vedremo tutt'altro nel nostro futuro e quindi è tranquillo. Oppure sta tornando sulla sua decisione e... No, Lily, non illuderti e resta con i piedi per terra, non vuoi restare male e soffrire più di quanto non sia già successo.

Gli rispondo con un secco *Ok* e mi abbandono alle mani gelide e rugose del destino.

Il planetario è un posto stupendo. Sembra di essere in una combinazione tra una caverna delle meraviglie e uno Space Shuttle lanciato tra le galassie. Sedute in una sorta di anfiteatro, io e Kat ascoltiamo la storia dell'universo e fissiamo con gli occhi spalancati le riproduzioni tridimensionali dei pianeti, Saturno con i suoi anelli, Plutone piccolo e lontano, Marte il pianeta rosso, la palla infuocata del Sole attorno a cui tutti si muovono... Sembrano così enigmatici, che mi domando come possano gli esseri umani aver decifrato i loro segreti fin dalla notte dei tempi, quando non esisteva neppure il telescopio per osservarli.

«Se non avessi già divorato lo scibile umano con l'obiettivo di studiare Letteratura, mi iscriverei ad Astronomia» dichiara Kat uscendo dalla sala.

«Puoi sempre lavorare con mia nonna, lei li studia i pianeti» ribatto, meditando sul fatto che anche a me piacerebbe approfondire l'argomento.

«E passare la vita a fare gli oroscopi a gente disperata? No, grazie.»

«Veramente se li fanno fare anche i politici e gli scienziati, pensa un po'.»

Kat mi schiocca uno sguardo sospettoso. «Ho la netta sensazione che l'influenza di Astra stia risvegliando l'astrologa che c'è in te.»

«Non ci sarebbe niente di male a portare avanti la sua eredità, un giorno.»

Prima che Kat possa commentare la mia eclatante dichiarazione, nella sala dedicata agli strumenti di osservazione ci imbattiamo in Oliver, che sta ammirando un telescopio.

«Ah, eccovi. Mi chiedevo dove foste finite» ci saluta tranquillo.

«Nella cupola» rispondo. «Ci sei già stato? È spaziale.»

«Sì, ho visto.» Si rivolge a Kat: «Nella libreria stanno vendendo i volumi a metà prezzo ai primi mille che arrivano, se ti interessa».

E, come è naturale che sia, lei si accende. «Scherzi? Corro» e si fionda verso la porta, per fermarsi di colpo in preda a un ripensamento. Si gira verso di me. «Lily, vuoi venire?»

Io scuoto la testa. «Vai e colpisci. Ti raggiungo tra poco.»

So cosa ha fatto Oliver, l'ha distratta in vista dell'eclissi. Infatti mi guarda con espressione seria e controlla l'ora sul cellulare. «Mancano cinque minuti.»

«Sì, lo so.»

Il cuore inizia a galoppare. Stamattina ne ho parlato con la nonna e lei temeva che fossi in ansia, ma le ho spiegato che il mio stato d'animo è cambiato ultimamente. E le ho promesso di raccontarle tutto.

«Pensavo di guardarla insieme» propone lui, sorprendendomi. «La gente sta uscendo in giardino, noi possiamo andare sul retro e vedere che succede.»

L'agitazione sale alle stelle, per restare in tema. Non credo che cambi molto il fatto di trovarci nello stesso posto, ma se invece succedesse qualcosa di insolito? Annuisco e lo seguo verso l'uscita sul retro, oltre la sala delle mappe da cui i visitatori stanno defluendo per andare a loro volta ad ammirare l'oscuramento del Sole.

C'è già una luce diversa, macchiata d'ombra. Il cielo non è del tutto limpido e l'effetto sarà smorzato, però ci sono persone armate di occhialini e altre che bevono bibite e mangiano snack come se fossero al cinema.

Oliver individua una panca di marmo e ci si siede a cavalcioni, invitandomi a imitarlo.

«Sembri agitato» gli faccio notare.

«È che mi domando...» Esita, si scompiglia i capelli «E se finissimo nello stesso momento del futuro?»

«Lo scopriremo presto» sussurro, avvertendo il formicolio che è il preludio all'eclissi. Chiudo gli occhi, il fruscio delle foglie si confonde con un suono diverso, proveniente da distanze infinite. Senza opporre alcuna resistenza, mi lascio trascinare via...

Mi ritrovo nella platea di un teatro, circondata da gente elegante, gli occhi rivolti verso il palco su cui spicca un pianoforte a coda da cui si sprigionano le note di un brano sconosciuto, bellissimo. Intuisco chi sia il musicista prima ancora di vederlo, biondo ed elegante, immerso nella sua musica: Oliver adulto fa correre le dita sui tasti, stregando gli ascoltatori.

Mi cerco tra loro, procedendo fila dopo fila e fermandomi a metà sala quando il brano finisce ed esplode l'applauso. Chissà se anche Ollie è finito qui e si sta godendo questo momento.

Finalmente scorgo la me stessa futura che sta battendo le mani accanto a un'uscita laterale, un'espressione commossa sul viso.

Un uomo la raggiunge e le dice qualcosa che non sento. Sussulto prima di riconoscerlo: è Charlie, i capelli un po' lunghi e il sorriso aperto. Mi avvicino il più possibile per ascoltare le parole che si scambiano.

«Devo proprio scappare o perderò l'aereo» dice lei.

«Buon viaggio, allora, mandami qualche foto di Hong Kong.»

Il mio doppio sorride, lo saluta appoggiandogli una mano sulla spalla e corre via.

E, quasi con sorpresa, mi rendo conto che sembra serena.

68

Mentre apparecchio i tavoli e preparo il tè al gelsomino, ripenso alla visione.

Appena tornati nel presente, siamo scappati via perché è ricomparsa Kat e non ho avuto modo di parlare con Oliver del fatto che andrò a un suo concerto prima di partire per Hong Kong… Forse è per questo motivo che lui non ci sarà. Continuo a interrogarmi sul motivo del viaggio, su cosa possa rivelarmi la signora Zhang.

Sabato pomeriggio, alla chiusura, attendo che Mei esca.

«Lin, posso farle una domanda?»

Lei si toglie il grembiule e, sistemandosi una forcina, mi sorride. «Anche due.»

«Perché non ha fatto l'astrologa come la nonna?»

«Ho studiato l'I-Ching, ma non mi interessa usarlo sugli altri. Lo consulto per me.»

«Per conoscere il futuro?»

Mi fissa con quei suoi occhi a mandorla scuri ed enigmatici, prima di rispondere: «Sai, se esiste un modo per aiutarci a capire cosa potrebbe succedere, bisogna sfruttarlo. Molte persone hanno paura delle visioni, degli oracoli. Io li considero un dono».

"Un dono": la stessa definizione usata dalla nonna.

«Ne ha mai avute? Di visioni, intendo» azzardo, con il cuore in gola.

Mi squadra ancora, infine esplode in una risata. «Astra me lo aveva detto che sei la sua degna erede!» Si avvicina e mi posa una mano sulla spalla. «No, non sono una veggente, anche se ne so parecchio sull'argomento. Una previsione la posso fare, però: tra sei mesi sarò di nuovo a casa, a Hong Kong.»

Resto a bocca aperta. «Lascia Midheaven?»

«Proprio così.»

«E il ristorante?»

«L'ho aperto per mia figlia. Sta cercando un giovane cuoco per creare un menu innovativo, io ormai sono troppo vecchia per queste cose. Voglio tornare nel mio Paese.»

A impedirmi di tempestarla di altre domande ci pensa la nonna in persona, che varca la soglia e ci saluta con un: «Cosa confabulate, voi due?».

«Oh, parlavamo di oracoli, cose così» svicola la signora Zhang con nonchalance. «Sei venuta a pranzo? È un po' tardi...»

«Dimmi che è avanzato del riso per un'affamata.» La nonna mi guarda e sospira. «Tua sorella ha insistito per cucinare, è stata una disfatta epocale.»

Soffoco una risata, mentre la nonna si fa servire il riso fritto avanzato dal pranzo. Una serie di trilli sul suo cellulare attira la mia curiosità.

«Chi ti scrive, nonna?»

«Nessuno» taglia corto lei, impegnata con le bacchette.

«Per caso è..?» inizia Lin, poi si interrompe con uno sguardo dubbioso nella mia direzione.

La nonna sorride. «Jack? Puoi nominarlo, ormai sanno tutto.» Posa le bacchette per prendere il telefono dalla borsa. «Sì, è lui. Mi manda foto da New York, ha appena cambiato lavoro ed è molto preso.» Sospira. «Peccato, sarebbe stato bello se fosse riuscito a venire in Europa.»

Io e la signora Zhang ci scambiamo un'occhiata. Sì, sarebbe davvero bello se la nonna e il suo grande amore potessero rivedersi. Il finale che meriterebbe la loro storia.

Ci penso anche la domenica mattina, diretta a scuola sotto un cielo incolore. Brown ci ha convocati per ultimare le scenografie, così mi ritrovo con Oliver e due ragazzi del secondo anno a colorare pannelli di legno che riproducono un giardino, con tanto di ninfee e ranocchi.

Oliver mi dà l'impressione di essere un po' inquieto dopo l'eclissi, perso nei suoi pensieri. Lo osservo con una certa apprensione, fremo dalla voglia di confrontarmi con lui ma non oso finché, arrivati quasi alla fine del pannello, mi arrendo.

«A proposito di mercoledì scorso, al planetario...»

Lui continua a stendere pennellate di verde come se non mi avesse sentito.

«Ti ho visto a un concerto, suonavi meravigliosamente.»

Si ferma, solleva lo sguardo. «Davvero?»

Confermo con un cenno. «Speravo ci fossi anche tu.»

«No, a quanto pare non ci siamo trovati nello stesso momento.»

«Dov'eri?»

«Non ha importanza» mormora lui, tornando a dipingere. «Non ho più voglia di parlare del futuro, non ci fa bene.»

C'è qualcosa nel suo tono che mi spaventa, un cinismo che non gli appartiene.

«Oliver» esclamo, sentendo crescere l'agitazione. «Avevi ragione tu, le scene a cui assistiamo sono parziali e possono cambiare, ma non significa che non abbiano valore. Stavolta sembravamo felici...»

Rialza gli occhi e incrocia i miei, ma in fondo all'azzurro trovo una durezza che mi fa tremare. A interromperci arriva mia sorella che, mani sui fianchi, mi squadra dall'alto in basso.

«Dobbiamo andare al centro commerciale» annuncia solenne.

«E per quale motivo, di grazia?» sospiro.

Mi sventola il cellulare davanti al naso. «La mamma scrive che nel frigo si sente l'eco e ci chiede di andare a fare la spesa, e io devo cercare un diadema.»

«Un che?»

«Un fermaglio che mi dia l'aria di una vera principessa! Quella roba» e punta l'indice verso una coroncina di plastica abbandonata su una sedia «non me la metto neanche se venisse a chiedermelo in ginocchio il re in persona!»

Oliver soffoca una risata, almeno Victoria riesce ancora a divertirlo.

Poso i pennelli, mi alzo e gli chiedo se può proseguire da solo, lui conferma e ci saluta augurandoci buona caccia.

Ce ne andiamo così nel mio luogo meno preferito al mondo, da cui – forse – uscirò semiviva e con le suole delle scarpe consumate. La faccenda del diadema rende la spedizione ancora più complicata del previsto. Mi ritrovo a trascinare i piedi dietro alla mia instancabile sorella che passa in rassegna ogni scaffale e tortura ogni commessa, con i minuti e le ore che scorrono inesorabili. All'ennesimo negozio di accessori, ormai accecata dall'eccessivo sbrilluccichio, finalmente la principessa trova la sua degna corona e il regno è salvo.

Sono quasi riuscita a convincerla a entrare nel supermercato, quando sono io a piantarmi di fronte alla vetrina di un'agenzia di viaggi.

«Guarda, ci sono offerte sui voli per New York!»

«Perché, pensi di partire?» si informa.

«Non io» osservo l'immagine dei grattacieli alla luce del tramonto e mormoro: «Sarebbe bello mandarci la nonna».

«A rivedere il suo GA?» domanda Vic riprendendo la marcia verso il supermercato.

«Il suo che?»

«Ah, Lily» sospira, esasperata. «Svegliati. Il suo Grande Amore.»

«Se parli per sigle anche in classe, mi spiego i tuoi voti» commento, poi torno alle cose importanti. «Comunque sì, lui. Si merita un po' di felicità, non credi? Le regalerei il biglietto, se avessi i soldi.»

Victoria mi guarda con *quello* sguardo e io vado subito in allarme. «E che problema c'è?» mi fa, con una scrollata di spalle.

«Hai ricevuto un'eredità da una vecchia prozia di cui io ignoro l'esistenza?»

«No, meglio. Ho appena avuto un'idea fantastica.»

E io mi sento subito catapultata in un film horror. Appena Victoria mi illustra la sua genialata, però, ammetto che non è del tutto insensata.

«Faremo un crowdfunding come per il teatro della scuola! La gente potrà contribuire a realizzare il sogno di una donna ormai non più giovane, che ha l'ultima possibilità di essere felice invece di rassegnarsi a una vita ritirata e piena di rimpianti.»

«Sullo slogan bisogna lavorarci» obietto, «ma l'idea del crowdfunding non è male...» Soppeso le sue parole mentre una figura familiare si fa largo tra la gente per raggiungerci.

«Ho fatto prima che ho potuto» ansima Charlie, trafelato. «Che succede?»

«Ranocchio, per fortuna sei arrivato!» esclama mia sorella. «Guarda cos'ho trovato» e indossa il diadema luccicante che ha appena acquistato. «Che ne pensi? Può andare?»

«Mi hai fatto scapicollare fin qui per mostrarmi questo?!?»

«Sarà il mio accessorio principale nello spettacolo, avevo bisogno del tuo parere.»

«Victoria Heron, non so se strozzarti o...»

«Oppure offrirmi un bel centrifugato vitaminico mentre ripassiamo la parte?» lo interrompe lei.

La studio, dubbiosa. «Veramente devi aiutarmi a fare la spesa.»

«Ma ormai ha fatto tutta questa strada, mica posso lasciarlo solo, ti pare?»

Sono disarmata. Charlie, al mio fianco, sospira altrettanto inerme. «Tu sai per caso se esiste un modo per dire di no a tua sorella?»

«Mi spiace, Charles. È programmata dalla casa madre per ottenere sempre ciò che vuole.»

«Immagino di essere in un bel guaio, allora» borbotta lui.

Sgrano gli occhi. «Non immagini quanto...»

Mi rassegno a fare la spesa da sola, neanche troppo stupita a dire il vero, le premesse che sarebbe finita così c'erano tutte.

Circa mezz'ora dopo, affaticata dalle borse, torno alla caffetteria a recuperare mia sorella che ovviamente non c'è. Mi guardo attorno, mollo due buste a terra e me ne cadono altre quattro mentre prendo il cellulare dalla tasca, poi riconosco, tra tante teste, una incoronata.

Bingo.

Spunta da dietro la scala mobile e, nell'attimo in cui sto per lanciare il mio grido per richiamarla all'ordine, metto a fuoco i dettagli.

Con lei c'è Charlie, che le cinge la vita e le sussurra qualcosa, lei scoppia a ridere e si aggrappa ancora più stretta. Poi si alza sulle punte e lo bacia. Lui per un attimo sembra irrigidirsi, colto alla sprovvista, poi risponde al bacio afferrandola per la nuca e avvicinandola ancora di più a sé. Povero Charlie, non sa in che guaio è finito. Almeno, però, tutta quella strada per venire qui oggi gli è valsa qualcosa.

Con un sospiro di rassegnazione riprendo le mie borse e, carica come uno yak che si accinge a scalare l'Everest, mi dirigo alla fermata dell'autobus, sperando di non compiere la maggiore età prima del suo arrivo.

Nell'attesa non posso fare a meno di pensare a Vic, all'invidia che provo per la sua sicurezza che, alla fine, le fa ottenere quello che vuole. Poi però mi rendo conto che torniamo sempre allo stesso punto: lei lo sa quello che vuole, e non ha paura di dichiararlo, anzi, di urlarlo ai quattro venti nel caso in Polinesia non lo sentissero.

Credo sia tempo che lo faccia anch'io.

69

«Dov'è?» Victoria, nella sua vestaglia rosa, si guarda attorno nella stanza con aria smarrita.

Claire e Tommy, visibilmente nel panico, si fissano straniti.

«No, sul serio, dov'è?» insiste Victoria con la voce stridula. «Dov'è? Dov'è? Dov'e?»

«Dov'è cosa?» azzarda Tommy in uno slancio di coraggio. O di incoscienza, visto che lei gli si avventa contro come un T-Rex che non mangia da una settimana.

«Ma come *dov'è cosa*?» esplode. «Il mio diadema, accidenti!»

Tommy alza le mani. «Okay, Vic, calmati. Non vedi che...»

«Calmarmi?» sbraita lei in pieno delirio mistico. «Ho perso il mio diadema, come faccio a entrare in scena tra meno di...» Guarda l'orologio sul muro del camerino. «Meno di un'ora!»

Richiamato dalle grida isteriche della coprotagonista, Charlie piomba trafelato nella stanza. «Principessa, che succede?»

Appena lo vede, il tono di mia sorella diventa, se possibile, ancora più melò. «Oh, non immagini che disastro, Ranocchio. Ho perso il mio diadema!»

«Quello che hai sulla testa?» le fa lui, mordendosi le labbra per non ridere. La prende con dolcezza e la sposta davanti allo specchio.

Quando trova il prezioso monile nel suo riflesso, Vic tira un sospiro di sollievo. «Oh. Meno male.»

«Tutto bene, qui?» oso chiedere. Ho detto alla mamma e alla nonna che sarei andata un attimo nei camerini a controllare Victoria, ma me ne sto già pentendo amaramente.

«No, affatto. Non ce la farò mai» mi urla contro, fuori di sé.

«Dai, Vic, non stai per debuttare nel West End, è solo una recita scolastica» le ricordo.

Vedo le sue pupille restringersi. «Solo una recita scolastica? Ne va della mia reputazione sociale per i prossimi...» farfuglia, poi chiede aiuto a Charlie: «Quanti sono, Ranocchio?».

«Due anni» interviene lui, che si sta ancora tirando le guance per non scoppiare a ridere.

«Due anni» mi ripete lei. Poi inizia a sventolarsi nervosamente con la mano. «Sento che sto per svenire. Fa troppo caldo, qualcuno vuole aprire una finestra?»

Tommy, da bravo soldatino, si precipita a spalancare la porta del terrazzino, da cui entrano alcuni schizzi di pioggia.

«Chiudi, scellerato, l'umidità mi farà increspare i capelli!» lo rimbrotta subito Victoria, che si allontana dalla parte opposta della stanza come un vampiro in fuga dalla luce del giorno.

«Vic, prova a respirare, potrebbe esserti utile» interviene timidamente Charlie per porre fine all'assolo della nostra primadonna. Con una pazienza che solo lui può avere, la prende per le spalle e la accompagna alla sedia di fronte allo specchio. «Ecco, siediti qui, così, da brava...»

«Sì, hai ragione. Hai ragione» annaspa lei, lasciandosi

guidare, stremata. «Non è che avresti una delle tue pasticche per l'ansia?» gli chiede e io vado subito in allarme.

«Va bene, ma solo una, eh?» le accorda lui, magnanimo. Prende un flaconcino di plastica dalla tasca dei pantaloni ed estrae una piccola pastiglia bianca.

«Posso averne due? Oggi non ce la posso fare» lo supplica.

Charlie sospira e gliene lascia cadere una seconda sul palmo della mano.

Mi avvicino preoccupata. «Ma che roba è?»

Lui mi fa cenno di stare zitta, mentre Victoria si fa portare dell'acqua da Claire e manda giù le pastiglie.

«Sono mentine» mi bisbiglia all'orecchio, mostrandomi il flaconcino su cui è appiccicato un adesivo chiaramente fatto a mano con scritto ANSIAMENT.

«Oh, mi sento già meglio» annuncia mia sorella.

«Ecco la perfetta rappresentazione dell'effetto placebo» torna a dirmi Charlie sottovoce.

Claire le fa aria con un giornale e Tommy si assicura che il vestito di scena non si spiegazzi.

A questo punto decido che posso anche andarmene, la diva è già degnamente accudita dal suo entourage. Lascio il quadretto surreale e attraverso il palco ancora chiuso dal sipario tirato. Mi soffermo sui cespugli che abbiamo dipinto io e Oliver già posizionati in scena; ammetto che i suoi sono di gran lunga più precisi, i miei fiori sembrano eseguiti da Picasso nel suo periodo blu.

Oliver.

Se penso al mio piano, il cuore rischia di prendere il largo. E non basterebbe un intero flacone di Ansiament per calmarmi.

Per il momento cerco di scacciare il pensiero e vado in platea, gremita di genitori, fratelli, amici e nonni. Nella buca riservata ai musicisti, proprio di fronte al palco, i Kams stanno sistemando gli strumenti e provando alcuni accordi.

«Eccomi» esclama Kat arrivando con il fiatone, mentre si toglie la giacca.

«Ce l'hai fatta» la accolgo, spostando il cappotto che avevo lasciato sulla poltroncina per tenerle il posto.

«Si è rotta la lavatrice a casa e Stephanie era in paranoia, ma giuro che io non c'entro niente!» racconta, divertita. Poi si siede al mio fianco. «La star è pronta?»

«Sì, perfettamente calata nel ruolo. Sta facendo impazzire tutti là dietro.»

«I pianeti sono allineati nel modo giusto?» domanda Kat alla nonna in tono semiserio.

La nonna non si scompone. «Oggi è l'ultimo giorno d'inverno, conosciuto anche come il giorno del labirinto o del risveglio» declama. «La congiunzione tra la Luna e Nettuno rafforza la fantasia, Marte aumenta l'inquietudine. Una situazione curiosa, potremmo assistere a cose sorprendenti.»

«Chissà cosa combinerà Victoria» ride Kat.

"Perché non sapete cosa combinerò io" penso, sforzandomi di restare calma.

La successiva domanda della mia amica mi aiuta. «Hai parlato con Carolina?»

«Sì. È stato anche più semplice del previsto, in effetti se lo aspettava. Le ho spiegato che il nuoto farà sempre parte di me, ma non lo amo abbastanza da diventare un'atleta.»

«Un po' mi dispiace, sarebbe stato bello vantarmi di conoscere una campionessa olimpica» si rammarica Kat, frugando nella borsa che ha decorato lei stessa ed estraendo due barrette di cioccolato e cereali soffiati che mangiavamo sempre da bambine. Me ne offre una e la prendo felice, interpretandolo come un segno che la nostra amicizia è definitivamente tornata.

«Il punto è quello: per essere la migliore dovrei sacrificare tutto il resto, e io non me la sento.»

«Be', se ne sei convinta, ti appoggio.»

«Solo che non sono più convinta nemmeno di studiare Biologia marina. Non ho idea di cosa fare» confesso, scartando la barretta.

«Brown sarebbe entusiasta se scegliessi Letteratura» mi ricorda lei, accavallando le gambe per prepararsi all'inizio dello spettacolo.

«Già.» "Potrei farlo" penso. "Posso fare tutto quello che voglio."

Il pensiero mi strappa un sorriso e mi ritrovo a dire: «Qualunque strada sceglierò, sono certa che troverò il mio posto».

Mentre le luci si abbassano e viene richiesto il silenzio in sala, Kat mi sussurra ammirata: «Incredibile, Lilith, è fiducia quella che percepisco nelle tue parole?».

«Strano ma vero» ammetto, orgogliosa di me e di tutta la strada che ho fatto per arrivare fin qui. Scorgo Oliver entrare in ritardo e affrettarsi a occupare il posto vuoto accanto a Mark, nella fila davanti alla mia. «Mi piacerebbe che lo capisse anche lui» aggiungo rivolta più a me stessa che a Kat.

«Oliver, intendi?»

Un'altra ritardataria interrompe la nostra conversazione. Jenn, con una felpa extralarge color crema su un vestito a fiori e scarpe da ginnastica firmate, viene a sedersi accanto a Kat.

«Uh, che traffico c'era! Il taxi non riusciva a passare dal centro, abbiamo dovuto fare il giro di mezza Inghilterra!»

«Forse perché il centro è pedonale?» rimarca Kat, mentre saluta una donna che si sta a sua volta accomodando. La riconosco, è la mamma di Jenn: una signora alta e robusta, con i capelli corti e scuri e grandi occhi verdi. Indossa una camicia arabescata e pantaloni neri, è truccata con gusto e sembra tutto fuorché sciatta come era apparsa nei giorni dello "scandalo" su Internet. Noto che lei e la figlia sembrano essere in sintonia e mi chiedo se anche questo miracolo sia opera di Kat, la paladina dei più deboli, la salvatrice delle Jenn di questo mondo.

«Può darsi» risponde Jennifer, salutandomi con la mano. «Il prossimo anno verremo a piedi, per quel giorno mia madre sarà abbastanza in forma per correre la maratona» e le passa una mano sulle spalle, scambiando con lei un sorriso.

Sul palco il professor Brown ci ringrazia di essere qui e, scusandosi di aver dovuto anticipare la data dello spettacolo per via dei lavori imminenti, ne approfitta per ringraziare tutti quelli che hanno partecipato al crowdfunding dando un contributo importante alla ristrutturazione del teatro.

«E ora sono lieto di lasciarvi nelle mani dei ragazzi, che hanno dato vita alla nostra personale interpretazione di una fiaba senza tempo, *Il principe ranocchio.*»

La storia inizia con l'incontro tra la fanciulla annoiata che gioca da sola con una palla d'oro in giardino e il ranocchio che gliela riporta quando la fa cadere senza volerlo nello stagno.

La visione di Charlie nascosto sotto il costume da ranocchio, che si muove goffamente al ritmo di una musica allegra, ci strappa più di una risata, mentre Victoria si atteggia a regina nel suo abito giallo e tratta la povera creatura con la superiorità che le viene naturale.

A differenza del nostro spettacolo dell'anno scorso, non sono gli attori a cantare ma Emily e Keith, le cui voci sono una combinazione perfetta di acuti e bassi. Sono certa che un giorno diventeranno famosi e scaleranno le classifiche con qualche singolo.

Come nella fiaba dei fratelli Grimm, l'incantesimo del ranocchio viene spezzato non con un bacio, ma quando la principessa lo scaglia contro il muro disgustata. Victoria spinge Charlie con uno slancio che ci fa sussultare, lui finisce addosso alle scenografie e per poco non crolla tutto. Non so se fosse previsto dal copione, ma la colpevole si precipita da lui per assicurarsi che stia bene e lo aiuta a levarsi il costume, scoprendo il suo bel principe.

Capendo che lo spettacolo sta per finire, mi alzo di scatto. Kat mi guarda con un enorme punto di domanda sulla fronte, la nonna mi stringe la mano per un momento. Mi sorride complice e poi mi lascia andare.

Con le gambe di gelatina mi dirigo verso il palco, aggrappandomi alla mia catenina con il ciondolo di lapislazzuli che oggi più che mai mi dovrà aiutare.

Il pubblico celebra con un applauso il bacio – molto convincente – che conclude l'opera, mi giro un secondo a controllare che la mamma non svenga, ma mi sembra averla presa bene. Gli attori si inchinano e la band si esibisce nella canzone finale, un pezzo rock ballabile che riporta tutti gli interpreti sul palco.

Io attendo, con il battito talmente accelerato che mi chiedo quanto manchi all'infarto.

Infine il brano sfuma nelle ultime note. Allora Keith prende il microfono e annuncia: «Lo spettacolo non è finito, signore e signori. Abbiamo ancora una sorpresa per voi, una cantante d'eccezione interpreterà un pezzo senza tempo...».

Non so come convincere le gambe a muoversi ma, in qualche modo, riesco a salire i gradini e a raggiungere Emily, che mi porge il suo microfono. «Vai e spacca» mi incoraggia con un gran sorriso.

A dire la verità vorrei solo scappare. Ci ho pensato per giorni, non poteva venirmi in mente un'idea meno terrificante?

Mi rispondo da sola quando, dal palco, incrocio lo sguardo stupefatto di Oliver.

No, non poteva. È la cosa giusta da fare.

Perché se non ti spaventa, se non ti fa sentire il cuore

in subbuglio e le gambe molli, se non ti spinge oltre il limite e ti stravolge l'anima, allora vuol dire che non ci tieni abbastanza, che non è quella la strada.

Finalmente ho capito che per essere felici bisogna essere coraggiosi.

«Grazie» esordisco, con la voce che trema. "Calmati, Lily. Puoi farcela." «Una volta ho detto che mi sarei trasferita al Polo Nord piuttosto che cantare per qualcuno. In realtà ho capito che non c'è niente che non faremmo per realizzare un sogno in cui crediamo. Se ci fidiamo di noi stessi e del futuro, possiamo superare i nostri limiti e le nostre paure.»

Il gruppo inizia a suonare la base della canzone che mai avrei immaginato di dedicare a un ragazzo da un palco: *Time After Time*, in tutta la sua stucchevole dolcezza.

Ma lo sto facendo.

Oliver, dalla prima fila, ride.

«E non ridere» gli intimo. Sebbene mi senta avvampare, cerco di restare seria. «Il fatto, Oliver Stevens, è che ho capito che posso vivere senza di te. Ma non voglio farlo» ammetto, citando una delle frasi che fino a poco tempo fa consideravo melense e di cui ora capisco il significato. «Questa è per te.»

Arriva l'attacco del testo e mi butto. All'inizio modulo la voce, cerco di tenere i bassi, sono preoccupata di non stonare, ma a un certo punto abbandono il controllo e, dal passato e dal futuro, i ricordi di Oliver scivolano sulla melodia, inondandomi il cuore.

La prima volta in cui l'ho visto in gita all'interno dell'ascensore dell'hotel.

Quando, adulta, l'ho ascoltato suonare davanti a un pubblico incantato.

Il primo bacio a casa mia nel giorno del suo compleanno.

Alla partita di tennis di suo fratello mentre bisticciamo per una torta.

La rivelazione dei nostri poteri sulla spiaggia, con solo la luna a farci da testimone.

E poi lui che mi corre dietro la sera di Capodanno dopo che ha tentato di ballare con Sophie, ma non ci è riuscito.

Io che lo guardo inerme lasciarmi nell'aula di scienze perché l'ho troppo ferito e non me ne sono nemmeno resa conto.

Lui che mi bacia, mi accarezza, mi stringe e mi fa ridere come nessun altro al mondo.

Le ombre e le luci, il bello e il brutto, il bianco e il nero di quel fiume di energia che è la vita e scorre in un divenire incessante. Lui, l'unico che ha viaggiato in fondo al mio cuore, in ciò che è avvenuto e in quello che dovrà ancora avvenire. Il mio punto fermo, il compagno di ogni viaggio che farò.

Mentre canto, riconosco che tutte le dimensioni dell'amore per me hanno un unico volto, il suo. Nel momento in cui la musica sfuma verso il finale, Oliver si alza e mi raggiunge sul palco. Si avvicina, mi prende le mani tra le sue, le accarezza con i pollici. Un brivido mi percorre dalla testa ai piedi: è da tanto che non ci tocchiamo.

Mi guarda e sorride. «E così alla fine non ti sei trasferita!»

«Ripensandoci sarebbe stato un po' troppo freddo e bagnato» dico, stringendomi nelle spalle.

Lui annuisce. «Luogo poco favorevole per appiccare incendi, in effetti...»

Mi fa ridere. «Già.»

«Sono felice che tu sia qui» mi dice infine con un sorriso radioso.

Mi sento pronta a partire per un nuovo viaggio con lui, stavolta con un bagaglio di fiducia che renderà senz'altro più leggero il cammino. Ho la sensazione che il nostro futuro inizi adesso, da questo presente luminoso.

«Mi sei mancata» mi sussurra, sfiorandomi la guancia. E vorrei dirgli che mi è mancato anche lui, ma non ne ho il tempo perché sento lo scroscio di applausi, la voce di Vic che grida parole sconnesse e infine le labbra di Oliver sulle mie, e non riesco più a pensare.

In un mondo in cui tutto è complicato, doloroso e imprevedibile, il suo nome è scritto nel mio destino e il mio nel suo. E mentre i nostri respiri si intrecciano in uno solo, il tempo e lo spazio collidono sbriciolandosi in milioni di universi paralleli, in cui mi auguro con tutta l'anima che, in un modo o nell'altro, riusciremo sempre a trovarci.

EPILOGO

Einstein diceva che il tempo non esiste.

Secondo la scienza, tutto il tempo esiste simultaneamente senza distinzione tra passato e futuro. Così mi chiedo se da qualche parte, in questo stesso istante, Oliver mi sta tenendo tra le sue braccia dandomi lievi baci sulla fronte, come in questo universo. Spero proprio di sì.

Siamo seduti sulla spiaggia accanto a un falò, con il sole che sparisce dietro l'orizzonte e le prime stelle che iniziano a fare capolino sul manto scuro sopra di noi. Le note della chitarra di Keith ci cullano in questa domenica leggera e senza pensieri, l'ultima prima di tuffarci nella preparazione degli esami.

«Vuoi cantare tu adesso, Lily?» mi chiede Emily, che ha appena reso onore a un pezzo di Billie Eilish con la sua voce da brividi.

Alzo la mano. «No, grazie. Ho già dato...»

«Ma non sono sicuro di aver capito bene, magari potresti rinfrescarmi la memoria» interviene Oliver con un sorriso provocante.

Poso l'indice sulle sue labbra per zittirlo. «No. Hai capito. Fidati.»

Lui mi bacia il dito, poi il trillo del mio cellulare ci interrompe.

So chi è senza nemmeno guardare il display, aspettavamo questa videochiamata.

«Nonna!» grido euforica, mettendo la chiamata in vivavoce, mentre Vic mi viene praticamente in braccio per entrare nello schermo.

Sul display compare in forma smagliante, i capelli biondissimi tagliati a caschetto, una felpa rosa e il sorriso più luminoso che le abbia mai visto. Insieme a lei c'è un uomo brizzolato sulla sessantina dall'aria affascinante: Jack.

Il *suo* Jack.

Sono in un appartamento dentro un grattacielo, la vetrata alle loro spalle lascia intravedere lo skyline di New York stagliato contro l'orizzonte blu.

«Nipoti! Come state?»

«Bene, stiamo facendo un falò» le spiego, spostando il telefono per mostrare il fuoco, mentre Oliver la saluta con la mano. «Voi?»

«Alla grande. Questa città mi lascia ogni giorno a bocca aperta.»

«Già, deve fare un certo effetto rivedere la terra che ti accolse quando sbarcasti dalla Mayflower insieme ai Padri pellegrini» si intromette Vic. «Uh, guarda, e ne hai ritrovato uno!»

«Questa deve essere Victoria» indovina lui.

«La mia fama mi precede!» esclama lei, gonfiandosi come un gallo cedrone. «Mi piaci già, Jack. Sei un anziano molto affascinante!»

Jack scoppia a ridere di gusto mentre la nonna e io la sgridiamo in sincrono: «Victoria!».

«Lilith, per l'amor del cielo, togli quel telefono di mano alla tua screanzata sorella» dice la nonna, ma sta ridendo. «Dov'è Charlie quando serve?»

Il diretto interessato si sdraia su Victoria per comparire nella videocamera, lei si piega su di me così Oliver deve sorreggere tutti. «Eccomi» si palesa Charlie, richiamato all'ordine.

«Tieni a bada la belva, ragazzo, confido in te» si raccomanda la nonna.

«Ci provo» mormora lui, con un tono non proprio rassicurante.

Victoria mima il ruggito della tigre e poi gli schiocca un bacio, riportandolo al suo posto.

«Volevo ringraziarvi tutti, ragazzi miei, quello che mi avete fatto è il regalo più prezioso che io abbia mai ricevuto» dice la nonna, così felice che mi commuovo.

Giro il cellulare per inquadrare con la videocamera Kat, Jenn, Emily, Keith, Mark, Claire e Tommy che la salutano con affetto. «Le stelle sono con te!» le grida Kat.

«Divertiti anche per noi» sghignazza Jennifer, maliziosa.

Grazie all'idea brillante di Victoria – che mi sembra un ossimoro, ma tant'è – abbiamo organizzato una specie di colletta a cui hanno generosamente partecipato tutti i nostri amici, e siamo riusciti a comprare il biglietto per New York. Così una settimana fa abbiamo accompagnato la nonna a Heathrow, emozionata come una quindicenne all'idea di salire sull'aereo che l'avrebbe riportata dal suo primo amore.

La mamma l'ha presa con filosofia: ha decretato la fine del periodo di riposo e si è rituffata nell'organizzazione del prossimo festival letterario di Midheaven con le sue fedeli compagne del comitato, di cui ora fa parte anche Evelyn. Sta risparmiando per comprare una macchina nuova e in più ha stretto un'inaspettata amicizia con Mei, la figlia della signora Zhang, con cui ogni tanto organizza serate al ristorante a base di piatti fusion.

Dopo un ultimo scambio di battute, lasciamo la nonna e Jack alla loro giornata, mentre noi proseguiamo tra canti, chiacchiere e risate.

Mark è l'uomo dei marshmallow, ne ha presi in quantità industriali e ora li sta arrostendo, anche se abbiamo tentato di spiegargli che non piacciono a nessuno. Jenn li ha definiti "un concentrato di glucosio all'ennesima potenza" e ha distribuito chips di legumi, che non hanno avuto molto più successo. Per fortuna ci ha pensato Kat a sfamare il gruppo, con un'enorme crostata di marmellata fatta da Stephanie, mentre io ho portato un thermos di tè al gelsomino direttamente dal ristorante. Victoria se ne versa una tazza e borbotta contro Tao che l'ha seguita anche qui, poi lo prende in braccio come al solito. Charlie le sussurra qualcosa all'orecchio, lei scoppia a ridere, poi lo bacia e il gatto sussulta sulle sue gambe aggrappandosi con le unghie al maglione. Victoria lo sgrida di nuovo e la scenetta ricomincia.

Li guardo tutti, a uno a uno, e un'ondata di gioia mi riempie il cuore. Mi sento così fortunata ad averli, i miei amici, mia sorella, la mia famiglia.

La brezza del mare, il cielo che sfuma nelle mille gradazioni del rosso e del viola, il sapore del sale sulle labbra, il profumo dei marshmallow. *All Too Well* di Taylor Swift in sottofondo.

Oliver.

Le sue braccia attorno a me sono il mio porto sicuro e mi ci adagio, qui e ora.

Se la separazione tra passato, presente e futuro ha solo il significato di un'illusione, voglio godermi questo momento all'infinito.

Quasi indovinasse i miei pensieri, lui mi stringe più forte. Lo guardo, mi guarda. E mi sembra che in questo sguardo ci scambiamo il nostro bacio più intenso, mentre le nostre anime danzano in quella musica cosmica che conosciamo solo noi.

Andrà bene, ne sono sicura.

Andrà bene, non ho paura.

Perché quando le cose si faranno difficili tornerò a rifugiarmi qui, in questo momento sospeso tra il giorno e la notte, in questo luogo senza tempo.

E ricorderò che possiamo cambiare il nostro destino, se abbiamo il coraggio di abbracciare la vita con fiducia. E con amore.

I COMPLEANNI ASTRALI

ASTRA

8 febbraio - il giorno della saggezza
Segno zodiacale: Acquario
Pianeta: Saturno
Albero: Pioppo

Caratteristiche: Ha la capacità di interpretare i segni dell'universo e di consigliare gli altri. Sa leggere nel futuro, ma spesso non riesce a scegliere la persona giusta per sé.

Frase: "Anche se il talento è un dono, va coltivato".

DASHA

23 aprile - il giorno della sicurezza
Segno zodiacale: Toro
Pianeta: Mercurio
Albero: Noce

Caratteristiche: Generosa e pratica, a volte impulsiva, sa circondarsi di un gruppo fedele di cui si prende cura, ma dimentica i propri bisogni.

Frase: "Ci vuole uno spazio anche per sé".

LILITH

11 aprile - il giorno della fiducia
Segno zodiacale: Ariete
Pianeta: Luna
Albero: Acero
Caratteristiche: Intelligente, con capacità visionarie, detesta il conflitto e rischia di rimanere incastrata nell'indecisione e nella paura. Ha un forte legame con la famiglia e sa amare con intensità.
Frase: "Sii padrona di te stessa".

VICTORIA

10 novembre - il giorno della metamorfosi
Segno zodiacale: Scorpione
Pianeta: Sole
Albero: Tasso
Caratteristiche: Ha una personalità affascinante e intricata, si fida di sé e degli altri ed è imprevedibile. Per lei, essere al centro dell'attenzione è naturale e cogliere le occasioni è la chiave del successo.
Frase: "I fiori tendono sempre verso il sole".

KATHERINE

4 marzo - il giorno della creatività
Segno zodiacale: Pesci
Pianeta: Venere
Albero: Salice
Caratteristiche: Mente brillante, abilità creative e... spirito polemico sono i suoi tratti dominanti. Ha difficoltà a interagire con gli altri e preferisce costruire poche amicizie.
Frase: "Le parole scritte valgono oro".

OLIVER

16 agosto - il giorno del sogno
Segno zodiacale: Leone
Pianeta: Nettuno
Albero: Cedro
Caratteristiche: Il suo animo è sognatore e romantico, ma nasconde una grande determinazione. Ha attitudine al comando e la sua sfida è accettare le scelte degli altri senza sentirsi ferito.
Frase: "Io so cosa accadrà".

CHARLIE

15 febbraio - il giorno dell'originalità
Segno zodiacale: Acquario
Pianeta: Venere
Albero: Cedro
Caratteristiche: Ha un grande ingegno e una vivida immaginazione. Tende a essere introverso e a costruirsi un mondo di fantasia, perciò deve imparare a convivere con la realtà.
Frase: "Domani si ricomincia".

JENNIFER

6 settembre - il giorno del punto di domanda
Segno zodiacale: Vergine
Pianeta: Venere
Albero: Salice
Caratteristiche: Volubile e dotata di senso estetico, ha spesso smanie di protagonismo. Nella vita è destinata a sorprendere con le sue scelte imprevedibili ed è capace di voltare pagina senza battere ciglio.
Frase: "L'importante è risplendere".

Certificato PEFC
Questo prodotto è realizzato con materia prima da foreste gestite in maniera sostenibile e da fonti controllate
PEFC
PEFC/18-31-226
www.pefc.it

GRAFICA VENETA
GV CARBON NEUTRAL

Questo libro è fabbricato da Grafica Veneta S.p.A.
con un processo di stampa e rilegatura certificato 100% carbon neutral
in accordo con PAS 2060 BSI

Stampato su carta HOLMEN
con fibra vergine proveniente da foreste sostenibili holmen.com/paper